Laura Bates

Sisters of Fire and Fury

Aus dem Englischen von
Birgit Schmitz

CARLSEN

Für Evie und Grace.
Schwestern sind magisch.

Prolog

Das Mädchen kniete in einer Wildblumenwiese. Um sie herum leuchteten Blüten in allen Farben. Kornblumen tanzten in der warmen Sommerbrise, Gänseblümchen wiegten sich fröhlich und Mohnblumen strahlten blutrot zwischen den Halmen. Nur das Mädchen bewegte sich nicht. Sie hatte den Kopf gesenkt und das Licht der untergehenden Sonne umfing ihre kastanienbraunen Locken wie eine goldene Krone.

Im hohen Gras an ihrer Seite glänzte in den letzten Sonnenstrahlen ein Schwert. Die silberne Klinge endete in einer scharfen Spitze und der Rubin im Knauf glühte, als würde ein Feuer darin lodern. Die Schneide war mit etwas befleckt, das man vielleicht für Rost halten konnte.

Der Abend war noch jung. Übermütige Spatzen tschilpten zum Abschied des Tages. Sie jagten über die Wiese, um schließlich in den Schutz der Bäume am Waldrand zurückzukehren. Das Mädchen kniete immer noch bewegungslos da, als könnte es den Gesang nicht hören.

Ohne hinzusehen, tastete sie mit der Hand langsam nach dem Schwert. Ihre Finger zögerten, verharrten einen Moment lang über dem Griff. Dann schnappte sie sich das Schwert mit einer plötzlichen, entschiedenen Handbewegung; es flog geradezu an ihre Seite, so als hätte sie es mit der Kraft ihrer Gedanken befehligt. In einer einzigen fließenden Bewegung sprang sie von den Knien auf die Fußballen in eine kauernde Haltung.

Die Klinge sirrte mit beinahe übernatürlicher Geschwindigkeit in einer perfekten Kreisbahn um sie herum. Glatt durchtrennte Stängel, blaue und rote Blütenblätter flogen durch die Luft. Die Sonne erreichte den Horizont und tauchte die Wiese in Gold.

1

Als Cass erwachte, stand die Sonne bereits hoch am Himmel. Ihr Mund war ausgetrocknet und sie hatte Kopfschmerzen. Alle Muskeln ihres Körpers protestierten, als sie sich aufrichtete; sie schmerzten, als wäre sie am gestrigen Tag meilenweit gerannt. Sie blieb liegen und massierte vorsichtig ihre Oberschenkel. Schaffelle bedeckten den kalten Steinboden, und im Licht, das durchs Fenster fiel, sah sie Staubflocken wirbeln. Vor dem offenen Kamin lag das prachtvolle Schwert, das sie in der letzten Schlacht aus dem Stein gezogen hatte. Anscheinend hatte sie es am Abend dort fallen gelassen, sie konnte sich nicht mehr erinnern, wie sie ins Bett gekommen war.

Cass war es nicht gewohnt, so lange zu schlafen. Normalerweise hätte Sigrid sie schon längst geweckt, damit Cass ihr in die Rüstung half oder sich um ihr Pferd kümmerte. Sie starrte auf die verschlossene Tür zum Gemach ihrer Herrin. Nein. Es durchfuhr sie wie ein Blitz: nicht mehr ihre Herrin. Denn Sigrid war in die Verbannung geschickt worden.

Jetzt war Cass eine Bedienstete ohne Herrin. Eine Knappin ohne Ritterin. Cass wusste nicht, worüber sie sich mehr Sorgen machen sollte: wie sie selbst ohne die Anleitung und das Training von Sigrid zurechtkommen sollte oder wie die Schwesternschaft in zukünftigen Schlachten ohne Sigrids furchterregende Schwertführung bestehen würde.

Doch Sigrid war nicht die einzige machtvolle Schwertkämpferin. Nicht mehr.

Cass reckte ihre schmerzenden Gliedmaßen, tappte vorsichtig zum Kamin und kniete sich hin. Sie betrachtete das Schwert, das sie aus dem Stein gezogen hatte. Jedes Mal wenn sie sich ihm näherte, hatte sie das merkwürdige Gefühl, dass es vibrierte und sich von ihm eine unsichtbare Energie auf sie selbst übertrug. Ein unwiderstehlicher Lockruf.

Sie streckte ihre kribbelnden Finger nach dem Schwert aus, ergriff es – und keuchte auf. Wärme und Kraft durchfluteten ihren Körper; flossen durch die Hand, mit der Cass das Schwert hielt, bis sie jeden Teil von ihr durchdrangen. Es war wie ein Rausch. Sie fühlte sich unbesiegbar, als könnte sie es mit jedem Gegner aufnehmen und jeden Kampf gewinnen. Dann schwang sie das Schwert prüfend durch die Luft und ließ es erst rechts, dann links herabsausen – und es war wie Magie. Sie konnte es nicht erklären, doch irgendwie übernahm die Klinge die Führung. Es war nicht so, dass das Schwert bestimmte Bewegungen erzwang oder gegen ihren Willen arbeitete; vielmehr schien es zu wissen, was sie tun wollte, noch bevor es ihr selbst klar wurde. Es handelte in völligem Einklang mit ihrem Körper.

Das Feuer in dem Rubin des Knaufs loderte auf. Cass hielt das Schwert noch einen Augenblick, dann legte sie es wieder auf den Boden.

Ohne das Schwert in der Hand fröstelte sie; ihr Arm fühlte sich schwer und ungelenk an. Die Waffe hatte eine magnetische Wirkung; ihre Finger waren begierig, sie wieder aufzuheben. Doch Cass trat zurück – ohne den Blick abzuwenden – und setzte sich auf ihre Strohmatratze.

In ihren Ohren hallten die Worte von Alys.

Es gibt eine Prophezeiung. Sie wurde gemacht, als ich noch ein Kind war, bevor der Letzte von den alten Leuten aus dem Wald verdrängt wurde. Die Prophezeiung einer großen Führungsgestalt, eines Lichts, das alle Briten vereinen und die Finsternis verdrängen wird. Und diese Führungsgestalt würde daran zu erkennen sein, wie sie ein Schwert zieht.

Cass schüttelte den Kopf. Ihr war schummrig und sie hatte ein Klingeln in den Ohren. Das war doch absurd. Artus war der König. Und doch … Das Schwert zog ihren Blick immer wieder an und sie dachte erneut an die Worte von Alys:

Diese Prophezeiung wurde, viele Jahre bevor Artus' Verbündete ihn als Regenten auswählten, gemacht. Bevor sie das Schwert auf dem Friedhof platzierten, um ihrer Wahl den Stempel göttlicher Autorität zu verleihen. Das Schicksal hatte nichts mit dem zu tun, was an jenem Tag geschah.

Cass' Kehle schnürte sich zu, als ihr all die Widerworte einfielen, die sie Alys gegeben hatte. Sie erinnerte sich, wie sie viele Male in Alys' Hütte gesessen hatte, in der Bündel aus Kräutern und anderen Pflanzen von der Decke baumelten und Zeugnis von ihrer Weisheit ablegten. Cass hatte nicht akzeptieren können, was die ältere Frau in ihr sah. Aber Alys' Worte waren genauso unerbittlich, wie Alys selbst stur war, und kamen Cass immer wieder in den Sinn, sosehr sie sich dagegen auch sträuben mochte.

Die Prophezeiung sprach nicht von einem König. Sie erwähnte lediglich eine Führungsgestalt. Eine Führungsgestalt, die in Gefrin in Nordhumbrien ein Schwert aus einem Stein zieht und zu dem Licht wird, das die einbrechende Dunkelheit vertreibt. Und wir würden sie an ihrem Schwert erkennen, das einen Rubin im Knauf trägt.

Der Rubin leuchtete heller und Cass konnte die Augen nicht abwenden. Sie sehnte sich danach, das Schwert wieder in die Hand zu nehmen, doch trotz seines Lockrufes sträubte sich ein Teil von ihr. Sie hatte niemals vorgehabt, das Schwert aus dem Stein zu ziehen. Als sie es beim Dreikönigsfest zum ersten Mal erblickt hatte, bemühten sich gerade einige Männer raubeinig und prahlerisch, das Schwert an sich zu bringen. Sie selbst hatte es nicht einmal angefasst. Alys war bestimmt verwirrt gewesen oder hatte die Prophezeiung falsch in Erinnerung gehabt. Und was hatte so eine Prophezeiung schon zu bedeuten? Ein paar alte Frauen erzählten über Generationen hinweg Geschichten weiter, die sich mit den Jahren durch Übertreibung und Klatsch verändert hatten. Artus war der König. Er hatte erst vor wenigen Jahren den Thron bestiegen und war verantwortlich für den Schutz Britanniens vor den vielen Mächten, die es bedrohten.

Cass überlief ein Frösteln, obwohl es ein warmer Morgen war.

Sie war nicht die große Führungsgestalt, von der Alys so ehrfürchtig gesprochen hatte – *konnte* es nicht sein. Einen Moment lang erschien vor ihrem inneren Auge Lily, die einen derartigen Lachanfall bekam, dass ihre Sommersprossen tanzten und ihre goldenen Löckchen heiter herumwirbelten. *Cass, die Knappin, unsere ewige Königin!*, hätte sie mit gespielter Ehrerbietung gesagt, sich tief verbeugt und dabei unter ihren langen Wimpern prustend zu Cass aufgesehen.

Niemand hatte Cass je so zum Lachen bringen können wie ihre unverbesserliche, stets zum Spott aufgelegte beste Freundin. Cass musste lächeln, doch ihr Lächeln erstarb sofort wieder und wich dem dumpf pulsierenden Schmerz des Verlustes.

Vielleicht brachte sie das Schwert besser zurück? Für einen Augenblick linderte dieser Einfall ihre Sorgen – einfach das Schwert in den Stein zurückstecken, und damit wäre die Sache erledigt. Sollte es doch jemand anderes finden, jemand anderes von Alys behelligt werden.

Aber Alys hat nicht erst angefangen, mit dir über die Prophezeiung zu reden, nachdem du das Schwert aus dem Stein gezogen hattest, meldete sich die leise Stimme in Cass' Hinterkopf wieder zu Wort. *Sie hat dich viel früher darauf angesprochen, nicht wahr?*

Als sie deine Narbe gesehen und in deinen Teeblättern gelesen hat. Sie wusste, dass du etwas in dir hast; Sigrid hat es auch gesehen. Genauso wie die Frau, die sich dir im Wald nahe deinem Elternhaus zu Füßen geworfen hat, als du noch ein Kind warst. Ihre goldenen Augen weiteten sich, so als würde sie dich als das erkennen, was du bist. Sie hat es ebenfalls in dir gesehen.

Cass seufzte, schloss die Augen und presste die Handballen vor ihre Lider, bis sie eine Farbexplosion wahrnahm. Als die gestrige Schlacht gegen Mordaunt, bei der sie das Schwert aus dem Stein gezogen hatte, vorbei gewesen war, hatte sie vor der tiefen Verzweiflung der Schwesternschaft die Flucht ergriffen. Das Schwert neben sich, hatte sie schweigend auf der Wiese gesessen und halb im Traum versunken über die neue Wahrheit nachgedacht, die ihr enthüllt worden war. Doch an diesen Traum konnte sie sich nicht mehr richtig erinnern; sie konnte ihn nicht recht greifen.

2

Cass riss sich zusammen, wandte den Blick von dem Schwert ab und schüttelte sich. Plötzlich machte sich ihr Magen bemerkbar, der sich zusammenkrampfte und knurrte wie ein heißhungriges wildes Tier. Sie konnte sich nicht erinnern, wann sie zuletzt etwas gegessen oder sich gewaschen hatte.

Das kalte Wasser aus dem Krug machte sie so wach, wie sie es schon seit Tagen nicht mehr gewesen war. Aus reiner Gewohnheit schlüpfte sie in ein weiches, graues Seidenkleid – die feminine Kleidung, die alle Frauen im Herrenhaus immer dann trugen, wenn sie nicht trainierten, um den forschenden Blicken unerwarteter Besucher nichts zu verraten. Doch während sie den Rock glatt strich und ihre Haare schnell zusammenraffte, kam die Erkenntnis wie aus heiterem Himmel: Sie brauchten sich nicht mehr zu verkleiden. Die Schwesternschaft hatte sich der Welt gegenüber zu erkennen gegeben. Die Bedeutung dieser Einsicht traf sie mit voller Wucht. Sie waren frei. Frei, in ihren Rüstungen auszureiten, ihre Helme abzunehmen, offen bei Turnieren dabei zu sein und Herausforderungen anzunehmen. Jedenfalls wenn andere Ritter ihre Teilnahme akzeptierten. Und sie nicht von schockierten Männern wieder zurück in den Untergrund getrieben wurden, weil deren Ressentiments die Oberhand gewannen.

Unten traf Cass auf ein paar Mitglieder der Schwesternschaft, denen es gut genug ging, um aufzustehen, und die einen Tisch am Ende des großen Saals umringten.

Elaine war unter ihnen. Sie hatte ihren langen, schweren, goldenen Zopf über die Schulter geworfen und ihr blassblaues Seidenkleid spannte über ihrem schwangeren Bauch. Sie war sehr blass und runzelte besorgt die Stirn, doch Cass' Herz hüpfte erleichtert. Ihr war nichts zugestoßen! Ein paar andere Ritterinnen und Knappinnen frühstückten stumm. Sie schienen alle genauso benommen und geschockt wie Cass selbst.

Sie alle hatten noch nie solche Brutalität erlebt. Noch nie so viele Frauen auf einmal verloren.

Cass schluckte. Sie hatten das Richtige getan. Mordaunt und seine Männer hatten die ganze Gegend terrorisiert, seine Untertanen in die Armut getrieben, Zwietracht und Hass gesät. Cass hatte mit eigenen Augen gesehen, wie sie ganze Siedlungen dem Erdboden gleichgemacht und unschuldige Dorfbewohner ermordet hatten. Sie sah die Ruinen der Hütten immer noch vor sich, roch den beißenden, Übelkeit erregenden Rauch. Und Angharad hatte recht gehabt: Solange Mordaunt verhinderte, dass in der Region Eintracht herrschte, hätten sie sich niemals gemeinsam gegen einen Angriff von außen verteidigen können.

Und doch hatten sie einen hohen Preis bezahlt, um sich von ihm zu befreien. Cass sah die kleine Nell an, die jüngste Knappin, die schweigend am Ende des Tisches saß und in ihrem Haferbrei herumstocherte. Mit einer geröteten Hand rieb sie sich die geschwollenen Augen.

Cass schaute zum anderen Ende des Saals, wo sich Alys um Mordaunts verwundete Männer kümmerte. Nachdem Mordaunts Festung gefallen war, waren sie in kleinen Grüppchen zum Herrenhaus gekommen. Alys hatte die langen Holztische und Bänke aus einem Teil des Saals weggeräumt und auf dem Boden Strohmatratzen und Decken als Krankenlager ausgebreitet. Viele lagen immer noch zugedeckt da und wirkten vor den mit prachtvollen Teppichen und kunstvollen Leuchtern geschmückten Wänden seltsam fehl am Platz. Alys lief murmelnd zwischen den behelfsmäßigen Betten herum, teilte streng riechende Medizin aus, wechselte Verbände und tadelte kopfschüttelnd.

Es waren ungefähr ein Dutzend Männer. Ein paar waren zurückgeblieben, um die Toten zu begraben, hatten aber versprochen, ihnen anschließend zum Herrenhaus zu folgen. Der Rest war nach dem Tod ihres Anführers geflohen. Trotzdem – wenn sie ihre Truppe mit einem Dutzend von Mordaunts Männern auffüllen konnten, war das mehr, als Cass zu hoffen gewagt hatte. Sofern man ihnen vertrauen konnte. Wenn die Kriegergruppen der Sachsen näher rückten, würden sie jede Hand brauchen, die ein Schwert führen konnte – doch es würde eine Weile dauern, bis sie sich an diese unbehagliche Allianz gewöhnt hatten. Viele Monate lang hatten sie Männer von ihrem Tor ferngehalten, hatten sich getarnt und ihre Waffen und Rüstungen versteckt, wenn männliche Besucher kamen. Der Gedanke, sie im Herrenhaus willkommen zu heißen, war verwirrend und fremd.

Alys schenkte einem der verwundeten Ritter Wasser aus einem Krug ein. Als sie Cass erblickte, eilte sie zu ihr. »Wie fühlst du dich?«, fragte sie vorsichtig, so als hätte auch Cass schwere Verwundungen erlitten.

Cass ignorierte die Frage, denn sie sah das bandagierte Handgelenk der älteren Frau, ihre verschmutzte Schürze und die müden Augen. »Wann hast du das letzte Mal geschlafen?«, fragte sie zurück.

Alys schüttelte den Kopf. »Weiß ich nicht. Es ist zu viel zu tun. Und ich wollte die hier nicht aus den Augen lassen.« Sie wies mit dem Kopf auf die Kranken und strich im Vorbeigehen eine Decke glatt.

Als ihre Hand die weiche Wolle berührte, streckte der Mann, der darunter lag, den Arm aus und umschloss ihr Handgelenk mit seiner kräftigen Faust. Cass sprang hinzu, als er mit rasselndem Atem versuchte, sich aufzusetzen. Doch er hob abwehrend die andere Hand und schüttelte den Kopf. Das Sprechen fiel ihm schwer.

»Danke«, keuchte er und sah Alys direkt in die Augen. »Wir danken dir für deine Fähigkeiten. Und deine Barmherzigkeit. Die *wir* dir nicht erwiesen haben.«

Er sank wieder in sich zusammen und Cass dachte an den Tag, an dem sie zu Alys' Hütte gekommen war und die Tür mit dem Wort HEXE beschmiert vorgefunden hatte. Alys erwiderte nichts, wischte sich nur die Hände an ihrer Schürze ab, nickte dem Mann kaum merklich zu und wandte sich wieder zu Cass.

»Wo ist Rowan?«, fragte Cass und suchte mit Blicken die leeren Plätze auf den Bänken ab. »Und Angharad?«

»Angharad ist beschäftigt, seit wir zurückgekehrt sind. Sie hat Botschafter zu unseren eigenen Verbündeten und denen Mordaunts ausgesandt, um sie von der nahenden Bedrohung zu überzeugen und sie zusammenzubringen. Und Rowan …« Alys seufzte. »… ist noch nicht wieder aufgewacht. Sie hat in der Schlacht einen schlimmen Hieb auf den Kopf bekommen. Zwar hat sie es bis hierher geschafft, aber dann ist sie in einen tiefen Schlaf gefallen, aus dem wir sie noch nicht wecken konnten.« Als sich Cass' Augen besorgt weiteten, legte Alys ihr beruhigend eine Hand auf den Arm. »Sie lebt. Aber sie braucht Ruhe. Nicht nur für ihren Körper, sondern auch für ihren Geist.«

Cass nickte. »Du brauchst auch Ruhe. Elaine und ich werden mit Mordaunts Kerlen schon fertigwerden, wenn sie irgendwas versuchen.« Sie ließ ihren Blick über die Männer schweifen. »Nicht dass es danach aussehen würde«, fügte sie hinzu und lächelte Alys an. »Mir geht es gut«, versicherte sie. »Wirklich. Und du brauchst Schlaf.«

Alys sah sie lange forschend an. Dann nickte sie zufrieden,

klopfte Cass auf den Arm und verließ den Saal ohne eine weitere Bemerkung.

Cass rieb sich erschöpft die Stirn. Dann schluckte sie und versuchte, sich selbst davon zu überzeugen, dass alles in Ordnung war, so wie sie es gerade mit Alys getan hatte. Doch ihre innere Unruhe und der dringende, unerbittliche Ruf des Schwertes nagten an ihrer Aufmerksamkeit.

Cass gesellte sich zu den anderen Mitgliedern der Schwesternschaft. Sie setzte sich zwischen Iona, die Schwertschmiedin, deren langes, dunkelblondes Haar offen um ihr ernstes, schmales Gesicht fiel, und Susan, eine junge Knappin, die dem Angriff auf Mordaunts Herrenhaus mit nur ein paar Schrammen und Prellungen entkommen zu sein schien.

»Wie geht es Joan?«, fragte Cass. Sie wusste, dass Susan und Joan einander nahestanden, und sie hatte mitbekommen, dass Joan in der Schlacht schwer verwundet worden war.

»Es ist schlimm, aber sie wird es überleben«, antwortete Susan. »Der Verlust von Leah hat sie schlimmer getroffen als die Schwertspitze, die sie in den Bauch bekommen hat.«

Es trat ein Moment düsteren Schweigens ein. Leah, eine der erfahrensten Ritterinnen der Schwesternschaft, war im Kampf gegen Mordaunts Männer gefallen. Joan war ihre Knappin gewesen.

Gerade wollte Cass nach einem Stück Brot greifen, da ertönte ein ohrenbetäubendes Krachen und die Türen flogen auf. Rowan stürmte in den Saal. Teile der Rüstung hingen herab, ihre Stiefel waren verschlammt und ihr dunkelbrauner Teint verblasste gegen die noch dunkleren Ringe unter ihren Augen.

Sie nahm die Situation in sich auf. Mit angewiderter Miene strebte sie quer durch den Saal auf den ersten von Mordaunts Männern zu und Cass wurde schlagartig bewusst, dass sie ein Schwert trug. Dies schwang sie jetzt vor dem Gesicht des bestürzten Mannes hoch in die Luft.

Die Ritterinnen am Tisch japsten. Ein anderer Mann stolperte beim Versuch aufzustehen über seine Decke und löste ein Scheppern aus. Hinter Cass ertönte das schnelle Trampeln von Stiefeln auf den Bodenfliesen. Als Rowans Schwert den höchsten Punkt seines Bogens erreicht hatte und wieder herabstieß, blitzte ein anderes auf und schnellte ihm gerade und scharf entgegen. Die beiden Klingen trafen kaum einen Fingerbreit vor dem Gesicht des Mannes aufeinander.

Es folgte ein Moment völliger Stille. Rowan starrte schwer atmend und mit funkelnden Augen Angharad an, die ihr Schwert fest in beiden Händen hielt. Dann senkte sie ihre Waffe und ließ die Schultern hängen – und die Hölle brach los.

Mordaunts Ritter liefen mit wütenden Schreien herbei, während Rowan anklagend mit dem Finger auf sie zeigte.

»Die wollten uns umbringen! Und viele haben es auch geschafft, Schwestern von uns zu töten. Und jetzt habt ihr sie hierher gebracht, unter unser Dach? Seid ihr verrückt geworden?«

Die anderen Frauen waren ebenfalls herbeigestürzt. Elaine machte Rowan leidenschaftliche Vorhaltungen, Iona stritt sich mit einem von Mordaunts Männern, und Cass bemerkte, dass Nell wieder angefangen hatte zu weinen.

Angharad hob beide Hände, um das Geschrei zu beenden. »SCHLUSS JETZT!« Und tatsächlich hielten alle inne.

»Wir sind aufeinander angewiesen«, sagte Angharad mit entschiedener Stimme. »Diese Männer sind nicht unsere Feinde, Rowan. Mordaunt war ihnen gegenüber genauso gnadenlos wie zu seinen Gegnern. Ich habe allen, die sich uns anschließen, Gnade versprochen, und daran werde ich mich halten.« Sie warf den wütenden Rittern einen bedeutungsvollen Blick zu.

»Seltsame Art, das zu zeigen«, murmelte der Mann, den Rowan angegriffen hatte, mit blassem Gesicht.

»Meine Ritterinnen werden diesen Waffenstillstand respektieren«, gab Angharad mit grimmiger Miene zurück und blitzte Rowan an, die ihrem Blick trotzig standhielt.

»Wie könnt ihr hier an der Seite von Leahs Mörder essen?«, schrie sie schließlich und schaute dabei an Angharad vorbei auf Susan und die anderen Knappinnen.

Susans Lippen bebten und sie stockte. »Ich würde niemals von mir aus das Brot mit ihnen teilen«, sagte sie mit heiserer Stimme. »Aber uns stehen größere Schlachten bevor. Leah hat Angharad vertraut, und das tue ich auch. Dir geht es nicht gut, Rowan, du bist verwundet.«

»Lieber schließe ich eine schwierige Allianz, als dass ich für mich alleine sterbe«, sagte Angharad wütend und strich energisch ihr offenes, feuerrotes Haar zurück. Auf ihren blassen Wangen brannten zwei rote Flecken. »Du weißt das, Rowan. Du hast die Kundschafterinnen gehört. Du weißt, dass die Sachsen jeden Tag näher rücken. Wir haben keine Chance, wenn wir nicht jedes Schwert nutzen, das wir kriegen können. Und selbst dann haben wir vielleicht keine Chance.« Sie hob die Hände und Cass spürte ihre Enttäuschung und Angst.

»Und du glaubst ernsthaft, dass sie mit uns gemeinsam unser Herrenhaus gegen diese Angreifer verteidigen werden?«, spottete Rowan mit einer abfälligen Geste in Richtung von Mordaunts Rittern. »Du rechnest nicht damit, dass sie die Seite wechseln und uns in den Rücken fallen, sobald irgendwer ihnen einen Anreiz bietet?«

Der Ritter, den Rowan angegriffen hatte, knurrte empört, doch ein anderer trat vor. Es war ein freundlich aussehender, rotwangiger Mann mit einem runden, jungenhaften Gesicht und einem dichten blonden Haarschopf. »Mylady«, begann er und nickte Rowan zu, die ihn sogleich auslachte.

»Nenn mich nicht ›Lady‹«, giftete sie. »Ich bin genauso wenig eine Lady wie du. Ich bin eine Ritterin und ich heiße Rowan.«

Wenn der Mann überrascht war, ließ er es nicht erkennen. Er

nickte nur. »Also Rowan. Ich bin Sir Bale. Ich verstehe dein Misstrauen. Auch viele unserer Kameraden sind durch eure Hände gestorben. Das hier ist für keinen von uns leicht. Aber ich versichere dir, dass viele von uns Sir Mordaunts Ansichten keineswegs teilten, sondern dass wir sein Benehmen gegenüber seinen Nachbarn absolut unangemessen fanden und uns über die Gelegenheit freuen, einer würdigeren Anführerin zu dienen.« Er wies auf Angharad. »Wir werden euch nicht verraten. Gebt uns die Chance, es zu beweisen.«

Rowan starrte ihn skeptisch an. Sie atmete immer noch schwer. Er reichte ihr seine Hand; sie sah sie an, ergriff sie aber nicht.

In diesem Moment wurde die Anspannung durch die Ankunft einer Gruppe von erschöpften, schlammbespritzten Kundschafterinnen aufgelöst, die in den Saal polterten, ihre Waffen ablegten und sich sofort auf das übrig gebliebene Essen stürzten.

»Ihr könnt offen sprechen«, befahl Angharad den Kundschafterinnen, die Brot in sich hineinstopften, als ob sie seit Tagen nichts gegessen hätten. Angharad behielt weiterhin mit gerunzelter Stirn Rowan im Auge.

»Die Sachsen rotten sich im Westen zusammen«, berichtete eine der Kundschafterinnen mit leiser Stimme. Sie schien die Anführerin der Gruppe zu sein – ein kleines, untersetztes Mädchen kaum älter als Cass. Ihr Gesicht war mit Sommersprossen übersät. »Sie stellen südlich von Deva eine Armee zusammen. Wenn sie die Siedlung und das römische Fort einnehmen, dann verfügen sie über einen starken Stützpunkt, von dem aus sie ihre weitere Invasion ausführen können.«

Rowan schnaubte. »Sie müssen aber erst durch ganz Merzien, bevor sie unsere Grenzen erreichen.«

Cass hatte das Gefühl, dass eine kalte Hand ihre Eingeweide zusammenpresste. Ihre Familie lebte in Merzien – ihre Eltern und jüngeren Geschwister, aber auch ihre Lieblingsschwester Mary mit ihrem Ehemann und dem neugeborenen Baby.

Die Kundschafterin nickte. »Es gibt auch nähere Bedrohungen. An der Küste sind neue Räuberbanden gelandet. Wenn sie den Humber hinauffahren, könnten sie Nordhumbrien von Süden aus angreifen. Wir verfolgen ihre Manöver.«

Rowan holte Luft, doch die Kundschafterin kam ihr zuvor.

»Das größte Risiko ist uns am nächsten.«

Nell schluchzte leise auf und Cass sah, wie sich Elisabeth, eine der anderen Knappinnen, über den Tisch lehnte und ihre Hand ergriff.

»Wir haben Gerüchte gehört«, begann die Kundschafterin und biss sich nervös auf die Lippe.

»Was für Gerüchte?«, fragte Elaine scharf. Cass wusste, dass Elaine fürchtete, ihre Anwesenheit im Herrenhaus könnte aufgeflogen sein – ganz besonders nach der Rolle, die sie beim Angriff auf Mordaunts Festung gespielt hatte. Elaine hatte die Wachen unter dem Vorwand, in Not zu sein, nach draußen gelockt und ihre Schwangerschaft zur Ablenkung genutzt. Hinter ihr waren dann die anderen Frauen in die Festung eingedrungen.

»Ich weiß, dass Artus auf Lancelots Bitten hin Ritter losgeschickt hat, um nach mir zu suchen«, erklärte Elaine mit angespannter Stimme. »Wenn Lancelot herausfindet, dass ich hierher geflohen bin, um sein Kind zu gebären … nachdem er der Welt vorgemacht hat, ich wäre aus Liebe zu ihm gestorben …«

»Euer Baby ist hier sicher, Mylady«, beschwichtigte die Kundschafterin schnell.

Elaine, die sich halb aus ihrem Stuhl erhoben hatte, ließ sich mit zutiefst erleichterter Miene wieder nieder.

»Soweit es in unserer Macht steht, werdet ihr *beide* sicher sein«, fügte Rowan nachdrücklich hinzu und warf dabei Mordaunts Rittern einen herausfordernden Blick zu, um etwaige Widersprüche zu unterbinden. »Also, was ist das nun für eine Bedrohung?«

Sie wandten sich alle wieder erwartungsvoll den Kundschafterinnen zu.

Deren Blicke streiften immer noch im großen Saal umher und blieben an Mordaunts verbliebenen Männern hängen. Die Anführerin senkte die Stimme, sodass sich alle vorbeugen mussten, um sie verstehen zu können. »Durch Mordaunts Niederlage ist ein Machtvakuum entstanden. Seine Ritter haben die meisten Siedlungen hierzulande durch Hunger und Armut geschwächt, und jetzt sind auch noch viele der kampffähigen Männer der Gegend einberufen worden, um König Ceredig und anderen dabei zu helfen, die Invasoren weiter im Süden zurückzuschlagen.«

Sie senkte die Stimme zu einem Flüstern. »Einige wollen an Mordaunts Stelle treten. Und wir sind verwundbarer als jemals zuvor – nicht nur weil wir nur noch so wenige sind, sondern auch weil wir uns zum ersten Mal zu erkennen gegeben haben. Jetzt wissen alle unsere Nachbarn die Wahrheit und unsere Machtdemonstration gegenüber Mordaunt wird sie nicht lange abhalten. Nicht wenn ihnen klar wird, wie viele Schwertkämpferinnen wir im Kampf verloren haben.«

Susan stöhnte auf. »Sie wollen unser Herrenhaus mit Gewalt an sich bringen?«

»Mit Gewalt oder durch Heirat«, stellte Angharad mit eisiger Stimme fest. »Aber das macht ja kaum einen Unterschied.«

Alle starrten sie entsetzt an. Da gingen schon wieder die Türen auf, die vom Innenhof in den Saal führten.

Instinktiv strebte Angharad dorthin. Cass und Rowan flankierten sie und Rowan hatte die Hand bereits wieder am Griff ihres Schwertes.

Da Cass immer noch unter dem Eindruck dessen stand, was die Kundschafterinnen berichtet hatten, bewegte sie sich in blinder Panik. Sie wusste nicht, ob die Besucher, die hereinkamen, Feinde waren oder ob sie sich verbünden wollten – oder beides zugleich. Erst als die Neuankömmlinge vor ihnen stehen blieben und sie direkt in haselnussbraune Augen unter dichten, dunklen Wimpern blickte, wurde ihr klar, was es für eine Gruppe war und dass sie von Sir Gamelin angeführt wurde.

Cass blieb ruckartig stehen und ließ die Arme sinken. Ihr Herz raste, doch sie versuchte, gleichmütig auszusehen.

»Sir Gamelin.«

Sie sah ihn im Trainingskampf im Wald vor sich, wie er sie von hinten gepackt und ihren Körper fest an seine Brust gepresst hatte …

»Seid Ihr gekommen, um Gefolgschaft zu schwören?«

Sie erblickte seinen mit einem silbernen Kreuz geschmückten schwarzen Waffenrock wie zum ersten Mal und erinnerte sich daran, wie sich ihr Magen umgedreht hatte, als ihr klar wurde, dass er einer von Mordaunts Männern war. Automatisch ihr Feind.

»Jawohl.« Lachfalten erschienen in seinen Augenwinkeln und seine vollen Lippen verzogen sich zu einem ehrlichen Lächeln. »Ich komme mit dem Rest von Mordaunts Männern und den Damen seines Hofes. Denen, die nicht verwundet oder geflohen sind.«

Wie er auf Mordaunts Fest mit ihr gelacht und von seiner Kindheit auf dem Dorf erzählt hatte und dass er von seinem Onkel ausgebildet und als Volljähriger zu Mordaunt geschickt worden war.

»Eure Verwundeten werden gut versorgt«, sagte Cass bedachtsam und höflich.

Als sich die Ritter hinter Sir Gamelin verstohlen im Saal umschauten, bemerkte Cass, dass sich ein paar von ihnen gegenseitig anstießen, sie anstarrten und miteinander tuschelten.

Wie sein Schwert blitzte, als er in der Schlacht gegen Mordaunt angetreten war und Cass angefleht hatte, ihm zu glauben, dass er von den Übergriffen auf die Dörfer nichts gewusst habe und auf ihrer Seite sei.

»Uns begleiten einige der Damen unseres Hausstandes, die wir nicht wehrlos in dem verlassenen Herrenhaus zurücklassen durften.«

Wie sie in einem impulsiven Moment diese weichen Lippen geküsst hatte, als er ihr im strömenden Regen auf dem Turnierplatz sein Schwert übergab. Es hergab, um ihr Geheimnis zu schützen.

»Selbstverständlich. Ihr seid hier alle willkommen.« Das war Angharad, die neben Cass stand und mit ruhiger Stimme sprach, nicht ohne Rowan einen warnenden Blick zuzuwerfen. Rowans Mundwinkel zuckten, doch sie sagte nichts. »Ich habe allen Unterkunft versprochen, die sich einbringen. Wir werden gemeinsam unsere Ländereien verteidigen. Und ihr alle werdet einen Platz in meinem Hausstand haben.«

Cass bekam das alles kaum mit, so sehr dröhnte es in ihren Ohren. Gamelin nickte höflich, wandte seinen Blick jedoch nicht von Cass' Gesicht ab. Sie trat auf ihn zu und es war, als wäre außer ihnen beiden niemand in dem ganzen Saal. Keine anderen Ritterinnen und Ritter, keine Knappinnen und Knappen, keine verwundeten Männer. Er befand sich hier im Herrenhaus. War kein lasterhaftes Geheimnis mehr, das sie vor Rowan, Angharad und den anderen verbergen musste. Nicht länger einem Herrn verpflichtet, der ihr größter Feind war.

Auch er trat einen Schritt auf sie zu und das Licht des Morgens strömte durch die Fenster herein und tauchte den ganzen Saal in Gold. Sie streckte ihm ihre Hand hin.

Er machte einen weiteren Schritt auf sie zu, nahm ihre Hand jedoch nicht. Stattdessen zog er eine der Damen nach vorne. Es war eine schlanke, vogelartige Frau, die vielleicht ein paar Jahre älter war als Cass. Sie hatte ein intelligentes, schmales Gesicht, trug eine einfache schwarze Wolltunika und aus ihren weit auseinanderstehenden Augen sprachen Dankbarkeit und Freundlichkeit.

»Meine Verlobte«, verkündete er mit einem eigenartigen, steifen Nicken und plötzlich waren seine Blicke woanders, überall, nur nicht auf Cass. »Lady Anne von Camulodunum.«

»Selbstverständlich«, sagte Cass leichthin, während sie wie angewurzelt dastand und ihr das Herz bis zum Hals schlug. »Ich freue mich, Euch kennenzulernen, Lady Anne.« Sie sprach es aus, als würden die Worte nicht schmerzen wie ein frisch aufgeschlagenes Knie.

Lady Anne sah sie alle an. Als sie nickte, fiel ihr dunkles Haar nach vorne. »Ich habe schon so viel von eurer Stärke und Tapferkeit gehört«, wandte sie sich an Angharad. »Ich bin nicht dafür geboren, ein Schwert oder einen Bogen in die Hand zu nehmen. Das steckt einfach nicht in mir«, fügte sie schnell mit einem Seitenblick auf die fünf oder sechs edel gekleideten Frauen hinter sich hinzu. Ein paar von ihnen nickten nervös, während andere sich nicht so sicher zu sein schienen. Cass ertappte eine von ihnen, eine jüngere Frau mit olivfarbenem Teint und dunklen Zöpfen, wie sie mit unverhohlener Neugier Angharads Schwert anstarrte.

»Ihr wärt vielleicht überrascht zu entdecken, was in Euch steckt«, antwortete Angharad mit einem Lächeln in Richtung ihrer Knappinnen. »Viele der anderen Frauen, die hier Zuflucht gesucht haben, waren es.«

Lady Anne schien nicht überzeugt. »Wir sind mehr als bereit, uns auf andere Weise nützlich zu machen«, sagte sie und sah sich um. »Als Dank für Eure Loyalität und Euren Schutz tun wir gerne, was auch immer nötig ist, um den Haushalt zu führen.« Sie lächelte Cass zaghaft an, als wollte sie ihr Freundschaft und ehrliche Arbeit versprechen.

Und als Cass das Lächeln erwiderte, sah sie ein Feld in strömendem Regen vor ihrem inneren Auge.

3

Alle hatten mehr als genug damit zu tun, Zimmer für die Neuankömmlinge herzurichten und ihnen das Einleben im Herrenhaus zu erleichtern, sodass Cass' aufgelöster Zustand nicht weiter auffiel, und sie stürzte sich dankbar in die Arbeit.

Während sie mit Blyth zusätzliche Strohbündel in Leahs ehemalige Gemächer schleppte und sie mit Laken und Schaffellen für die Frauen aus Mordaunts Hofstaat bezog, rasten ihre Gedanken.

Sachsen rotteten sich zusammen; Räuberbanden rückten vor. Adelige aus der Umgebung warfen gierige Blicke auf die Ländereien, die Mordaunt kontrolliert hatte. Gleichzeitig brodelte unter alldem das Bewusstsein der neuartigen Kraft, die in ihr erwacht war, als sie das Schwert gezogen hatte. Die Worte der Prophezeiung. Die Last dessen, was sie vielleicht bedeuten mochten, und die stechende Angst, die sich deshalb in ihrem Magen breitmachte. Sie bearbeitete das Stroh mit den Fäusten und zwang die Matratzen unter den Laken in Form. *Verlobt, seine Verlobte.*

»Cass, alles in Ordnung?«

»Klar«, keuchte sie und zerrte eine weitere Matratze über den Boden. »Alles bestens.«

»Mmh.« Blyth zog eine Augenbraue hoch, sagte aber nichts weiter.

Wenn nur Sigrid hier wäre, dann könnte Cass sie fragen, was sie tun sollte. Ob es besser war, sich auf die fremdartige neue Kraft, die unter ihrer Haut pulsierte, einzulassen oder sie zu unterdrücken. Ob man Mordaunts Männern trauen konnte oder sie besser auf Distanz hielt. Doch Sigrid, mit der sie solche Dinge hätte besprechen können, war nicht mehr da. Angharad hatte sie verbannt, weil sie Mordaunt aus Rache für den Tod ihres Bruders umgebracht hatte. Cass wusste, dass Angharad Einigkeit über alles gegangen war, doch sie konnte Sigrids Handeln trotzdem nachvollziehen. Mordaunt und sein engster Kreis waren für den Mord an Lily verantwortlich – Lily, der einzige Mensch, dem sie das plötzliche Flimmern hätte anvertrauen können, das sich jedes Mal in ihrem Bauch ausbreitete, wenn sie Sir Gamelin erblickte. Der einzige Mensch, mit dem sie offen über die Kraft hätte reden können, die jedes Mal in ihrer Brust aufstieg, wenn sie das neue Schwert ergriff. Lily war nicht mehr da. Und Cass hatte sich noch nie so einsam gefühlt.

Plötzlich schien das Herrenhaus vor Augen und Ohren überzuquellen. So viele Mitglieder der Schwesternschaft waren gefallen. So viele Neuankömmlinge hatten ihren Platz eingenommen. Sie drängten sich in den Küchen, übernahmen die Essenszubereitung, das Buttern und das Backen. In den überfüllten Ställen schnaubten und stampften ihre Pferde. Ihr Geplapper erfüllte den großen Saal. Und trotz Angharads Gnadenversprechen, trotz der Tatsache, dass viele von ihnen noch immer geschient und verbunden waren, musste Cass sich eingestehen, dass es schwierig war, jenen zu vertrauen, die noch vor so kurzer Zeit Mordaunt mit ihren Schwertern verteidigt hatten.

Ihr war bewusst, dass Mordaunts brutalste Männer geflohen waren und dass diejenigen, die gekommen waren, um Angharad Treue zu schwören, Unbehagen mit der Grausamkeit ihres früheren Herrn verspürt hatten, so wie Sir Gamelin. Und doch fiel es ihr schwer zu atmen; fiel es ihr schwer, sich zu entspannen, wenn sie an jeder Ecke auf einen fremden Mann treffen konnte. Es half auch nicht gerade, dass sie das unbehagliche Gefühl hatte, von vielen der Männer beobachtet zu werden. Wenn sie einen Raum betrat, blickten sie alarmiert auf, und sie schienen über sie zu tuscheln, wenn sie weiterging.

»Wenn es stimmt, was die Kundschafterinnen sagen«, meinte Rowan düster, als sie Cass ein paar Tage später früh morgens auf der Wiese traf, »dann sind wir sehr bald in großer Gefahr und müssen schnell handeln.«

»Was schlägst du vor?«

»Wir gehen sofort gegen die Grundbesitzer vor, die uns bedrohen. Wenn sie uns für eine wehrlose Gruppe Frauen halten, beweisen wir ihnen das Gegenteil und sorgen dafür, dass ihr Fehler tödlich ausgeht.«

Cass seufzte. »Unsere Kräfte sind gerade auf einem absoluten Tiefststand. Selbst die Kämpferinnen, die wir nicht verloren haben, erholen sich noch immer von ihren Verwundungen. Wir sind nicht bereit anzugreifen – und selbst wenn, würden wir wahrscheinlich nur noch mehr Gewalt auslösen. Angharad hat es deutlich gesagt: Wenn wir auch nur eine *Chance* haben wollen, die größeren Bedrohungen abzuwehren, dann muss die ganze Gegend zusammenstehen.« Bei dem Gedanken an die sich zusammenrottenden Sachsen und die Räuberbanden, die unbemerkt die Flüsse hinauf vorstießen, krampfte sich ihr Magen zusammen. »Wir brauchen Verbündete, aber keine neuen Feinde.«

Rowans Faust ballte sich um den Griff des Schwertes, das an ihrem Gürtel hing, und Cass erwartete für einen Moment, dass sie es ziehen würde. Doch dann nickte sie langsam. »Dann verbünden wir uns. Lass uns einen Witan einberufen und jeden dazu einladen, der zu kommen bereit ist. Auch unsere Nachbarn – sowohl die, die uns als Freunde betrachten, als auch die, die das nicht tun.«

»Und dann schließen wir einen Pakt, uns gemeinsam gegen die kommenden Gefahren zu verteidigen?«

Rowan nickte erneut, diesmal entschiedener. »Wir schwören, in der Zwischenzeit die Souveränität über unsere jeweiligen Ländereien gegenseitig zu respektieren«, fügte sie hinzu und presste grimmig die Lippen zusammen. »Oder sonst die Konsequenzen zu tragen.«

Es war leichter, Angharad von dem Vorschlag zu überzeugen, als Cass erwartet hatte. Sie und Rowan besuchten sie an diesem Abend in ihren Gemächern. In ihrem offenen Kamin flackerte ein fröhliches Feuer und warf Schlagschatten auf die aufwendig geschnitzten Holzverkleidungen an den Wänden. Bündel von Papieren waren auf Angharads Schreibtisch ausgebreitet und Cass' Blick fiel auf ein Stück zerknittertes Pergament, das sorgsam geglättet und mit einem filigranen silbernen Dolch beschwert worden war.

Es war der letzte Brief, den Vivian ihrer Geliebten geschrieben hatte, bevor sie in den Tod geritten war. Sie hatte sich geopfert, damit Angharad und die Schwesternschaft nicht enttarnt wurden.

Was wir geschaffen haben, ist es wert, gerettet zu werden. Du bist es wert, gerettet zu werden. Der Preis ist nicht zu hoch. Ich liebe dich.

Cass schluckte den in ihrer Kehle aufsteigenden Kloß herunter. Vor ihrem inneren Auge erschien einen Moment lang Vivians langes silbriges Haar, das in der Sonne leuchtete, während sie Cass und die anderen Knappinnen unermüdlich drillte.

Angharad wirkte abwesend und Cass fragte sich, ob auch sie Vivian vor sich sah, jene Frau, die Angharad so sehr geliebt hatte, dass sie deren brutalen Ehemann getötet und bei allen folgenden Schlachten felsenfest an ihrer Seite gestanden hatte. Bis eine Schlacht bevorstand, von der sie wusste, dass sie nicht zu gewinnen war. Und wie sie es im Leben stets getan hatte, hatte Vivian auch im Tod Angharad erwählt.

»Einverstanden.«

Cass wusste nicht, ob es an Vivians letzter Nachricht lag oder an dem Wunsch, Rowan zu beschwichtigen, dass Angharad einem Witan so schnell zustimmte. Doch kaum dass sie sich den Vorschlag angehört hatte, hämmerte schon jemand so laut an die Tür, dass Mason auf seinem Teppich vor dem Kamin knurrte und das Nackenfell aufstellte.

Die Tür flog auf und ein Gewühl von Menschen taumelte hindurch, von denen einige ihre Waffen gezogen hatten. Lautes Keuchen und wütend erhobene Stimmen hallten von den Steinwänden wider.

»UNSERE Waffen …«

»Wehrlos zurückgelassen …«

»Hätte mir fast den Arm abgehackt …«

»Ruhe!«, befahl Angharad in eisig-wütendem Tonfall.

Cass erkannte Iona und Susan, die rote und verschwitzte Gesichter hatten, und bemerkte mit Schrecken, dass Susans Auge geschwollen war und nässte. Hinter ihnen folgten drei von Mordaunts Männern. Einer war mager und hatte ein spitzes Rattengesicht, zerwühlte Haare und einen Schnitt in der Lippe. Der zweite sah aus, als ob er sich schämte, und zum Schluss kam Sir Bale mit einem fassungslosen Stirnrunzeln.

»Die sind in meine Waffenkammer eingebrochen«, platzte Iona mit feuerroten Wangen heraus und sah den spitzgesichtigen Ritter vorwurfsvoll an. »Ich habe sie auf frischer Tat dabei ertappt, wie sie unsere Waffen plünderten.« Sie zeigte wütend auf die ersten beiden Ritter. »Susan war bei mir, und als sie versuchte, den Diebstahl zu verhindern …« Sie wies auf Susans Gesicht.

»Das war kein Diebstahl«, brachte der magere Mann mit näselnder Stimme hervor. »Wir haben uns angesichts dessen, was eure Kundschafterinnen gestern gesagt haben, nur auf mögliche Angreifer vorbereitet. Und ich entschuldige mich«, murmelte er wenig überzeugend in Susans Richtung, »ich habe nur aus Gewohnheit reagiert, als ich mich angegriffen fühlte.«

»Sich vorbereiten zu wollen, ist eine hübsche Ausrede fürs Stehlen«, gab Susan zurück. Sie tupfte sich vorsichtig mit dem Ärmel das Auge und verzog schmerzvoll das Gesicht.

»Einige von uns haben keine Waffen«, klagte der zweite Ritter und sah Angharad vorwurfsvoll an. »Und zwar seit ihr sie uns während eures Angriffs abgenommen habt. *Wir* sind es, die euch gegenüber argwöhnisch sein müssten, nicht umgekehrt«, grollte er.

»Erklärt das mal der Geliebten meiner besten Freundin«, antwortete Susan mit einem Seitenblick auf Rowan. »Aber das könnt ihr nicht, denn sie ist ja tot.«

Rowan holte tief Luft, doch bevor sie sich in den Streit einmischen konnte, trat Sir Bale vor und wies die beiden Ritter barsch zurecht. »Wenn wir etwas brauchen, dann bitten wir darum«, sagte er wütend. »Niemand hat irgendetwas davon, wenn wir das zerbrechliche Vertrauen zerstören, das wir hier aufzubauen versuchen.«

Er starrte die beiden Männer so lange an, bis sie die Schwerter, die sie hielten, kleinlaut an Iona zurückgaben, die sie sich unter den Arm klemmte.

»Die sind speziell für Frauen gemacht«, sagte sie trotzig und war sich dabei des zornigen Blicks ihrer Tante Angharad bewusst. »Wenn ihr morgen in die Waffenschmiede kommt und mich eure Maße nehmen lasst, kann ich welche anfertigen, die besser für euch geeignet sind.«

Susan sah aus, als ob sie dagegen meutern wollte, sagte aber nichts. Die Männer schlurften, von Iona gefolgt, aus dem Gemach. Als Susan sich ihnen anschließen wollte, legte Rowan eine Hand auf ihre Schulter. Angharad, die sich bereits wieder über die Papiere auf ihrem Schreibtisch gebeugt hatte, war außer Hörweite, doch Cass bekam mit, was Rowan dem jüngeren Mädchen zuflüsterte.

»Wir halten erst mal still. Aber glaub mir: Wenn sie einer von uns irgendwas antun, werden sie dafür sterben. Egal was wir für Befehle haben.«

4

Der Witan verlief ganz anders als diejenigen, an denen Cass bisher teilgenommen hatte.

Im Laufe des Vormittags trafen Dutzende örtliche Grundbesitzer und Adelige ein. Manche kamen mit einigen ihnen vertrauten Rittern, andere mit ihren Ehefrauen oder Söhnen, viele allein. Sie betraten den großen Saal, der in der Mitte freigeräumt und dessen Bänke an den Wänden entlang aufgestellt worden waren. An den Kronleuchtern leuchteten helle Kerzen und trotz des warmen Wetters brauste ein Kaminfeuer.

»Angharad setzt damit ein Zeichen«, flüsterte Rowan Cass zu, als sie den Saal betraten und die Pracht in sich aufnahmen. In dem goldenen Licht glitzerten die Wandteppiche; Tische beiderseits des offenen Kamins bogen sich unter der Last ihres besten Tafelsilbers, von Kannen voller Bier und Honigwein und Platten mit würzigen Tartes und Fleischpasteten. »Das ist eine Demonstration der Stärke.«

Als Angharad energisch den Saal betrat, verstummten sofort alle Gespräche. Sie trug ihre volle Rüstung. Ihr mit feinen Ornamenten versehener Brustpanzer aus Leder glänzte wie eine frisch vom Baum gefallene Kastanie; sie hatte ihr feuerrotes Haar im Nacken zu einem festen Dutt zusammengebunden; die Schultern wirkten durch die festen Schulterstücke breiter; und ihre Hand ruhte leicht auf dem Heft ihres Schwertes.

Cass und Rowan trugen die Seidenkleider, die sie immer als Kleidung wählten, wenn sie Fremden begegneten. Sie bemerkten, wie die Münder der Besucher offen standen und ein hörbares Keuchen durch den Saal ging.

»Aber sie wissen es doch schon«, flüsterte Cass verwirrt. »Nachdem wir Mordaunts Festung eingenommen hatten, muss es doch jeder erfahren haben, oder?«

»Es ist immer etwas anderes, wenn du es mit deinen eigenen Augen siehst«, antwortete Rowan. Zwei korpulente Männer, die nebeneinander auf der hintersten Bank saßen, runzelten die Stirnen und tuschelten.

»Mal sehen, ob sie uns jetzt immer noch als einen Haufen schwacher und wehrloser Frauen abtun.«

Angharad trat in die Mitte des Saals, das Feuer hinter sich, sodass sich ihre aufrechte Gestalt besonders deutlich abhob. Sie stand breitbeinig da und stützte die Hände in die Hüften. Ihr treuer Hund Mason strich ihr um die Füße. Cass konnte sich vorstellen, wie vollständig anders sie auf die versammelten Männer wirken musste – verglichen mit der züchtigen, sanftmütigen Witwe, die sie zuletzt auf dem Dreikönigsfest in Mordaunts Herrenhaus gesehen hatten.

»Wir sind hier heute zusammengekommen, weil wir ein gemeinsames Problem haben«, begann Angharad und ihre Stimme tönte laut und klar durch den ganzen Saal. »Räuberbanden und sächsische Invasoren rücken im ganzen Land vor. König Ceredig und andere ziehen Truppen zusammen, um sich ihnen im Süden entgegenzustellen, doch wir können uns nicht sicher sein, dass wir nicht von einzelnen Banden hier in unserer eigenen Gegend angegriffen werden.«

Es erhob sich Gemurmel. Cass bemerkte, dass einige der Adeligen misstrauisch wirkten, während andere ungläubig die Köpfe schüttelten. Sie erkannte Sir Albinor von der Dreikönigsfeier wieder: ein hoch aufgeschossener, gebrechlicher Greis, dessen ebenfalls ältere Frau seine Hand festhielt. Neben ihm saß ein dünner Mann, den Cass nicht kannte. Er hatte Pockennarben auf den Wangen und dicke, dunkle Augenbrauen. Doch die Frau, die neben ihm saß, erregte Cass' Aufmerksamkeit. Sie war jung, vielleicht so jung wie Cass. Sie hatte ihre katzenartigen Augen zu Schlitzen verengt und starrte Angharad an, als wollte sie sie jeden Moment angreifen.

»Täuscht euch nicht: Wir sind hier keineswegs weit genug entfernt und sicher vor Auseinandersetzungen«, fuhr Angharad fort, die die ihren Worten entgegengebrachte Skepsis zu spüren schien. »Unsere Kundschafterinnen haben an verschiedenen Orten besorgniserregende Anzeichen von Invasoren beobachtet. Und im vergangenen Jahr sind wir von einer Bande von Sachsen angegriffen worden. Sie haben versucht, dieses Herrenhaus einzunehmen.« Sie schlug mit der flachen Hand auf den Kaminsims. Das allgemeine Gemurmel wurde stärker.

»Warum wissen wir nichts davon?«, fragte der dünne Mann mit den dicken Augenbrauen.

»Wir haben sie ausgeschaltet, Sir Aran«, antwortete Angharad kühl. Cass sah, dass sich die Augen des Mannes auf Angharads Schwert richteten und dann über die anderen Frauen der Schwesternschaft streiften.

»Und wie ihr zweifellos schon gehört habt«, fuhr Angharad fort, »leben meine Frauen und ich hier als Schwesternschaft. Genau wie jeder von euch seine Festung, sein Herrenhaus und seine Knappen hat, haben wir das Gleiche. Wir sind zum Kampf ausgebildet – und auf alle Angriffe vorbereitet. Wir folgen dem ritterlichen Ehrenkodex und verteidigen Recht und Gerechtigkeit. Und wir schützen, was uns gehört.«

Aus dem hinteren Bereich des Saals ertönte spöttisches Gelächter. Ein kleiner, rotwangiger Mann mit blondem Haar und mächtigem Schnurrbart erhob sich und ging auf Angharad zu. Die blieb selbstbewusst stehen, als er sich näherte, doch Cass bemerkte, dass Rowan ein tiefes Grollen ausstieß und ihn mit angespannten Muskeln keine Sekunde lang aus den Augen ließ.

»Lord Murgatroyd«, grüßte Angharad mit einem freundlichen Nicken.

Der Mann ignorierte sie, ging einfach an ihr vorbei und sah sich das Tafelsilber auf den mit Essen beladenen Tischen an. In der erwartungsvollen Stille hallten seine Schritte laut durch den Saal. Dann lehnte er sich arrogant an den Sims, der die gesamte Breite des offenen Kamins überspannte.

Er ließ sich Zeit, blickte sich im Saal um und dehnte die Stille aus – wohl um zu zeigen, wie einfach es war, wie schnell die versammelte Menge in Angharads Haus seine Autorität anerkannte. Cass presste wütend die Lippen aufeinander.

»Meine Liebe«, begann er langsam mit vor Herablassung triefender Stimme, »glaubt Ihr im Ernst, dass wir uns Euren Wünschen unterwerfen, als wärt Ihr eine Art Nachfolger von Mordaunt? Dass wir diese ...« Er wies auf ihre Kleidung und schnaubte. »... Scharade ernst nehmen?«

Er ließ seine Blicke über die versammelte Menge schweifen, zog die Augenbrauen hoch und sprach sie direkt an, so als ob Angharad gar nicht da sei. »Das ist eine Beleidigung ihres verstorbenen Ehemanns, den ihr alle als einen starken und aufrechten Gentleman gekannt habt. Aber diese hanebüchene Vorstellung würdigt seinen Hausstand herab. Und kein einziger Teil von mir glaubt auch nur eine Sekunde daran, dass uns diese jungen Weibsbilder hier in irgendeiner Weise strategisch ...«

Er wurde von einem Aufblitzen unterbrochen, gefolgt von einem leisen Zischen und einem dumpfen Einschlag.

Lord Murgatroyd verstummte abrupt und blickte zu Boden. Sein langer, strähnig-blonder Schnurrbart lag schlaff zu seinen Füßen wie irgendein Ungeziefer, angeschleppt von einer Katze. Und direkt neben ihm zitterte Angharads silberner Dolch im Kaminsims. Er steckte fast bis zum Heft darin fest.

»Mein Ehemann«, sagte Angharad leise und ohne jede Spur von Freundlichkeit, »war kein aufrechter Gentleman. Und wenn Ihr Euch nicht sicher seid, wie ernst Ihr meine Frauen nehmen sollt, dann empfehle ich Euch, einen Blick auf die frisch ausgehobenen Gräber vor Lord Mordaunts Herrenhaus zu werfen.« Sie wandte sich zu den versammelten Grundbesitzern um und erhob die Stimme. »Weder will ich Euch Befehle erteilen noch Mordaunts Platz einnehmen. Ich habe Euch lediglich hier zusammengerufen, damit wir uns hinter ein gemeinsames Ziel stellen können. Unsere Kräfte bündeln und für unsere Gemeinschaft eintreten. Und zwar nicht gespalten und eingeschüchtert, wie Mordaunt es am liebsten hatte, sondern mit Vertrauen und Freundschaft.«

Es trat eine lange Stille ein. Im Kamin rutschte ein Holzscheit zischend ins Feuer.

»Ich bin dabei«, erklang eine dünne Stimme. Sir Albinor hatte sich mit der Hilfe seiner Frau erhoben.

»Ich auch«, erklärte ein jüngerer Mann mit einem freundlichen, runden Gesicht.

Angharad nickte. »Danke, Sir Prior.«

Im ganzen Saal erklang zustimmendes Gemurmel, doch Cass bemerkte, dass der korpulente Mann, der mit dem anderen getuschelt hatte, still blieb.

»Und wir ebenso«, sagte eine leise, feste Stimme. Sir Gamelin durchquerte den Saal und stellte sich Schulter an Schulter mit Angharad. Er hatte etwa ein Dutzend von Mordaunts Männern, die nicht mehr bettlägerig waren, hinter sich. Cass fiel auf, dass sich Lady Anne erhoben hatte und nun neben ihm stand. Sie sagte nichts, sah Murgatroyd und die anderen jedoch mit festem Blick an. In Cass' Magengrube machte sich sofort ein dumpfes Ziehen bemerkbar.

»Angharad und ihre Ritterinnen haben Sir Mordaunt im Kampf besiegt«, fuhr Gamelin fort, »und wir haben ihr Gefolgschaft geschworen, so wie es der Brauch verlangt. Jeder, der in ihre Ländereien eindringt, wird sich gegenüber unseren Schwertern genauso zu verantworten haben wie gegenüber den ihren.«

»Sehr gut«, sagte Angharad nach einer kurzen Stille, die sie offensichtlich als Zustimmung auffasste. »Wir müssen besprechen, wie wir eine Armee aufstellen. Es muss jeder, der nach Alter und Kräften kampffähig ist, mobilisiert werden, wenn wir ...«

Einer der rotgesichtigen Männer unterbrach sie barsch. Sein Lächeln sollte vielleicht entschuldigend wirken, doch es wirkte eher gönnerhaft. »Ihr habt es anscheinend noch nicht gehört: Es wird keine Armee geben, keine mächtige Streitmacht Nordhumbriens, die Euren Willen erfüllt. König Ceredig hat um unsere Hilfe nachgesucht – und die meisten Männer Nordhumbriens werden seinem Ruf folgen. Es erinnern sich alle noch gut daran, wie er und seine Armee uns zur Seite gestanden haben, als vor ein paar Jahren die Pikten vor unseren Grenzen standen. Damals, während der Unruhen vor Artus' Thronbesteigung. Wir marschieren schon in den nächsten Tagen nach Süden.«

»Es war kein völliger Fehlschlag«, meinte Rowan ein paar Stunden später, als sie am runden Tisch saßen und in den Resten des Festessens herumstocherten, das sie für den Witan zubereitet hatten. »Wenigstens wird es sich dieser wehleidige Murgatroyd in Zukunft gut überlegen, ob er uns noch einmal unterschätzt.«

Angharad neigte den Kopf mit einem schwachen Lächeln, das ihre Augen nicht erreichte.

»Und diese wichtigtuerischen Esel werden es fürs Erste nicht wagen, die Dörfer auszubeuten, die Mordaunt mit seinen Abgabeforderungen ruiniert hat«, fügte Susan hinzu, während sie ein Stück Schweinefleischpastete kaute. »Genauso wenig, wie uns hier anzugreifen – jetzt, wo sie wissen, dass Gamelin und die anderen unsere Ränge verstärkt haben.«

Alle blickten auf, als Alys den Saal betrat. Sie stützte Elaine, die langsam schlurfte, eine Hand auf der Wölbung ihres Bauches, die andere auf Alys' Schulter. »Ich wollte euch nicht stören!« Sie lachte und verzog leicht das Gesicht, während sie sich in einen Sessel fallen ließ. »Es ist nur ein Kind, keine schlimme Krankheit.«

Ihr Lachen war warm, doch Cass fing Alys' Blick auf und erkannte, dass da etwas war, das Elaine nicht aussprach.

»Wir haben den Witan abgehalten«, berichtete Cass. Ihr war klar, dass Elaine nicht wie eine Kranke behandelt oder ausgeschlossen werden wollte, nicht zuletzt weil sie in der Schlacht gegen Mordaunt eine so entscheidende Rolle gespielt hatte. »Angharad hat ihre Zähne gezeigt und unsere Nachbarn davor gewarnt, unsere Ländereien anzugreifen. Aber wir können keine Armee aufstellen, um uns gegen die Sachsen zu verteidigen. Die meisten Männer aus der Gegend marschieren in den kommenden Tagen ab, um sich König Ceredig anzuschließen.«

»Keine Armee aufstellen?«, fragte Elaine und blickte sich im Saal um. »Wie kann das sein?«

»Wie gesagt«, antwortete Cass. »Noch vor dem Wochenende werden fast alle im kampffähigen Alter fort sein.«

Elaine schüttelte langsam den Kopf. »Nein. Die kampffähigen *Männer* werden fort sein.«

Angharad hob ruckartig den Kopf und sah Elaine über den Tisch hinweg an.

»Die Männer werden fort sein«, wiederholte Angharad, und als sie lächelte, hatte Cass das Gefühl, sie sähe zum ersten Mal seit Tagen ihre Anführerin wieder. »Dann sollen sie doch gehen. Und wenn sie weg sind, bilden wir die Frauen aus.«

5

Angharad wollte warten, bis die Männer abmarschiert waren, ehe sie in Aktion trat, doch im Herrenhaus blieb niemand unbeschäftigt. An den folgenden Tagen entwickelte sich ein neuer Rhythmus. Rowan war in Sigrids ehemaliges Gemach umgezogen, sodass einige der Männer von Mordaunts Hof in den Gemächern einquartiert werden konnten, die sie und Vivian einst bewohnt hatten. In Cass' Zimmer wurde eine zusätzliche Matratze gebracht, auf der jetzt Susan schlief. Sie war eine gewissenhafte, hart arbeitende Knappin, die bei Anbruch der Morgendämmerung aufstand, um ihren Pflichten nachzukommen. So hatte Cass das Zimmer weiterhin die meiste Zeit für sich.

Blyth, die lieber alleine arbeitete und seit dem Eintreffen der neuen Mitbewohner kaum den Stall verlassen hatte, werkelte von früh bis spät fieberhaft am Rand der Wiese vor sich hin und baute Boxen für die Pferde der neuen Ritter. Bei diesem milden Wetter brauchten sie kein Dach über dem Kopf, doch wenn es Winter wurde …

Cass bemühte sich, nicht so weit in die Zukunft zu planen. Jedes Mal wenn sie es sich gestattete, darüber nachzudenken, was als Nächstes geschehen könnte, verfiel sie in merkwürdige, beunruhigende Tagträume voller gesichtsloser Feinde und brennender Kraft, die in ihren Fingerspitzen schmerzte. Der silberne Anhänger, den ihre Mutter ihr geschenkt hatte, drückte ständig auf die Kehle, sodass sie sich den Hals rieb, wenn sie aus ihren Gedanken aufschreckte.

Eines Morgens bürstete sie im Stall nach einem Ausritt gerade ihr Pony Pebble ab, da wurde sie von einem leisen Schnauben hinter sich aus einem weiteren Tagtraum gerissen. Sie wandte sich um und sah, dass Lord Gamelin sein Pferd sattelte, eine Rappschecke mit sanftmütigen braunen Augen.

»Ich wollte Euch nicht erschrecken«, entschuldigte er sich und Cass verspürte dasselbe Ziehen, das ihr den Magen umgedreht hatte, als er ihr Lady Anne vorgestellt hatte.

»Ihr habt mich nicht erschreckt«, antwortete sie ein wenig steif und widmete ihre Aufmerksamkeit gleich wieder Pebbles Flanke.

»Jetzt seid Ihr kein namenloser Ritter mehr«, sagte er leichthin, doch als Cass aufsah, war sein Lächeln mit Traurigkeit unterlegt. »Erst als ich Euch an jenem Tag kämpfen gesehen habe, konnte ich mir sicher sein, dass ich alle Teile der Geschichte richtig zusammengefügt hatte. Der Junge im Wald, der Sieger beim Turnier, die Lady auf dem Fest« – er neigte höflich den Kopf –, »die Kriegerin.«

»Cass«, antwortete sie und er nickte.

»Freut mich, endlich Eure Bekanntschaft zu machen, Lady Cass.«

»Danke«, sagte sie leise, ohne mit den langsamen, langen Bürstenstrichen aufzuhören, zu denen Pebble genussvoll schnaubte. »Dafür, dass Ihr mir beim Turnier Euer Schwert übergeben habt, um meine Identität zu schützen. Und für Euren Beistand auf dem Fest.« Sie spürte Hitze in den Wangen und ihre Finger krampften sich unwillkürlich um die Bürste. Ein rüpelhafter Ritter von Mordaunts Hausstand hatte sie in jener Nacht im Innenhof bedrängt, und wenn Gamelin nicht zufällig auf sie gestoßen wäre …

»Es war in beiden Fällen das Richtige.« Er zuckte mit den Achseln. »Und Ihr hättet mich bei dem Turnier beinahe besiegt. Wir waren gleich stark.«

»Findet Ihr es nicht merkwürdig? Dass wir Frauen Waffen tragen?«

Gamelin dachte einen Augenblick nach. »Ich habe eine Schwester, Janet. Als Kind war sie dreimal so tapfer wie ich und hatte viel flinkere Fäuste. Eines Tages, als wir die Kühe zum Melken zusammentrieben, brach ein Zaun und einer der Bullen ging auf uns los. Die Erde bebte praktisch. Er war doppelt so groß wie unser kleines Pferd und seine Hörner waren bestimmt sechzig Zentimeter lang.« Er gluckste. »Ich stand wie angewurzelt da und zitterte vor Angst. Aber Janet sprang ihm furchtlos in den Weg, wedelte mit den Armen und kreischte wie eine Wahnsinnige. Und als der Bulle sie sah, hielt er sofort an und trollte sich dann in die Richtung zurück, aus der er gekommen war.« Er lächelte Cass an. »Ich fand es schon immer merkwürdig, dass ich ausgesandt wurde, um bei meinem Onkel die ritterliche Kampfkunst zu lernen, während sie zu Hause bleiben und sich auf ein Leben des Kartoffelkochens und Wäschewaschens vorbereiten musste.« Er tätschelte sein Pferd und straffte eine der Sattelschnallen.

»Euer Schwert …« Er wandte sich neugierig Cass zu und zögerte, so als wüsste er nicht, wie er die Frage formulieren sollte.

Cass' Hand flog instinktiv zu der leeren Stelle an ihrem Gürtel, wo sie bis zu der Schlacht bei Mordaunts Herrenhaus immer ihr altes Schwert getragen hatte. Seit sie zurückgekehrt waren, seit jenem traumwandlerischen ersten Tag, als sie die neue Waffe aus dem Stein gezogen, gehalten und ihre Kraft gespürt hatte, hatte sie es sich nicht gestattet, sie noch einmal zu berühren. Das Schwert lag im Staub unter ihrem Bett, so als ob es reichte, es vor ihren Blicken zu verstecken, um die Gefühle verstummen zu lassen, die in ihr tobten. Die Ungewissheit darüber, wer sie war und was sie tun sollte. Darüber, ob die übernatürliche Energie, von der sie überschwemmt wurde, wenn sie es in die Hand nahm, ein Anlass zur Freude oder zur Furcht war.

Sie schüttelte den Kopf und beugte sich unter dem Vorwand, einen von Pebbles Hufen zu überprüfen, nach unten, um ihr Gesicht zu verbergen.

»Es ist das Schwert aus dem Stein, nicht wahr?«, fragte Gamelin. Und als sie nicht antwortete, fügte er hinzu: »Lady, wir haben alle gesehen, wie Ihr es gezogen habt. Und niemand, der es zuvor versuchte, war in der Lage, es zu bewegen.«

Cass erhob sich widerstrebend und sah ihn an. »Ich wollte es gar nicht«, sagte sie leise. »Ich griff um mich, verzweifelt nach einer Waffe suchend, und es schien mir in die Hand zu springen. Ich habe erst viel später gemerkt, dass es das Schwert aus dem Stein war. Wenn Ihr es als Mordaunts Besitz beanspruchen wollt …«

»Nein«, unterbrach er sie mit erhobenen Händen. »Es gehört rechtmäßig Euch. Einer der Gründe, warum so viele von Mordaunts Männern hergekommen sind und Angharad Gefolgschaft geschworen haben, ist, dass sie gesehen haben, wie Ihr das Schwert gezogen habt. Aber ist es Euch nicht zu schwer?«

Cass runzelte die Stirn. In Wahrheit hatte sich das Schwert jedes Mal, wenn sie es benutzte, leicht angefühlt, geradezu schwerelos. Doch sie fürchtete, dass sich das merkwürdig anhören würde, und behielt es lieber für sich. »Ich nehme an, dass ich in den letzten Monaten Kraft in meinen Armen entwickelt habe.«

Er nickte und schien ihre Erklärung zu akzeptieren, doch seine neugierigen Blicke folgten ihr, als sie sich wieder Pebbles Fellpflege zuwandte. »Mylady«, begann er leise. Seine Stimme war so sanft, dass Cass sich nicht traute, ihn anzusehen, sondern mit dem Gesicht halb in Pebbles Mähne vergraben stehen blieb. »Ich habe von Anne … nichts gewusst.«

Cass stockte der Atem und ihr Magen fühlte sich plötzlich verdreht an. Sie wusste nicht, was sie sagen sollte.

»Ich wusste nichts von der Verlobung«, fuhr er leicht verlegen fort, »bis sie vor ein paar Wochen im Herrenhaus eintraf. Mein Onkel hat sie geschickt. Er hat die Heirat arrangiert und sie zu Mordaunts Hof gesandt, damit sie mich ehelicht.«

Cass sagte immer noch nichts. Sie spürte Pebbles regelmäßigen Pulsschlag unter ihren Fingern und bemühte sich, ihren Atemrhythmus daran anzupassen, als würde ihr das Bodenhaftung verleihen.

»Sie wäre nicht meine Wahl gewesen«, flüsterte Gamelin mit einer Dringlichkeit in seiner Stimme, die sie zwang, sich umzudrehen und ihm in die Augen zu sehen. Ihre Blicke trafen sich. Seine Augenfarbe hatte sich zu einem intensiven Goldbraun verdunkelt, das ihren Entschluss, ungerührt zu bleiben und ihn auf Distanz zu halten, untergrub. Doch sie brachte es nicht über sich wegzuschauen. Er fuhr fort: »Aber nun ist sie hier, und wenn ich sie unverheiratet nach Hause zurückschicke, dann …« Er breitete hilflos die Hände aus. »Dann würde das ihrem Ruf schaden.«

»Ja«, sagte Cass leise und versuchte, mit fester Stimme zu sprechen. »Natürlich.«

»Doch ich möchte, dass Ihr wisst: Wenn die Umstände anders wären …« Er stockte plötzlich, als Blyth geschäftig in den Stall platzte und einen Heuballen in Pebbles Futterkrippe warf.

»Aber sie sind nicht anders …«, begann Cass und wünschte, ihre Kehle würde nicht so schmerzen; wünschte, ihre verräterischen Augen blieben trocken und sie könnte ihm das gelassene, ungerötete Gesicht präsentieren, das sie ihm zeigen wollte.

Doch bevor sie den Satz beenden konnte, gab es ein ohrenbetäubendes Krachen und Splittern von Holz. Das Tor in der Außenmauer des Herrenhauses wurde aufgestoßen. Cass und Gamelin sprangen zum Stalltor und sahen, wie bewaffnete Männer durch den gesplitterten Rahmen des zerstörten Tores sprengten.

Sie schauten sich einen brennenden Augenblick lang an und rannten dann Seite an Seite zu den schreienden Torwachen, die überrascht worden waren, von der Brustwehr herabkletterten und ihre Schwerter zogen. Gamelin zog im Laufen sein Schwert und griff ohne Zögern den größten der Männer direkt an. Cass' Brust verengte sich in Panik, als sie an ihrem Gürtel herumtastete und ihr wieder einfiel, dass sich dort keine Waffe befand.

Doch dann erschien Iona hinter ihr, die aus der Schmiede heraussprang und ihr ein Schwert zuwarf. Cass fing es auf und wirbelte herum, um einen Mann zu verfolgen, der über den Innenhof auf die Türen zum großen Saal zuhielt. Besessen von der Furcht, er könnte diese Türen erreichen und über die unbewaffneten Frauen drinnen herfallen, fuchtelte sie mit dem Schwert wild in der Luft herum. Die Klinge traf ihn von hinten, schnitt in den ungeschützten Teil seines Oberschenkels zwischen Beinschienen und Brustpanzer hinein. Er stürzte mit einem Aufschrei zu Boden. Blut spritzte über das Kopfsteinpflaster.

Zwei weitere Männer griffen Cass an, doch plötzlich war Sir Gamelin da. Der Körper des Mannes, mit dem er gekämpft hatte, war zu Boden gesunken. Wortlos pressten sie ihre Rücken aneinander und wehrten je einen der Angreifer ab. Der Mann, der es mit Cass aufnehmen wollte, war untersetzt und trug einen verfilzten, ergrauten Bart, der unter seinem Metallhelm herausragte. Er hatte Pockennarben in seinem puterroten Gesicht und spuckte verächtlich auf den Boden, als würde ihn die Vorstellung anekeln, gegen eine Frau kämpfen zu müssen.

Cass spürte Wut in sich aufsteigen. Wie konnte er es nur wagen, hier einzudringen, in den Zufluchtsort, den sie sich geschaffen hatten, und dann auch noch so zu tun, als ob er es nicht wert wäre, verteidigt zu werden? Diese Männer sabotierten ständig das Leben, das sie für sich und die anderen Frauen anstrebte. Die Enttäuschung und die Wut über die Ungerechtigkeit brachen aus ihr heraus. Sie ging auf ihn los und rammte ihm die Schulter in den Leib, sodass er überrascht rückwärtstaumelte. Sie trat zu. Der Ärger keilte ihren Stiefel in seinen Schritt und er grunzte, krümmte sich zusammen und wich zurück.

Da vernahm sie hinter sich ein scharfes Einatmen. Sie fuhr herum und sah, wie Gamelin das Gleichgewicht verlor und sich die Seite hielt, wo sich bereits ein roter Fleck auf seinem Waffenrock ausbreitete. Sie warf sich vor ihn und hob ihr Schwert, um die Klinge des riesigen Mannes aufzuhalten, der gerade einen tödlichen Schlag ausführen wollte. Sie parierte, indem sie den Griff ihres Schwertes mit beiden Händen umklammerte, doch die schiere Kraft des Mannes zwang sie in die Knie. Bevor sie wieder aufstehen konnte, trat er gegen ihre Schulter. Mit einem scharfen Schmerz im linken Arm stürzte sie rücklings auf den gepflasterten Boden.

Sie sah zu ihm auf, während ihre Finger nach dem Schwert tasteten. Er stürzte sich mit einem siegesgewissen Grinsen auf sie, doch dann weiteten sich plötzlich seine Augen, als ihn ein schwerer Schlag am Hinterkopf traf. Er sackte neben Cass in sich zusammen. Schwer atmend blickte Cass hoch. Sir Bale nickte ihr kurz zu und rannte sofort weiter, um sich einigen seiner Männer anzuschließen, die gerade aus dem Saal herauskamen, um es mit den verbleibenden Eindringlingen aufzunehmen.

Es waren ungefähr ein Dutzend. Als Bale und die anderen sie stellten, erschienen Angharad und weitere Frauen, sodass die Angreifer bald umstellt und unter Kontrolle waren. Als ihnen klar wurde, dass sie es mit den Männern und Frauen innerhalb der Mauern des Herrenhauses nicht aufnehmen konnten, versuchte der Letzte von ihnen, ein dürrer Typ mit einem Helm, der für seinen Kopf zu groß war, zu flüchten. Rowan rannte ihm nach.

Der Innenhof hatte sich inzwischen weiter gefüllt. Cass richtete sich benommen auf und zuckte zusammen, als sie vorsichtig ihre schmerzende Schulter bewegte. Sie sah, dass Alys Sir Gamelins Wunde untersuchte. Sein schlanker, muskulöser Oberkörper war blutverschmiert.

»Das ist nur ein Kratzer«, keuchte er und wischte sich Schweiß aus den Augen. »Kümmere dich um die anderen.«

»Das ist mehr als nur ein Kratzer«, gab Alys zurück, die Tücher auf die Wunde presste. »Aber Ihr werdet es überleben. Ihr habt Glück gehabt, dass es keine tiefe Wunde ist.«

In diesem Moment kehrte Rowan mit düsterem, blutbespritztem Gesicht zurück.

»Ich habe den Flüchtenden erwischt«, berichtete sie Angharad atemlos. »Und er war nicht alleine.« Mit diesen Worten zerrte sie grob die Frau mit den katzenartigen Augen, die am Witan teilgenommen hatte, durch die Reste des in seinen Scharnieren hängenden Tores hinter sich her.

»Lady Aran«, grüßte Angharad mit eisiger Stimme. »Ihr habt bewaffnete Eindringlinge vor mein Tor geführt.«

Lady Aran warf abschätzig den dunkelhaarigen Kopf zurück und ihre Augen verengten sich. »Habt Ihr etwa erwartet, dass wir uns alle widerstandslos Eurem Willen unterwerfen, *Mylady*?«, fragte sie mit von Sarkasmus triefender Stimme. Sie musterte Angharads männliche Kleidung, die Waffe in ihrer Hand und das auf dem Kopf zusammengeraffte Haar.

»Nein.« Angharad stieß einen tiefen Seufzer aus. »Aber ich hatte gehofft, dass Ihr begreift, dass mein Vorschlag im besten Interesse von uns allen ist – auch von Euch und Eurem Ehemann.«

»Wenn Ihr mich tötet«, flüsterte Lady Aran trotzig, »dann kommen eben andere.«

»Die anderen kommen doch längst, du Närrin«, gab Rowan zurück und verdrehte Lady Arans Arm auf ihrem Rücken. »Und möchtest du sie lieber in unserer Mitte willkommen heißen, statt dich ihnen gemeinsam mit uns entgegenzustellen? Was glaubst du, was diese Männer nach der Einnahme des Herrenhauses als Nächstes vorhatten? Sich artig bei dir zu bedanken und dann von deinem Besitz zu verschwinden und dich in Ruhe zu lassen?«

»Weiß Euer Ehemann hiervon?«, fragte Angharad leise und blickte die andere Frau voller Abscheu an.

»Nein.« Lady Aran warf wieder den Kopf zurück. »Er ist unentschlossen und schwach. Er hat nicht erkannt, dass er der natürliche Nachfolger von Sir Mordaunt ist. Ich habe getan, was im Interesse von uns beiden getan werden musste. Und im Interesse unserer noch jungen Söhne.«

»Das heißt, wenn Eure Leiche neben den Körpern dieser Männer gefunden wird …«, Angharad wies kühl auf die reglosen Angreifer, die im Innenhof verteilt lagen, »… dann erfährt er nie, dass Ihr nicht von deren Händen gestorben seid.«

Die beiden Frauen starrten sich einen langen Moment gegenseitig an und niemand sagte etwas. Dann ließ Rowan das Handgelenk Lady Arans los und trat zu Angharad vor.

»Aber da alle diese Männer ebenfalls tot sind«, sagte sie und blickte sich um, »würde es keinen Sinn ergeben, dass die sie getötet haben. Und wenn Aran das herausfände …«

Angharad nickte langsam, ohne den Blick vom Gesicht der Frau zu lösen.

»… würde es endlose Flügelkämpfe auslösen«, fuhr Rowan fort und ließ ihr Schwert langsam in die Scheide zurückgleiten.

Angharad senkte die Schultern ein wenig, so als ob mit einem Mal eine große Anspannung von ihr abgefallen wäre. Cass sah es und dachte, dass es nicht Zustimmung, sondern Erleichterung war. Und diese Erleichterung hatte nichts mit Lady Aran oder deren Schicksal zu tun, sondern weit mehr mit der gertenschlanken jungen Frau, die sich von ihrer verräterischen Nachbarin abwandte und in den Saal zurückkehrte, ohne sich noch einmal umzublicken.

In dieser Nacht saß Cass lange in ihrem Gemach, starrte das Schwert mit dem Rubinknauf an und fragte sich, ob das Gefecht vielleicht anders verlaufen wäre, wenn sie die Waffe nicht unter ihrem Bett hätte verstauben lassen. Sie ging in Gedanken die Ereignisse des Nachmittags durch. Die messerscharfe Befragung, mit der Angharad herausgefunden hatte, was geschehen war. Wie Lady Aran die sächsischen Räuber, die sich ans Herrenhaus heranmachten, eingelassen und sich selbst mit dem Versprechen einer noch größeren Beute gerettet hatte. Angharad hatte sie mit eingekniffenem Schwanz in ihr eigenes Herrenhaus zurückkehren lassen. Wie Rowan beim Abendessen auf der Bank beiseitegerückt war, als Sir Bale und Sir Gamelin den Saal betraten, damit sie neben den Frauen sitzen und zum ersten Mal seit ihrer Ankunft ein Mahl mit ihnen teilen konnten. Wie sie gesehen hatte, dass Angharad lächelnd eine komplette Mahlzeit aß.

Und doch kehrten ihre Gedanken immer wieder zu dem Kampf zurück. Das Stechen in ihrer Schulter und der brutale Schmerz ihrer atemlosen Lungen, als sie rücklings zu Boden gefallen war. Dem kalten, dumpfen Gewicht des Schwertes in ihrer Hand hatte der warme Kraftrausch gefehlt, den sie mit ihrem eigenen Schwert verspürte. Es fühlte sich so an, als hätte sie sich von ihrer eigenen Bestimmung abgewandt. Und doch schob sie das Schwert wieder unter ihre Matratze, bevor sie die Kerzenstumpen ausblies und sich schlafen legte.

6

Zum Glück waren es nur wenige Angreifer gewesen. Doch Cass wusste, dass Angharad glasklar war, dass sie eine größere Truppe beim nächsten Mal vielleicht nicht mehr abwehren konnten. Sie mussten mehr Frauen an Schwertern ausbilden, und zwar schnell. Doch die Anwerbung verlief nicht ganz so, wie sie es sich vorgestellt hatten.

Angharad, Rowan, Cass und eine kleine Schar weiterer Knappinnen, darunter Elisabeth und Susan, ritten gemeinsam aus. Der Wald quoll förmlich über von den Farben des Sommers. Purpurne Fingerhüte reckten ihre zarten Hälse und prunkten mit gefleckten Kehlen; halb geöffnete Nieswurzknospen schwankten, als sie an ihnen vorbeiritten, und blassrosa Ruprechtskrautblüten drängten sich wie Sternchen am Fuß der Bäume.

Cass bekam bessere Laune, als Pebble zufrieden über den Pfad trabte und ihre strubbelige, schwarze Mähne freudig erregt schüttelte. Der süße Duft von Maiglöckchen erfüllte die warme Luft und goldene Sonnenstrahlen glitzerten durch den Baldachin des Blätterdachs.

Zuerst ritten sie nach Elsdon, ein kleines Dorf, in dem Cass noch nie gewesen war. »Da gibt es ungefähr vierzig Hütten«, erklärte Rowan, während Angharad vorausgaloppierte. Ihr wehendes Haar wirkte im Sonnenlicht, als stünde es in Flammen. »Und vielleicht ein Dutzend Frauen im kampftauglichen Alter, die keine kleinen Kinder zu versorgen haben.«

Cass sah Angharad an. Ihr gerader, stolzer Rücken in Lederrüstung, das Schwert griffbereit an ihrer Seite – es fühlte sich so ungewohnt und unnatürlich an, ohne jede Verkleidung in den Wald auszureiten. Keine Gesichtsbedeckungen, kein Reiten im züchtigen Damensitz mit langen Kleidern. Sie konnten ihre Rüstungen und Waffen offen tragen und brauchten keine Angst vor Entdeckung zu haben, denn das Schlimmste war schon passiert. Es war so beglückend, dass es schon beinahe einem Rausch gleichkam. Sie wünschte sich fast, irgendein Bandit oder Feind würde sich ihnen entgegenstellen, denn sie hatte den brennenden Wunsch, zum ersten Mal ganz und gar aus eigenem Recht kämpfen zu dürfen. Doch der Ritt verlief ohne Zwischenfälle. Pebble trottete friedlich hinter den anderen her.

Als sie es erreichten, war das Dorf still. Nur ein paar Hühner scharrten auf dem offenen Platz in der Mitte der Hütten herum und eine Handvoll schmuddeliger Kinder spielte Himmel und Hölle. Sie hielten inne und starrten die Reiterinnen unverhohlen an, als diese absaßen und ihre Pferde zum Wassertrog führten.

»Wir sind hier, um euch eine Einladung zu überbringen«, begann Angharad freundlich, als die Frauen des Dorfes aus ihren Hütten ins Freie kamen. Sie waren offensichtlich mitten bei der täglichen Arbeit; einige wischten sich die Hände an ihren Schürzen ab, andere hatten Mehlflecken auf den Wangen.

»Eine Einladung und eine Gelegenheit«, fügte Rowan hinzu. »Nämlich zu lernen, wie ihr euch selbst, eure Familien und eure Nachbarinnen verteidigen könnt, falls es zum Äußersten kommt.«

In der Gruppe erhob sich ein schwaches Murmeln, doch niemand trat vor. Cass bemerkte eine junge Frau, die mit einem Eimer frisch geschöpften Wassers ein wenig abseits von den anderen stand. Sie war vielleicht fünfzehn oder sechzehn, hatte große, dunkle Augen, ein blasses, ovales Gesicht und glattes Haar, das sie im Nacken zusammengebunden hatte, sodass es in einem langen Zopf über eine Schulter hing.

»Und unter unseren Schutz zu treten, falls es zu einem Angriff der Sachsen oder plündernder Räuberbanden kommt«, fuhr Angharad fort und blickte mit einem leichten Stirnrunzeln auf die Dörflerinnen, die sie schweigend ansahen. »Und gemeinsam mit uns andere und deren Ländereien in der Nähe zu verteidigen.« Sie hielt inne, denn sie erwartete wenn schon keinen begeisterten Ansturm neuer Rekrutinnen, dann zumindest irgendeine Art von Reaktion. Ratlos schaute sie Cass an, die sich der Sache annahm.

»Wir bringen euch bei, wie man reitet und kämpft«, erklärte Cass und zog ihr Schwert. »Versorgen euch mit Waffen und trainieren euch in deren Gebrauch, damit ihr euch verteidigen könnt.«

»Unser Herrenhaus wurde gestern angegriffen«, fügte Rowan hinzu. »Das sind keine eingebildeten Bedrohungen!«

Aus einem dunklen Hausflur hinter einer Gruppe junger Frauen trat ein runzeliger alter Mann. Er hatte eine Glatze und war vom Alter gebeugt, sodass er sich auf eine hölzerne Krücke stützen musste.

»Ihr überbeansprucht unsere Gastfreundschaft bereits«, brachte er mit barscher, lauter Stimme vor. Cass fiel auf, dass die dunkelhaarige junge Frau zusammenzuckte und etwas Wasser aus ihrem Eimer verschüttete. »Wie Ihr seht, ist hier niemand, der hitzköpfig oder dumm genug ist, loszurennen und Euer gefährliches Spiel mitzumachen. Kehrt besser nach Hause zurück und überlasst es den Männern, die losgezogen sind und ihr Leben riskieren, damit wir in Sicherheit bleiben.«

Unter den anderen Dörflerinnen erhob sich zustimmendes Gemurmel und ein kleiner Junge hob einen Stein auf und warf ihn in Richtung der Ritterinnen, bevor er sich hinter den Röcken seiner Mutter versteckte. Der Stein landete zu Pebbles Füßen und sie bäumte sich ungebärdig auf, sodass Cass alle Mühe hatte, sie zu beruhigen.

»Wir bleiben nicht, wo wir nicht erwünscht sind«, verkündete Angharad mit angespannter Stimme. »Aber ihr wisst, wo ihr uns finden könnt, falls es sich eine von euch noch anders überlegt.« Sie sah dabei nicht den alten Mann an, sondern die Frauen, die jedoch ihrem Blick auswichen und sich wieder an ihre häuslichen Pflichten machten.

Sie waren schon ein ganzes Stück in Richtung des nächsten Dorfes geritten, da vernahmen sie auf dem Pfad hinter sich Hufgetrappel. Sie wandten sich um und Cass erkannte das Mädchen, das vorhin im Dorf etwas abseitsgestanden hatte. Sie zügelten ihre Pferde, um auf sie zu warten.

»Ich bin Edith«, stellte sie sich vor, als sie ankam. »Ich möchte mich Euch anschließen, wenn Ihr mich nehmt. Ich kann reiten und kochen und ...« Sie atmete tief durch und dann sprudelte es aus ihr heraus: »... und ich will nicht still zu Hause warten, während mein Bruder und mein Vater ihr Leben riskieren und ich doch zwei einwandfreie Arme habe, um ein Schwert oder einen Bogen zu führen, und wahrscheinlich genauso gut zielen könnte, wenn man es mir nur richtig beibringen würde.«

Sie hielt atemlos inne und schien von ihrer eigenen Kühnheit ein wenig erschrocken zu sein, aber Angharad lächelte. »Dann bringen wir es dir bei.«

Es war nur eine kleine und wortkarge Gruppe, die am Spätnachmittag zum Herrenhaus zurückritt. Sie waren in mehreren weiteren Dörfern genauso verhalten empfangen worden und Edith blieb die einzige Reiterin, die am Morgen noch nicht mit ihnen gemeinsam aufgebrochen war.

»Sie müssen sich erst einmal mit dem Gedanken anfreunden«,

versuchte Cass, Angharad zu trösten, als diese absaß und ihr Pferd Star in den Stall führte. »Für mich war es auch erst einmal ein Schock, als ich hier ankam. Aber früher oder später werden sie begreifen, dass sie sich am besten mit uns zusammen verteidigen können.«

»Wir haben aber keine Zeit«, erwiderte Angharad ungeduldig. Sie warf Blyth die Zügel ihrer Rotschimmelstute in die Hände und drehte sich auf dem Absatz um. »Wenn wir es nicht schaffen, eine Armee aufzustellen, bevor die Sachsen kommen«, rief sie aufgebracht über die Schulter zurück, »dann gibt es nichts mehr, was wir verteidigen können.« Krachend stieß sie die großen Türen auf, verschwand nach drinnen und ließ Cass mit Pebble im Innenhof stehen.

Cass ließ sich Zeit damit, ihr kleines Pony einzustallen. Sie bürstete es sorgfältig und fütterte es mit einem unreifen grünen Apfel, den es auf dem Ritt abgepflückt und in die Tasche gesteckt hatte. Pebble gab ihr Halt – auf eine Weise, wie es seit Lilys Tod nichts anderes vermocht hatte. Mit Lily hatte es Momente gegeben, in denen sie lachen und sich entspannen und über Dinge plaudern konnte, die nicht wichtig waren. Momente, in denen sie sich in die Zeiten zurückversetzt fühlte, als sie noch auf Bäume geklettert war und mit ihrer Schwester auf dem Bauernhof, wo sie aufgewachsen war, Äpfel gepflückt hatte. Sorglose Tage, unbelastet von Furcht vor Räuberbanden und feindseligen Nachbarn, aber auch von dem stets präsenten, quälenden Ausmaß der Kraft, die in ihr aufstieg, wenn sie ihr neues Schwert in die Hand nahm. Jetzt, wo das Herrenhaus voller fremder Gesichter war und es keine Lily mehr gab, mit der sie auf einen Schwatz auf die Wiese flüchten und Honiggebäck naschen konnte, fand sie ihre innere Ausgeglichenheit nur mit Pebble wieder.

Sie verlor sich in der rhythmischen Bewegung der Bürste, im süßen und ehrlichen Duft des frisch geernteten Heus, dem Summen der Fliegen, die Pebble mit einem entschlossenen Schwung ihres Schwanzes verjagte. In diesen Momenten allein mit Pebble erlaubte Cass es sich manchmal, die Trauer zuzulassen, die sie tief in ihrem Inneren unter Verschluss hielt. Während die Bürste nun durch Pebbles raues, schwarzes Fell strich, gestattete sie es sich, ihren Schmerz genauer unter die Lupe zu nehmen und vorsichtig von allen Seiten zu betrachten. Sie ließ ihn brennen, bis er sie zu verschlingen drohte, und schob ihn dann wieder in ihr Inneres zurück. Sie wischte sich die Tränen von den Wangen und wartete, bis sich ihr bebender Brustkorb wieder beruhigte.

Als sie schließlich widerstrebend den Stall verließ und in den Innenhof zurückkehrte, wartete dort Elaine auf sie. Sie lehnte an der Wand und schützte mit der Hand ihre Augen vor den Strahlen der untergehenden Sonne des frühen Abends.

Cass eilte besorgt auf sie zu. »Ist etwas …«

»Mir geht es gut und dem Baby auch.« Elaine machte eine wegwerfende Handbewegung und tätschelte ihren ausladenden Bauch. »Aber um dich mache ich mir Sorgen.« Sie nahm Cass' Arm und führte sie nicht durch die Haupttüren in den großen Saal, sondern um die Ecke des Gebäudes herum durch die kleine Hintertür, die auf die Wiese führte. Sie schaute Cass aufmerksam an und bemerkte die verräterische Rötung ihrer Augen.

»Früher oder später musst du dich damit auseinandersetzen, Cass«, sagte sie unverblümt und Cass wand sich innerlich. So war Elaine. Immer so direkt und geradeheraus wie niemand sonst, den sie kannte.

»Du kannst dich nicht davor verstecken, wer du bist.«

Cass antwortete nicht, doch sie merkte, wie wütende Enttäuschung in ihr aufstieg. Elaine machte es sich so einfach. Sie hatte immer furchtlos gewirkt, seit sie hochschwanger und zornig auf Lancelot, der sie sitzen gelassen hatte, ins Herrenhaus geritten war. Sie machte es sich zu einfach. Sie war immer vollkommen selbstsicher und von ihren Entscheidungen überzeugt, und jetzt forderte sie Cass auf, ihre Bestimmung anzunehmen. Aber wie sollte sie akzeptieren, wer sie war, wenn sie doch selbst keine Ahnung hatte? Sie, das Bauernmädchen, das sich dreimal in der Woche die Knie aufschlug und es nie wirklich hinbekam, dass ihr Haar glatt blieb oder ihre Schuhe sauber, so wie es ihre ältere Schwester schaffte? Die junge Ritterin in Ausbildung, die jetzt ohne ihre Herrin orientierungslos dastand? Das Mädchen, dessen Herz durch den Verlust ihrer besten Freundin gebrochen war? Die wahre Besitzerin des Schwerts im Stein? Ihr Herz setzte einen Schlag aus und sie schüttelte den Kopf.

»Es ist schon in Ordnung«, meinte Elaine. »Ich zwinge dich nicht, etwas dazu zu sagen, wenn du es nicht willst. Aber du wirst dich weiteren Kämpfen stellen müssen, und wenn du nicht darüber reden willst, dann kann ich dich wenigstens bei der Vorbereitung unterstützen.« Sie überreichte Cass einen polierten Eschenholzbogen und einen Köcher Pfeile.

Cass zog fragend eine Augenbraue hoch und Elaine lachte sie freundlich an.

»Die Schwangerschaft macht mich nicht völlig nutzlos, weißt du? Ich kann immer noch mein Wissen teilen.«

»Aber ich weiß schon, wie man mit einem Bogen schießt«, setzte Cass an.

»Ja, im Stehen. Und Sigrid hat dich im Nah- und Zweikampf ausgebildet. Aber keine dieser Fähigkeiten bringt dich bei der Art von Kämpfen weiter, von denen ich befürchte, dass sie uns bevorstehen. Da geht es um Bogenschießen vom Pferd aus – in der Lage zu sein, schnell zu reiten und gleichzeitig treffsicher zu schießen. Das ist nämlich das Wichtigste, wenn du Feinde im Wald verfolgst.«

Cass schluckte schwer. Sie hatte hart daran gearbeitet, eine gute Reiterin zu werden, und war jetzt eine kompetente Bogenschützin, auch wenn Rowans Fertigkeiten mit dem Bogen die ihren weit überstiegen. Aber beides zusammenbringen? Mit der einen Hand den Bogen ruhig zu halten und mit der anderen die Sehne zu spannen – da gab es ein eklatantes Problem.

»Wie bleibt man im Sattel?«, fragte sie und Elaine lachte wieder.

»Mach dir darüber erst mal keine Gedanken«, versicherte sie und ging über die Wiese zu ihrem geduldig wartenden Pferd, das vor einen kleinen Karren gespannt war. Cass sah zu, wie Elaine sich schwerfällig auf seinen Rücken hievte, aber sie ahnte, dass sie dabei keine Hilfe annehmen wollte. Und erst als Elaine in einen zügigen Trab überging und der Karren hinter ihr herpolterte, sah sie, dass darauf mit Seilen eine Zielscheibe befestigt war, die in ihre Richtung zeigte.

»Wir fangen mit einem beweglichen Ziel an«, rief Elaine entschlossen. Cass biss die Zähne zusammen und legte den ersten Pfeil an.

7

Die nächsten Tage stellten eine angenehme Ruhepause dar und man hätte beinahe denken können, alles ginge wieder seinen normalen Gang – wäre nicht Angharad im Herrenhaus herumgelaufen wie ein Hund mit einem Stachel in der Pfote und wären nicht ihre sonst stillen Mahlzeiten ab und zu durch lautes Gelächter von Mordaunts Rittern unterbrochen worden, die immer noch eine argwöhnische Distanz wahrten. Cass konnte nicht anders, als zu bemerken, dass Sir Gamelin stets sehr höflich war, wenn er Lady Anne begegnete, aber dass sie anscheinend keine Zeit miteinander verbrachten.

Mit jedem weiteren Tag sank die Wahrscheinlichkeit, dass Frauen aus den Dörfern und Kleinstädten, die sie besucht hatten, zu ihnen stießen, sodass die Wolke, die über Angharads Kopf zu hängen schien, immer düsterer wurde. Doch Cass entschwand jeden Morgen mit Edith auf die Wiese. Sie lernte leicht und entpuppte sich als geborene Schwertkämpferin. Cass und Rowan wechselten sich bei ihrem Training ab und Cass wurde von einem merkwürdig befriedigenden Gefühl überrascht, als sie Edith die Grundkenntnisse beibrachte, die sie selbst im Jahr zuvor von Sigrid gelernt hatte.

»Du musst den Schwerthieb erst parieren, bevor du selbst zustoßen kannst«, erklärte sie, nachdem sie Ediths wildem Herumgestochere mit dem Holzknüppel, den sie zum Üben benutzten, mit Leichtigkeit aus dem Weg gegangen war. »Es bringt nichts, einen tödlichen Schlag zu planen, wenn dein Gegner dich bereits mit seinem Schwert aufgespießt hat.« Edith seufzte enttäuscht, doch Cass, die sich an ihre eigene Ungeduld mit Sigrid erinnerte, grinste sie an. »Sei geduldig und übe weiter. Das klappt schon!«

An den langen, goldenen Nachmittagen sattelte sie Pebble und trainierte mit Elaine. Sie gab sich alle Mühe, aufs Neue zu lernen, wie sie ausschließlich mit der Kraft ihrer Oberschenkel reiten, im Sattel bleiben und zugleich mithilfe der Waden mit dem Pferd kommunizieren konnte.

»Du musst dich dem Rhythmus des Pferdes anpassen!«, rief Elaine ihr genervt nach, als Cass zum gefühlt hundertsten Mal versuchte, einen schnellen Trab ohne Hände hinzubekommen. Dabei rutschte sie gefährlich zur Seite und drohte ihr Gleichgewicht vollends zu verlieren. »Wenn du es nicht schaffst, geschmeidig zu reiten, kannst du deinen Bogen niemals still halten. Und die einzige Methode, um das zu erreichen, ist, indem du deinen Körper im Einklang mit der Gangart des Pferdes auf und ab bewegst.« Sie führte die Aufwärtsbewegung mit ihrem Becken vor, was Cass zum Kichern brachte, weil diese Bewegung mit Elaines enorm dickem Bauch einfach zu seltsam aussah. Auch Elaine musste lachen. Als zwei von Mordaunts Rittern aus dem Herrenhaus kamen, um sich im Schwertkampf zu üben, nahmen sie sich zusammen. Sie vermieden es, einander anzusehen, aus Angst, wieder losprusten zu müssen.

Am dritten Tag entschied Elaine, dass Cass die beiden Einzeldisziplinen – Schießen auf ein bewegliches Ziel und freihändig Reiten – gemeistert hatte und bereit für den Versuch war, sie miteinander zu kombinieren.

»Wenn du bei der Verfolgung eines sich bewegenden Feindes durch den Wald galoppierst, kommt es vor allem auf das Timing an«, erklärte sie Cass, »deshalb verringern wir die Zeit, die jeder einzelne Handlungsschritt verschlingt.« Sie zeigte Cass, wie sie die Pfeile hinter ihren Gürtel stecken konnte, um schneller an sie heranzukommen, und wie sie mit den Fingern schnell am Schaft eines Pfeils entlangfahren und dessen Nocke ertasten konnte, ohne die Augen vom Feind zu nehmen.

»Normalerweise spannst du die Sehne mit deinen Fingern, aber auf dem Pferd geht es schneller, wenn du eine Faust machst und stattdessen nur den Daumen benutzt.«

Cass probierte es aus und ihr Pfeil flog unkontrolliert seitwärts davon.

»Du gewöhnst dich daran.« Elaine berührte Cass' Arm und zeigte auf drei Zielscheiben, die sie an beiden Langseiten der Wiese aufgestellt hatte. »Du reitest durch die Mitte und schießt dabei drei Pfeile ab. Dann wendest du und reitest zurück, und währenddessen schießt du auf die anderen Ziele.«

Cass saß auf und atmete tief durch. Sie konnte inzwischen gut reiten, auch ohne sich an den Zügeln oder am Sattelknauf festhalten zu müssen. Sie traf drei von vier Mal fast in die Mitte der Zielscheiben. Wie schwer konnte es da sein, beides gleichzeitig zu tun?

Sie legten los. Pebble trabte mutig voran. Cass verließ sich auf ihre Oberschenkel, um sich im Sattel zu halten, und bemühte sich, in den auf- und absteigenden Rhythmus zu kommen, den Elaine ihr beigebracht hatte.

Sie flüsterte halblaut vor sich hin, wobei die Gangart des Pferdes jedes Wort einzeln aus ihren Lungen presste: »*Ziehen – Anlegen – Zielen – Schießen.*« Doch bevor sie zu »*Zielen*« und »*Schießen*« gelangte, glitt ihr der Pfeil aus den Fingern und fiel in das mit Butterblumen durchwachsene Gras, während sie an der ersten Zielscheibe vorbeiritt. Sie kam aus dem Rhythmus und ließ sich in dem Moment schwer in den Sattel fallen, als sie sich eigentlich hätte aufrichten müssen.

»Mach dir nichts draus«, rief Elaine ihr vom anderen Ende der Wiese zu. »Reite weiter und lege einen neuen Pfeil an!«

Und das tat Cass. Diesmal schaffte sie es, den Bogen zu spannen, ohne den Pfeil fallen zu lassen, doch sie hatte die Zielscheibe schon fast passiert. Sie zielte irgendwohin und der Pfeil landete näher an der ersten Zielscheibe als an der, die sie eigentlich hatte treffen wollen.

»Egal, weiter!«, drängte Elaine. »Rechter Ellenbogen hoch, Bogen spannen und nicht den Bogen von dir wegdrücken!«

Cass wendete und konzentrierte sich auf die Zielscheiben auf der gegenüberliegenden Seite. Der erste Pfeil flog weit über das Ziel; der zweite blieb eine Pferdelänge vorm Ziel im Boden stecken; doch der dritte traf die äußerste Kante der Zielscheibe mit einem befriedigenden dumpfen Einschlag. Cass spürte Stolz in sich aufsteigen, obwohl sie die Mitte der Zielscheibe weit verfehlt hatte.

»Nicht übel für einen Trab.« Elaine grinste Cass mit einem schelmischen Leuchten in den Augen an. »Und jetzt möchte ich einen Galopp sehen!«

Als der Nachmittag sich neigte, brannten Cass' Oberschenkel, ihre Fingerspitzen waren wund und ihre Arme fühlten sich bleischwer an. Doch sie fühlte sich beschwingt und energiegeladen. Als sie die Wiese verließ, bemerkte sie, wie sehr sich dieses Gefühl von dem unterschied, das sie vor all diesen Monaten bei ihren ersten Ausbildungseinheiten gehabt hatte: Nervosität und Furcht.

Sie stapfte hungrig und mit schmerzenden Gliedern ins Herrenhaus zurück. Dabei traf sie Alys, die Ebereschenzweige mit Rosmarin und Salbei um die Eingangstür flocht.

»Wir werden jeden Schutz brauchen können, den wir kriegen«, murmelte sie düster, als Cass sie fragend ansah. »Vor allem wenn wir den größeren Teil Nordhumbriens mit einer Handvoll von Mordaunts Übriggebliebenen und nicht mal der Hälfte unserer normalen Ritterinnen halten wollen.«

Cass warf einen Seitenblick auf Angharad, die wie stets stolz und aufrecht in ihrem geschnitzten Sessel am Kopf eines der Tische in der großen Halle thronte. Nach außen hin hörte sie höflich Edith zu, doch Cass erkannte an der Art, wie ihre Finger die Armlehne ihres Sessels umklammerten und ihre Mundwinkel verkrampften, dass sie insgeheim dieselben Befürchtungen hegte.

Früher hätte Angharad der sanfte Druck von Vivians Hand auf ihrer Schulter beruhigt und ihre Lippen hätten sich zu einem Lächeln verzogen. Doch ohne Vivian, die Angharad so gut gekannt hatte und nicht davor zurückschreckte, sich ihr entgegenzustellen, wenn sie einen sturen Wutanfall bekam … Cass dachte, dass es wie in einem Ruderboot mit nur einem Riemen war: Richtungs- und hoffnungslos geriet es immer mehr außer Kontrolle.

Die Stimmung war an diesem Abend gedrückt. Seit ihrem letzten Besuch vor zwei Wochen hatten sich die Kundschafterinnen nicht mehr gemeldet. Deshalb wussten sie nicht, ob die Bedrohung noch fern war oder immer näher an ihre Türschwelle rückte. Angharad weigerte sich beharrlich, ihren Misserfolg bei der Rekrutierung neuer Kämpferinnen anzuerkennen, und schaute jedes Mal erwartungsvoll zur Tür, wenn sie sich öffnete. Diesmal war es Blyth, die eine Kiste Möhren für die Pferde aus dem Haus holen wollte. Und solange Angharad weiterhin vorgab, jeden Augenblick Neulinge zu erwarten, traute sich auch niemand sonst, der Realität ins Auge zu blicken: Sie brauchten einen neuen Plan.

8

Cass schlief unruhig. Sie wurde von Träumen geplagt, in denen schemenhafte Gestalten durch den Wald schlichen, auf das Herrenhaus zuschwärmten und mit kraftvollen Faustschlägen Einlass verlangten. Sie wälzte sich im Bett herum; ihre Laken waren schweißnass. »Haut ab!«, murmelte sie, doch das Hämmern wurde nur noch drängender.

Mit einem Mal war sie wach und setzte sich auf, das Bettlaken fest an ihre Brust gepresst. Das Herz schlug ihr bis zum Hals. Irgendjemand hämmerte an die Tür ihres Gemachs.

»Cass?« In der Dunkelheit klang Susans Stimme panisch.

Cass sprang aus dem Bett und ergriff ihr altes Schwert, das immer in Reichweite lag. Kampfbereit riss sie die Tür auf.

»Nicht!« Sir Gamelin hielt eine Hand hoch und sah sie mit schreckgeweiteten Augen an. Im Licht der Kerze, die er in seiner anderen Hand hielt, blitzte Cass' Schwert auf. Mit heftig pochendem Herzen ließ sie es sinken. Jetzt wurde sie sich auf einmal des Umstands bewusst, dass sie nur ein dünnes Baumwollnachthemd trug. Gamelin anscheinend auch, denn er schien überallhin zu schauen außer auf sie.

»Es hat in Elsdon einen Angriff gegeben. Räuberbanden. Ein kleiner Junge aus dem Ort ist losgeritten, um Hilfe zu holen, aber wir wissen nicht, ob es schon zu spät ist.«

Cass nickte und ging in ihr Gemach zurück, um sich ihren widerspenstigen Brustpanzer anzulegen und in ihre Stiefel zu steigen, während Gamelin weiterstrebte, um an die nächste Tür zu trommeln. »Keine Zeit!«, keuchte sie, als ihr die verängstigte Susan ihre Schulterplatten hinhielt. Gewohnheitsmäßig ergriff sie ihren Schild. Und dann, ohne darüber nachzudenken, tastete sie mit der freien Hand unter ihrem Bett nach dem neuen Schwert mit dem Rubinheft, das unter der Berührung ihrer Finger zu vibrieren schien. Doch Cass schreckte zurück, als in ihren Fingern dieselbe Vibration zu antworten begann und ihr Blut zu der Waffe hinzuströmen schien. Kurzerhand schob sie sie beiseite, steckte stattdessen ihr altes Schwert in die Scheide und versuchte, dessen schwerfälliges, kaltes Gewicht an ihrem Gürtel zu ignorieren.

Im letzten Moment fielen ihr Elaines Worte wieder ein. Sie schlang sich ihren Bogen über die Schulter und eilte hinunter zum Stall.

Blyth war ebenfalls auf den Beinen. Gamelin und ein paar der älteren Ritter hatten Karten gespielt und waren deshalb noch wach gewesen, als die Botin eintraf, und hatten sie alarmiert. Die Hälfte der Pferde war bereits gesattelt, darunter Pebble und Angharads Rotschimmelstute Star, die aufgeregt mit den Vorderhufen stampfte. Während Cass aufsaß, flog Angharad geradezu aus dem Herrenhaus. Sie hatte sich einen smaragdgrünen Umhang über die Schultern geworfen. Genau wie Cass hatte sie in Hast nur die allerwichtigsten Teile ihrer Rüstung angelegt. Wortlos verließen sie gemeinsam den Stall, passierten das offene Hoftor und ritten, ohne zu zögern, in den Wald hinein.

Sie ritten schnell. Cass beugte sich vor und trieb Pebble an. Sie versuchte, sich nicht zu genau vorzustellen, was sie bei ihrer Ankunft in Elsdon vorfinden würden. Das Grauen, das sie beim Anblick der Verwüstung eines anderen, erst vor wenigen Monaten geplünderten Dorfes empfunden hatte, steckte ihr noch in den

Knochen – das furchtbare Bild der auf dem Boden zusammengekrümmten Leichen hatte sich in ihr Gedächtnis eingebrannt, ebenso wie der stumme Schrei, der sie wie ein Messer durchfahren hatte, als sie Lilys leblosen Körper erblickte. Galle stieg brennend ihre Kehle hinauf. Sie schluckte schwer und hastete weiter über den vom Mondlicht befleckten Waldboden.

Rowan schloss zu ihnen auf, als sie fast den Dorfrand erreicht hatten. Durch die klare Nachtluft drangen Schreie und das Klirren von Schwertern an ihre Ohren. Cass hatte das Gefühl, als läge ein großer, kalter Stein in ihrem Magen.

»Ihr beide lenkt sie ab«, zischte Angharad, als sie die ersten Gebäude erreichten. »Ich reite ums Dorf herum und überrasche sie von hinten. Die anderen sind bestimmt nicht allzu weit hinter uns; bald haben wir Verstärkung.«

Zum Diskutieren war keine Zeit. Die Nacht verschluckte Angharad samt ihrem wehenden Umhang. Cass zog ihren Bogen und spannte einen Pfeil ein, während sie gemeinsam mit Rowan auf die Mitte des Dorfes zugaloppierte.

Sie trafen genau in letzter Minute ein.

Da lagen noch keine Leichen, rauchten keine Häuserruinen. Als sie den offenen Platz in der Mitte des Dorfes erreichten, erkannten sie im Mondlicht, dass die Dorfbewohner an den Wänden ihrer Häuser aufgestellt worden waren. Sie zitterten in ihrer Nachtkleidung; Kinder weinten und kauerten hinter ihren Müttern. Cass und Rowan zügelten ihre Pferde und hielten sich hinter einigen kleinen Holzhütten versteckt. Cass spähte an der Seite eines der Gebäude vorbei und erkannte den alten Mann mit der Glatze wieder. Er saß benommen auf dem Kopfsteinpflaster und seine in zwei Teile zerbrochene Krücke lag ein paar Schritte von ihm entfernt.

Den Dorfbewohnern gegenüber stand eine Bande von ungefähr einem Dutzend großen und breitschultrigen Männern. Sie lachten und tauschten Bemerkungen in einer kehligen Sprache aus, die Cass nicht kannte. Die Männer trugen unter einer Mischung aus Leder- und Kettenpanzern lange Waffenröcke aus Wolle sowie Helme, die Cass noch nie gesehen hatte. Deren mattes, bronzefarbenes Metall bog sich von geraden Backenstücken über die Augenbrauen der Männer und lief dann in einem langen, geraden Streifen mitten über die Gesichter und bedeckte ihre Nasen und Oberlippen.

»Das sind zu viele, um es in Zweikämpfen mit ihnen aufzunehmen«, flüsterte Rowan. Sie kam Cass so nahe, dass ihr warmer Atem sie am Hals kitzelte. »Am besten erledigen wir sie einen nach dem anderen aus der Ferne. Aber dabei müssen wir in Bewegung bleiben, sonst schnappen sie uns sofort.«

»Du meinst …«

Rowan nickte schnell. »Gut, dass du deinen Bogen dabeihast.«

Cass spürte, wie Panik in ihr aufstieg, sich vom Magen aus in ihre Kehle ausbreitete und ihr den Atem zu nehmen drohte. »Aber ich habe doch gerade erst angefangen …«

»Auch wenn deine Pfeile nicht treffen, tragen sie zum allgemeinen Durcheinander bei und helfen, ihre Aufmerksamkeit abzulenken.« Rowan warf ihr einen Blick zu, der keinerlei weitere Debatte zuließ, trieb ihr Pferd mit den Fersen an und ritt schnell zur nächsten Häusergruppe weiter. Auf dem Weg machte sie einen Zischlaut, und als Cass von den Pfeilen aufblickte, die sie hastig hinter ihren Gürtel steckte, flüsterte sie: »Möglichst nicht die Dorfbewohner treffen!«

Diese spöttische Verabschiedung war so typisch für ihr tägliches Kampftraining, dass Cass trotz allem, trotz des Gefühls, dass das hier nicht real sein konnte, spürte, wie sie beim Heben ihres Bogens grinsen musste.

Ihr erster Pfeil verfehlte sein Ziel deutlich. Bebend blieb er zu Füßen der Räuber im Boden stecken, doch seine Wirkung war genau so, wie Rowan es vorhergesagt hatte. Die ihm am nächsten stehenden Männer zuckten fluchend zurück und riefen sich aufgeschreckt Warnungen zu. Sie verrenkten ihre Hälse, um den Ausgangspunkt des Angriffs zu finden. Doch bevor sie Cass ausmachen konnten, zischte ein weiterer Pfeil über den Marktplatz. Als sie einen schmatzenden Einschlag vernahm und einer der Männer vor Schmerz aufschrie, wusste Cass, dass Rowan ihr Ziel getroffen hatte.

Die Dorfbewohner fingen an, panisch umherzurennen, und stolperten übereinander, unsicher, ob die Pfeile von Freund oder Feind abgefeuert wurden. Verzweifelt suchten sie Deckung.

Cass hielt zwischen zwei Gebäuden an. Sie senkte für einen Moment den Blick, um die Kerbe ihres zweiten Pfeils richtig einzuspannen, doch dieses Zögern verriet sie. Ein Schrei ertönte, und als sie aufsah, rannte der größte der Männer mit abgenommenem Helm wie ein wütender Stier auf sie zu. Cass verfluchte sich innerlich dafür, dass sie Elaines und Rowans Anweisung ignoriert hatte, immer in Bewegung zu bleiben. Eilig trieb sie Pebble zum Galopp an, zog sich ein Stück weit zurück und umrundete dann ein paar weitere Hütten, um hinter den Angreifer zu kommen. Er war nur wenige Meter von ihr entfernt, drehte sich um und griff nach seinem Schwert. Cass wusste: Wenn dieser Pfeil nicht traf, dann war sie ihm ausgeliefert, noch bevor sie ihren Bogen erneut spannen konnte.

Während der Koloss brüllend auf sie zusprang, versuchte Cass, die Zeit anzuhalten, die Hitze und die Hast und das Chaos des Augenblicks hinter sich zu lassen. In Pebbles angsterfüllten Augen war das Weiße zu sehen und Cass' Oberschenkel schmerzten, als sie sich aus dem Sattel erhob. Sie versetzte sich auf die Wiese zurück, in das goldene Licht und zu den Butterblumen und dem Lachen von Elaine. Sie vernahm Elaines Stimme so deutlich, als stünde sie direkt neben ihr. *Fahre mit den Fingern am Schaft des Pfeils entlang – spanne die Sehne mit deinem Daumen – mache eine Faust – lass dein Ziel niemals aus den Augen …*

Der Pfeil löste sich wie von selbst, schnellte durch die Luft und vergrub sich mit einem Klatschen in der Stirn des Mannes. Dank seines Schwungs torkelte er mit verdrehten Augen und grotesk hängenden Mundwinkeln vorwärts. Pebble wieherte und stieg, um dem Körper auszuweichen, der ihr zu Füßen fiel.

Kaum hatte Cass die Augen von dem zuckenden Körper abgewandt, wurde sie bereits vom nächsten Mann angegriffen. Sein Schwert war schon zu nahe und er war zu schnell, als dass Cass noch einen Pfeil hätte abschießen können. Sie zog ihr Schwert, jenes Schwert, mit dem sie an Lilys Seite gekämpft und das sie beim Training mit Sigrid benutzt hatte, und es fühlte sich in ihrer Hand fremd und leblos an. Als sich der Mann auf sie stürzte, wandte sie sich benommen um und die Klinge drang fast aus Zufall in seinen Bauch. Sein Gesicht nahm einen schockierten Ausdruck an und er sackte in sich zusammen. Cass blickte auf das Schwert hinab und verspürte den Drang, es möglichst weit wegzuwerfen. In ihrer Kehle stieg Galle auf.

Doch dann erklangen noch mehr Schreie und Cass kam wieder zu sich. Sie rammte das Schwert zurück in ihren Gürtel und drehte sich im Sattel um. Sie sah, wie Angharad von hinten auf die verbleibenden Männer auf dem offenen Marktplatz zuritt, die sich immer noch bemühten, den Ursprung der Pfeile zu finden. Star stieg und Angharad griff die Männer an, noch bevor sie sich umdrehen konnten. Durch einen einzigen Schwerthieb fielen zwei von ihnen in den Schlamm, während der dritte und vierte ihre Schwerter zogen. Als einer von ihnen mit Angharad zu kämpfen begann, die sich aus dem Sattel geschwungen hatte, um ihm entgegenzutreten, sah Cass einen weiteren Mann fallen und wusste, dass Rowan erneut ihr Ziel getroffen hatte. Mit Fingern, die derart zitterten, dass der Pfeil gegen den Bogen klapperte, schoss Cass einen weiteren Pfeil ab, dann noch einen. Sie zielte auf die Männer am Rand der Gruppe, um nicht aus Versehen Angharad zu treffen. Und obwohl ihre

Schüsse hauptsächlich dazu dienten, die Männer abzulenken, damit Rowan sie erledigen konnte, stand nur noch einer der Männer, als ihr Köcher leer war. Er befand sich im Zweikampf mit Angharad. Seine Körpergröße und sein Gewicht erlaubten ihm, Angharad in Richtung einer Gruppe verängstigter Dorfbewohner zurückzudrängen. Doch dann flog irgendetwas durch die Luft. Es gab ein widerwärtiges Geräusch, als die Holzkrücke des alten Mannes den großen Eindringling in die Kniekehlen traf. Angharad verlor keine Zeit und schlitzte ihm mit einem Hieb die Kehle auf, sodass er mit einem leise gurgelnden Geräusch hintenüberkippte.

Mit letzter Kraft griff er nach dem Saum von Angharads Umhang und zog sie zu sich heran. Er grinste obszön; seine Zähne waren mit frischem Blut verschmiert. »Das ist erst der Anfang«, krächzte er mit einem starken Akzent. Dann erschauerte er und blieb schließlich still liegen, während sein Blut über die Pflastersteine rann.

Als Gamelin mit einer Gruppe von Mordaunts Rittern und ein paar weiteren Frauen aus dem Herrenhaus eintraf, war bereits alles vorbei. Doch während die Männer sich umschauten und begriffen, welches Blutbad die Frauen unter den Möchtegern-Eroberern angerichtet hatten, bemerkte Cass mit einer gewissen Befriedigung, dass die Mitglieder der Schwesternschaft sie zwar misstrauisch, aber auch mit frisch aufkeimender Achtung ansahen.

Als sie wieder nach Hause ritten, zeichnete sich trübes Morgenrot am Horizont ab. Sie sprachen kaum und fühlten sich, als erwachten sie aus einem merkwürdigen und gewalttätigen Traum. Die Bewohner des Dorfes standen zu sehr unter Schock, als dass sie sich hätten bedanken können. Sie halfen einander auf und taumelten in ihre Hütten zurück.

Das ist gar nicht so viel anders als damals, als wir verkleidet an Turnieren teilgenommen haben, dachte Cass mit leichter Bitterkeit. Keine Belohnung oder Anerkennung für ihren Sieg.

Doch sie irrte sich.

Nachdem sie bei den ersten Sonnenstrahlen wieder in ihre Betten zurückgekrochen waren, schliefen sie lange. Als schließlich gegen Mittag die Tore des Herrenhauses geöffnet wurden, warteten draußen zwei oder drei Dutzend Frauen, von denen einige mit Bögen oder Dolchen ausgestattet waren und manche Pferde dabeihatten.

»Wir haben von eurer Einladung gehört«, sagte ein stämmiges Mädchen mit Sommersprossen und rotblondem Haar, das in vorderster Reihe stand und an einem Dolch in ihrem Gürtel herumfingerte. »Und wir wollen lernen, wie man kämpft.«

9

Damals, als Cass im Herrenhaus eingetroffen war, hatte sie die Ausbildung zur Ritterin für das Schwierigste gehalten, was sie je getan hatte. Aber schon wenige Tage nachdem die neuen Rekrutinnen angekommen waren, keimte in ihr der Gedanke, dass es noch weitaus schwieriger war, jemanden auszubilden.

Cass stand gemeinsam mit Angharad, Rowan und einer Gruppe weiterer Knappinnen bereit, als sich die Frauen am zweiten Morgen in aller Herrgottsfrühe nervös auf der Wiese sammelten. Eine stolperte über ihre eigenen Füße, während mehrere andere ängstlich einen Bogen um die Pferde machten, die Blyth für sie bereitgestellt hatte. Wie Hoffnungsträgerinnen wirkten sie wahrlich nicht. Die Jüngste war ein dünnes elfjähriges Mädchen, die Älteste eine leicht gebeugte, dafür aber wild entschlossen wirkende Frau, die um die siebzig sein musste und ihr schlohweißes Haar zu einem ordentlichen Dutt geflochten hatte. »Ich bin Martha«, sagte sie trotzig, als Cass sie zweifelnd ansah, »und wenn du es wagst, mir ins Gesicht zu sagen, dass ich für das hier zu alt bin, dann lege ich dich im Handumdrehen wie ein Kind übers Knie und versohle dir den Hintern.« Cass blinzelte überrascht, während Susan und ein paar andere Knappinnen kicherten. »Ich habe sieben Kinder geboren, vier davon beerdigt und ich habe mein Leben lang das Land bestellt. Deshalb bestehe ich nur aus Muskeln und Sehnen«, fuhr Martha laut fort. Sie beugte den Arm, um ihren sonnengebräunten, festen Bizeps vorzuführen. »Und wenn du mich wegschickst, dann komme ich morgen wieder, und übermorgen und am Tag danach, also ersparst du dir am besten den ganzen Ärger und fängst sofort an, mich auszubilden.«

»Martha, du bist genau die Art von Mensch, nach der wir suchen«, versicherte Angharad. Martha grinste und enthüllte so, dass ihr mehrere Zähne fehlten. Dann schritt sie in der sich langsam bewegenden Gruppe stolz voran.

Es war keine besonders eindrucksvolle Schar. Sie waren in eine bunte Auswahl von Männerkleidung gehüllt, die offensichtlich aus Sachen bestand, die ihre Männer zurückgelassen hatten, als sie zum Kampf gegen die Eindringlinge im Süden ausgerückt waren. Cass verdrängte die Vision von den Mienen sächsischer Räuberbanden, wenn sie je diesem zerlumpten Haufen gegenübertreten würden. Sie dachte düster, der einzige Hoffnungsschimmer bestehe darin, dass die Sachsen so sehr lachen mussten, dass sie nicht mehr geradeaus schießen konnten.

»Warum war das hier noch gleich eine gute Idee?«, murmelte Cass Rowan leise zu.

»Weil wir uns mit gerade einmal einem Dutzend Schwertträgerinnen nicht gegen weitere Räuberbanden verteidigen können«, erklang eine heitere Stimme hinter ihnen. Cass zuckte zusammen, als hätte sie eine heiße Herdplatte angefasst. Gamelin und ein paar andere Ritter von Mordaunts Hof traten näher. »Wir dachten, ihr könntet ein wenig Hilfe gebrauchen«, sagte Gamelin lächelnd. Cass spürte, dass sie rot wurde, doch als sie die Feindseligkeit in Rowans Miene bemerkte, trat sie schnell vor und klatschte in die Hände, bevor Rowan die angebotene Hilfe ablehnen konnte.

»Wir fangen mit den Grundlagen an«, erklärte sie. Mit Rowans Hilfe teilte sie die Frauen in sechs Fünfergruppen auf. Sie selbst, Rowan und Angharad nahmen je eine unter ihre Fittiche, um ihnen mit den Holzknüppeln, mit denen auch Cass anfangs geübt hatte, erste Schwertkampftechniken beizubringen. Am anderen Ende der Wiese erklärte Blyth allen, die noch nie geritten waren, wie man ein Pferd sattelte sowie auf- und wieder absaß. Und Sir Gamelin und Sir Bale trainierten die allgemeine Fitness der neuen Rekrutinnen mit Hindernisläufen und Turnübungen.

»Na ja, einen großen Erfolg würde ich es noch nicht nennen«, bemerkte Rowan trocken, als eine der Frauen derart enthusiastisch in den Sattel sprang, dass sie auf der anderen Seite gleich wieder hinunterpurzelte und im Schlamm landete. Das Pferd blickte mit einem leicht verwirrten Ausdruck auf sie hinab und graste dann weiter. Währenddessen saßen zwei stämmige Frauen, die in ihren Dreißigern zu sein schienen, benommen am Fuß eines Baumes. Sie hatten nicht darauf geachtet, wo sie hinliefen, und waren frontal zusammengestoßen. Gamelin stützte ein hoch aufgeschossenes Mädchen, das vom Feld humpelte. Anscheinend hatte sie sich beim Warten darauf, dass sie beim Schwertkampf an die Reihe kam, den Fuß vertreten.

Edith, die dunkelhaarige junge Frau, die ihnen im Wald nachgeritten war, war die Einzige, die eine natürliche Veranlagung erkennen ließ. Sie hielt sich ein wenig abseits von den anderen Dörflerinnen und befand sich gerade in einem Zweikampf mit Angharad. Ihr Holzknüppel bewegte sich systematisch hin und her, während sie parierte, hieb und zustieß.

»Das habe ich ihr beigebracht«, meinte Rowan stolz. »Aber schau dir bloß nicht die anderen neunundzwanzig an.«

»War ich bei meiner Ankunft hier auch so lahm und dämlich?«, fragte Cass und blickte sich entgeistert um. Dann bemerkte sie ein Funkeln in Rowans Augen. »Wieso nur bei deiner Ankunft?«, fragte sie scheinheilig zurück und trat geschickt zur Seite, als Cass einen Knüppel auf ihr Hinterteil zuschwang.

In einer kurzen Mittagspause brachten Alys und Elaine Platten mit frischem Brot und kaltem Fleisch und Körbe voll süßer, roter Äpfel nach draußen. Auch Lady Anne und einige der anderen Frauen kamen und schenkten aus großen Kannen becherweise frische Milch aus. Cass versuchte, nicht zur Kenntnis zu nehmen, wie Anne Sir Gamelin schüchtern anlächelte. Sie redete sich ein, keine Genugtuung zu empfinden, als Gamelin mit höflichem Nicken einen Becher Milch von ihr annahm, sich aber schnell wieder abwendete und ein Gespräch mit Sir Bale anfing.

Nachdem die anderen ins Herrenhaus zurückgekehrt waren, blieben zwei der Damen von Mordaunts Hof zurück. Es waren die junge Frau mit den seidigen, dunklen Zöpfen und eine andere ungefähr im gleichen Alter. Sie lungerten am Rand der Wiese und schauten die anderen und deren Waffen mit sichtlicher Neugier an.

»Möchtet ihr mitmachen?«, fragte Cass lächelnd. Sie nickten begeistert und streiften ihre modischen Kleider ab, unter denen sich einfache Männerkleidung verbarg. Ein paar der Frauen aus dem Dorf spornten sie an und sogar auf Rowans Lippen zeichnete sich etwas ab, das verdächtig nach einem Lächeln aussah.

Als sich am Spätnachmittag die Schatten der Bäume auf die Wiese schoben und die Sonne eine orange Farbe annahm, lagen mehrere Gruppen erschöpfter Frauen im Gras verteilt und stöhnten wie die Verletzten einer großen Schlacht. Doch Cass war erleichtert: Obwohl sie komplett ausgelaugt waren, meuterten sie nicht. Etwas widerstrebend zollte sie ihnen sogar Respekt dafür, dass nicht eine von ihnen, weder Martha noch die elfjährige Tess, aufgeben wollte. Die Ausbildung mochte anstrengend sein, doch sicher nicht so schrecklich wie die Erinnerung daran, wie ihr Dorf von Männern mit Schwertern überfallen worden war.

»Das ist erst der Anfang«, hatte der sterbende Mann gekrächzt und Cass dachte, dass sie wohl nicht die Einzige auf der Wiese war, in deren Ohren diese Worte nachhallten.

Die Frauen humpelten in ihre Quartiere zurück; ein paar von ihnen mussten sich dabei stützen lassen. Trotzdem versprachen alle, am nächsten Morgen zurückzukehren. Auch Angharad zog sich zurück, sodass nur Cass, Rowan, Gamelin, Bale und ein paar Knappinnen im Gras liegend zurückblieben, dem melodischen Gesang der Heidelerchen lauschten und die letzten wärmenden Strahlen der Abendsonne in sich aufnahmen.

»Tja«, gähnte Bale und brach das Schweigen, um auszusprechen, was alle dachten: »Wenn wir in nächster Zukunft angegriffen werden, dann haben wir es wenigstens schnell hinter uns.« Ihrer aller Anspannung entlud sich in lautem Gelächter.

»Ihr vielleicht.« Rowan rollte sich auf den Bauch, stützte sich auf einen Ellenbogen und schirmte ihre Augen mit einer Hand vor der tief stehenden Sonne ab. »*Wir* waren es nicht, die erst kürzlich unsere Festung einer Gruppe überlassen mussten, die nur halb so stark und halb so groß war.«

Gamelin verzog das Gesicht. Bale schnappte gespielt dramatisch nach Luft und presste eine Hand an seinen Brustkorb, als hätten ihre Worte ihm eine Wunde zugefügt.

»Noch nicht bereit, darüber zu sprechen?«, fragte Cass.

»Noch nicht bereit? Wir waren noch nicht bereit, als ihr frühmorgens angegriffen habt!«, gab Bale zurück. »Wir hätten euch nämlich definitiv besiegt, wenn ihr uns nicht im Halbschlaf und nur halb angezogen überrascht hättet.«

»Wir würden euch jederzeit wieder besiegen«, lachte Rowan, »und zwar egal ob vollständig angezogen oder auch nicht.«

»Ist das eine Einladung?«, fragte Bale und brachte Rowan damit aus der Fassung. Cass war froh, dass sie für einen Moment weniger Aufmerksamkeit erhielt und sich etwas sammeln konnte.

»Zum Zweikampf?« Rowan sprang auf die Füße und schnappte sich einen der herumliegenden Holzknüppel. »Mit größtem Vergnügen! Mich auszuziehen? Träum weiter!«

Bale grinste, stand auf und gab Gamelin mit dem Fuß einen aufmunternden Stoß in die Rippen. Cass und Rowan stellten sich instinktiv Rücken an Rücken mit gezogenen Waffen auf.

»Ich habe noch nie gegen eine Frau gekämpft«, meinte Bale stirnrunzelnd. Er machte versuchsweise einen Schritt vorwärts, hielt dann aber mit unentschlossen erhobenem Stock inne. »Ich möchte dich nicht verletzen oder meine größere Kraft ausnutzen …« Doch ehe er den Satz beenden konnte, sprang Rowan bereits auf ihn zu und versetzte ihm mit ihrem Stock einen harten Stoß, sodass er sich fluchend mit den Händen im Schritt zusammenkrümmte. Tränen schossen ihm in die Augen.

»Erstens«, erklärte Rowan und sah ihm unbeteiligt dabei zu, wie er keuchte und grunzte, »hast du schon einmal gegen eine Frau gekämpft, du hast es nur nicht gewusst.« Sie schleuderte ihren Knüppel in die Luft und fing ihn geschickt wieder auf. »Zweitens, wenn ich an das Ergebnis dieses Kampfes zurückdenke, hast du keinen Anlass, dir irgendwelche Sorgen über deine ›größere Kraft‹ zu machen.« Ihr verächtlicher Ton ließ ziemlich klar durchblicken, was sie von dieser Vorstellung hielt. »Und drittens, hat dir niemand beigebracht, auf deine Flanke aufzupassen?« Er schaute sich um und japste überrascht. Cass kam von einer Position hinter ihm, die sie still und leise eingenommen hatte, auf ihn zu und schlug ihm geschickt mit ihrem Knüppel in die Seite, sodass er zu Boden ging.

»Gnade!«, brachte er mit erhobenen Händen vor. Cass ging zu ihm und reichte ihm eine Hand, um ihm aufzuhelfen. Sie hatte ein schlechtes Gewissen, weil sie auf ihn losgegangen war, als er schon angeschlagen gewesen war. Doch kaum hatte er ihre Hand ergriffen, zog er mit aller Kraft daran und brachte sie aus dem Gleichgewicht. Sie fiel vornüber auf den Boden, während er aufsprang und seinen Knüppel fester umfasste.

»Aha, wir kämpfen unfair«, grinste Rowan. »Prima!« Sie zog Cass wieder auf die Beine, ohne den Blick von den beiden Rittern abzuwenden, die sie nun mit zusammengekniffenen Augen umkreisten und ihre Gegnerinnen abschätzten.

Cass ging mit dem Rücken zu Rowan wieder in Verteidigungshaltung. Sie unterdrückte entschlossen die irritierende Enge, die sie jedes Mal in ihrer Brust verspürte, wenn Gamelin an ihr vorbeikreiste und ihr in die Augen sah.

Nicht ganz unerwartet war es Rowan, die als Erste angriff. Sie schoss auf Sir Bale zu und ihre Stöcke trafen sich mit einem lauten Krachen, dem sogleich ein munteres Tack-tack-tack folgte, als sie miteinander fochten. Beide versuchten, die Oberhand zu gewinnen, wurden jedoch ständig von den schnellen Manövern der gegnerischen Waffe abgeblockt. Cass stellte fest, dass sie auf erstaunlich gleichem Niveau kämpften. Sie bewunderte ihre geschickte Fußarbeit und das Geschick und die Schnelligkeit, mit der sie ihre Waffen immer wieder neu in Stellung brachten.

Ein plötzlicher Stoß in ihre Rippen lenkte ihre Aufmerksamkeit auf Sir Gamelin zurück, der die Situation genutzt hatte, um einen ersten, noch etwas zögerlichen Angriff auszuführen. Cass schnappte nach Luft und Gamelin hielt nervös inne, so als erwartete er, von ihr dafür ausgeschimpft zu werden.

»Sie ist nicht aus Porzellan!« Rowan verdrehte die Augen, während sie weiterhin mit der einen Hand Bales Attacken parierte und mit der anderen Hand auf Cass wies. »Du musst dir schon ein bisschen mehr Mühe geben, Gamelin, sonst liegst du ganz schnell auf dem Rücken!«

Cass lachte und ließ sich von Rowans Stimmung mitreißen. Ihre Verlegenheit verschwand schnell und sie wirbelte herum, um mit der Rückhand auf Gamelin einzuschlagen, der sie jedoch abblockte und wild in Richtung ihres Kopfes drosch. Doch sie konnte sich leicht wegducken.

»Ein bisschen schneller musst du schon sein«, neckte sie und tanzte schnell um ihn herum, so wie Sigrid es ihr beigebracht hatte.

Sie traf seinen Ellenbogen so hart, dass er beinahe seinen Knüppel fallen ließ. Er wandte sich mit einem gespielten Grollen um und ergriff seinen Knüppel noch fester. Mit einem Blitzen in seinen braunen Augen attackierte er sie jetzt ernsthaft mit einer Serie kraftvoller Abwärtshiebe, sodass Cass beide Hände brauchte, um sie abzuschmettern. Die Luft zwischen ihnen knisterte. Sie lehnte sich zurück und er nahm sofort den Raum ein, den ihr Körper gerade freigegeben hatte. Ihre Gesichter waren nur Zentimeter voneinander entfernt. Sie keuchte, verlor beinahe das Gleichgewicht und sah, wie seine Hand instinktiv nach vorn schoss, um sie im Rücken festzuhalten und zu sich hinzuziehen. Doch dann erschien Rowan und stellte ihm von hinten ein Bein, sodass er zur Seite kippte und neben Cass' Füßen landete. Cass fand ihr Gleichgewicht wieder und wurde sofort von Sir Bale angegriffen. Also machte sie da weiter, wo Rowan aufgehört hatte. Mit schnellen, scharfen Hieben und unerwarteten Stößen zwang sie ihn mehrere Schritte weit zum Rückzug.

Einen Moment lang hörte sie Sigrids tiefes Grollen so deutlich, als stünde ihre ehemalige Herrin auf der Übungswiese direkt neben ihr. »Gib ihnen keine Chance, ihr Gewicht im Nahkampf gegen dich einzusetzen. Schlage präventiv zu, erzwinge dir deinen Vorteil, nutze deine Schnelligkeit und Gewandtheit. Du musst dafür sorgen, dass immer nach deinen Vorgaben gekämpft wird.«

Sie schoss erneut nach vorn, stieß ihren Knüppel in seinen weichen Unterbauch und hörte, wie mit einem befriedigenden Geräusch der Atem aus seinen Lungen getrieben wurde. Doch ehe sie ihren Vorteil ausnutzen konnte, vernahm sie, dass Rowan halblaut fluchte. Sie drehte sich um und sah sie am Boden, ihr Knüppel ein Stück von ihr entfernt. Dann schlang sich ein starker Arm von hinten um ihre Hüfte und sie spürte den kalten, harten Druck eines Holzknüppels an ihrer Kehle.

»Ergibst du dich?« In seiner Stimme lag ein sanftes Lachen und er hielt den Knüppel vorsichtig so, dass er auf keinen Fall ihre Kehle zudrücken oder ihren Hals zerschrammen konnte.

Sein Brustkorb fühlte sich an ihrem Rücken fest und warm an. Seine Hand lag sanft an ihren Rippen, obwohl sein Unterarm ihre Hüfte weiterhin fest umschlang. Einen Augenblick lang erlaubte sie ihrer Fantasie, sie an einen anderen Ort zu tragen, sich andere Umstände vorzustellen, ihn so zu spüren, als hielte er keinen Knüppel in der Hand. Sie schloss die Augen, doch dann holte Rowans Stimme sie in den Moment zurück und sie murmelte widerstrebend: »Ich ergebe mich. Diesmal.« Dann ließ er sie los und sie spürte plötzlich das Fehlen seiner Wärme, obwohl es kein kalter Abend war.

»Im Haus fragen sie sich bestimmt schon, wo wir bleiben«, sagte Gamelin ein wenig schroff. Er wich ihrem Blick aus und strebte gemeinsam mit Bale davon. Cass und Rowan sammelten die restlichen Knüppel ein und folgten ihnen nach drinnen zum Abendessen.

10

Am nächsten Morgen frühstückten sie im großen Saal gemeinsam mit dem ungefähr einen Dutzend Frauen, die zu weit vom Herrenhaus entfernt wohnten, um jeden Abend nach Hause gehen zu können. Cass aß ein Stück Fladenbrot, das dick mit Butter und Honig bestrichen war, und dachte darüber nach, wie sie die Ausbildung im Bogenschießen angehen sollte. Denn viele der Frauen hatten noch nie einen Bogen in der Hand gehalten und es gab im Herrenhaus nicht einmal genug Waffen, um alle gleichzeitig üben zu lassen.

Ihr war bewusst, dass Iona Tag und Nacht in der Schmiede arbeitete. Jedes Mal wenn Cass über den Innenhof ging, zeichnete sich die Silhouette der Waffenschmiedin vor den heiß flackernden Flammen ab – außer wenn sie glühendes Metall in den Wasserbottich tauchte und hinter dicken Dampfschwaden verschwand. Ihr Bestand an Schwertern wuchs schnell, doch es würde eine Weile dauern, bis sie genug Waffen für all die neuen Rekrutinnen hergestellt hatte und mit dem Gießen neuer Pfeilspitzen anfangen konnte. In der Zwischenzeit war Blyth in der Umgebung herumgezogen und hatte versucht, in den Dörfern so viele Pferde zu kaufen oder zu borgen wie möglich – trotzdem hatten sie immer noch nicht genügend Pferde für alle. Cass dachte lieber nicht darüber nach, wie beeinträchtigt ihre Verteidigung sein würde, wenn die Invasoren eintrafen, bevor jede Frau wenigstens die allernötigsten Waffen besaß.

Erst der Anfang. Erst der Anfang. Erst der Anfang.

Die Worte des blutverschmierten Mannes verfolgten Cass tagsüber und im Schlaf. Sie ließ den Blick über die anderen schweifen, die an den langen Tischen über ihr Essen gebeugt dasaßen. Rowan murmelte etwas über Fußarbeit. Die jüngeren Knappinnen tuschelten mit sorgenvollen Mienen. Angharad starrte, den Haferbrei kalt und unberührt vor sich, ins Leere.

Bisher war ihre größte Angst gewesen, dass Außenstehende ihrem Geheimnis auf die Spur kamen und sie als Frauen enttarnten, die es wagten, ein Leben zu führen, das eigentlich Männern vorbehalten war. Doch inzwischen war das Schlimmste schon passiert und Cass musste feststellen, dass die Sorgen und Ängste jetzt noch größer waren. Denn mit einem Mal waren nicht nur ihre Schwesternschaft und das Herrenhaus in Gefahr, sondern die gesamte Bevölkerung. Wenn weitere Räuberbanden eintrafen, bevor sie es geschafft hatten, eine Streitmacht auszubilden, die sie abwehren konnte, dann … Sie wagte es nicht, sich die verheerenden Folgen auch nur vorzustellen.

Sie würden sie nicht verschonen. Frauen, die bewaffneten Widerstand leisteten! Cass, Angharad und die anderen würden für das Sterben verantwortlich sein. Hatten sie sich überschätzt? War es Wahnsinn, glauben zu wollen, sie könnten diese Frauen jemals dazu ausbilden, einer Invasion von abgebrühten männlichen Kämpfern standzuhalten?

Lärm vor den großen, eisenbeschlagenen Türen, die vom Saal in den Innenhof führten, unterbrach ihre düsteren Gedanken. Sie vernahm laute Schreie und Hufgeklapper auf den Pflastersteinen und erkannte die ungewohnt wütende Stimme von Blyth. Da wurde von außen gegen die Türen getrommelt. Angharad stand auf und nickte den beiden Knappinnen zu, die dem Eingang am nächsten waren. Die beiden schafften es kaum, die Türen zu entriegeln, bevor sie unter starkem Druck von draußen aufflogen.

Ein klein gewachsener Mann mit puterrotem Gesicht und hinkendem, breitbeinigem Gang strebte in den Saal und schaute sich hektisch um. Angharad trat einen Schritt vor, doch er ignorierte sie völlig und lief stattdessen direkt auf einen der anderen Tische zu, an dem sich eine etwa vierzigjährige Frau angeregt mit ihrer Sitznachbarin unterhalten hatte. Sie erblasste, als der Mann sich ihr näherte, und ließ die Brotkruste fallen, die sie in der Hand hatte.

»Agnes!«, brüllte er und sie schien vor seinem wutverzerrten Gesicht in sich zusammenzuschrumpfen. »Steh von dieser Bank auf und komm sofort nach Hause!«

Sie schluckte und stand auf, doch die Frau neben ihr legte eine Hand auf ihren Arm. Alle erhoben sich gleichzeitig von der Bank und wandten sich dem Mann zu.

»Was soll das?«, brachte er mit hervortretenden Augen heraus, als ihn die Frauen schweigend musterten. »Das geht nur dich und mich etwas an, Agnes. Dich, mich und unser Heim, wo du hingehörst.«

Die Frau erwiderte immer noch nichts, duckte sich aber im Angesicht seiner Rage.

»Du wirst zu Hause gebraucht, Agnes!«, rief er mit Schaum vor dem Mund. »Nicht hier, wo du bei dieser lächerlichen Verkleidungsfarce mitmachst.«

Rowan holte tief Luft und machte einen Schritt nach vorn, doch Angharad, deren Blick nicht von Agnes' Gesicht wich, stoppte sie mit einer erhobenen Hand.

»Und was sollen das für Pflichten sein, John?«, fragte Agnes mit zitternder Stimme. Man merkte, dass sie jedes Fitzelchen Mut zusammennahm. »Es ist nicht unser Heim, das mich braucht, sondern du bist es – *du* kommst nicht zurecht, wenn ich nicht für dich koche und dich von vorne bis hinten bediene.«

Er schäumte weiter, doch sie fuhr fort. Dabei hielt sie die Hand der Frau neben sich so fest, dass ihre Knöchel weiß hervortraten.

Jetzt, wo sie einmal angefangen hatte, drückte ihre Miene Entschlossenheit aus.

»Du kannst dich genauso gut um dich und unser Heim kümmern wie ich, John. Nur weil du hinkst und deshalb nicht mitkämpfen kannst, heißt das noch lange nicht, dass du dich zu Hause nicht nützlich machen kannst. Indem du mich hierbleiben und das hier machen lässt, hilfst du unserem Dorf am meisten.«

»Was meinst du mit *das hier*?«, explodierte er und gestikulierte wild herum. »Wie in einem Hexenzirkel mit einem Pulk von Frauen zusammenzuleben und Schwertkampf zu spielen? Was machst du denn, wenn du das erste bisschen Gefahr siehst? Dann ziehst du den Schwanz ein, kommst nach Hause gerannt und heulst mir was vor! Tja, aber ich werde dann nicht da sein, Agnes, hast du mich verstanden? Nicht wenn du mit diesem Unsinn hier weitermachst. Dann ist zu Hause keiner, der auf dich wartet.« Er nickte mit dem Kopf in Richtung Tür. »Es sei denn, du kommst jetzt auf der Stelle mit!«

Alle schienen die Luft anzuhalten. Sie sahen zu, wie sich auf Agnes' Gesicht ein Kampf zwischen Zweifel und Trotz abzeichnete.

»Dann ist das halt so, John«, sagte sie schließlich leise, setzte sich wieder hin und griff nach ihrem Stück Brot.

Er lachte ungläubig auf und schaute sich um, als ob er von irgendjemandem Beistand erwarten könnte. Doch alle sahen ihn nur mit versteinerten Mienen an. Also drehte er sich auf dem Absatz um und humpelte aus dem Saal. Nach einer kurzen Stille erklang Hufgetrappel.

Agnes schwankte zwischen Schluchzen und Lachen und sagte halb zu sich selbst: »Das mit dem Hexenzirkel gefällt mir. Wenigstens ist da jemand, mit dem man die Hausarbeit teilen kann.«

Es folgte noch ein Moment absoluter Stille, dann brachen alle Anwesenden in Jubelrufe aus und hämmerten mit den Fäusten auf die Tische. Die arme Agnes verschluckte sich beinahe, als ihr von allen Seiten ermunternd auf den Rücken geklopft wurde.

An diesem Morgen marschierte eine wild entschlossene Truppe aus dem Saal auf die Wiese.

Angharad hatte beschlossen, sie in zwei Gruppen aufzuteilen. Die eine beschäftigte sich mit Bogenschießen, die andere mit Schwertkampf. So konnten sie die verfügbaren Waffen am besten nutzen. Und um zu entscheiden, wer in welche Gruppe kam, schoss jede Frau einen Köcher Pfeile auf eine Zielscheibe und führte danach einen Zweikampf mit Rowan, Gamelin oder Cass, während Angharad zuschaute und sie ihren Stärken entsprechend einteilte.

Alys stand mit Pergament und Schreibfeder am Rand der Wiese, denn Angharad hatte sie gebeten, eine Liste der Mitglieder der beiden Gruppen zu erstellen.

»Es geht nicht so sehr darum, in welcher Disziplin sie am besten, sondern in welcher sie am wenigsten schlecht sind, nicht wahr?«, flüsterte Susan Elisabeth zu, die ein Kichern unterdrücken musste.

Cass rief sie streng zur Ordnung, obwohl sie genau dasselbe gedacht hatte.

»Als ihr hierherkamt, wart ihr auch nicht gerade meisterhafte Schwertkämpferinnen«, zischte Angharad und Elisabeth hörte sofort zu kichern auf. »Aber mit Geduld und Zeit sind eure Talente erblüht.«

Sie sagte das mit Entschiedenheit und die beiden wandten sich verschämt wieder den Pfeilen zu, die sie einsammeln sollten. Doch kaum waren sie außer Hörweite, bekam Cass mit, dass Angharad Rowan zuflüsterte: »Geduld kann ich aufbringen. Allerdings frage ich mich, wie viel Zeit wir haben.«

Während sie das sagte, drosch eine Frau wild mit ihrem Holzknüppel auf Gamelin ein, verfehlte ihn jedoch ständig und schaffte es irgendwie, über ihre eigenen Beine zu stolpern. Als alle ihr dabei zusahen, wie sie sich wieder aufrappelte, bemerkte Cass, dass Elaine, die die Bogenschützinnen ausbildete, die Gelegenheit nutzte und sich mit den Händen auf ihren Knien abstützte. Mit vor

Konzentration tief gerunzelter Stirn machte sie lange, tiefe Atemzüge.

»Was ist mit ihr?«, fragte Cass Alys leise.

»Das Kind liegt falsch herum«, antwortete Alys mit düsterer Stimme und behielt Elaine sorgenvoll im Auge. »Es müsste eigentlich schon auf der Welt sein, aber die Lage des Babys behindert den normalen Verlauf der Wehen. Sie müsste eigentlich im Bett bleiben, statt Pfeile schießend auf einer Wiese herumzulaufen.« Sie schüttelte mit geschürzten Lippen den Kopf. »Es ist ihr erstes Kind und anscheinend ist sie sich der Gefahren nicht bewusst …«

»Sie kommt schon, wenn sie so weit ist, Alys«, zeterte Elaine ein paar Minuten später ungeduldig, als Alys ihr schon zum fünften Mal an diesem Morgen eine Hand auf die Stirn legte, um herauszufinden, ob sie Fieber hatte, das auf eine Infektion hingedeutet hätte. »Und sie und ich stehen das gemeinsam durch, wenn es so weit ist. ARM HOCH!« Die Ermahnung rief sie einer jungen Frau mit dünnem blonden Haar zu, die ihren Pfeil prompt direkt in den Boden vor der Zielscheibe schoss.

Elaine seufzte und schleppte sich dorthin, doch Alys überholte sie und zog den Pfeil aus der Erde. »Sturheit ist eine Sache, Dummheit eine andere«, stellte sie fest, während sie der jungen Frau den Pfeil reichte, aber weiterhin mit Elaine sprach. »Hier ist niemand, der dich für schwach hält, Elaine, wie könnten sie auch?« Sie hielt inne, als sie Elaines versteinerte Miene bemerkte. »Du brauchst Hilfe, um das durchzustehen. Und du bist nicht mehr auf dich allein gestellt. Wir sind hier, um dich zu unterstützen – du musst uns nur lassen!«

Elaine knurrte etwas, zuckte dann jedoch zusammen, presste eine Hand in ihre Seite und verstummte.

Von da an blieb Elaine zwar auf der Wiese und rief den Bogenschützinnen ermutigende Worte und Anweisungen zu, murrte aber weniger, wenn Alys nach ihr sah, und nahm sogar ohne Widerworte die Kräutermedizin, die die ältere Frau ihr verabreichte.

Die Anfängerinnen machten langsam Fortschritte. Nur die wenigsten Pfeile gingen jetzt noch komplett daneben, auch wenn sie auf der Zielscheibe eher zufällige Muster bildeten, und fast jede der neuen Rekrutinnen konnte nun zuverlässig Schwerthiebe abblocken und parieren. Selbst Rowan musste widerstrebend eingestehen, dass Sir Mordaunts Ritter eine gute Hilfe bei der Ausbildung waren. Sie verbrachten viele Stunden auf der Wiese und vollführten klaglos immer und immer wiederkehrende Übungen.

Diejenigen, die schon reiten konnten, lernten wie Cass das Bogenschießen vom Pferd aus und ein oder zwei zeigten unter Rowans Anleitung schon erste Erfolge im Nahkampf. Edith hatte sich als harte Arbeiterin erwiesen und blühte jetzt auf. Ihre Fertigkeiten am Schwert entwickelten sich so schnell, dass Rowan ihr von Iona ein eigenes Schwert hatte schmieden lassen und sich entschieden hatte, sie zu ihrer Knappin zu nehmen. An den Abenden saß das Mädchen bei Elaine und machte sich nützlich, indem sie deren geschwollene Füße mit Salbe einrieb oder ihr mit Stickarbeiten bei der Vorbereitung auf die Ankunft des Babys half. Der dunkelhaarige und der blonde Kopf steckten vor dem Kamin ständig zusammen.

An einem dieser stillen Abende saßen Cass, Alys, Rowan und Angharad zusammen und besprachen die schwierige Lage, in der sie steckten. »Wir brauchen mehr Informationen«, meinte Alys frustriert und starrte strafend auf die Türen, so als ob diese absichtlich die Kundschafterinnen davon abhielten, mit neuen Berichten einzutreffen.

»Sie müssen weit reisen, und das auch noch nachts und getarnt, das ist nicht leicht«, erinnerte sie Angharad, obwohl auch sie sehnsüchtig in Richtung der Türen blickte.

»Wir schaffen es nicht«, sagte Rowan mit leiser Stimme, damit die Knappinnen sie nicht verstehen konnten. »Wenn sie uns bald angreifen, können wir kaum unser Herrenhaus verteidigen, ganz zu schweigen vom Rest der Bevölkerung.«

»Aber wir müssen es«, bekräftigte Angharad mit belegter Stimme. »Es kann einfach nicht sein, dass wir all diese Opfer vergeblich gebracht haben.« Ihre Augen waren glasig und Cass war klar, an wen sie dachte.

Rowan schüttelte den Kopf. »Die Zeit reicht einfach nicht. Wir können sie nicht schnell genug ausbilden. Und jeder Feind, der sie sieht, der sieht, dass wir nur Frauen sind, der bemerkt, wie wenige wir sind …« Sie brauchte den Satz nicht zu vollenden. Sie alle wussten Bescheid. Sie würden vernichtet werden.

»Dann sorgen wir eben dafür, dass sie uns *nicht* sehen«, meinte Alys plötzlich. Sie starrte in die Flammen, als sähe sie sie zum ersten Mal. »Oder zumindest zeigen wir ihnen nur das, was *wir* wollen.«

Alle starrten sie an. »Feuer«, murmelte Angharad. »Wir können das Feuer nutzen«, wiederholte sie langsam. »Wir nutzen den Rauch.« Sie blickte mit wachsender Begeisterung auf. »Versteht ihr nicht? Schatten, die wie aus dem Nichts zwischen den Bäumen auftauchen. Eine Masse von Kämpfern, die wie Geister im Nebel lauern. Wir lassen sie nicht sehen, dass der größere Teil unserer Streitmacht aus einem zusammengewürfelten Haufen Dörflerinnen besteht, die gerade erst Waffen in die Hand bekommen haben und deren Rüstungen schlecht sitzen. Wir nutzen ihren Aberglauben aus und verschleiern unsere Wirklichkeit.«

Angharad rief ein paar der Kundschafterinnen zu sich. »Reitet in die Dörfer und zu den Herrenhäusern in der Nähe. Sagt ihnen, sie sollen überall auf ihrem Land Brennholzstapel bereitlegen. Und wenn ein Angriff passiert, in Brand stecken. Das ist dann zugleich ein Hilferuf und ein Schleier, der unsere wahre Zahl verbirgt. Los!«

»Das wird nicht ewig funktionieren«, warnte Alys sie finster.

»Das muss es auch nicht. Wir müssen nur ein wenig Zeit gewinnen.«

11

Ungefähr eine Woche später wachte Cass eines Morgens mit dem Wissen auf, dass irgendetwas nicht stimmte. Sie konnte nicht beschreiben, woher sie es wusste, doch als sie die Augen aufschlug, drückte die dunkle Vorahnung schon so schwer auf ihre Brust, dass sie kaum atmen konnte. Sie stieg aus dem Bett und griff nach dem darunter liegenden Schwert, das nun schon so lange ungenutzt geblieben war. Ihre Finger schlossen sich um den Griff, der eigentlich kalt und hart hätte sein müssen, doch er fühlte sich so warm an, als hätte sie ihn gerade erst losgelassen. Und dieses vertraute, berauschende Kribbeln durchströmte sie aufs Neue, so als vibrierte ihr ganzer Körper voller Energie. Doch das reichte nicht, um die Angst zu bekämpfen, die sie von allen Seiten zu erdrücken schien. Schnell legte sie über ihrem Nachthemd den Schwertgurt an, zwängte das Schwert in die Scheide und trat ans Fenster, um einen Blick in den Innenhof zu werfen.

Alles war ruhig. Es war sehr früh; am Himmel glühten blassviolette, orangefarbene und gelbe Flecken. Die Pferde standen ruhig im Stall und Cass wusste, dass sie als Erste unruhig werden würden, wenn vor den Mauern Eindringlinge stünden. Die Luft war warm und unbewegt, so als hielte die Welt den Atem an. Es wirkte wie der friedlichste Sommermorgen. Und doch wollte der Schrecken ihren Hals nicht aus seinem Würgegriff lassen.

Die Furcht lastete schwer und unerträglich auf ihr, verwandelte ihre Lungen in Blei und sickerte in ihre Beine, sodass sie kaum zur Tür gehen konnte. Sie entriegelte sie und drückte mit beiden Händen gegen das schwere Holz, öffnete sie Zentimeter um quälenden Zentimeter. Sie hatte das Gefühl, dass direkt in der Nähe etwas sehr Schlimmes geschah. Doch Cass war wie unter Wasser, sie sah alles nur unscharf und hörte nur gedämpft. Sie merkte deutlich, dass es so war, ohne dass sie irgendetwas dagegen unternehmen konnte. Es war ein Gefühl, das sie noch nie zuvor gehabt hatte, und es erschreckte sie bis ins Mark.

Als sie in den Korridor hinaus- und eine der Wendeltreppen hinabtapste, war es still im Herrenhaus. Die schmalen Fensterschlitze in den dicken Steinmauern ließen das warme Licht der rosafarbenen Morgendämmerung hinein, sodass alles wie in einem Traum wirkte.

Sie erreichte eine Stelle, an der sich der Korridor zweiteilte, und ihre Füße wandten sich nach links und gingen ohne Zögern weiter, so als wüsste sie schon, wohin sie musste. Es fühlte sich beinahe wie im Traum an, als schlafwandelte sie auf einem Pfad, den sie schon viele Male genommen hatte, ohne sich daran zu erinnern.

Erst als sie um die nächste Ecke bog, hörte sie es. Ein langes, schreckliches, animalisches Heulen. Cass erstarrte atemlos. Da erklang es wieder. Ein kehliger Schrei, der die Luft durchschnitt. Sie rannte auf die Tür am Ende des Korridors zu und stürmte hinein. Sie fand ihr Schwert in der Hand, ohne sich erinnern zu können, dass sie es gezogen hatte.

Doch das Schwert war ihr hier drinnen keine Hilfe.

Elaine saß auf dem Bett und ließ den Kopf zwischen ihren Schultern herabhängen. Ihr Rücken hob und senkte sich unter den tiefen, ächzenden Atemzügen, mit denen sie krampfhaft versuchte, wieder Luft zu bekommen. Am Kopfende des Bettes befand sich Alys, die Elaines Hand fest umklammert hielt. Als Cass näher trat, sah Alys sie über die jammervoll zitternde Elaine hinweg an und schüttelte entsetzt den Kopf.

Die Angst in Alys' Blick und ihre verzweifelte Miene erschreckten Cass beinahe noch mehr als der Anblick Elaines auf dem Bett. Sie kannte Alys nicht anders als direkt und selbstsicher; ihr faltiges Gesicht war immer gelassen und ihre geschickten Hände griffen stets sofort nach einem nützlichen Heilkraut oder einem Tiegel mit Salbe. Bis zu diesem Augenblick war ihr nicht klar gewesen, dass es überhaupt ein Leiden gab, das Alys nicht heilen konnte. Doch da saß sie nun, verabreichte keine Medizin und gab sich nicht beruhigend geschäftig, sondern umklammerte einfach die Hand der jüngeren Frau, als hinge ihr Leben davon ab.

»Was kann ich tun?«, flüsterte Cass.

»Sei einfach da«, flüsterte Alys zurück. Cass trat an die Bettkante und nahm Elaines andere Hand. Sie blickte auf, und diese leuchtend blauen Augen, die Cass stets nur so selbstsicher und entschlossen kannte, waren angstgeweitet. Ihr dunkelblondes Haar war zu seinem üblichen dicken Zopf geflochten, doch einzelne Strähnen hatten sich gelöst und klebten im Schweiß am Rand ihres herzförmigen Gesichts.

»Bleibst du?«, stieß sie hervor und Cass nickte, denn das war das Einzige, was sie tun konnte.

Die nächsten paar Stunden waren schlimmer als jede Schlacht und jeder Nahkampf in Cass' Erinnerung. Nichts konnte schlimmer sein als die völlige Hilflosigkeit im Angesicht der Kräfte, die Elaine gnadenlos ans Bett fesselten, während sich ihr Körper unkontrolliert wand und ihr Gesicht vom Schmerz verzerrt wurde. Kein Todesschrei eines Ritters auf dem Schlachtfeld hatte Cass' Herz je so durchdrungen wie das tiefe, animalische Stöhnen von Elaine und das Wissen, absolut nichts tun zu können, um es zu beenden.

»Das Kind hat sich nicht gedreht«, flüsterte Alys, als Elaine erschöpft in die Kissen gesunken war. Sie hatte ihre Hände vorsichtig auf die gewaltige Wölbung ihres Bauches gelegt und tastete und drückte geschickt daran herum. »Sie hat Wehen, macht aber keine Fortschritte. Und man kann nicht wissen, welche Folgen es für das Kind haben wird, wenn sie es nicht bald zur Welt bringt.«

»Sie wird leben«, brachte Elaine durch zusammengepresste Zähne hervor, ohne die Augen zu öffnen. Ihr Gesicht war jetzt grau und an ihrem Hals und Schlüsselbein hatten sich Schweißtropfen gesammelt. »Denn sie ist stark. Wie ihre Mutter.«

Dann verkrampfte sie sich erneut, so als hätte eine riesige Hand ihre Innereien zusammengepresst. Sie stieß einen Schrei solch purer Qual aus, dass Cass sich auf die Innenseite ihrer Wange biss und Blut schmeckte.

Später konnte sie nicht mehr genau sagen, was als Erstes gekommen war: der furchtbare Schrei, das Gefühl, dass das Schwert an ihrer Seite irgendwie vibrierte, oder das Klirren von Waffen, das leise durchs Fenster hereindriftete. In diesem Moment war die Welt zu diesem Gemach und diesem Bett zusammengeschrumpft. Sie waren zu dritt in einem unseligen Kampf gegen den Tod zusammengeschweißt, der Elaine mit seinen gierigen Klauen ergreifen wollte.

»Elaine«, sagte Alys leise. Elaine hatte ihr Gesicht abgewendet und schluchzte leise in ihr Haar.

»Elaine, ich muss versuchen, das Baby umzudrehen. Das ist die einzige Chance. Aber das wird wehtun.« Sie presste ihre Lippen grimmig zusammen.

Elaine war komplett am Ende. Schlaff und verschwitzt lag sie da, nur noch ein Schatten jener strahlenden, gekrönten Gestalt, die vor ein paar Monaten in die große Halle galoppiert und triumphierend an dem Zufluchtsort angekommen war, den sie für die Sicherheit ihres Babys ausgewählt hatte. Sie schüttelte den Kopf. Tränen liefen aus ihren Augenwinkeln. »Nein. Ich kann nicht mehr.«

»Wir haben keine andere Wahl«, antwortete Alys und sie klang jetzt schon wieder so entschieden wie sonst. »Ich habe gesehen, wie du auf dem Übungsplatz Wunden von Pfeilen und Knüppelschlägen weggesteckt hast. Das hier überstehst du auch, denn du bist stark und tapfer und dein Kind braucht dich, Elaine.«

Elaine wandte stumm den Kopf ab und Alys sah Cass beschwörend an.

Cass kniete sich unsicher ans Bett, sodass sie auf Augenhöhe mit Elaine war. Die beiden verschränkten ihre Finger ineinander, ohne die Augen voneinander abzuwenden. »Ich stehe das mit dir durch. Du hast mir einmal gesagt, dass Einfühlungsvermögen meine größte Stärke ist. Also fühlen wir das jetzt gemeinsam. Und ihr werdet es alle beide überleben, das verspreche ich dir.«

Elaine machte die Andeutung eines Nickens, umklammerte Cass' Hand noch fester und presste die Augen zu. Erst als Elaines Augen geschlossen waren, erlaubte sich Cass, panisch zu werden. Sie hatte gerade etwas versprochen, das sie nicht garantieren konnte! Das beruhigende Lächeln wich aus ihrem Gesicht.

Cass konnte nicht sagen, ob die Rufe und der Tumult, die in ihren Ohren hallten, von draußen kamen oder ob sie Teil des Chaos ihrer Gedanken waren, während sich Elaine dem Höhepunkt ihres Kampfes näherte.

Alys legte ihre Hände fest auf Elaines Bauch. Im selben Augenblick hörte Cass, wie Metall mit einem ohrenbetäubenden Klirren auf Metall traf.

Elaine rang nach Luft, während von draußen Hufgeklapper und ein langes Wiehern erklangen.

Alys knetete mit beiden Händen Elaines Bauch, als wäre er ein Teig. Cass zuckte zusammen, als Elaine schrie und es ein lautes Krachen von splitterndem Holz gab.

Cass blickte auf die blutenden Reihen von Halbmonden in ihrer Handfläche hinab, und stellte fest, dass ihre eigenen Nägel ihre Haut aufgerissen hatten. Nichts konnte schlimmer sein als diese Hilflosigkeit.

Dann klirrten ein letztes Mal Schwerter laut aufeinander und Elaine kreischte höher und lauter denn je. Dann verstummte ihre Stimme und wurde von einer anderen ersetzt, einem hohen, wütenden Geschrei, das zitternd die plötzliche Stille durchdrang.

Elaine lag totenstill da, ihr Gesicht hatte jede Farbe verloren. Auf den Laken war Blut, bestimmt viel zu viel Blut. Alys drückte Cass das kleine Wesen in die Arme und beugte sich über Elaine. Ihre Hände waren wieder heftig am Werk. Doch diesmal gab es keine Reaktion, keinen Protest, keine Schreie. Cass sah auf das winzige, in ein Tuch gehüllte Etwas in ihren Armen herab. Seine riesigen Neugeborenenaugen blickten sie an, weit und tief wie der Himmel, und für einen langen Moment war das Kind in Cass' Armen ganz entspannt und ruhig, sah zu ihr auf wie zu einer vertrauten Freundin. Cass konnte ihren Blick nicht von der winzigen, zerbrechlich wirkenden Hand abwenden, die ihren kleinen Finger umschloss.

Dann wurde die Stille durchbrochen. Die Tür flog auf und Susan stand nach Atem ringend in voller Rüstung vor ihnen. An einer Seite ihres Gesichts rann Blut herab und klebte das Haar an ihren Hals.

»Sachsen«, keuchte Susan zwischen heftigen Atemzügen. Sie hatte nur Augen für Cass, nahm die Szene vor sich kaum wahr. »Direkt vor … dem Herrenhaus …« Sie beugte sich vor, stützte die Hände auf ihre Knie und blinzelte mit den Augen, um das Blut herauszubekommen. »Die Kämpfe kommen immer näher … und die neuen Rekrutinnen … nicht so weit …«

Mehr musste Cass nicht hören. Sie reichte das Baby an Susan weiter, die es völlig geschockt in die Arme nahm und im Schneidersitz zu Boden sank.

Sie war schon halb zur Tür hinaus, als sie von Susans nächsten Worten gestoppt wurde. »Angharad hat mich zu dir geschickt – und zu deinem Schwert. Dem Rubinschwert.«

Cass blieb stehen und wandte sich langsam um. Sie hatte das

Gefühl, dass ihr heftig hämmerndes Herz aus ihrer Brust sprang. Sie sah auf Susan hinab, deren geweitete Augen sie ansahen und die das zappelnde Baby im Arm hielt. Alys und Elaine dahinter nahm sie nur noch als verschwommene Schatten wahr.

»Die Männer aus dem Herrenhaus haben uns von dem Schwert erzählt«, sagte Susan leise und starrte Cass weiter mit einer Mischung aus Faszination und Angst an. »Von der Prophezeiung. Alys war auch dabei, sie hat uns gesagt, dass du Zeit brauchst, um dich damit abzufinden, alleine.« Ihr Brustkorb bebte. »Angharad braucht dich aber jetzt. Es ist keine Zeit mehr.«

12

Cass griff wie in Trance nach dem Schwert. Es schien sich aus eigener Kraft an ihre Seite zu erheben und sie spürte, wie es Energie in ihre Knochen übertrug. Sie wusste, dass sie sich in größte Gefahr begab, dass sie vielleicht ihrem eigenen Tod entgegeneilte. Elaine zurückzulassen, fühlte sich an, als würde sie innerlich zerrissen, und doch wallte ihr Blut auf, erfüllt von etwas zwischen Erregung und tief sitzender Angst. Das Grauen, das sie beim Aufwachen verspürt hatte, war jedoch verschwunden. Nach dieser furchtbaren, nicht enden wollenden Zeit in Elaines Gemach – sie konnte nicht sagen, ob es sich um Minuten oder Stunden gehandelt hatte – war es die reinste Erholung, wieder die Kontrolle übernehmen und etwas *tun* zu können. Sie schob ihre tiefe Sorge um Elaine beiseite und konzentrierte sich auf die Bedrohung, gegen die sie sich mit Haut und Haaren zur Wehr setzen wollte. Sie hatte eine Waffe, die in ihre Hand gehörte, ja ein Teil ihrer Hand war, ein Teil von ihr selbst, ganz gleich wie sehr sie sich dagegen gewehrt haben mochte.

Sie eilte in ihr Schlafgemach, gerade lange genug, damit sie sich ihren ledernen Brustpanzer überwerfen konnte, ohne sich mit dessen Schnallen und Schnürbändern aufzuhalten. Auf dem Weg zur Tür hinaus schnappte sie sich noch ihren Helm.

Niemand brauchte Cass den Weg zum Schlachtfeld zu weisen.

Die Geräusche, von denen sie in ihrem traumgleichen Zustand während Elaines Niederkunft nicht gewusst hatte, ob sie nur eingebildet waren, wurden nur allzu real, als sie die schützenden Mauern des Herrenhauses verließ. Zwischen den Bäumen quoll Rauch hervor, der sich bitter in ihrer Kehle festsetzte und das Sonnenlicht verdunkelte, sodass der warme Sommertag plötzlich düster und bedrohlich erschien. Es war drückend heiß und sie spürte, wie der Schweiß an ihrem Hals herunterlief. Pebble schnaubte und verdrehte die Augen und Cass tätschelte sie beruhigend. Je näher sie kamen, desto mehr schien sich das kleine Pferd zu fürchten. Cass erbarmte sich, saß schwungvoll ab und ließ Pebble laufen. Sie wusste, dass sie in die Geborgenheit des Herrenhauses und zu Blyth zurückkehren würde.

Cass ging zu Fuß weiter. Überall um sie herum strahlte die Schönheit des Waldes unter den aufsteigenden Rauchwolken. Rosa und lila Fingerhüte winkten am Rand des Pfads und unter ihren Füßen wuchs üppiges, grünes Moos. Trotz des Rauchgestanks roch sie die klebrige Süße duftiger Mädesüßblüten, die sich in einem feuchten Graben emporreckten. Ihr Magen krampfte sich angesichts dieser widersprüchlichen Gerüche zusammen und ihr drohte übel zu werden, obwohl sie gar nicht gefrühstückt hatte. Und die ganze Zeit, während sie zügig durch den eigenartig stillen Wald schritt, hörte sie den Lärm der Schlacht vor sich. Es gab merkwürdige, tierische Schreie und schrilles Kreischen, das ihr Herz noch nervöser schlagen ließ. Sie fing an zu rennen, stellte sich vor, dass Edith oder Tess oder Nell von Speeren durchbohrt bluteten. Allein der Gedanke war unerträglich.

Als sie näher kam, vernahm sie heftiges Stöhnen und Kampfgeräusche. Sie sah die verschwommene Menschenmenge etwas deutlicher, sie blieb aber weiterhin vom Qualm verschleiert. Plötzlich hörte sie Sigrids Stimme in ihrem Kopf und wusste, dass ihre ehemalige Lehrmeisterin sich vorsichtig angenähert, die Lage analysiert und das Überraschungsmoment ausgenutzt hätte. Doch Cass hatte keine Geduld für Vorsicht oder Taktik, denn die schrecklichen Bilder, die sie vor ihrem inneren Auge von ihren Freundinnen sah, ließen keine Sekunde des Zögerns zu. Außerdem schien das Schwert in ihrer Hand sie mitten ins Gefecht hineinzuziehen. Selbst wenn sie gewollt hätte, hätte sie nicht anhalten können.

Cass sprang auf die Lichtung, auf der die Schlacht wütete. Mehrere große Holzstapel und Berge aus trockenem Laub standen in Flammen. Da erschien Edith aus dem Rauch. Sie verteidigte sich tapfer mit einem der weißen Schilde des Herrenhauses. Der Mann, der sie verfolgte, war fast doppelt so groß wie sie und sie duckte sich vor dem Ansturm der Schläge seiner gefährlich aussehenden Axt, deren Griff dicker war als Cass' Unterarm und deren Schneide sich grausam krümmte.

Cass hatte noch nie gegen solch eine Waffe gekämpft, doch sie zögerte nicht. Es war, als sickerte das Wissen, was sie zu tun hatte, wie vertraute Musik in sie hinein. Sie hob ihr Schwert, als wäre es Teil eines Tanzes, den sie als Kind gelernt und nie mehr vergessen hatte. Die Schwertklinge schien angriffslustig zu sein: Sie schnitt ins Handgelenk des Mannes, der mit einem lauten Schmerzensschrei seine Waffe fallen ließ, die schwer in die Erde zu ihren Füßen eindrang. Sie sprang darüber hinweg und an Edith vorbei, die erleichtert wimmerte, und versenkte ihr Schwert tief in dem Bauch des Mannes, genau an der Stelle, wo sich das Kettenhemd über seiner dicken Wampe öffnete.

Dann glitt das Schwert feucht und glitschig wieder heraus und sie stürmte, ohne darauf zu warten, dass sein Körper zu Boden ging, weiter zu Angharad. Angharad setzte sich gegen zwei Männer gleichzeitig zur Wehr und schien gegen sie die Oberhand zu behalten. Rowan kämpfte mit zusammengebissenen Zähnen an ihrer Seite. Sie hatte ihren Schild beiseitegeworfen und führte ihr Schwert mit hoch konzentrierter Miene beidhändig.

Auf der anderen Seite der Lichtung befanden sich Sir Gamelin und einige der anderen Ritter von Mordaunts Hof. Jeder von ihnen kämpfte gegen einen der riesigen, stämmigen Angreifer.

Sie bemerkte, dass Nell und zwei andere junge Knappinnen verzweifelt versuchten, sich auf den untersten Ästen eines Baums in Sicherheit zu bringen, während zwei breitschultrige Kerle auf sie zurannten. Wieder ging sie zum Angriff über, so als wüsste sie, dass sie unverwundbar war, und überraschte einen der Männer von hinten. Sie rammte ihr Schwert in seinen Nacken und durch seine Kehle wieder hinaus. Dann nutzte sie den Schockmoment seines Kameraden, um sich ihm zu nähern und ihm einen Streifhieb an die Seite seines Helms zu versetzen. Er orientierte sich schnell wieder und hob sein Schwert, das deutlich länger war als das von Cass. Sie umkreiste ihn vorsichtig und wartete auf seinen ersten Vorstoß, während sie Nell befahl, wegzulaufen und die anderen mitzunehmen.

»Tief in den Wald«, brüllte sie, ohne die Augen von dem sie überragenden Mann abzuwenden. »Kommt nicht wieder raus, bevor ich euch rufe!« Sie hörte die leichten Schritte, als sie flüchteten, und hoffte, dass sie klug genug waren, nicht zum Herrenhaus zurückzurennen, um keine Angreifer dorthin zu führen.

Diese Sachsen, dachte Cass, wissen wahrscheinlich nicht einmal, dass das Herrenhaus existiert, denn sonst hätten sie es bestimmt im Morgengrauen oder noch in der Nacht angegriffen, um alle im Schlaf zu überraschen.

Nein, bestimmt waren sie auf einem Raubzug in dieser Gegend und nur aus Zufall in der Nähe der Schwesternschaft gelandet. Jemand aus dem Dorf oder eine Knappin musste Alarm geschlagen und die anderen zu Hilfe gerufen haben.

All das ging Cass durch den Kopf, während sie den Blick nicht von den blassblauen Augen des Fremden abwandte, der durch sein gehobenes Visier in ihren Helm hineinstarrte. Mit argwöhnischer

Miene schien er abschätzen zu wollen, was für eine Art Gegner er vor sich hatte.

Sie sind bestimmt verwundert darüber, dachte Cass, dass sie erst von einer Gruppe Mädchen angegriffen werden und danach von Kämpfern, die Rüstungen und Waffen trugen, aber ebenfalls die Statur von Frauen hatten. Beinahe wäre sie in lautes Gelächter ausgebrochen, als ihr Schwert wie aus eigenem Willen einen Schlag parierte, den sie nicht hatte kommen sehen, und dann zurückschlug – ein perfekt platzierter Angriff, der genau an der Stelle einen schmalen blutigen Schnitt hinterließ, wo der Helm des Mannes auf seinen Brustpanzer traf.

Sie umkreisten einander, warteten beide auf den nächsten Zug des Gegners. Cass wurde dabei etwas klar: Es gab nur eine Möglichkeit, das Herrenhaus nach einem Angriff so in der Nähe weiterhin zu schützen: Sie mussten gewinnen. Sie brauchten einen derart fundamentalen Sieg, dass kein Überlebender jemals von der Schlacht erzählen konnte.

Mit einem Wutschrei holte der Mann zu einem weiteren Schwerthieb aus – der ihren Helm gerade einmal um zwei Zentimeter verfehlte, weil sie sich zur Seite abrollte und dann direkt vor ihm wieder aufsprang. Sie traf sein Kinn mit einem Stoß, der ihn ins Straucheln brachte. Er wirkte einen Moment lang benommen. Unter ihrem Helm lächelte Cass. Sie wusste, dass er nicht daran gewöhnt war, mit jemandem zu kämpfen, der so schlank und so viel kleiner war als er.

Die Sonne stieg über dem Wald immer höher. Das Licht durchdrang den Rauch und tauchte sie in einen stickigen gelben Nebel. Die Zeit verging, ohne dass Cass es bemerkte. Sie war sich sicher, dass sie erst seit wenigen Sekunden gegen diesen Mann kämpfte, doch es musste länger gewesen sein. Der Mann, gegen den Angharad angetreten war, lag keuchend am Boden, während sie auf der anderen Seite der Lichtung den nächsten attackierte. Kurz darauf sah Cass sie schon wieder ganz in ihrer Nähe, wie sie einer Frau beistand, die eine Wunde in ihrer Seite hatte. All das sah sie aus den Augenwinkeln, während ihr Schwert mit Feuereifer den Kampf fortsetzte.

Der Boden war hart und trocken und ihre erhitzten Füße schmerzten in den Lederstiefeln. Es konnten also nicht nur Augenblicke gewesen sein, seit sie ihrem Gegner gegenübergetreten war. Ihre Arme waren schwer und müde und sie hatte immer mehr Mühe, die drückende Luft in ihre Lungen zu saugen. Da bemerkte sie, wie Elisabeth nur wenige Meter von ihr entfernt erschöpft in die Knie ging, während hinter ihr ein Mann mit einer Axt aufragte.

Mit einem Mal waren die Müdigkeit und die Schwere ihrer Glieder wie weggeblasen. Sie fühlte das goldene Licht, das schon während der Ausbildung bei Sigrid und auf der Wiese in ihr geglüht hatte. Es überschwemmte sie und pulsierte durch ihren ganzen Körper auf der Suche nach einem Weg hinaus. Cass wusste, dass sie es nicht zurückhalten konnte, sondern ihm nachgeben musste.

Das Licht war gleißend und heiß. Stille löste den Kraftrausch ab, obwohl Cass irgendwie mitbekam, dass sie sich schneller bewegte als je zuvor in ihrem Leben. Sie spürte, wie die Kraft aus ihr herausschoss, und ließ sich mitreißen von der Helligkeit und dem puren, ekstatischen, erregenden und schrecklichen Schock.

Dann trat Ruhe ein, die nur vom Prasseln des Feuers und dem Schluchzen eines der Mädchen unterbrochen wurde – und von den keuchenden, ungleichmäßigen Atemzügen, die aus ihrer eigenen Brust zu kommen schienen. Ihr wurde bewusst, dass alle sie anstarrten. Und dass keiner der Männer mehr übrig war.

Sie schaute Angharad an, die mit ihrem Helm unter dem Arm wie angewurzelt dastand und Cass aus ihren klugen, grünen Augen mit einem Ausdruck anblickte, in dem sich Erkenntnis und Schrecken mischten. Rowan starrte sie in offener Bewunderung an. Dann vernahm sie ein Wimmern und schaute sich um. Eine kleine Gruppe junger Kämpferinnen hatte sich halb hinter einem Baum versteckt und sie sahen Cass nicht dankbar und erleichtert an, sondern sie fürchteten sich vor ihr!

Auch Sir Gamelin, der sich mit gerunzelter Stirn an einen Baum stützte, schaute sie an, als ob er sie noch nie zuvor gesehen hätte.

Erst jetzt blickte sie auf ihr Schwert hinab und bemerkte, dass so viel Blut an ihm klebte, dass sich auf dem festen, schwarzen Boden eine Pfütze gebildet hatte.

Es erklang Hufgetrappel. Noch bevor sie sich bewegen oder etwas sagen konnte, erschienen Blyth und Alys gemeinsam auf demselben Pferd und brachten Pebble mit. Plötzlich lag Alys' Arm um Cass' Hüfte; sie führte sie sanft in Richtung des Herrenhauses zurück. Cass wehrte sich nicht, sondern fügte sich gerne. Das Schwert hielt sie noch immer in der Hand.

»Wie kommst du damit zurecht?«, fragte sie Alys flüsternd, als ihr auf dem Weg das Wort wieder einfiel, das sie an Alys' Haustür geschmiert gesehen hatte: HEXE. »Ist es nicht unglaublich anstrengend, als jemand betrachtet zu werden, der man gar nicht ist? Wie lebst du damit, dass alle dich als Bedrohung wahrnehmen, obwohl du dir doch alle Mühe gibst, ihnen zu helfen?«

Hinter ihnen erklang wieder ein halb ersticktes Schluchzen. Unwillkürlich wandte sich Cass um und brüllte: »Aber gerne doch. Und ja, ich würde es wieder tun, wenn ich muss, um dein Leben zu schützen.«

Alys legte beschwichtigend eine Hand auf ihren Arm und führte sie weg. »Na ja, das ist auch eine Methode, damit umzugehen«, bemerkte sie trocken.

13

Alys führte Cass durch die Bäume und setzte sie sanft auf einen bemoosten Felsen am Rand eines Baches. Sie nahm Cass' Gesicht in beide Hände und der scharfe Geruch von Seife sorgte dafür, dass Cass für einen Moment zu sich kam.

»Bist du verletzt?«, fragte Alys mit einem forschenden Blick in ihr Gesicht. Sie zeigte auf das Blut, von dem Cass erst jetzt bemerkte, dass es ihren Hals, ihre Rüstung und ihr Haar ebenso wie ihre Hände und Unterarme bedeckte.

»Nein. Das ist nicht meins.« Ihre Stimme war ausdruckslos und klang, als käme sie von weit her.

»Bleib hier sitzen«, befahl Alys und drückte ihre Finger an Cass' Schläfen, damit sie sich besser konzentrieren konnte. »Lausche dem Geräusch des Wassers, spüre die Rauheit des Felsens und den Duft des Mooses. Du musst erst wieder Boden unter deine Füße bekommen. Um alles andere kümmern wir uns später.«

Cass blinzelte sie verwirrt an, vergrub ihre Finger aber gehorsam in dem Mooskissen, auf dem sie saß. Es war nachgiebig und feucht, sodass es sich an ihren Fingerspitzen kühl und weich anfühlte. Ihre Benommenheit ließ ein wenig nach.

»Gut so«, murmelte Alys. »Ich muss mich jetzt um die Verwundeten kümmern. Aber ich komme wieder.« Ohne weitere Worte strebte sie davon und ließ Cass zurück, die stumm eine Stelle anstarrte, an der das Moos von dem Blut an ihren Fingern rostrot geworden war.

Sie saß einfach da. Ihr Verstand konnte die Größe und Gewalt dessen, was gerade passiert war, nicht fassen. Aus irgendeinem Grund konnte sie sich nicht an den Ablauf erinnern; vor ihrem inneren Auge sprangen Bilder vorwärts und rückwärts, und dazwischen schienen Lücken zu klaffen. An manchen Stellen war alles einfach nur verschwommen. Mit wie vielen hatte sie gekämpft, wie viele getötet? Sie blickte wieder auf ihre Hände, so als müsste sie sich vergewissern, dass es ihre eigenen waren. Das Schwert lag zu ihren Füßen und sie hob es nicht auf. Was war das für eine Kraft? Steckte sie in ihr selbst oder in dem Schwert? Und wie sollte sie die Kraft unter Kontrolle bringen? Woher sollte sie wissen, dass sie an einem anderen Ort und zu einer anderen Zeit nicht wieder Besitz von ihr ergreifen würde? Waren Rowan und die anderen im Herrenhaus in ihrer Gegenwart vielleicht sogar in Gefahr?

Das war alles zu schwierig, um jetzt darüber nachzudenken. Also dachte sie an Alys' Worte und versuchte, sich stattdessen auf ihre Umgebung zu konzentrieren, um sich im Hier und Jetzt zu verankern. Das Moos duftete nach Erde und sein Geruch mischte sich mit dem der vermodernden Blätter am Rand des Baches. Das Wasser plätscherte fröhlich, als plauschte es unaufhörlich mit sich selbst. Sie spürte langsam wieder ihren eigenen Körper, so als würde sie in ihn zurückkehren. Sie zog ihre heißen, schmerzenden Füße aus den Stiefeln und rückte näher ans Wasser heran, um sie vorsichtig hineinzutauchen.

Cass beugte sich vor, hielt die Hände mit den Handflächen nach oben unter die Wasseroberfläche des Baches und sah zu, wie das Wasser um sie herumströmte. Sie rieb sie nicht aneinander, sondern ließ das Wasser das Blut abwaschen. Die roten Schlieren schienen immer auf sie zurückzuzeigen, ganz gleich wie weit sie den Bach hinabgetrieben wurden. Du warst es. Du hast sie getötet.

Sie wusste nicht, wie lange sie so verharrt hatte, als Alys sanft eine Hand auf ihre Schulter legte und sie vom Wasser wegführte. Sie bemerkte nur, dass ihre Hände taub geworden waren und sich wie die von jemand anderem anfühlten, und das war eine Erleichterung.

»Keine Verluste«, beruhigte Alys sie. Sie führte Cass zu ihrem Pferd und half ihr beim Aufsitzen. »Auf unserer Seite«, fügte sie mit einem Seitenblick auf Cass hinzu, die starr nach vorn blickte und Pebbles Zügel schlaff in ihren eiskalten Händen hielt.

»Das Rauchzeichen hat funktioniert«, fuhr Alys in einem normalen Gesprächston fort, während sich die Pferde durch den Wald bewegten. Sie sprach ruhig und unaufgeregt, so als wäre Cass ein junger Wallach, den sie nicht erschrecken wollte.

»Es war das Anwesen von Sir Albinor. Sie haben die Feuer entzündet, um uns zu warnen. Anscheinend hatte der Rauch die erhoffte Wirkung auf den Feind. Er hat heute viele Leben gerettet. Genau wie du.«

Cass antwortete nicht und Alys schwieg. Sie ritten auf demselben Weg zurück, auf dem Cass gekommen war, doch diesmal nahm sie die Fingerhüte und den Duft des Mädesüß gar nicht wahr, so sehr hing der Rauchgestank noch immer in ihrer Kleidung und ihren Haaren.

»Alys«, begann sie leise, kurz bevor sie das Tor zum Herrenhaus erreichten, »ich glaube, ich bin ein Ungeheuer.«

Alys gab keine Antwort, sondern ritt nur etwas schneller. Ein kleiner, dummer Teil von Cass' Hirn fragte sich, ob sie in Angharads Gemächer geführt würde, um wegen ihrer Brutalität aus der Schwesternschaft verbannt zu werden, oder in ihr eigenes Gemach, um ihre Habseligkeiten zu packen. Doch stattdessen ließen sie die Pferde im Stall zurück und Alys brachte sie auf direktem Weg zu Elaine.

An der Tür wurden sie von Susan in Empfang genommen, deren

Kopf frisch bandagiert war und die das rosige, gesunde Baby im Arm hielt. Als sie Cass' bleiches Gesicht und verstörten Blick sah, zuckte sie zusammen. Alys trat schnell an ihre Seite.

»Halt es fest, Susan«, mahnte sie. »Dieses Baby hat schon genug durchgemacht, als es auf die Welt kam. Jetzt lass du es nicht auch noch in den ersten Stunden seines Lebens auf den Kopf fallen. Bring es in die Küche, damit seine Mutter ein bisschen Ruhe bekommt.«

Sie betraten das Gemach, in dem Elaine jetzt in frischer Bettwäsche lag. In ihre Wangen war bereits ein wenig Farbe zurückgekehrt und ihr blondes Haar ergoss sich in langen Wellen über die Kissen. Ihr Mund stand ein wenig offen, sodass Cass ihre Zahnlücke sehen konnte. Im Schlaf schienen ihre Lippen sich zu einem leisen Lächeln zu formen.

Cass war erleichtert, sie zu sehen, und Alys nickte zustimmend.

»Kein Ungeheuer würde sich so darüber freuen, dass ihre Freundin lebt«, sagte sie sanft, aber bestimmt. »Und dieses Kind hat heute deinetwegen überlebt. Das haben sie beide. Du bist kein bisschen mehr ein Ungeheuer, als ich es bin, Cassandra.«

Cass schwieg für eine lange Zeit, in der sie nur zusah, wie sich Elaines Brustkorb sanft hob und senkte. Ihren vollen Namen zu hören, versetzte sie in ihre Kindheit zurück, in der ihre Mutter sie ausgeschimpft hatte, wenn sie mit zerrissenen, verdreckten Röcken vom Hüttenbauen aus dem Obstgarten zurückkam. Und in der sie sich im Winter mit ihrer Schwester Mary am Kaminfeuer zusammengekuschelt und getrocknete Äpfel gegessen hatte. Beim Gedanken an dieses Kind hatte sie das Gefühl, es gar nicht mehr zu kennen und dass die Person, die an seine Stelle getreten war, eine Fremde war. Momente aus den vergangenen Monaten zogen vor ihrem inneren Auge vorbei: das Krachen und Splittern der Lanze, als sie beim Lanzenstechenturnier ihre beste Freundin Lily aus dem Sattel gehoben hatte; das wilde Wirbeln und Rascheln der bunten Seidenkleider, als die Frauen im Licht des Kaminfeuers tanzten; die

Erde unter ihrem Bauch, als sie Mordaunts Herrenhaus vor dem Angriff ausgespäht hatte; das Blitzen ihres Schwertes, als es den Hals eines Sachsen durchstoßen hatte.

»Wer bin ich denn dann?«, fragte Cass schließlich und Alys sah sie mit einem Seufzer an.

»Das kann ich dir nicht sagen, Cass. Aber ich habe den Verdacht, dass es höchste Zeit ist, dass du die Wahrheit herausfindest. Du musst dahin zurückkehren, von wo du aufgebrochen bist.«

Cass runzelte die Stirn. Seit sie die spontane Entscheidung getroffen hatte, am Morgen der Hochzeit ihrer Schwester zu Sigrid aufs Pferd zu steigen und ihre Familie ohne Abschied zu verlassen, war sie nicht mehr zu Hause gewesen. Sie hatte es geschafft, einmal mit Mary zu sprechen, im letzten Jahr, und ihr ein wenig davon zu berichten, was geschehen war. Doch die Vorstellung, ihrer Familie gegenüberzutreten, war beängstigender, als zum Lanzenstechen an die Planken zu treten. Sie wusste nicht, ob sie zurückkehren konnte. Was, wenn ihr nicht gefiel, was sie dort vorfand? Was, wenn sie wütend auf sie waren und ihr nicht verzeihen konnten, dass sie durchgebrannt war? Was, wenn sie sie mit offenen Armen empfingen und dann nicht wieder gehen ließen?

Als Cass ein Kind gewesen war, hatte ihre Mutter ihnen Geschichten von Leuten erzählt, die von Feenvölkern in den Untergrund gelockt worden waren und wenige Stunden später zurückkehrten, nur um festzustellen, dass die Zeit im Reich der Menschen viel schneller vergangen war und all ihre geliebten Menschen schon lange tot waren. Sie sah Elaine an und erinnerte sich schuldbewusst daran, dass Mary schwanger gewesen war, als sie sich zuletzt getroffen hatten. Elaine hatte diese Schlacht nur knapp gewonnen. Was, wenn es bei Mary anders gewesen war?

Um Elaines Lippen spielte wieder dieses leicht wissende Lächeln, so als träumte sie etwas, das sie zufrieden machte. Und Cass fand es merkwürdig, wie unterschiedlich die Wahrheit aussehen konnte. Hier ruhte sich Elaine aus, nachdem sie dem Tod ins Auge gesehen und ihn besiegt hatte, indem sie ihr Kind ohne Vater zur Welt brachte. Doch das hatte wenig zu tun mit der Vorstellung, die sie sich von Elaine gemacht hatte, als sie zum ersten Mal ihre Geschichte gehört hatte: die von einer liebreizenden Jungfer, deren Herz vor Trauer zu schlagen aufgehört hatte.

Sie fuhr sich mit der Hand durchs Gesicht und stellte zu ihrer eigenen Überraschung fest, dass sie weinte.

Alys sah sie geduldig an. »Wenn du nicht zurückkehrst«, sagte sie, »dann kommst du auch nicht voran.«

Also holte Cass am nächsten Morgen ihren silbernen Anhänger vorsichtig unter ihrer Matratze hervor und begab sich zum Stall, um Pebble zu satteln. Sie hatte sich eine Ledertasche mit Reiseproviant sowie Pfeil und Bogen umgehängt.

Es war erst kurz nach Sonnenaufgang, und Blyth, die nur selten im Herrenhaus übernachtete, schlummerte in einem Heuhaufen in einer Ecke. Pebble schnaubte freudig, als sie Cass sah, doch die beruhigte sie schnell und führte sie auf den Innenhof hinaus, um sie an einem Ort zu satteln, wo sie die anderen Pferde nicht störten und Blyth nicht weckten.

Angharad traf sie dort im gräulichen Licht des jungen Tages an. Sie hatte sich einen Umhang über ihr Nachthemd geworfen und trat barfuß aus dem Herrenhaus. Ihr leuchtend rotes Haar lag wie ein zweiter Umhang um ihre Schultern und sie hielt ihr Schwert in der Hand. Cass glaubte einen Moment lang, sie wollte sie an der Abreise hindern.

»Ich habe dich von meinem Fenster aus gesehen«, sagte sie und tätschelte Pebbles Nase, während Cass die letzte Schnalle festzurrte. »In diesen Tagen schlafe ich nicht so gut.« Sie lächelte matt und musste nicht aussprechen, dass der Verlust Vivians und alles, was seither geschehen war, sie bis in den Schlaf verfolgten. Cass wusste das alles. Auch ihre eigenen Träume waren ein verwirrendes Durcheinander aus Lilys Schreien, klirrenden Schwertern und Vivians Fallen. Und ab und an sah sie auch die Frau mit den glühenden goldenen Augen und dem merkwürdigen, spiralförmigen Anhänger wieder, die sich im Wald über sie gebeugt hatte, als sie ein kleines Mädchen war – so als ob sie nicht ein schmuddeliges Kind beim Holzsammeln, sondern eine Königin vor sich gehabt hätte.

»Alys hat mir gesagt, dass du nach Hause zu deiner Familie reitest«, fuhr Angharad fort. Cass nickte vorsichtig und Angharad erkannte ihre Anspannung, denn sie trat auf Cass zu und nahm sie kurz und fest in den Arm. »Es war ein sehr glücklicher Tag für die Schwesternschaft, als du Sigrid hierher gefolgt bist«, sagte sie und trat mit stolzerfülltem Blick einen Schritt zurück. Cass spürte, wie sich ihre Kehle zuschnürte.

»Und was du gestern getan hast, ist der Beweis dafür, dass deine Bestimmung viel größer ist, als nur die Vorbotin von Glück zu sein, nicht nur für uns oder die Menschen hier in Nordhumbrien. Du bist etwas Besonderes, Cass. Besonderer, als ich gedacht habe, obwohl Alys versucht hat, es mir zu vermitteln.« Angharad warf einen weiteren Blick auf ihr Schwert und Cass wurde mit einem Mal klar, was sie damit vorhatte. In ihr machte sich ein Gefühl gewaltiger Unsicherheit breit.

»Knie dich hin«, flüsterte Angharad, doch Cass blieb zögerlich vor ihr stehen.

»Das geht nicht«, schüttelte sie schließlich den Kopf. »Ich kann keine Ritterin werden, solange ich nicht weiß, wer ich bin und warum das meine Bestimmung ist.«

Sie sah zu Angharad auf und rechnete damit, in ihrer Miene Ärger oder Enttäuschung zu lesen, doch die ältere Frau nickte einfach. Cass saß auf Pebble auf und verhedderte sich in ihrer Hast wegzukommen in den Zügeln. All das Gerede von Räuberbanden und Invasion war ihr stets irreal vorgekommen, eine ferne Bedrohung in ferner Zeit. Doch nun kam diese Bedrohung immer näher, ließ sich nicht vertreiben – wie eine Fliege, die um ihren Kopf schwirrte und sie aus dem Konzept brachte, während sie sich mit viel größeren Fragen über sich selbst und ihre Bestimmung herumschlug.

Wie hätte sie sich von Angharad zur Ritterin schlagen lassen können? Wo sie sich doch nicht einmal sicher war, ob sie ihr Schwert kontrollierte oder das Schwert sie. Wo sie doch eben erst die Kunst lernte, vom Rücken eines sich bewegenden Pferdes Pfeile zu verschießen, und nichts von Sigrids oder Angharads jahrelanger strategischer Erfahrung hatte. Wo sie, wie eine leise Stimme in ihr flüsterte, keine Nacht schlafen konnte, ohne schweißgebadet aufzuwachen und schmerzvoll aufzuschreien, nachdem sie ihre beste Freundin in ihren Albträumen wieder und wieder sterben gesehen hatte.

Angharad schaute zu ihr auf, während Cass im Sattel saß und auf das feine goldene Diadem hinabblickte, das auf Angharads Feuerkopf ruhte. »Ich werde alles tun, was nötig ist, um den Frauen hier Sicherheit zu geben«, sagte sie und blickte Cass tief in die Augen. »So wie du es gestern getan hast. Diese Frauen leben deinetwegen weiter, Cass. Und die Schwerter und Schilde, die wir von den gefallenen Männern erbeutet haben, werden dabei helfen, dass es noch eine Weile so bleibt. Du hast gestern nicht nur Leben genommen, sondern auch viele gerettet. Denke immer daran.«

Cass wandte Pebbles Kopf in Richtung des Tores und Angharad rief ihr nach: »Wir warten, bis du zurückkommst. Und wenn du die Antworten gefunden hast, die du suchst, werden wir die nächste Schlacht Seite an Seite bestehen.«

14

In das Dorf einzureiten, fühlte sich an, wie aus einem Traum zu erwachen. Die Hecken waren noch immer von Wiesenkerbel umschäumt und auf den Feldern wiegten sich die dicken, goldenen Ähren der Gerste. Der halb blinde, alte Schäferhund wedelte auf dem staubigen Pfad müde mit dem Schwanz, als wäre sie nur für ein paar Erledigungen unterwegs gewesen. Cass trabte an ihm vorbei zum Bauernhaus.

Als sie den Obstgarten erreichte, zügelte sie Pebble. Der Hain lag so friedlich und schattig da wie an jenem schicksalhaften Tag, als sie über den Zaun gesprungen war und unter den Apfelbäumen gelegen hatte, um dem Lärm des Hauses und der Vorbereitungen für die Hochzeit ihrer Schwester zu entfliehen. Der einzige Unterschied bestand darin, dass die Äste an jenem Tag schwer mit überreifen Früchten beladen gewesen waren, die zu pflücken angesichts der nahenden Hochzeit niemand Zeit gefunden hatte. Heute waren die Äpfel noch klein und grün. Sie warf die Zügel über einen Zaunpfahl und schritt langsam durchs hohe Gras auf das Haus zu. Unterwegs pflückte sie einen der unreifen Äpfel ab und spürte dessen kühle, glatte Schale beruhigend fest in ihrer Faust.

Die Hintertür stand etwas offen und Cass zögerte einen Herzschlag lang. Die Sonne schien warm auf ihren Hinterkopf und verwandelte das Reetdach in gebürstetes Gold. Sie könnte einfach so in die Küche gehen, sich die Hände an der Schürze abwischen und die Kartoffeln fürs Abendessen schälen. Ihr Vater würde ihr durch die Haare fahren, wenn er vom Feld hereinkam, und ihre Mutter würde geschäftig hinter den Kleinen herräumen und sie ermahnen, ihre Sachen nicht auf dem Boden liegen zu lassen, sodass jemand darüber stolpern konnte. Wenn gerade Markttag war, hinge vielleicht der Duft von frisch gebackenem Brot oder von Fisch in der Luft, den sie im Tausch gegen etwas Gemüse von dem Beet draußen erhalten hatten.

Doch sie trug keine Schürze; stattdessen hatte sie ein Schwert an ihrer Seite. Das Mädchen, das hier einst gelebt hatte, fühlte sich so fremd an, wie es einst die glanzvollen Ritter der Erzählungen aus ihrer Kindheit getan hatten. Sie blickte auf den einfachen Waffenrock und die Hose hinab, die sie für die Reise angezogen hatte, und zupfte verlegen an ihrem Schwertgurt herum. Sie hatte sich ganz automatisch angezogen, ohne über den Schock nachzudenken, den der Anblick dieses Aufzugs ihrer Familie versetzen würde. Doch jetzt war es zu spät, noch etwas daran zu ändern.

Sie drückte die Tür auf, und die quietschte. Das erschreckte Cass, denn das war früher nicht so gewesen. Der Raum war leer. Die Teller und Becher waren wie eh und je ordentlich auf dem Tisch gestapelt. Durchs Fenster fiel Sonnenlicht herein und tauchte den gestampften Lehmboden in ein helles Ocker. Es roch genauso wie immer: der behagliche Duft der Holzbalken und der leichte Modergeruch der mit Stroh gefüllten Matratzen. Ein herzhaftes Aroma von den an der Decke hängenden getrockneten Zwiebeln und Kräuterbüscheln.

Es war so still. Sie konnte sich beinahe selbst im Schneidersitz auf dem Boden sitzen sehen, wie sie Erbsen pulte und jede dritte davon statt in den Topf in ihren eigenen Mund steckte und vergnügt unter Marys tadelndem Blick kaute, die wiederum sorgfältig ihren eigenen Erbsenhaufen pulte und die Erbsen aus den Schoten pingelig in den Topf fallen ließ, ohne auch nur eine einzige zu stibitzen.

Das Lächeln lag noch auf ihrem Gesicht, als sie kreischendes Gelächter vernahm. Im nächsten Moment platzte die kleine Grace zur Tür herein, die erst zwei gewesen war, als Cass sie verlassen hatte, gefolgt von Jack, der ein paar Jahre älter war. Seine wirren braunen Locken waren vielleicht ein bisschen länger, doch sie fielen über dasselbe von der Sonne gebräunte Gesicht. Sie erstarrten auf der Türschwelle, das Lachen erstarb und sie starrten Cass an.

Die Tür öffnete sich erneut und die Gestalt ihrer Mutter verschattete das Licht.

Es trat eine lange Stille ein.

»Du bist groß geworden«, sagte sie schließlich und Cass nickte.

Die Mutter schob die Kinder weiter in den Raum und stellte einen Korb Salatköpfe auf den Tisch. Dabei wandte sie die Augen keine Sekunde von Cass ab, musterte ihre robusten Lederstiefel, die Festigkeit ihrer Schenkel sowie die Muskeln, die sich an ihren Oberarmen gebildet hatten. Ihr Blick blieb eine Sekunde lang an dem Schwert mit dem roten Stein im Griff hängen und ihre Augen weiteten sich. Dann schaute sie auf den silbernen Anhänger an Cass' Hals.

Auch das kleine Mädchen starrte Cass an – mit offenem Mund. Sie hatte einen Schlammfleck auf der Wange.

»Hallo, Miss Grace«, sagte Cass sanft und kniete sich vor das Kind. »Du bist ja eine richtige junge Lady geworden.« Sie streckte eine Hand aus, doch das Mädchen flüchtete und vergrub seinen Kopf in den Röcken ihrer Mutter. Cass erhob sich; ihre Wangen waren so gerötet, als hätte ihr jemand eine Ohrfeige versetzt.

»Tja, was hast du erwartet?« Die Mutter sprach mit leiser Stimme. »Dass bei uns die Zeit stillsteht, bis du dich entscheidest, zurückzukommen? Hast du gedacht, sie kann sich an dich erinnern? An dem Tag, als du fortgegangen bist, ohne dich auch nur einmal umzuschauen oder dich zu verabschieden, war sie noch ein Baby. Das ist fast ein Jahr her.« Sie zitterte ein wenig und hatte die Hände um die Rückenlehne eines Stuhls gekrampft.

Cass merkte, wie ihr bittere Tränen in die Augen stiegen, und schüttelte stumm den Kopf. Sie war keine Ritterin, nicht einmal Knappin, sondern wieder ein kleines Mädchen, das gescholten wurde, weil es sich mit Laub in den Haaren und Schlamm an den Schuhen verspätet hatte.

Dann seufzte ihre Mutter und ließ die Stuhllehne los, so als hätte sie den Willen zum Streit verloren. »Jetzt komm schon her«, sagte sie und zog Cass in eine Umarmung, die nach Sommererdbeeren, frischem Gras, einer kühlen Hand auf ihrer fiebrigen Stirn, endlosen Spielen an langen Sommernachmittagen und einem feuchten Tuch auf aufgeschlagenen Knien roch. Cass atmete den Duft ein und schluchzte wie ein Kind am Hals ihrer Mutter.

Später saßen sie mit einem Becher Bier im Gras vor der Hintertür, die Rücken an die Hauswand gelehnt, während die Kinder spielten.

»Dein Vater wird nicht wissen, ob er dich küssen oder ausschimpfen soll.« Ihre Mutter schüttelte den Kopf. Sie war eine knochige Frau, die ihr dunkles Haar in einem praktischen Dutt fest an ihren Kopf gebunden hatte. Sie hatte eine markante Nase und schwere Augenlider, doch in der Linie ihres Mundes lag eine Güte, die ihr brüskes und nüchternes Auftreten schon immer Lügen gestraft hatte. Trotzdem hatte sich Cass nie so sehr mit ihrer Mutter verbunden gefühlt wie mit Mary. Sie warf einen Seitenblick auf die Falten an ihren Augen und auf ihrer Stirn, die in dem Jahr, seit sie fortgegangen war, tiefer geworden waren; auf die rauen, schwieligen Hände, die den irdenen Becher umfassten. Ihre Mutter hatte nicht die Zeit und den Luxus, den sie und Mary genossen hatten, nämlich stundenlang auf dem Rücken in der Sonne zu liegen und in den Wolken nach Bildern zu suchen oder auf den Äckern Mäuse zu jagen. Sie hatte viele harte, lange Stunden gearbeitet, die sich zu vielen harten Tagen summierten, während der Vater die Äcker bestellte und die anderen Kleinbauern beim Einbringen der Ernte unterstützte, so wie auch sie ihm halfen. Angesichts von vier zu versorgenden Kindern und einem Haushalt, der geführt werden musste, war es keine Überraschung, dass ihre Mutter und ihr Vater Cass und Mary so oft sich selbst überlassen hatten.

Cass liebte ihre Eltern und wusste, dass sie von ihnen geliebt wurde, aber es war Mary, die sie in mehr als einer der ungewohnten ersten Nächte im Herrenhaus am meisten vermisst hatte, während sie sich in den Schlaf geweint hatte. Und jetzt, da sie nach Hause zurückgekehrt war, galten ihre Gedanken als Erstes Mary.

»Marys Baby?«

»Ja.« Die Mutter nickte und warf Cass einen schnellen Seitenblick zu. »Ein Junge. Gesund und munter, und er treibt seine Mutter durch Schlafentzug halb in den Wahnsinn, aber ansonsten geht es ihr gut.«

Cass lächelte. Es war merkwürdig, das Wort »Mutter« als Bezeichnung für ihre Schwester zu hören. Das versetzte ihr einen Stich, den sie erst nicht einordnen konnte, bis ihr klar wurde, dass es ein süßer Schmerz war – Erleichterung für Mary und Eifersucht, dass sie nicht mehr die wichtigste Person im Leben ihrer Schwester war.

»Sie hat uns erzählt, dass sie dich an jenem Tag getroffen hat.«

»Ich habe sie darum gebeten«, sagte Cass schnell. »Es lag nicht an mir, dass ich anfangs kein Lebenszeichen geben konnte. Aber ich wollte, dass sie dir bestätigt, dass ich in Sicherheit bin und es mir gut geht. Ich wollte nicht, dass du dir Sorgen machst.«

»Hast du etwa geglaubt, das würde helfen? Nur zu hören, dass du in Sicherheit bist? Als ob dadurch nicht tausend neue Fragen aufgekommen wären! Zum Beispiel wo du bist und mit wem und warum du weggegangen bist und was dich von uns fernhält. Ob du vielleicht verwundet oder gar tot in irgendeinem Graben liegst, wie wir zuerst angenommen haben.«

Cass spürte die Schuldgefühle wie eine brutale Hand, die ihren Magen nicht loslassen wollte, obwohl sie sich wand, nervös herumrutschte und die Beine übereinanderschlug, während sie in ihren leeren Becher starrte.

»Sie hat an dem Tag trotzdem geheiratet, weißt du«, fuhr ihre Mutter fort. Ihre Stimme klang wieder etwas gepresst und Cass wusste, dass sie schwer daran arbeitete, ihren Ärger unter Kontrolle zu halten. »Sie ist mit finsterer Miene und so blass wie die Blumen in ihrem Haar auf ihren zukünftigen Ehemann zugeschritten, und ihre ganze Familie schaute zu und war aus Sorge um dich nur halb bei der Sache.«

Cass nickte kläglich. Mary war schon immer so pflichtbewusst gewesen. Sie hätte Thomas niemals an ihrem Hochzeitstag warten lassen.

»Dein Vater hat nach dir gesucht, bis es Winter wurde«, fuhr die Mutter fort und riss damit die Stelle auf, an der Cass ihre Schuldgefühle vergraben und mit den Lügen übertüncht hatte, die sie sich selbst erzählte – dass es ihrer Familie ohne sie besser ging, dass sie sich beruhigen würden, wenn Mary ihnen berichtete, dass sie in Sicherheit war, dass sie ihnen kein allzu großes Leid zufügte.

»Er ist jeden Tag ausgeritten und hat versucht, der Spur des Pferdes zu folgen, das dich anscheinend entführt hatte. Er flehte alle möglichen Leute um Hilfe an. Auf der Suche nach dir hat er jeden Marktort zwischen hier und Caesterfeld besucht, hat in Tavernen und auf Plätzen gefragt, ob dich jemand gesehen hat.«

Cass' Augen füllten sich mit Tränen. Sie hatte nicht gedacht, nicht ein einziges Mal, dass ihr Vater so intensiv nach ihr suchen würde. Er war ein hart arbeitender Mann, der nicht viele Worte machte, und der Gedanke, dass er solche Reisen unternommen und um ihretwillen Fremde angesprochen hatte, führte dazu, dass sie schon wieder am Hals ihrer Mutter weinen wollte.

Der Stein, mit dem die Kinder Hüpfekästchen spielten, rollte plötzlich Cass vor die Füße. Sie beugte sich vor, um ihn aufzuheben und zurückzuwerfen, und schluckte den Kloß in ihrem Hals hinunter. Als sie ihr den Kiesel zuwarf, schenkte die kleine Grace ihr ein schüchternes Lächeln. Die Enge in Cass' Brust weitete sich wieder. Sie lehnte sich neben ihre Mutter zurück an die warme Wand.

»Es tut mir leid«, sagte Cass ohne Umschweife. Ihre Mutter nahm ihre Hand und drückte sie ganz fest.

»Es muss dir nicht leidtun«, sagte sie schließlich. »Ich habe immer gewusst, dass dieser Tag kommen würde. Ich wusste von dem Moment an, als du zu uns gebracht wurdest, dass du irgendwann gehen musst. Und vielleicht hätte ich dir früher davon erzählen sollen, dann wäre es womöglich leichter geworden. Für uns alle. Oder hätte deine Zeit mit uns verlängert. Doch er hat es uns verboten.« Sie seufzte. »Aber was soll's, es war so, und was geschehen ist, ist geschehen.«

Cass fühlte sich, als hätte sie einen Schlag auf den Kopf bekommen. Ihr Herz raste und schien für einzelne Schläge auszusetzen. In ihren Fingerspitzen machte sich wieder dieses merkwürdige Kribbeln bemerkbar, so als ob das Schwert durch die Worte ihrer Mutter warmlief und erwachte und ihre Hände sich danach sehnten, es in Besitz zu nehmen.

Die Sonne schien grell in ihre Augen und sie schirmte sie mit einer Hand ab, um die Frau anzusehen, die sie immer nur als geradeheraus und wahrheitsliebend gekannt hatte. Die Frau, von der sie gedacht hatte, sie sei ihre Mutter. Die Frau, die nun ihrem Blick auswich.

»Mich zu euch gebracht? Er?« Cass fühlte sich benommen und atemlos.

Ihre Mutter seufzte schwer und zeigte auf den Anhänger an

Cass' Hals. »Das hat er dir hinterlassen, als einzige Verbindung zu deiner Vergangenheit. Mary war noch klein, erst knapp zwei. Sie kann sich an kein Leben ohne dich erinnern. Und wir lebten weit entfernt genug von den nächsten Nachbarn, um glaubhaft etwas vorzuspielen. Ein Baby ist immer ein Grund zum Feiern, da kommt kaum jemand auf den Gedanken, Fragen zu stellen.«

Cass fühlte sich, als watete sie durch einen Sumpf und versuchte, festen Grund oder irgendetwas anderes zu finden, an dem sie sich festhalten konnte, um nicht in die Tiefe gezogen zu werden. Sie schüttelte den Kopf und hob eine Hand, um ihre Mutter zu stoppen, die nicht gemerkt zu haben schien, dass sie mitten in der Geschichte angefangen hatte und unerträglich in der Zeit vor- und zurücksprang.

»Er? Wer war er?«

Ihre Mutter atmete lange aus und wischte dann mit der Hand eine Locke aus Cass' Gesicht. In ihren Augen standen Trauer und Stolz, als sie ihre Tochter musterte.

»Merlin«, sagte sie schließlich. »Merlin hat dich hergebracht.«

15

Cass' erster Impuls war zu lachen. Ihre Mutter, die Frau, die niemals Zeit für Späße oder Ränkespiele gehabt hatte, wollte sie wohl hinters Licht führen. Sie erfand eine derart gewaltige und groteske Lügengeschichte, dass Cass sich nicht vorstellen konnte, wie sie überhaupt glauben konnte, dass Cass darauf hereinfallen würde.

Cass fand keine einzige sinnvolle Erklärung dafür. Sie fragte sich, ob sie wirklich hier war oder ob sie bei der Schlacht im Wald eine Gehirnerschütterung davongetragen hatte und in Alys' Hütte gebracht worden war. Vielleicht träumte sie ja nur und bildete sich unbekannte, wilde Wege ein, die gar nicht für sie bestimmt waren. Doch das Holz in ihrem Rücken war immer noch warm und fest. Die Kinder rauften und zankten sich noch immer auf dem Hof. Ihre Mutter sah sie noch immer abwartend an.

Cass war ratlos. Ihr Verstand konnte die ungeheure Tragweite dieser Enthüllung gar nicht erfassen. Sie hatte keine Ahnung, was sie fragen und wo sie anfangen sollte.

»Merlin?«, wiederholte sie schließlich. »Der Berater von König Artus? Der, den alle als Zauberer bezeichnen?« Noch während sie es aussprach, wurde ihr die Absurdität dessen klar und sie lachte, ein langes, bebendes Lachen, das verebbte, als ihre Mutter nicht einstimmte.

»Ja. Du warst ein kleines, in ein Lumpenbündel gewickeltes Baby.

Es war eine heiße, wolkenlose Sommernacht und die Sterne funkelten so hell, wie ich sie noch nie gesehen hatte.«

»Nein.« Cass schüttelte den Kopf. »Nein.« Doch in der Stimme ihrer Mutter brach etwas, und das kannte sie von dieser vernünftigen und beherrschten Frau nicht. Cass starrte sie an und fragte sich, ob sie es sich nur eingebildet hatte. »Ich wurde an einem Frühsommermorgen bei Sonnenaufgang geboren«, sagte sie langsam. »Das hast du mir selbst erzählt, als Grace auf die Welt kam und Mary und ich dich nach unseren eigenen Geburten gefragt haben. Das weiß ich noch genau.«

Ihre Mutter sah sie mit Tränen in den Augen an. »Das habe ich dir nur erzählt, damit du keine Fragen mehr stellst, aber es war eine Lüge. Was hätte ich dir sonst sagen sollen?«

»Die Wahrheit!«, schrie Cass. Die Kinder hielten für einen Augenblick in ihrem Spiel inne und warfen ihr besorgte Blicke zu, bis ihre Mutter ihnen schmallippig zulächelte und sie weiterspielten.

»Bitte«, sagte ihre Mutter, »lass mich versuchen, es zu erklären.«

Und obwohl sie tausend Fragen und Einwände hatte, presste Cass ihre Lippen fest zusammen und lauschte der Geschichte ihrer Mutter.

»Es war spät an einem Sommerabend. Dein Vater und ich waren gerade ins Bett gegangen, da hämmerte jemand donnernd an unsere Tür. Wir hatten Todesangst. Ich stillte gerade Mary und ich weiß noch, wie ich mich im Bett duckte und dein Vater einen dicken Holzknüppel nahm und zur Tür ging. Draußen standen ein Mann und eine Frau mit einem winzigen Kind. Sie baten um etwas zu trinken und darum, sich ausruhen zu dürfen, und wir ließen sie ein. Das Baby war ein dürres kleines Wesen mit faltigem Gesicht und es schrie ganz erbärmlich. Und obwohl ich im Kerzenlicht sonst kaum etwas erkennen konnte, sah ich, dass seine Augen – deine Augen – die schönste Mischung aus Blau und Grün waren.

Und nachdem sie etwas getrunken und das bisschen gegessen

hatten, das wir entbehren konnten, saß die Frau still am Kamin und beruhigte das Kind an ihrer Schulter, während der Mann seine Geschichte erzählte.«

»Wie sah er aus? Woher habt ihr gewusst, dass es Merlin war?« Cass konnte nicht mehr an sich halten.

Ihre Mutter brachte sie zum Schweigen. »Ich komme schon noch dahin, wenn du mich ausreden lässt«, sagte sie und klang für einen Moment wieder mehr nach der brüsken Frau, die Cass kannte.

»Er war groß und stark und sein langes, verfilztes dunkles Haar hatte graue Strähnen. Er trug einen dicken, drahtigen Vollbart. Aber seine Augen …« Sie erschauerte ein wenig. »Er hatte dicke, auffällige Brauen und den eindringlichsten Blick, dem ich je zuvor oder danach begegnet bin. Kalte blaue Augen, die durch einen hindurchzublicken schienen. Und während er seine Geschichte erzählte, während er uns um eine große Barmherzigkeit bat, war es doch die ganze Zeit so, als würden seine Augen in uns hineinstarren und unsere Seelen darauf prüfen, ob wir deiner würdig waren.« Mit einem kleinen Schütteln warf sie diese Erinnerung ab und hob abwehrend eine Hand, so als wollte sie abschwächen, was sie gerade gesagt hatte. »Das war natürlich Unsinn, ich weiß. Aber es war so merkwürdig und kam so unerwartet und mitten in der Nacht, und so hat es sich damals eben angefühlt.«

Cass musste sich zusammenreißen, um nicht schon wieder zu unterbrechen und ihre Mutter anzutreiben, schneller weiterzuerzählen.

»Er sagte uns, dass das Baby versorgt werden müsste und sie sich das nicht leisten könnten«, erinnerte sie sich mit einem vagen Blick ins Weite. »Und dass sie eine lange Reise gemacht hätten, um ein Heim zu finden, das geeignet war, mit Eltern, die ein Kind in ähnlichem Alter hatten, das ihm Gesellschaft leisten konnte. Sie hätten am Nachmittag im Dorf Station gemacht, sagten sie, und mit ein paar anderen Familien gesprochen, aber nicht die richtige gefunden.«

Ihre Mutter hielt inne und knetete einen Moment lang mit den Fingern den Saum ihrer Schürze. »Wir konnten kein zweites Kind bekommen«, sagte sie mit so leiser Stimme, dass Cass sie kaum verstehen konnte. Sie wusste, wie schwer es ihrer Mutter fiel, so intime Dinge auszusprechen.

Cass sah sie an und erschrak, als sich die Augen ihrer Mutter mit Tränen füllten, die sie aber ungeduldig mit dem Handrücken abwischte.

»Wir stimmten praktisch sofort zu, als sie uns fragten. Dein Vater war ein bisschen zurückhaltender, wahrscheinlich vernünftiger, aber ich wollte dich so sehr ... Später wurde mir dann klar, dass einige Dinge merkwürdig waren, dass die Geschichte nicht ganz passte. Denn sie trugen die Kleidung reicher Leute, mit goldenen Fäden bestickt und von kunstvollen Metallbroschen zusammengehalten.«

Diese Worte lösten irgendetwas bei Cass aus, doch sie verdrängte es, so sehr wollte sie mehr hören.

»Und als dein Vater am nächsten Markttag mit den Dorfbewohnern sprach, konnte sich niemand erinnern, an jenem Tag zwei Fremde gesehen oder mit ihnen gesprochen zu haben, auch an keinem anderen Tag dieser Woche. Das kam uns so merkwürdig vor, dass wir Angst bekamen und lieber niemandem davon erzählten, was passiert war. Ich bin monatelang mit dir zu Hause geblieben, während du geschrien hast, als hättest du permanent Schmerzen. Ich konnte dich einfach nicht beruhigen. Wir erzählten allen, dass ich in den Wehen läge, und ich habe dich erst später anderen Leuten gezeigt, sodass niemand wusste, dass du nicht unser Kind bist.«

Cass atmete schwer und das Blut rauschte in ihren Ohren.

»Am Ende war es Mary, die dich beruhigt hat. Sie hat ihre kleine, pummelige Hand mit den Grübchen an den Knöcheln nach dir ausgestreckt, und wenn du sie ignoriert hast, dann hat sie sich einfach zu dir gelegt, sodass dein ganzer Körper von ihrem geschützt wurde. Und dann hast du geseufzt, als ob irgendetwas, das dir große Qualen verursacht hat, endlich abgestellt worden wäre, dich entspannt und bist eingeschlafen.«

»So haben wir immer geschlafen«, murmelte Cass halb zu sich selbst und ihre Kehle brannte.

Ihre Mutter nickte und streckte eine Hand aus. Mit einer Fingerspitze berührte sie den Anhänger an Cass' Hals. Dieser Anhänger war der Auslöser für das ganze wilde Abenteuer gewesen, das sie im vergangenen Jahr zu der Schwesternschaft geführt hatte – als ein Bandit es aus ihrer ausgestreckten Hand geraubt und Sigrid ihn gestellt und ihr den Anhänger zurückgebracht hatte.

»Das ist der einzige Gegenstand, den sie dir hinterlassen haben«, sagte sie. Cass wusste noch, wie bedeutungsvoll sie es empfunden hatte, als die Mutter ihr am Morgen der Hochzeit ihrer Schwester die Kette um ihren Hals gelegt hatte. Sie erinnerte sich daran, was ihre Mutter gesagt hatte und dass es ihr etwas merkwürdig vorgekommen war. *Er hat nie wirklich mir gehört, Cass. Es ist deiner.*

»Ma«, begann Cass vorsichtig, denn sie konnte sich nicht länger zurückhalten. »Bist du wegen des Anhängers auf den Gedanken gekommen, der Mann sei Merlin gewesen? Denn viele Paare, die es sich nicht leisten können, ein Kind zu ernähren, würden es doch vielleicht mit dem einzigen wertvollen Gegenstand ausstatten, den sie besitzen – um die Schuldgefühle zu beschwichtigen, dass sie es abgeben.« Sie musste sich alle Mühe geben, um nicht in Tränen auszubrechen.

Doch ihre Mutter schüttelte den Kopf. »Hör mir zu, Cassandra. An der Geschichte ist mehr dran …«

Als Cass sie gerade schon wieder unterbrechen wollte, nahm sie ihr mit einem Seufzen schnell den Anhänger ab und öffnete ihn. Sie enthüllte das glatte, leere Innere, das Cass Hunderte Male gesehen hatte, wenn sie als Kind damit gespielt hatte.

»Schau mal.« Sie drehte den Anhänger auf den Kopf und hielt

ihn in die Strahlen der spätnachmittäglichen Sonne. Cass nahm ihn mit den Fingerspitzen in Empfang und spähte mit zusammengekniffenen Augen hinein.

Auf der Innenseite des Anhängers, gleich unter dem Rand, der als sicherer Verschluss diente, befand sich eine winzige Gravur. Sie war so klein, dass sie auf den ersten Blick wie ein Kratzer wirkte. Cass hatte sie nie zuvor bemerkt. Doch als sie genau hinsah, war da ein winziges Bild.

»Ist das ein …«

»Es ist ein Drache. Der Kopf eines Drachen. Das Symbol von König Uther Pendragon, deinem Vater.«

16

Diesmal lachte Cass wirklich laut auf. »Ma, das kann doch nicht dein Ernst …«

Doch ihre Mutter unterbrach sie aufs Neue. »Ich weiß, wie lächerlich das klingt. Ich weiß. Aber lass mich die Geschichte zu Ende erzählen, dann kannst du selbst entscheiden. Du kannst mit der Geschichte anfangen, was du willst – schließlich ist es deine. Aber wenigstens habe ich dann meinen Teil erfüllt und dir die Wahrheit erzählt.«

In ihrer Stimme klangen Zweifel und Schuld mit. Cass nahm ihre schwielige Hand, hielt sie auf ihrem Schoß und ließ ihren Kopf an die Schulter ihrer Mutter sinken. »Also gut, ich höre zu.«

»Nachdem wir zugestimmt hatten, dich zu behalten, haben dein Vater und ich einen sicheren Schlafplatz für dich vorbereitet und aus einer Truhe einige alte Sachen von Mary herausgesucht. Als wir zurückkamen, hatte das Paar gerade einen Streit, sodass sie uns nicht kommen hörten. Normalerweise hätte ich niemals ein privates Gespräch belauscht, das weißt du, aber ich hatte plötzlich große Angst, dass sie es sich anders überlegt haben könnten oder dass zumindest einer von ihnen Zweifel hatte, das Kind bei uns zu lassen. Also blieb ich stehen, in der Hoffnung, den Grund für ihren Streit zu verstehen und sie trotzdem davon überzeugen zu können, dass wir dich behalten durften.«

Die Sonne wurde von einer Wolke verdeckt. Cass fröstelte und schlang die Arme um ihren Oberkörper. Sie hatte Gänsehaut auf ihren Unterarmen.

»Aber sie stritten sich über etwas anderes. Die Frau, die bis zu diesem Moment kaum ein Wort gesprochen hatte, machte dem Mann Vorhaltungen und drängte ihn, ›die ganze Wahrheit zu sagen‹.

›Sie verdient es, das zu wissen‹, wiederholte sie immer wieder. Ich dachte, dass mit dir vielleicht irgendetwas nicht stimmte, dass du krank oder, schlimmer noch, entführt worden warst und dass sie fand, ich solle darüber im Bilde sein, wenn ich dich aufnahm. Aber sie sprach nicht davon, *mir* die Wahrheit zu sagen. Sie sprach von dir. Sie sagte, dass *du* es verdient hättest, in dem Wissen aufzuwachsen, wer du bist.«

Cass hielt die Hand ihrer Mutter ganz fest, so als wäre sie ihr einziger Anker auf der Erde, in der Wirklichkeit.

»Sie sprach ihn als ›Merlin‹ an«, fuhr ihre Mutter fort. Die Worte strömten jetzt aus ihr heraus, so als wäre es eine Erleichterung, sie nach all den Jahren endlich auszusprechen. »Ich habe mich nicht verhört, Cass. Sie hat den Namen mehrmals gesagt.«

»Aber Merlin kann ja wohl kein so seltener Name sein, dass …«

»Hör mir zu«, zischte ihre Mutter und Cass schwieg.

»Kurz danach brachen sie auf. Kaum dass sie dich an mich übergeben hatten, fingst du an, ohne Unterlass zu schreien, ein schreckliches, zitterndes Weinen, das mir das Herz brach. Dein Vater versuchte, dich zu beruhigen, aber nichts half. Deshalb bin ich mit dir nach draußen gegangen, um Mary nicht aufzuwecken, und dabei habe ich auf dem Boden vor der Tür ein Taschentuch gefunden. Als ich mich danach bückte, um es aufzuheben, kam die Frau zurückgerannt, um es zu holen, während der Mann auf dem Weg stehen blieb und ihr nachblickte. Und als ich dich so im Arm hielt und zu beruhigen versuchte, nahm sie das Taschentuch von mir, streichelte dich und sprach ganz schnell, ohne den Blick von dem Tuch abzuwenden, damit es von Weitem nicht so aussah, als sprächen wir über irgendetwas Wichtiges. Dann sah sie mich an und ihre Augen leuchteten wie ein warmes Metall, wie Kupfer oder Gold. Sie flüsterte mir zu, dass du kein normales Kind seist, sondern die Tochter von König Uther Pendragon. Der sei Vater von Zwillingen geworden und Merlin bringe sie zu ihrer eigenen Sicherheit bei verschiedenen Pflegefamilien unter.

Solange Menschen den Thron begehrten, sei jedes Kind Uthers in Gefahr. Sie befahl mir, niemals einer Menschenseele davon zu erzählen, und fügte an, dass Merlin zu deinem eigenen Schutz nicht wolle, dass du jemals erfährst, wer du bist. Dass du in große Gefahr kommen würdest, wenn wir jemals deine wahre Herkunft enthüllten. Und dann rief er ungeduldig nach ihr. Sie drückte mir etwas in die Hand und ging. Als sie weg war, schaute ich nach und fand diesen Anhänger. Erst am nächsten Tag sah ihn sich dein Vater im Hellen genauer an und entdeckte das Symbol des Königs. Wir wussten nicht, was wir davon halten sollten. Dein Vater meinte, das wäre wahrscheinlich alles Unsinn, dass sich die Frau etwas vormachte oder sich selbst von dieser wirren Geschichte überzeugt hätte, um den Verlust ihres Kindes zu verdauen. Er dachte, es wäre für sie einfacher, wenn sie sich einredete, das Baby wäre von jemand anderem. Aber in dieser Nacht sind einige Dinge passiert, die mir zu denken gaben. All die Jahre, wenn ich dich nachts stillte, dir beim Wachsen und bei deinen ersten wackeligen Schritten zusah, während du und Mary einander so zu lieben lerntet, als wärt ihr vom selben Blut, dachte ich immer wieder darüber nach.«

Sie seufzte und zuckte mit den Achseln. »Ich kann dir nicht mit Sicherheit sagen, was die Wahrheit ist, Cass. Aber sie hat nicht geweint oder gezögert, dich wegzugeben, wie es eine Mutter getan hätte. Für mich hat es Sinn ergeben, dass du nicht ihr Kind bist, das habe ich einfach instinktiv gespürt, so wie nur eine Mutter es kann. Und warum hätte sie lügen sollen? Sie ist nie zurückgekehrt, hat nie irgendetwas von uns verlangt. Wir haben keinen von beiden je wiedergesehen.«

In Cass' Kopf drehte sich alles, als würde es nie wieder aufhören. Sie hatte das Gefühl, ihr würde übel, und atmete langsam und gleichmäßig durch die Nase, um sich zu beruhigen. Sie wusste immer noch nicht, wo sie anfangen sollte, über welchen Teil der Geschichte sie staunen und wieder und wieder nachdenken sollte, um das alles zu begreifen.

»Bist du dir sicher, was ihre Augen angeht?«, fragte sie schließlich. Ihre Mutter nickte, verwundert darüber, dass sie sich ausgerechnet für dieses Detail besonders interessierte. Doch sie wusste nicht, konnte nicht wissen, dass Cass einer Frau begegnet war, deren Augen golden zu glühen schienen, und dass diese der erste Mensch in ihrem Leben gewesen war, der etwas in ihr sah, das niemand sonst erkannte. Sie wusste nicht, dass die Frau einen Anhänger in Gestalt einer endlosen Spirale getragen und dass Cass dasselbe Symbol eingeritzt in einen Baum in der Nähe des Herrenhauses gesehen hatte – damals, als sie mit Rowan und Lily zur Jagd auf den scheuen, schwarzen Hirsch ausgeritten war. Mehr als alles andere, mehr noch als die winzige Drachengravur ließ dieses Detail Cass glauben, die Geschichte ihrer Mutter könnte tatsächlich wahr sein.

Sie ließ die Hände sinken und ihre Finger streiften den kühlen Metallgriff ihres Schwertes. Cass starrte darauf hinab, als sähe sie es zum ersten Mal. Sie hatte das Schwert aus einem Stein gezogen. So unglaublich es auch schien, war es freiwillig in ihre Hände geglitten, als sie es am dringendsten brauchte. Zwar hatte sie sich selbst eingeredet, dass jemand anders es gelockert haben musste. Doch Alys bestand darauf, dass es etwas zu bedeuten hatte, dass es eine Prophezeiung von einer großen Führungsgestalt gab, die in Nordhumbrien ein Schwert aus einem Stein ziehen würde. Und hatte nicht auch Artus seinen königlichen Rang damit bewiesen, dass er ein Schwert aus einem Stein gezogen hatte? Allerdings hatte Alys die Nase gerümpft und ihr erklärt, dass es sich wahrscheinlich um einen von Merlin eingefädelten Trick gehandelt hatte, der Artus' Autorität in den Augen der Menschen festigen sollte.

Es war zu viel, um es zu verarbeiten. Cass schloss die Augen für einen Moment, ließ den Kopf gegen die Wand sinken und die Wärme der Sonne ihr Gesicht streicheln. Zwillinge. Aber das hieß ja dann …

»Artus. Du sagst, König Artus ist mein Zwillingsbruder?«

»Ja«, antwortete ihre Mutter umstandslos, als hätte Cass gefragt, ob noch Äpfel übrig seien oder ob sie das Feuer fürs Abendessen anzünden solle.

Es trat eine lange Stille ein.

»Es tut mir leid«, flüsterte ihre Mutter schließlich. »Ich hätte es dir wahrscheinlich schon früher erzählen sollen. Aber es gab immer gute Gründe, es nicht zu tun. Du warst noch zu klein und hättest es nicht verstanden. Du warst Mary so nahe, und zu erfahren, dass sie nicht deine richtige Schwester ist, hätte euch entzweien können. Du wurdest erwachsen und hattest genügend Dinge, über die du nachdenken musstest, auch ohne dass ich deinen Kopf mit Unsinn über Könige und nächtliche Fremde anfülle. Du warst in Sicherheit und glücklich und ich war gewarnt, dass die Wahrheit dich in Gefahr bringen könnte.« Sie hielt inne. »Aber eigentlich hat mich keiner dieser Gründe davon abgehalten, dir die Wahrheit zu sagen. Es war viel simpler. Ich liebte dich. Du warst meine Tochter und ich wollte nichts anderes. Ich war feige, Cass, und hatte Angst, dich zu verlieren. Ich hatte immer Angst davor, dass sie eines Tages wiederkommen und Anspruch auf dich erheben würden. Als König Uther starb, hatte ich schreckliche Angst, dass sie kommen würden. Doch niemand kam.

Als Artus zum König gekrönt wurde, habe ich innerlich jubiliert, weil ich glaubte, dass du niemals von deinem Geburtsrecht zu erfahren brauchtest – nun, da dein Bruder den Thron bestiegen hatte. Ich glaubte, du wärest endlich in Sicherheit. Doch dann, nur ein paar Monate später, haben wir dich verloren. Und als du verschwunden bist, habe ich zwar deinen Vater bei seiner Suche nach dir unterstützt, aber insgeheim hatte ein Teil von mir es schon immer geahnt.«

»Du hast ihm nie davon erzählt?« Cass stürzte in ein tiefes Loch und alles drehte sich derart, dass sie nicht klar denken konnte.

Die Stimme ihrer Mutter wurde unsicher. »Das konnte ich nicht. Merlin war so überzeugend, hatte so deutlich erklärt, warum absolute Geheimhaltung entscheidend war …« Sie fuhr sich mit der Hand durch ihr faltiges Gesicht. »Es ist schwer zu erklären. Ich hatte Angst. Angst, dass es irgendjemand herausfinden könnte – sogar dein Vater – und ich dich dann verlieren könnte.« Sie hielt inne und die folgenden Worte kamen aus ihrem tiefsten Inneren. »Ein Teil von mir hatte Angst, dass er erfahren könnte, wer du bist, dass du nicht nur das Kind eines anderen Mannes bist, sondern die Tochter eines Königs und dass dich das irgendwie von ihm entfernen könnte. Dass er dich dann nie so vollständig lieben würde wie ein eigenes Kind. Und ich wollte doch so sehr, dass du unser eigenes Kind bist, Cass.«

Ihr entfuhr ein ersticktes Schluchzen. »Aber je größer du wurdest, desto offensichtlicher wurde es, wie anders du bist – dass wir dich nicht für immer würden festhalten können. Zu schweigen war mein Versuch, diesen Tag so lange wie nur möglich hinauszuschieben.«

Sie stockte und atmete langsam aus. Ihr ganzer Körper entspannte sich sichtlich. »Jetzt weißt du alles. Aber da ist noch etwas anderes, das du wissen sollst. Ich liebe dich, Cass. Und in meinem Herzen werde ich immer deine Mutter sein.«

Sie lehnte sich zu Cass herüber, doch die zuckte zurück und schaute ihre Mutter an, als sähe sie sie zum allerersten Mal.

»Wie konntest du das alles vor mir geheim halten?«, stieß sie durch zusammengepresste Lippen hervor, erhob sich rasch und stolperte vor den ausgestreckten Armen ihrer Mutter davon, weg von dem Bauernhaus und den Kindern, die nach etwas zu essen zu verlangen begannen, durch das hohe Gras, das ihre Waden streifte, über den Zaun in den Obstgarten. Sie flüchtete erneut, so wie am Morgen des Hochzeitstages ihrer Schwester. Und Cass saß jetzt mit den Augen voller Tränen unter denselben Apfelbäumen. Ihre Finger betasteten wieder und wieder die Narbe an ihrem Handgelenk. Sie stellte alles infrage, was sie zu sein geglaubt hatte, obwohl sie tief in ihrem Innern bereits gewusst hatte, dass sie es nicht war. Sie fühlte ein brennendes Gemisch aus Verwirrung, Verrat und Mitleid mit ihrer Mutter, die sie so sehr liebte, dass sie sie versteckt gehalten hatte – sogar vor sich selbst.

Sie blieb im Obstgarten, bis die Sonne dem Horizont entgegensank. Dann ging sie langsam zur Tür zurück und betrachtete ihre über den Küchentisch gebeugte Mutter. Als Cass ihre Hand auf die Schulter ihrer Mutter legte, erhob diese bereitwillig und dankbar ihre Hand vom Tisch und ergriff sie. Sie brauchten beide nichts mehr zu sagen.

Cass blieb vier Tage lang auf dem Bauernhof, tauchte in das Essen und die Düfte ihrer Kindheit ein und verbrachte gesellige Stunden mit ihrer Mutter, während sie häusliche Pflichten und Arbeiten erledigte und sich bemühte, all das zu verarbeiten, was sie gehört hatte.

An einem Abend hatte sie Zeit, mit ihrem Vater entspannt über den Bauernhof zu schlendern. Sie fragte ihn nach den Feldfrüchten und der Ernte. Er sprach kaum über den Anhänger oder die Wahrheit hinter Cass' Ankunft in der Familie, doch er wusste, dass seine Tochter endlich über die wahre Geschichte aufgeklärt worden war. Und Cass wusste, dass ihre Mutter ihm die *ganze* Geschichte erzählt hatte, einschließlich der Wahrheit über die Identität ihrer

Ziehtochter, und dass auch er ihr das lange Schweigen vergeben hatte. Denn auch er wusste, dass sie es aus Liebe getan hatte.

In stillschweigender Übereinkunft sprachen sie über dieselben Dinge wie immer. Keine Gefühlsbekenntnisse, keine schwierigen Gespräche – vielleicht auch deshalb, weil die Welt der Könige und Höfe so wenig mit den Äckern und der Erde zu tun hatte, die seine Welt ausmachten. Er behandelte sie wie seine Tochter, denn das war sie für ihn. Und Cass war dankbar für diesen Anker, der sie mit ihrer alten Wirklichkeit verband, die ihr mit jedem Tag immer stärker entglitt.

Ihre Mutter drängte sie ebenfalls nicht dazu, weiter darüber zu sprechen, und stellte auch keine Fragen zu Cass' Leben in der Schwesternschaft. Doch als Cass am zweiten Morgen erwachte und ein zweckdienliches Wollkleid ordentlich zusammengefaltet am Fuß ihrer Matratze vorfand, zog sie es klaglos an. Es fühlte sich friedvoll und wohltuend an, sich in ihr altes Leben zurückzuziehen, auch wenn sie wusste, dass es nicht von Dauer war.

Eines Morgens hörte sie ihren Vater aufstehen, als ihre Mutter noch schlief. Sie folgte ihm zur Tür und berichtete ihm leise von der größer werdenden Gefahr der sächsischen Banden und anderer Raubritter. Obwohl sie noch keine Übergriffe erlebt hatten, beschwor sie ihn, einen Plan zu schmieden, wie er seine und Marys Familie notfalls in Sicherheit bringen konnte.

Einen ganzen, herrlichen Tag verbrachte sie mit Mary und ihrem pausbäckigen, brabbelnden Kind, bewunderte seine kleinen Wangen und Nase – ihre Schwester in Miniatur. Sie schlenderten Arm in Arm durch den Obstgarten, und Mary, die selbst auf die kleinsten Schrammen stets mit den lautesten Klagen reagiert hatte, schaffte es irgendwie, angesichts von Cass' gewaltigen Enthüllungen Ruhe zu bewahren.

»Uns war schon immer klar, dass du anders bist«, sagte sie mit einem Achselzucken, so als ob diese Tatsache kaum etwas änderte.

Als ob es kaum einen Unterschied machte, die geheime königliche Pflegetochter bei einer Bauernfamilie oder ein Wildfang zu sein, der lieber barfuß als mit unbequemen Lederschuhen herumlief.

»Was willst du denn jetzt tun?«, fragte Mary. Sie hatten sich vor der heißen Sonne in den Schatten der Apfelbäume zurückgezogen und Cass kribbelte es auch diesmal wieder in den Beinen, auf einen der Bäume zu klettern und sich auf die Äste hoch über ihrer vernünftigen Schwester zu setzen.

»Ich kehre zurück«, antwortete sie langsam. Sie hatte in den vergangenen Tagen darüber nachgedacht, während der langsame Rhythmus des Bauernhofes sie weich umfing. Es wäre leicht gewesen, einfach hier in ihrem alten Leben zu bleiben, so als wäre sie nie weg gewesen. Dann hätte jemand anders das Problem mit den Invasoren; um die Sicherheit Britanniens konnte sich Artus kümmern und sie könnte das eigenartige, machtvolle Schwert unter den Wurzeln eines Apfelbaumes begraben und Pebble beibringen, wie man einen Pflug zieht. Die Schwesternschaft würde es schwer haben, sie zurückzuholen: Sigrid war die Einzige, die wusste, wo ihre Familie lebte, aber sie war verbannt worden.

Und doch war Cass, sobald sie an Sigrid dachte, klar, dass sie zurückmusste. Sigrid stand für all das, was Cass sein wollte. Alles, was eine Ritterin ausmachte. Alles, was eine Frau aus sich machen konnte. Sigrid kannte Lord Mordaunts ungerechtes Vorgehen und hatte sich unbeirrbar der Mission gewidmet, ihn zu finden und die Gerechtigkeit wiederherzustellen. Sie hätte jederzeit aufgeben können, doch das kam für Sigrid absolut nicht infrage. Sie war einfach so.

Als Cass die gleiche Schlussfolgerung über ihre eigene Bestimmung zog, überkam sie eine tiefe innere Ruhe, die all die Panik und Verunsicherung vertrieb, die die Wahrheit in ihr ausgelöst hatte. Ihre Furcht vor den Entscheidungen, die sie treffen musste, verschwand. Es ging gar nicht darum, was sie tun oder wohin sie gehen musste; noch nicht einmal darum, wie sie mit der gewaltigen Bedeutung dessen umgehen sollte, was ihre Mutter ihr eröffnet hatte. Sie musste sich lediglich entscheiden, wer sie war. Alles Weitere würde sich daraus ergeben. Und wie sie so mit Mary still unter den Apfelbäumen saß, wurde ihr klar, dass sie schon immer gewusst hatte, wer sie war. Es war überhaupt nicht nötig, dass die Mutter es ihr mitteilte; nicht wirklich. Sie hatte es schon lange gewusst, seit dem Morgen von Marys Hochzeitstag, seit sie weggelaufen und auf Sigrids Pferd gesprungen war, ohne sich umzusehen. Jetzt hatte sie endlich die Antwort auf die quälende Ungewissheit und ihre Sorge, seit sie das Rubinschwert in die Hand genommen hatte: ob das Schwert sie beherrschte oder umgekehrt.

»Mary«, flüsterte sie ihrer Schwester zu, die dösend neben ihr im Gras lag, »würdest du einmal dieses Schwert in die Hand nehmen?« Ihre Schwester nahm es, ohne zu zögern, bestaunte den Edelstein im Griff und hielt es ungeschickt vor sich, sodass es vor ihrer Nase in der Luft herumschwankte, doch sie zeigte keine Anzeichen, dass irgendetwas daran merkwürdig war.

»Wie hat es sich angefühlt?«, fragte Cass. Sie nahm das Schwert zurück und steckte es in seine Scheide zurück. Sofort spürte sie wieder diese kribbelnde Energie, die sie mit dem Griff austauschte. Es war ein Gefühl irgendwo zwischen Erregung und Schmerz.

»Ganz schön schwer«, meinte Mary, ließ sich wieder ins Gras fallen und schloss die Augen. »Keine Ahnung, wie du das Teil überhaupt heben kannst.«

Das Schwert war kraftvoll, doch nun wusste Cass, dass sie dazu auserkoren war, es zu führen. Es waren ihr Mut, die Suche nach ihrer eigenen Bestimmung und ihr Herz, die dem Schwert seine Kraft verliehen.

Sie wusste, wer sie war. Tochter des Königs. Schwester von Artus. Trägerin des Schwerts aus dem Stein. Und sie hatte keine Angst mehr davor.

17

Am fünften Tag brach sie zum Herrenhaus auf.

Ihr Vater umarmte sie fest mit seinen starken Armen. Als sie ihren Kopf an seine Schulter legte, atmete sie den warmen Duft der regennassen Sommererde ein, wie sie es als Kind immer getan hatte. Sie drückte die Hand ihrer Mutter ganz fest, nur für einen Augenblick. Als sie sich zum Gehen wandte, hörte sie sie flüstern: »Alles, was du brauchst, steckt in dir, Cass. Das tat es schon immer.«

Als sie davonritt, trällerten die Goldammern in den Hecken ein melancholisches Abschiedslied. Ihre Mutter ging schnell ins Haus zurück und schloss die Tür. Die Kinder turnten am Zaun des Obstgartens herum und winkten und riefen ihr nach, bis sie am Ende des Weges um die Ecke bog und außer Sicht verschwand.

Als Cass über die Pfade der waldigen Gegend trabte, den Geruch des Bärlauchs einsog und den Fall der Sonnenstrahlen durch die Baumwipfel bewunderte, wurde ihr leichter ums Herz. Sie tätschelte Pebbles glänzenden Hals. Sie würde zunächst ins Herrenhaus zurückkehren, aber das war nicht das eigentliche Ziel ihrer Reise. Sie wusste ganz genau, was sie zu tun hatte.

Irgendwie fühlte sich Cass' Körper auf diesem Ritt anders an. Anfangs dachte sie noch, es sei die schiere Erleichterung, dass sich die Anspannung der letzten Wochen nun auflöste. Ihre Oberschenkel schienen den Sattel fester zu umschließen, ihr Bogen und das Schwert fühlten sich leichter an.

Die merkwürdige, beängstigende und erregende Hitze, die sie im Kampf manchmal plötzlich durchströmte, schien auf einmal ein dauerhafter Bestandteil ihrer selbst zu sein. Was sie zuvor nur schwer in sich heraufbeschwören konnte, diese Kraft, die nach eigenem Belieben zu kommen und sie wieder zu verlassen schien, war jetzt immer vorhanden, wie ein Surren im Hintergrund. Das leichte Kribbeln in ihren Fingerspitzen, das Gefühl der fließenden Kraft in ihren Adern, es war nun die ganze Zeit über da. Irgendetwas war in ihr erweckt worden und wartete dicht unter der Oberfläche auf ihre Befehle.

Eben dachte sie darüber nach, eine Pause zu machen, um das Pferd zu tränken und von dem Brot und Käse zu essen, die ihre Mutter ihr für die Reise aufgedrängt hatte, da hörte sie ein Stück weiter vorne zornige Schreie. Sofort im Kampfmodus, saß Cass ab und band Pebble an einem Ast fest. Sie beruhigte das Pferd mit einem Tätscheln und pirschte sich dann von Baumstamm zu Baumstamm vorwärts. Ihre Hand lag am Griff ihres Schwertes.

Eine junge Frau mit Stupsnase, deren kurzes Haar so blond war, dass es beinahe weiß wirkte, wand sich unter Seilen, mit denen sie an einen Baum auf der anderen Seite der Lichtung gefesselt war. Über ihrem linken Wangenbein klaffte ein scharlachroter Schnitt und Blut tropfte von ihren Lippen. Sie schaute trotzig unter den Haarsträhnen hindurch, die ihr ins Gesicht fielen.

»Das werdet ihr noch bereuen!«, schrie sie drei Männer an, die sie umringten. Zwei davon waren stämmig und bärtig, der dritte kleiner und magerer, fast noch ein Junge, dessen erster Bartflaum sich auf seinem Kinn abzeichnete.

»Du bist es, die bereuen wird, meine Hübsche«, fauchte einer der stämmigen Kerle zurück. Er zog einen Dolch und presste ihn so fest an ihre Kehle, dass er einen roten Strich hinterließ.

Der andere Mann legte ihm eine Hand auf den Unterarm und zerrte ihn weg. »Lass das Nicholas machen«, zischte er, »wie besprochen. Das Mädchen ist wehrlos – vielleicht macht sie ja endlich einen Mann aus ihm.«

Der Angesprochene grunzte zweifelnd, doch er nickte und warf sich seinen Rucksack über. Cass stellte fest, dass sie anscheinend gerade erst ihre Zelte abgebrochen hatten. Die verkohlten Überbleibsel eines Feuers waren verstreut worden und drei gesattelte Pferde warteten wenige Schritte entfernt.

»Denk dran, wenn du das nächste Mal was klauen willst, kleines Mädchen!«, höhnte der zweite Mann und grinste mit abschreckend schwarzen Zähnen.

Sie spuckte ihn an und er trat einen Schritt zurück. Angewidert schaute er auf den Fleck Spucke hinab, der seinen Stiefel nur knapp verfehlt hatte.

»Gib ihr solche Prügel, dass sie ihre Lektion wirklich lernt«, brüllte er den jüngeren Mann an, der mit Unbehagen zusah. »Und dann schließt du zu uns auf.«

Die beiden Männer saßen auf und ritten davon. Das Geräusch ihrer Hufe wurde langsam leiser, doch der junge Mann blieb wie angewurzelt stehen und starrte das blonde Mädchen an.

Cass war zuversichtlich, dass sie es mit diesem schmächtigen Typen aufnehmen konnte, und wollte gerade hinter dem Baumstamm hervorspringen, da sprach die junge Frau weiter. Cass war so überrascht von ihrem Ton, dass sie zögerte und hinter ihrem Stamm versteckt blieb.

»Na endlich!« Sie seufzte theatralisch. Der Trotz war völlig aus ihrer Miene gewichen und hatte einem offenen, unschuldigen Ausdruck Platz gemacht. »Ich dachte schon, die lassen uns nie allein!«

Der Junge war verwirrt. Cass konnte sein Gesicht im Profil sehen. Er schwitzte ein wenig und hatte eine Hand fest am Griff seines Schwerts.

»Also«, begann das Mädchen gut gelaunt, so als wären das völlig normale Umstände, mit denen sie ganz und gar vertraut war. »Ich weiß, dass du mir nichts antun willst, und mache dich auch nicht für die Taten von deinem Vater und seinem Freund verantwortlich. Das wäre sehr unfair. Binde mich einfach los, dann ist alles in Ordnung.«

Der Junge zögerte. Ihr selbstsicheres Auftreten verblüffte ihn, doch er machte keine Anstalten, ihre Fesseln zu lösen.

»Hör mal«, sagte sie mit plötzlich mitfühlender Stimme, »ich weiß genau, wie das ist, wenn man von einem hartherzigen Vater herumgeschubst wird. Ich weiß, wie es sich anfühlt, wenn man sein eigener Herr sein will, aber keiner das begreift.« Der Junge fixierte sie und sie hielt Blickkontakt. In ihren großen braunen Augen lag tiefes Mitgefühl. »Ehrlich gesagt ist genau das der Grund, warum ich ganz allein hier bin«, fügte sie mit einem leisen Schluchzen hinzu und in ihren Augen glänzten Tränen. »Meine Schwester und ich wollten unserem Vater so sehr gefallen, aber irgendwie waren wir nie die perfekten jungen Frauen, die er sich vorgestellt hatte. Dieser Tage war er damit unzufrieden, wie wir ihm das Essen zubereiteten, und schleuderte meine Schwester gegen den Kaminsims. Sie hatte eine klaffende Wunde auf der Stirn und schwere Verbrennungen an einer Hand.«

Dem Jungen stand der Mund halb offen.

»Ich bin weggelaufen«, fuhr das Mädchen mit brechender Stimme fort. »Ich habe meine arme Schwester zurückgelassen, denn ich wollte die Chance nicht verpassen und abhauen, während er abgelenkt war. Das war vielleicht die einzige Gelegenheit. Ich hoffe, dass ich eines Tages zurückkehren und sie retten kann. Aber seitdem habe ich keinen Zufluchtsort und nichts zu essen. Es würde mir nicht im Traum einfallen, etwas zu nehmen, was mir nicht gehört. Ich brauchte nur eine Kruste oder zwei, die mich durch den Tag bringen.« Ihre Augen waren feucht und der Junge trat beinahe automatisch auf sie zu und klopfte ihr vorsichtig auf die Schulter.

»Ich weiß, wie es ist, einen groben Vater zu haben«, murmelte er, während er an den Seilen herumfummelte, mit denen ihre Hände auf ihrem Rücken gefesselt waren.

Im Blick des Mädchens zeichnete sich ein triumphierendes Blitzen ab. Doch im selben Moment erklang ein Wutschrei und die beiden Männer stampften auf die Lichtung zurück. Einer gab dem Jungen eine Ohrfeige, während der andere das Mädchen um die Hüfte packte, als sie gerade vom Boden aufsprang.

»Das nennst du also ›ihr eine Lektion erteilen‹, du dummer Junge? Ich werde dir zeigen, was eine Lektion ist!« Der arme Junge kauerte sich zusammen, während Schläge auf ihn herabhagelten.

»Und jetzt zu dir«, grunzte der andere Mann, doch das Mädchen nutzte seine kurze Ablenkung, um ihm den Ellenbogen in die Magengrube zu rammen.

»Dir bringe ich Manieren bei!« Mit einer fleischigen Hand hielt er mühelos ihre Hände hinter ihrem Rücken zusammen und hob die andere, um sie ins Gesicht zu schlagen. Doch Cass hatte längst ihren Bogen in der Hand und einen Pfeil angelegt. Sie spürte ihre Kraft durch den Arm in ihre Finger hineinschießen, als sie den Pfeil losließ. Er schlug zielgenau ein paar Zentimeter neben dem Gesicht des Mannes in einen Baumstamm ein und zitterte dort nach. Ehe der Mann sie sehen konnte, duckte sie sich wieder hinter den Baumstamm.

Die Männer drehten sich im Kreis und suchten die Bäume ab. Cass wartete, bis sie in die falsche Richtung schauten, und schoss ein zweites Mal. Jetzt streifte ihr Pfeil das Schienbein des anderen Mannes und steckte dann im Boden fest. In ihrem Versteck schaute sie verblüfft auf ihre Finger in den ledernen Handschuhen. Auch der zweite Pfeil war genau an die Stelle gezischt, die sie anvisiert hatte, so als wäre er von unsichtbaren Kräften dorthin gezogen worden.

»Komm jetzt«, schnaubte der Mann wütend, schubste den Jungen grob zu dessen Pferd und bestieg dann sein eigenes. »Sie ist den Kampf nicht wert«, rief er seinem Begleiter zu, der seine Beute offenbar nur ungern aufgeben wollte. »Sollen die Banditen sie haben. Dann wird sie schon sehen, ob die ihr so eine grobe Zunge im Kopf lassen.«

Der andere Mann gab nach. Er warf einen letzten, säuerlichen Blick auf das Mädchen, saß dann auf seinem Pferd auf und alle drei galoppierten davon. Der Junge hing schlaff in seinem Sattel.

»Zeigt euch!«, rief das Mädchen. Sie stellte sich mit dem Rücken an einen Baum und zog schnell einen Dolch aus ihrem Stiefel. »Aber ihr müsst wissen, dass ich nicht alleine bin. Die Gruppe, mit der ich unterwegs bin, ist ganz in der Nähe und kommt jeden Augenblick zurück.«

»Ach, wirklich?«, fragte Cass grinsend. Sie senkte ihren Bogen und trat hinter ihrem Baum hervor, sobald sie sich sicher sein konnte, dass die Männer weg waren. »Das ist ja komisch, denn ich habe hier sonst niemanden gesehen.«

Das Mädchen blieb in Habachtstellung. Sie musterte mit schnellen Blicken Cass' Waffenrock und Hose, Pfeil und Bogen in ihrer Hand und das Schwert an ihrer Hüfte. »Wer bist du? Warum stehst du mir bei?«

»Ich heiße Cass«, antwortete sie. Das Misstrauen des Mädchens verblüffte sie. »Und du?«

»Astra«, gab das Mädchen nach einer Pause zurück.

»Na ja, Astra«, fuhr Cass fort, »es sah für mich so aus, als hättest du ein wenig Hilfe nötig.«

»Ich komme sehr gut allein zurecht«, giftete sie zurück, senkte aber den Dolch.

»Mein Pferd ist in der Nähe«, sagte Cass und deutete mit dem Kopf in die Richtung, aus der sie gekommen war. »Es kann uns beide tragen. Ich kann mit dir nach Hause reiten und deiner Schwester helfen.«

Das Mädchen lachte und steckte den Dolch in ihren Stiefel zurück. »Ich habe keine Schwester«, sagte sie leichthin. »Und auch kein Zuhause.«

Cass musterte sie. Das glatte, eisgraue, kurz geschnittene Haar; das fadenscheinige Wollkleid; die schmutzigen Stiefel, die teilweise von schlammverschmierten Tuchfetzen zusammengehalten wurden. Unter ihrem Blick nahm Astras Miene wieder einen trotzigen Ausdruck an. Sie hob das Kinn, so als wollte sie Cass' Mitleid etwas entgegensetzen.

»Hier.« Cass setzte sich, holte den Proviant von ihrer Mutter unter ihrem Waffenrock hervor und riss ein großes Stück Brot ab. »Lass uns etwas essen. Und ich erzähle dir von einem Ort, an dem du dir mit deinem Mut und deinem schnellen Verstand Kost und Logis verdienen kannst.«

Während sie aßen, berichtete Cass von der Schwesternschaft, von Angharad und davon, was sie unter so viel Mühen aufgebaut hatten. Astra saß da und kaute gedankenverloren ihr Brot, während sie Cass zuhörte.

Als der Nachmittag fortschritt, sagte sie in ernstem Tonfall: »Ich mag ja keine Schwester und keinen Vater haben. Aber ich habe oft genug erlebt, dass Leute Frauen wegen deren Überzeugungen angegriffen haben.« Sie hielt inne und Cass fragte sich, ob sie das näher ausführen wollte, doch ihr Blick war in weite Ferne gerichtet, so als hätte sie Cass' Anwesenheit völlig vergessen. Dann schien sie mit einem Mal wieder zu sich zu kommen, sprang auf und klopfte sich die Krümel ab. »An diese Schwesternschaft glaube ich erst, wenn ich sie sehe«, erklärte sie. »Und wenn sie so ist, wie du sagst, dann kämpfe auch ich dafür.«

»Dann komm mit und schau sie dir mit eigenen Augen an«, antwortete Cass.

Als sie spät an diesem Abend eintrafen, lag das Herrenhaus in gespenstischer Stille da. Blyth spähte aus dem Torhaus über der Außenmauer und ließ sie ein. Zur Begrüßung streichelte sie sanft Pebbles Nase. Dann bot sie Astra beim Absitzen ihre Hand an, doch die ignorierte sie, glitt gewandt vom Pferderücken und landete mit katzengleicher Eleganz.

Cass ließ Pebble bei Blyth zurück und führte Astra nach drinnen. Sie rechnete damit, dass der große Saal voll mit Knappinnen beim Abendessen war, vielleicht begleitet von ein paar von Lord Mordaunts Rittern. Doch das Feuer war schon heruntergebrannt und niemand hatte die Fackeln in ihren Wandhaltern angezündet, sodass es dunkel und zugig war. Astra schaute sich besorgt um, so als hielte sie nicht besonders viel von dem Ort, an den Cass sie gebracht hatte.

»Sie müssen alle zeitig zu Bett gegangen sein«, meinte Cass unsicher. In dem Moment erklang ein grelles Kreischen. Die kleine Nell flog aus einer Tür am anderen Ende des Saales auf Cass zu und umarmte sie überschwänglich.

»Du bist zurück!«, rief sie voller Begeisterung. »Elisabeth meinte, du würdest nicht wiederkommen, aber ich hab's gewusst!«

Cass drückte das jüngere Mädchen liebevoll. »Wo sind denn alle?«

»Die meisten Knappinnen sind früh schlafen gegangen«, antwortete Nell. »Die Frauen aus dem Dorf ebenfalls. Sie trainieren jeden Tag hart. Angharad ist in ihren Gemächern und geht die jüngsten Meldungen der Kundschafterinnen durch. Und die Männer sind alle in Gamelins Gemächern und machen Würfelspiele.« Nell zog mit ihren rosigen Lippen einen Schmollmund. »Aber Alys hat gesagt, ich wäre zu jung, um dabei zuzusehen, deshalb bin ich gerade auf dem Weg in die Küche, um mir einen kleinen Imbiss zu holen.« Sie blickte hoffnungsvoll auf. »Kannst du mir das Würfeln beibringen, Cass?«

»Das übernehme ich«, warf Astra grinsend ein, nur um dann ein trotziges »Was?!« hinzuzufügen, als sie die missbilligende Miene von Cass bemerkte. »Ein Mädchen ist nie zu jung, um etwas für seinen ehrbaren Lebensunterhalt zu lernen.«

»Ehrbar?«, spottete Cass.

»Nun ja, ich hätte da noch ein paar andere originelle Ideen, aber ich ahne, dass du auch die nicht gut findest.« Astra grinste und nahm Nells Hand. »Und jetzt zeig mir, wo Gamelins Gemächer sind.«

Cass gab mit einem Nicken ihr Einverständnis und musste unwillkürlich selbst lächeln. Nell führte Astra davon.

»Du findest anschließend einen Schlafplatz für Astra, nicht wahr, Nell?«, rief sie den beiden noch nach.

Als sie gingen, betrat Elaine mit dem Baby im Arm den Saal. »Du bist wieder zu Hause!«

Zu Elaines großer Überraschung handelte es sich um einen Jungen, nicht um das Mädchen, von dem sie überzeugt gewesen war, dass sie es in sich trug, und sie hatte ihn Hugh genannt. Er war ein gut gelauntes kleines Wesen mit den leuchtend blauen Augen seiner Mutter. Die ganze Zeit winkte er mit seinen unbeholfenen Fäusten herum und nahm alles um sich herum auf. Doch jetzt sanken die Augenlider in seinem weichen, pausbäckigen Gesicht wie Halbmonde herab.

»Wenn ich herumlaufe, beruhigt er sich«, erklärte Elaine, die im Saal auf und ab ging.

»Was gibt es Neues?«, fragte Cass mit leiser Stimme, um das Baby nicht aufzuwecken.

Elaine blickte suchend in Cass' Gesicht, als wollte sie erst herausfinden, ob sie stark genug für die Nachrichten war, die sie ihr mitzuteilen hatte. »Sie sind mehr, als wir erwartet hatten. Die Sachsen. Unsere Kundschafterinnen melden, dass sich in Deva eine große Streitmacht zusammenrottet. Selbst mit den Armeen, die er aufgestellt hat, ist König Ceredig wahrscheinlich nicht in der Lage, sie alleine zu schlagen.«

»*Wie* viele?«, fragte Cass düster.

»*Zu* viele.« Das Baby rekelte sich und Elaine wippte sanft auf den Fußballen. »Aber das ist noch nicht alles. Von Norden nähert sich noch eine Streitmacht. Sie haben eine Allianz mit den Schotten geschmiedet, die mit der Herrschaft Camelots unzufrieden sind und ihr Territorium vergrößern wollen. Wir werden also von beiden Seiten bedroht. Unsere nördlichen und südwestlichen Grenzen stehen unter Druck und wir können sie nicht alleine verteidigen.« Sie atmete tief aus, so als wäre sie erleichtert, die schlechten Nachrichten losgeworden zu sein, und küsste abwesend das weiche Haar, das sich über Hughs Ohren kräuselte.

»Was ist Angharads Plan?«

Elaine schüttelte den Kopf und zum ersten Mal sah Cass Furcht in ihren himmelblauen Augen. »Es gibt keinen, Cass. Es kann keinen geben. Es spielt keine Rolle, was wir tun und wie viele Frauen aus der Nachbarschaft wir ausbilden. Diese Streitmacht ist größer als alle, denen wir je widerstehen könnten.«

18

Cass verbrachte eine unruhige Nacht. Jedes Quietschen der Holzbalken war der Fußtritt eines Feindes, jedes Schwanken der Äste draußen ein Umhang, der trockenes Laub streifte und auf einen Hinterhalt hindeutete.

Als sie am Morgen aufwachte, stellte sie fest, dass Nell nicht übertrieben hatte und die Ausbildung wirklich ernst genommen wurde. Sie hörte das Fußgetrappel auf dem Korridor schon, bevor sie aufgestanden war. Und als sie nach dem Ankleiden in den Saal hinunterging, war dieser schon mit Mitgliedern der Schwesternschaft, neuen Rekrutinnen aus den Dörfern und Mordaunts Rittern gefüllt, die zusammen frühstückten. Die meisten waren bewaffnet.

Im Herrenhaus herrschten Gewusel und Lärm wie schon immer. Doch jetzt herrschte auch Furcht. Sie durchdrang die dampfenden Haferbreischüsseln auf dem Frühstückstisch und spornte die jüngeren Knappinnen an, ihre Helme aufzusetzen und zum Üben auf die Wiese zu eilen. Sie breitete sich über die Flure aus, stahl sich die Treppen hinauf und verseuchte alles.

»Wir haben ein paar verloren«, wandte sich eine leise Stimme von links an Cass. Sie drehte sich um; Rowan glitt auf den Platz neben ihr. »Einige sind gegangen, als die Nachricht über die sächsische Streitmacht eintraf. Sie wollen lieber mit ihren Familien flüchten, als hier auf verlorenem Posten zu bleiben.«

»Aber die meisten sind noch da?«

»Ja, das sind sie.« Im Rowans Stimme klang ein wenig Stolz durch. »Wir haben uns bemüht, ihre Verteidigungsfähigkeit so schnell wie möglich aufzubauen, ohne noch mehr von ihnen abzuschrecken.«

Obwohl sie nur für kurze Zeit weg gewesen war, spürte Cass, dass die Frauen sich irgendwie verändert hatten: Die Art, wie sie sich bewegten und auftraten und sich nahmen, was sie wollten, ohne höflich darauf zu warten, etwas angeboten zu bekommen. Und sie sahen auch sie, Cass, mit anderen Augen an. Einmal streckte sie die Hand nach einem Krug aus und berührte dabei Susan, die zurückschreckte, als wäre sie gefährlich. Sie war danach rot angelaufen und hatte sich schnell abgewendet, doch Cass wusste, dass die Dinge nun anders lagen. Nach der letzten Schlacht konnte sie nicht mehr so tun, als wäre sie gleich.

Sie wusste nicht, wie vielen in der Schwesternschaft Angharad erzählt hatte, wo sie gewesen war und warum, doch sie vermutete, dass sie Rowan ins Vertrauen gezogen hatte, die Cass mit einem intensiven, forschenden Blick angeschaut hatte, als sie in den Saal getreten war. Cass wusste, dass sie ihnen früher oder später sagen musste, was sie herausgefunden hatte. Und es anderen zu erzählen, kam der Entscheidung gleich, ihre Bestimmung anzunehmen – eine Entscheidung, die sie dann nicht mehr zurücknehmen konnte.

»Gute Arbeit«, murmelte Cass, die merkte, dass Rowan auf eine Reaktion wartete. »Aber …«

»Nicht so laut, bitte«, flehte Sir Gamelin, der sich ihnen gegenüber an den Tisch setzte und mit den Fingerspitzen vorsichtig seine Schläfen massierte.

»Spät geworden?«, fragte Cass spöttisch und beendete abrupt das Gespräch mit Rowan. Er nickte schuldbewusst.

»Gerade als wir aufhören wollten, ist diese weißhaarige junge Hexe erschienen und hat uns überredet, noch ein bisschen weiterzuspielen. Dann wurden die Einsätze immer höher und höher, das Bier wurde stärker …« Er verdrehte die Augen. »Jetzt, da ich darüber nachdenke, frage ich mich, ob sie uns etwas ins Glas getan hat«, fuhr er langsam fort.

»Und sie hat euch ausgenommen?«, fragte Cass, die sich bemühte, nicht zu lachen.

»Nicht nur das«, antwortete er und zeigte wehleidig auf einen hellen Streifen auf seinem ansonsten sonnengebräunten kleinen Finger. »Den Siegelring hat mir mein Onkel geschenkt.«

Er wirkte so zerknirscht, dass Cass laut auflachen musste. Doch als sein goldgesprenkelter Blick amüsiert ihre Augen traf, schaute sie schnell nach unten auf ihr Frühstück. Sobald sie fertig war, musste sie zu Angharad. Der Entschluss, den sie auf der Heimreise zu ihrer Familie gefasst hatte, war durch die letzten Nachrichten bekräftigt worden. Sie sah nur noch einen einzigen Weg vorwärts.

In diesem Augenblick betrat Angharad den Saal. Ihr Gesicht war noch blasser als sonst und ihre normalerweise leuchtenden Augen waren aufgrund des Schlafmangels stumpf geworden. Cass erhob sich und ging auf sie zu, doch ehe sie etwas sagen konnte, eilte Elaine in den Saal. Ihre Augen waren geweitet, ihr Haar hing tropfnass von ihrem Kopf herab. Sie starrte wild von links nach rechts, während sie sich näherte; anscheinend suchte sie an den langen Tischen etwas.

»Hugh!«, rief sie mit vor Angst rauer Stimme. »Hugh!«

Rowan sprang sofort auf. »Er ist weg!«, stammelte Elaine in Panik und ergriff Cass' Arm. »Ich habe ihn nur kurz in seinen Korb gelegt, als ich im Nebenzimmer badete, und als ich zurückkam, war der Korb leer. Er kann nicht aus eigener Kraft weggelaufen sein; er kann noch nicht einmal krabbeln.«

Im ganzen Saal breitete sich Unruhe aus, als den Anwesenden klar wurde, dass etwas nicht stimmte. Das aufgeregte Geplapper wich allgemeinem Flüstern.

»Schwärmt aus!«, befahl Angharad, die trotz ihrer Erschöpfung sofort wieder einsatzbereit war. »Wir durchsuchen das Herrenhaus. Susan, sag den Wachen am Torhaus Bescheid und lass die Tore schließen. Niemand verlässt das Gelände. Cass, du kümmerst dich um die Hintertür.«

Cass nickte und rannte los. Die Frauen zerstreuten sich und liefen in Richtung verschiedener Treppenhäuser und Türen davon. Elaine sank inmitten des Durcheinanders auf eine Bank; sie schien vor Angst wie gelähmt.

Cass rannte durch die große Tür in den Innenhof. Blyth kam verwundert ans Stalltor und schüttelte den Kopf, als Cass sie fragte, ob das Baby dort sei. Sie raste um die Ecke, zwischen dem Herrenhaus und der äußeren Mauer hindurch zur Hintertür, die sich auf die Übungswiese öffnete.

Vor ihr, beinahe schon an der Tür, befand sich eine Gestalt in einem dunklen Umhang, die etwas in den Armen hielt, das in eine Decke gehüllt war.

Edith wandte sich um, eine Hand bereits an der Klinke, in der anderen das sich windende Bündel.

»Du hast ihn gefunden!«, keuchte Cass von Erleichterung durchströmt. »Elaine ist fast verrückt vor Angst. Sie wird dir so dankbar sein!« Sie drehte sich um, immer noch heftig atmend. Erst auf halbem Weg zurück zum Innenhof bemerkte sie, dass ihr keine Schritte folgten. Sie schaute sich um. Edith hatte sich nicht bewegt, ihre Hand lag noch immer auf der Klinke. Das Kind schrie jetzt und gab klägliche leise Schluchzer von sich, doch Edith machte keine Anstalten, es zu trösten.

»Edith?« Cass ging unsicher wieder auf sie zu.

»Er gehört nicht zu ihr«, sagte das Mädchen mit erstickter Stimme. Sie streifte die Kapuze ab und enthüllte einen merkwürdig fanatischen Ausdruck in ihrem blassen Gesicht. »Er gehört zu seinem Vater. Zu Lancelot.«

Cass schlug das Herz bis zum Hals. Instinktiv begannen ihre Gedanken zu rasen. Sie hatte keine Waffe, und wenn sie eine holen ging, konnte das Mädchen durch die Hintertür schlüpfen und verschwinden, ehe sie zurück war. Jeder falsche Schachzug konnte ihr die Flucht ermöglichen. Das Einzige, was sie abzuhalten schien, war der Umstand, dass sie die Tür nur öffnen konnte, indem sie Cass für einen Moment den Rücken zuwandte, um den Riegel aufzuschieben.

Cass hielt die Hände mit nach oben gerichteten Handflächen hoch. Sie musste nachdenken. Sie musste dafür sorgen, dass Edith ruhig blieb, und so lange mit ihr sprechen, bis noch jemand anderes eintraf.

»Warum, Edith? Du bist doch in den letzten Wochen mit Elaine so vertraut geworden und ich habe gesehen, dass du dich um dieses Kind so gekümmert hast, als wäre es dein eigenes. Warum willst du es seiner Mutter wegnehmen?«

»Weil ich ihn liebe«, antwortete das Mädchen und hob trotzig ihr Kinn. »Ich liebe ihn so, wie sie es niemals könnte, die ihn mit einem illegitimen Kind beschämt und der Geschichte widerspricht, die er sich sorgfältig überlegt hat, um seinen Ruf zu schützen.« Sie lächelte bitter. »Er wollte ihr eine Chance geben, weißt du? Er hat seine Ritter losgeschickt, um nach ihr zu suchen, und sie hätten für sie und das Kind komfortabel gesorgt, an einem stillen Ort, wo sie ohne großes Aufsehen hätten leben können. Doch sie, dieser sture Dummkopf, musste sich ausgerechnet hier verstecken.«

Sie schaute das Baby an, als fiele ihr erst jetzt auf, dass sie es in den Armen hielt. »Aber inzwischen hat mein Lord erfahren, dass er einen Sohn hat. Er wünscht das Kind auf ritterliche Art zu erziehen und ich erhalte eine Belohnung, wenn ich es ihm bringe. Dann wird er sehen, dass ich ihn wahrhaftig liebe, so wie sie es nicht konnte, und merken, dass ich seiner ebenbürtig bin. Keine von diesen einfältigen, kriecherischen Hofschranzen, die für ihn schwärmen, egal was er macht. Er wird mich erwählen.« Auf ihrer Miene breitete sich ein Ausdruck glühender Gewissheit aus. Cass trat mit immer noch ausgestreckten Händen einen halben Schritt näher.

»Edith«, beschwor sie das Mädchen und sprach dabei mit so fester Stimme, wie sie nur konnte, obwohl ihr Herz heftig schlug. »Lancelot hat Elaine verstoßen. Er hat allen erzählt, sie wäre an unerwiderter Liebe gestorben, aber er hat sie mit ruiniertem Ruf sich selbst überlassen. Ist das die Sorte Mann, die deine Liebe verdient?«

Das Mädchen erstarrte. Sie schaute über Cass' Schulter und umfasste das Kind in der Decke noch fester.

»Edith?« Elaine stand mit angsterfüllter Miene hinter Cass. »Gib mir mein Baby zurück, Edith.«

Das Mädchen schüttelte den Kopf und drückte das Baby entschlossen an seine Brust. »Wenn ich das tue, wird er mir nie verzeihen.«

»Edith?« Das war jetzt die wütende Rowan, die sich in den engen Gang gequetscht hatte und das alles nicht fassen konnte. »Was soll das? Du bist eine von uns geworden. Ich habe dich ausgebildet.« Sie lachte bitter auf. »Du hast so für uns gekämpft …«

Edith zuckte mit den Achseln und wirkte plötzlich missmutig. »Mit dir liege ich nicht über Kreuz. Und wir sind alle einig gegen die Sachsen. Ich bin ein paar Tage vor euch in dem Dorf eingetroffen, in dem ihr verzweifelt nach neuen Schwertkämpferinnen gesucht habt. Ich hatte Gerüchte gehört, dass Elaine in der Gegend war, und dann breitete sich die Nachricht von der Schwesternschaft der zusammenlebenden Frauen aus. Da habe ich vermutet, dass ihr sie aufgenommen habt. Ich wollte eigentlich nur so lange dableiben, bis ich einen Weg gefunden hätte, ins Herrenhaus einzudringen. Doch dann seid ihr gekommen und habt eure Türen weit geöffnet. Das war die perfekte Gelegenheit.« Während sie sprach, tastete sie mit einer Hand hinter ihrem Rücken herum. Sie versuchte, den schwergängigen Riegel zu öffnen.

»Er schreit nach mir, Edith«, rief Elaine mit verzweifelter Stimme. »Er schreit nach seiner Mutter. Gib ihn mir.«

Das Mädchen fingerte hektisch an der Tür herum. Es gab ein lautes Quietschen von Metall über Metall, als sich der Riegel löste und die Tür hinter ihr aufschwang. Edith grinste triumphierend. Da wurde Cass grob beiseitegestoßen und Elaine rannte an ihr vorbei. Edith rannte los, doch Elaine holte sie schon nach den ersten Schritten ein. Sie schnappte sich ein Büschel Haare und zog Ediths Kopf so zurück, dass sie einen Schmerzensschrei ausstieß. Elaine riss ihr das Kind aus den Armen, drückte Hugh an sich und sprach sanft auf ihn ein. Rowan und Cass sprangen herbei und ergriffen Edith.

Das Kind beruhigte sich und legte den Kopf an den Hals seiner Mutter. Elaine wandte sich wutentbrannt um, riss ein Schwert aus ihrem Gürtel und strebte auf das Mädchen zu, das jetzt kläglich zwischen Cass und Rowan hing.

»Nein!«, riefen die beiden gleichzeitig und stellten sich schützend vor Edith, um sie vor Elaines Zorn zu bewahren.

»Das ist nicht notwendig, Elaine«, keuchte Cass und legte ihr eine Hand auf die bebende Schulter. »Es ist vorbei. Es ist vorbei. Er ist in Sicherheit.«

»Das ist er nicht«, schäumte Elaine, »nicht solange sie zu Lancelot gehen und ihm sagen kann, wo er seinen Sohn findet.«

Das Mädchen hob ruckartig den Kopf. Ihre Augen glänzten in der Morgensonne. »Ich habe ihm schon eine Nachricht geschickt«, sagte sie mit spöttischer Genugtuung. »Er kommt schon bald und beansprucht, was ihm gehört. Und das hat er mir zu verdanken.«

Elaine sprang wieder auf sie zu. Cass und Rowan hielten sie zurück; Cass konzentrierte sich auf den Arm, der das Schwert hielt, während Rowan das Baby aus der Gefahrenzone brachte. Und als sich das Chaos lichtete, war Edith über die Wiese in den Wald hinein verschwunden.

Nachdem sie Hugh und Elaine unter Alys' Betreuung und mit zwei Rittern als Türwachen in ihren Gemächern abgesetzt hatten, begaben sich Rowan und Cass zu Angharad.

Rowan machte ein finster entschlossenes Gesicht, doch Cass spürte, dass ihr Herz flatterte. Sie stieg die Treppen hinauf, als wäre sie in einem Traum. Der Moment, in dem sie sich gegenüber Angharad und der Schwesternschaft zu erkennen geben musste, war gekommen.

Angharad seufzte besorgt und fuhr sich mit ihrer feingliedrigen Hand durchs Gesicht. Dann schenkte sie warmen Gewürzwein aus. »Berichtet mir von dem Mädchen.«

»Offenbar hat sie für Lancelot gearbeitet«, sagte Rowan mit einem betrübten Blick in ihren Weinbecher.

»Wie es aussieht, nimmst du das persönlich«, meinte Cass.

»Würdest du das denn nicht tun?«, platzte Rowan heraus. »All die Stunden, in denen ich dieses Mädchen ausgebildet habe! Und wozu das alles?«

Cass versuchte sie aufzumuntern. »Es spricht für deine Ausbildung, dass sie so gut gekämpft hat.«

»Ja, klar«, gab Rowan trocken zurück. »Toller Erfolg für mich, dass ich unsere eigene Feindin ausgebildet habe. Ich denke bestimmt mit Freude daran zurück, wenn sie mit Lancelot zurückkommt und Pfeile auf uns hageln lässt.«

Cass schüttelte den Kopf. »Das sind nicht unsere Feinde.«

»Aber sie werden es, wenn er so dringend dieses Baby in die Finger bekommen will. Und jetzt haben wir ihm eine frisch ausgebildete Assistentin geschickt, die ihn auf direktem Wege zu uns führt und ihn beim Kampf gegen uns unterstützt.«

»Das ist nicht unser einziges Problem«, erinnerte Angharad. »Die sich zusammenziehenden Streitmächte sind viel zu groß, als dass wir sie alleine besiegen könnten. Wir verlieren unser Land und alles, was wir hier aufgebaut haben, wenn wir nichts unternehmen.«

»Warum sollte König Artus erlauben, dass Nordhumbrien unverteidigt dasteht?«, fragte Cass. Sie dachte an den Mann, den sie noch nicht so recht als ihren Bruder betrachten konnte, denn die Geschichten über ihn waren so fern und glorreich. »Er weiß doch bestimmt, dass Ceredig seine Soldaten in den Süden beordert hat. Und er kann doch kaum wollen, dass die Sachsen hier einen Stützpunkt erobern?«

»Wahrscheinlich weiß er es nicht«, sagte Angharad langsam und nippte an ihrem Wein. »Vielleicht weiß er nur von den Soldaten, die sich in Deva sammeln. Die meisten seiner Kundschafter im hohen Norden sind in erster Linie den schottischen Königen gegenüber loyal und Artus erst an zweiter Stelle. Vielleicht ist ihm das Risiko nicht bewusst, dass sich die Schotten mit den Sachsen verbünden könnten. Und dann ist es irgendwann zu spät, dann haben sie zu viele Gebiete erobert und ihre Position gestärkt, indem sie nördliche Territorien besetzen. Land wie unseres.«

Die Zeit war reif. Cass wusste es und die Hitze in ihr wusste es auch. Sie kribbelte unter ihrer Haut, bis sie sich fast sprudelnd anfühlte.

»Dann müssen wir es ihm sagen«, warf Cass ein und umklammerte ihren Becher.

»Aber natürlich!«, stimmte Rowan sarkastisch zu. »Das ist eine tolle Idee. Entschuldigung, ich müsste mal kurz den König sprechen. Ja, ich bin nur eine arme Frau aus einer abgelegenen Ansiedlung im Norden, aber ich habe einige strategische Informationen, die ihn bestimmt interessieren … Das führt ganz sicher auf keinen Fall dazu, dass du in den Verliesen von Camelot landest.« Sie verdrehte die Augen und ließ sich in ihren Sessel zurücksinken. »Er wird nicht auf uns hören.«

»Ich glaube …«, begann Cass, »ich glaube, er würde auf mich hören.«

Sie erzählte ihnen alles. Rowan war komplett verblüfft. Angharad wirkte etwas weniger geschockt. Vielleicht hatte Alys ihr angedeutet, dass diese Enthüllung bevorstand.

»Du glaubst, dass König Artus dein Bruder ist?«, fragte Rowan schließlich ganz langsam. Sie wollte wohl ganz sichergehen, dass sie ihren Ohren trauen konnte, bevor sie Cass vorwarf, komplett verrückt geworden zu sein.

»Zwillingsbruder. Ich weiß. Es klingt unglaublich. Aber das ist es, was meine Mutter gesagt hat.« Sie zog den Anhänger hervor und zeigte ihnen die winzige Gravur.

»Das könnte ein Drache sein.« Rowan legte den Kopf zur Seite und hielt den Anhänger ins Licht des Kaminfeuers. »Aber wenn du ihn so herum hältst« – sie drehte ihn im Uhrzeigersinn –, »dann könnte es auch eine Art Taube mit Verstopfung sein.«

Cass nahm ihr grinsend den Anhänger ab. Doch Angharad starrte gedankenverloren in die Flammen. Sie hatte die Ellenbogen auf ihre Knie gestützt und das Kinn in ihre Hände.

»Du musst zu Artus, Cass«, sagte sie schließlich. Rowans Lachen verstummte.

»Geh zu ihm und benutze diesen Anhänger als Grund, mit ihm oder mit Merlin zu sprechen oder mit einem seiner Berater. Und egal ob sie dir glauben oder nicht, du kannst die Audienz nutzen, um zwei Botschaften loszuwerden.«

»Zwei?«

»Zwei.« Sie zählte sie an den Fingern ab. »Erstens musst du ihm von den Sachsen, von Deva und der Abmachung mit den Schotten berichten.« Sie reichte Cass eine schwere Ledertasche. »Hier sind einige der Münzen und Broschen, die wir den Toten abgenommen haben. Sie werden ihm beweisen, dass wir ihm keine Lügen über die Schlachten erzählen, die wir geschlagen haben.«

»Und zweitens?«

»Zweitens«, sagte sie mit leidenschaftlicher Stimme und blitzenden Augen, »sagst du ihm, dass Lancelot und die anderen Ritter schwören müssen, die Finger von dem Kind zu lassen, wenn er noch irgendwelche weiteren Informationen von uns darüber haben will, wo genau sich die schottischen und sächsischen Truppen im Norden sammeln.« Angharad nickte entschlossen. »Und mit etwas Glück retten wir mit diesem Handel unser Heim.«

19

Bevor sie am nächsten Morgen abreiste, musste Cass einen Zwischenstopp einlegen.

»Dass du jetzt weißt, wer du bist, ändert nicht wirklich etwas«, erklärte ihr Alys und blies über ihren Lavendel-Kamillen-Tee, um ihn etwas abzukühlen. »Aber du kennst jetzt alle Fakten, um eine informierte Entscheidung zu treffen.«

»Du hast gesagt ...«, begann Cass langsam, ohne von ihrem dampfenden Tee aufzublicken, »... dass die Prophezeiung über die Person, die dieses Schwert aus dem Stein zieht, etwas von einem Licht sagt, das die Finsternis verdrängt ... von einer Führungsgestalt, die alle Briten vereint ...« Sie stockte, denn sie wusste nicht genau, was sie fragen sollte. »Das klingt nicht gerade nach einer Bestimmung, die man einfach so ignorieren kann.«

»Es ist immer noch dein Leben und du kannst es so leben, wie du es wünschst.« Alys zuckte mit den Achseln. »Es gibt jede Menge Leute, die sich viel Mühe geben, ihrer Bestimmung auszuweichen. Aber bedenke eins, Cass: Als Merlin entschieden hat, dass es der richtige Zeitpunkt für Artus war, den Thron zu besteigen, wurde Artus aus seiner Pflegefamilie zum Hof gebracht. Doch du ...« Sie lächelte mit stolzerfüllter Miene. »Du hast deinen Weg hierher selbst gefunden. Unaufgefordert. Du hast deinen eigenen Weg bestimmt. Vergiss das nie.«

»Und was, wenn ich an Artus' Hof erscheine und er mich lieber umbringen lässt, weil er mich als Bedrohung für seinen Thron betrachtet?« Ihre Stimme war nur ein Krächzen.

»Wenn du in deiner Zeit hier eines gelernt hast, dann doch sicher, dass mächtige Männer Frauen niemals als ernsthafte Bedrohung betrachten. Ich halte es für viel wahrscheinlicher, dass er dich auslacht, anstatt dir etwas anzutun.«

»Na, das ist ja tröstlich«, meinte Cass mit einem Lächeln. Dann fuhr sie fort: »Glaubst du wirklich, dass das alles stimmt, Alys?« Sie suchte in Alys' runzeligem Gesicht die beruhigende Gewissheit, nach der sie sich sehnte.

Alys schaute sie lange an, ehe sie antwortete. »Ich glaube an *dich*. Ich glaube, dass dein Erscheinen prophezeit wurde, bevor du herkamst, und dass du genauso gut das Schicksal dieser Insel verändern kannst wie Artus oder jeder andere aus der Gruppe von Jungs, die sich entschieden haben, ihn zu ihrem König zu salben.« Sie griff mit ihrer schwieligen Hand nach der von Cass und tätschelte sie sanft. »Das wird ein schwieriger Weg. Und ich würde es dir nicht übel nehmen, wenn du dich entscheidest, ihn nicht zu gehen. Aber ich weiß auch, was in dir steckt, Cassandra, und dass du alles hast, was du zum Erfolg brauchst.«

Cass verließ Alys' Hütte und ging zum Stall. Ihre Wangen waren feucht, als sie sich den silbernen Anhänger vorsichtig um den Hals legte. Sie stellte fest, dass sie nicht die Einzige war, die an diesem Morgen ihr Pferd sattelte, und auch nicht die Einzige, die ihre volle Rüstung trug.

»Du hast doch wohl nicht gedacht, dass Angharad dich ganz alleine auf die Reise schickt?«, fragte Astra beiläufig, während sie einen Zügel überstreifte.

»Sie hat dich gebeten, mich zu begleiten?«

Astra zog angesichts der Überraschung in Cass' Stimme eine Augenbraue hoch und zuckte mit den Achseln. »Sie braucht ihre besten Schwertkämpferinnen hier und kann auf keine verzichten. Aber eventuell hat es auch geholfen, dass sie ein Tränchen in meinem Augenwinkel bemerkt hat, als ich ihr gestand, wie du mich im Wald gerettet hast und dass ich dir für immer treu sein würde.« Sie grinste und Cass schüttelte den Kopf.

»Was? Ich will eben auch Camelot sehen. Und diese geborgte Rüstung steht mir ausgezeichnet.«

Sie hatte nicht ganz unrecht. Ihr lederner Brustpanzer glänzte zwischen muskulösen Oberarmen, und Astras markante Gesichtszüge wurden durch den Rahmen des Helms noch stärker betont. Doch versteckt unter dem dreisten Grinsen erkannte Cass die Verletzlichkeit, die Astra auf dem Weg zum Herrenhaus enthüllt hatte. Und sie vermutete, dass sie nicht die Einzige war, die sich daran gewöhnt hatte, schmerzliche Gefühle so tief in sich zu vergraben, dass sie sie nicht mehr allzu sehr spürte.

Mehr als alles andere erinnerte Astra sie an eine streunende Katze, die spuckte und fauchte, wenn man sie in die Enge trieb, dafür aber genau wusste, wem sie ihre Treue und Freundschaft schenkte. Und obwohl sie nicht genau erklären konnte, warum, hatte Cass das Gefühl, Astra ihr Leben anvertrauen zu können.

Während sie noch mit den Riemen und Schnallen ihrer Zügel und Sättel beschäftigt waren, eilte Sir Gamelin herein.

»Cass ...« Er stockte, als ihm klar wurde, dass sich nicht nur eine Frau im Stall aufhielt, sondern zwei. Er lief rot an, verschluckte sich und fing von vorne an.

»Ich habe gehört, dass du nach Camelot willst, und dachte, ich könnte dich vielleicht eskortieren ...« Er bemerkte Astras Blick und korrigierte sich schnell: »... mitreiten, wenigstens ein Stück weit.«

»Wir brauchen keine Eskorte«, antwortete Astra brüsk. »Du würdest uns nur aufhalten«, fügte sie grinsend hinzu und steckte sich einen Dolch in die Tasche.

»Ich glaube, es schadet nichts, wenn er uns ein Stück begleitet«, murmelte Cass und nahm die Überraschung in Astras Miene wahr. Doch sie nickte ohne einen weiteren Kommentar. Als sie die frisch verstärkten Tore passiert hatten, gab Astra ihrem Pferd die Sporen und ritt ein paar Pferdelängen voraus, sodass Cass und Gamelin nebeneinander hertraben konnten.

Anfangs umgab sie kameradschaftliche Stille, doch je mehr Zeit verging, desto merkwürdiger fühlte sich das Schweigen an. Irgendwann hielt Cass es nicht länger aus.

»Wie heißt dein Pferd?«, platzte sie heraus. Es war die erste Frage, die ihr in den Sinn kam.

»Ich fürchte, das kann ich dir nicht sagen«, antwortete er mit einem Lächeln in den Augenwinkeln. Er lehnte sich vor und tätschelte den Hals seines hübschen gescheckten Hengstes.

»Warum nicht?«, fragte sie erstaunt.

»Der Name ist peinlich«, erklärte er. »Ich habe ihn nicht ausgesucht, doch ich fürchte, dass du mich trotzdem verurteilst.«

»Dir ist schon klar, dass ich jetzt nur noch neugieriger geworden bin?«

»Das tut mir leid. Aber dennoch.«

Sie ritten schweigend ein paar Minuten weiter.

»Warum hast du ihm dann keinen neuen Namen gegeben, wenn du ihn doch so schrecklich findest?«

»Es war zu spät. Er hört auf keinen anderen.«

Sie schaute ihn misstrauisch an. Zog er sie nur auf?

»Ich verspreche, dass ich es nicht zu deinen Ungunsten auslege, wenn du ihn mir verrätst. Mein strenges Urteil behalte ich dem vorherigen Besitzer des Pferdes und dessen fragwürdigen Entscheidungen vor.«

»Trotzdem würde es deinen Eindruck von mir beeinflussen, jedes Mal wenn du mich auf ihm reiten siehst.«

Ihr Herz schlug etwas höher. »Und warum sollte dir das etwas ausmachen?«

»Weil mir deine gute Meinung von mir etwas bedeutet.« Auf Cass, Unterarmen bildete sich Gänsehaut und sie musste sich zwingen, weiterhin auf den Pfad vor sich zu schauen.

»Und was, wenn deine Weigerung, mir den Namen zu enthüllen, meine Meinung von dir beeinflusst?«, neckte sie ihn mit gespieltem Ernst.

»Das wäre sehr unfair, wenn man die Umstände bedenkt, unter denen wir uns zuletzt alleine hier in diesem Wald begegnet sind«, gab er zurück. Hitze schoss ihr in die Wangen, als sie sich daran erinnerte, wie sie mit ihren Körpern zusammengestoßen waren. Er hatte sie mit einem kleinen Kampf zwingen wollen, ihren Namen zu enthüllen.

»Also gut.« Dann, nach einer Pause: »Aber bei der Gelegenheit hast du darum gekämpft.«

»Genau.« Seine haselnussbraunen Augen glitzerten wieder und unwillkürlich spürte Cass Schmetterlinge im Bauch. »Gekämpft und verloren. Obwohl du, wenn ich mich richtig erinnere, mit schmutzigen Tricks gearbeitet hast. Deswegen weiß ich nicht, ob das wirklich als Niederlage zählt.«

»Du hast deine Familie besucht?«, fragte er leise ein paar Augenblicke später. Er blickte zum Horizont und ließ die Frage in der Luft hängen, damit Cass so antworten konnte, wie immer sie wollte.

»Ja.« Sie zögerte erst, doch in seiner beruhigenden Gegenwart strömten die Worte schließlich geradezu aus ihrem Mund und sie fühlte sich erleichtert. Nicht so sehr darüber, ihm ihre Identität zu verraten und die Geheimnisse mit ihm zu teilen, die ihre Mutter enthüllt hatte, sondern weil sie mit ihm über die anderen Dinge reden konnte. Die schwierigeren, schmerzvolleren Dinge, die sie kaum in Worte zu fassen vermochte und über die sie früher höchstens mit Lily gesprochen hatte, wenn sie nachts allein in ihrer Kammer waren.

Mit leicht belegter Stimme erzählte sie von ihrer Familie, von der Tatsache, dass es gar nicht ihre Familie war, jedenfalls nicht wirklich, und der unerträglich unfairen, aber aus Liebe getroffenen Entscheidung ihrer Mutter, sie all diese Jahre lang im Ungewissen zu belassen.

»Die Familie weiß nicht immer, was das Beste für dich ist, selbst wenn sie es nur gut meint«, murmelte Sir Gamelin und Cass fragte sich, ob er gerade an seinen Onkel und Lady Anne dachte.

»König Artus' Zwilling. Das kann doch eigentlich nicht sein, oder?« Er musterte sie mit seinen goldgesprenkelten Augen von Kopf bis Fuß.

Sie zuckte mit den Achseln. »Ich weiß es wirklich nicht. Es hört sich völlig fantastisch an, aber es gibt den Anhänger. Und das Schwert. Und meine Mutter hat mich, solange ich sie kenne, niemals belogen … Ich kann mir keinen Grund vorstellen, warum sie es jetzt tun sollte.«

Er pfiff leise durch die Zähne und schüttelte sacht den Kopf. »Ich wusste ja, dass du etwas Besonderes bist, aber das …«

In Cass' Brust breitete sich ein warmes Gefühl aus, so als hätte sie gerade einen großen Schluck von Alys' heißem Ingwertee genommen. Sie suchte verzweifelt nach einer Möglichkeit, das Thema zu wechseln. Es fühlte sich merkwürdig an, die Möglichkeiten ihrer Bestimmung mit ihm zu besprechen – betörend, aber zugleich auch furchterregend.

»Wolltest du schon immer Ritter werden?«, fragte Cass. Sie wollte wissen, wie es gewesen war, sich seinen Lebensweg auszusuchen, anstatt ihn völlig unerwartet zugewiesen zu bekommen.

Er schüttelte mit einem halb ironischen, halb betrübten Lachen den Kopf. »Als Kind liebte ich Tiere. Ich hätte sehr gern den Bauernhof übernommen. Den Sonnenaufgang sehen, wenn man die Kühe melkt. Die Tage mit den Schafen auf der Weide verbringen und jeden Frühling die neuen Lämmer auf die Welt holen. Das ist meine Vorstellung von einem perfekten Leben. Doch mein Vater hatte etwas anderes mit mir vor. Meine zwei kleinen Brüder sind zu Hause und können sich um den Bauernhof kümmern. Aber meine Verantwortung als ältester Sohn besteht darin, meiner Familie Ruhm und Reichtum zu verschaffen.« Er zog eine selbstironische Grimasse.

»Immer noch besser, als an den Mann übergeben zu werden, den deine Eltern für dich ausgesucht haben, und ihm bis ans Ende deiner Tage Kinder zu schenken«, erwiderte Cass.

»Ich glaube, dass mir ein häusliches Leben gut gepasst hätte«, spann er seine Gedanken weiter. »Keine Kämpfe und Verwundungen … ruhig und friedvoll …«

»Na ja, ich war neulich dabei, als Elaines Kind geboren wurde, und glaub mir: Daran war ganz und gar nichts ruhig und friedvoll.«

Cass war ihm nahe genug, um die feinen Stoppeln zu sehen, die seinen Unterkiefer bedeckten, und auch die feinen Fältchen in den Augenwinkeln, die sein Lächeln hervorrief. Zwischen ihnen war so wenig Abstand.

»Lady Anne scheint nett zu sein«, brachte Cass schließlich hervor.

»Ja«, antwortete er leise. »Wie es scheint, ist sie ein netter und sanftmütiger Mensch. Aber ich kann nicht …«

»Wir müssen schneller machen.« Das war Astra, die ihr Pferd gewendet hatte und zu ihnen zurückgeritten war. Offenbar war ihre Geduld am Ende. »Wir müssen noch weit vorankommen, bevor es wieder dunkel wird.«

Cass fragte sich, ob Gamelin widersprechen würde, doch er nickte nur. »Dann verlasse ich euch hier und kehre zum Herrenhaus zurück, wo ich mich am ehesten nützlich machen kann.«

Ihre Blicke trafen sich für einen Moment.

»Pass auf dich auf.«

»Du auch.«

Sie ritten drei Tage lang, schliefen wenig, und als ihr Proviant aufgebraucht war, ernährten sie sich von den Feldern und Obsthainen am Wegesrand. Anfangs war Cass permanent in Sorge – angefangen damit, wie sie empfangen werden würden, bis hin zu dem, was im Herrenhaus in ihrer Abwesenheit geschehen konnte. Doch während die Stunden vergingen und die Landstriche an ihr vorbeizogen, fand sie in den hohen Hecken und offenen Feldern, dem mit federleichten Wolken befleckten blauen Himmel und dem Stampfen von Pebbles Hufen auf den staubigen Pisten eine Art von innerem Frieden. Sie trugen ihre Rüstungen und behielten meistens die Helme auf. Wenn sie anderen Reisenden begegneten, machten die den Rittern weiträumig Platz und grüßten sie mit einem Tippen an ihre Kappen oder ignorierten sie vollständig.

Cass war froh über ihre Tarnung und die Ruhe. So gewann sie Zeit, über all das nachzudenken, was ihre Mutter gesagt hatte. Die Geschichte ihres eigenen Lebens nahm sie nun ganz anders wahr, so als schwämmen alle ihre Erinnerungen unter einem Ölschleier, der sie verzerrte und den sie nicht beiseitewischen konnte.

Sie dachte an das Schwert, das an ihrem Gürtel hing, und an die rätselhafte Kraft, die sie im Kampf aufbrachte, und fragte sich, ob Artus' eigenes Schwert, Excalibur, sich in seinen Händen genauso anfühlte. Würde sie sich selbst in Artus wiedererkennen, eine Verwandtschaft spüren? Sie dachte an Sigrid, die ihren Zwillingsbruder als Teil ihrer selbst beschrieben hatte und die alles aufgegeben hatte, um seinen Tod zu rächen.

Würde Artus überhaupt glauben, dass sie wirklich sein Zwilling war?

Der Rhythmus von Pebbles Hufen war so hypnotisch und beruhigend, passte sich so perfekt in den Rhythmus ihrer Gedanken ein, dass es beinahe ein Schock war, als Cass am Nachmittag des dritten Tages aufblickte und am Horizont Camelot aufragen sah.

Es war atemberaubend. Großartiger, als alle Erzählungen aus

ihrer Kindheit es hatten ausmalen können. Cremefarbene Mauern mit Wachtürmen in regelmäßigen Abständen umrundeten die Stadt. Jenseits einer Zugbrücke erblickte sie dicht an dicht stehende Gebäude und ein Labyrinth von Straßen, die ins Herz der Stadt führten. Menschen eilten hinein und heraus – Händler, die Körbe mit Waren auf ihren Schultern balancierten und ungeduldig »Platz da!« riefen; Eltern, die ihre herumtrödelnden Kinder anschrien, die sich das alles mit ebenso ehrfürchtigen Mienen ansahen wie Cass selbst. Hühner und streunende Katzen liefen umher und auf den mit Stroh bestreuten Pflastersteinen dampften Dunghaufen. Und aus alldem erhob sich eine großartige Anhöhe. Kleine Häuser klebten an den Hängen, Straßen wanden sich nach oben, bis sie die Krönung des Ganzen erreichten: ein großartiges Schloss, mindestens zehnmal so groß wie das Herrenhaus, mit runden Ecktürmen und höher aufsteigenden Türmen im Inneren, deren Dächer in der Sonne des Spätnachmittags wie vergoldet wirkten.

Sie saßen ab und führten ihre Pferde über die Zugbrücke, ohne dass sie von den uniformierten Wachen mit weißen Waffenröcken, auf denen Artus' grimmiger roter Drache prangte, aufgehalten wurden. Cass tauchte in den Lärm und die Gerüche rundherum ein und ließ sich vom Menschenstrom auf die Hauptstraße ziehen. Sie stapften an den Werkstätten von Hufschmieden vorbei, aus denen laute Hammerschläge drangen und Funken sprühten.

Am Straßenrand saßen Frauen mit Körben voller Fische und Eier, manche von feilschenden Kundinnen umringt, während andere die vorbeiziehende Cass gierig ansahen, die immer noch ihr Visier geschlossen hatte. Ab und zu erklang ein Warnruf aus einem Fenster und eine Eimerladung Wasser oder Schlimmeres strömte in die Gosse und zwang die Leute auf der Straße, behände aus der Gefahrenzone zu springen.

Plötzlich erklangen Geschrei und Hufgetrappel. Drei riesige Hengste mit glänzendem Fell klapperten durch die Straße und trieben die Leute, die ihnen im Weg standen, auseinander. Auf ihnen saßen drei Ritter, die ihre Waffen in juwelenbesetzten Scheiden trugen und deren Rüstungen aus dicken Kettenpanzern und metallenen Verzierungen bestanden.

»Die Orkney-Brüder sind zum Turnier nach Hause gekommen«, hörte Cass eine Frau aufgeregt sagen, während sie sich an die Wand einer Lehmhütte drängten, um den Pferden Platz zu machen.

»Gawain! Gawain! Ich bin auch ein Ritter, so wie du!«, rief ein kleines Kind mit hoher Stimme. Zu Cass' Überraschung bremste einer der Reiter sein Pferd und nahm den Helm ab, unter dem eine verschwitzte Mähne dunkelblonder Locken und ein breites Grinsen in einem sonnengebräunten Gesicht zum Vorschein kamen.

»Dann muss ich wohl mehr üben, wenn ich dir im nächsten Turnier gegenübertrete«, rief er mit einem starken, angenehmen Akzent, den Cass noch nie gehört hatte. Zur Begeisterung des Kindes winkte er und schloss dann zu den anderen auf, die den Hügel hinan zum majestätischen Schloss ritten.

Sie gingen weiter bergauf und der allgemeine Trubel verklang nach und nach, bis Cass das Geräusch von Pebbles Hufen auf den Pflastersteinen wieder hören konnte. Die Straße wurde steiler und sie kamen an Häusern vorbei, deren Bewohner vermutlich bei der Arbeit waren. Endlich erreichten sie die gewaltigen, wehrhaften Tore des Schlosses. Dicke Metallplatten verstärkten das Holz und an beiden Seiten stand ein eindrucksvoller Steinturm.

Im Tor öffnete sich auf Augenhöhe eine kleine hölzerne Klappe und ein Mann in Rüstung spähte zu Cass heraus. Die öffnete ihr Visier und sprach mit der tiefen, männlich klingenden Stimme, die sie schon seit Wochen nicht mehr zum Einsatz gebracht hatte.

»Ich habe im Schloss etwas zu erledigen.«

»Papiere?«, fragte der Mann mit tonloser Stimme.

»Ähm.« Cass schluckte. »Ich habe keine, aber ich muss hinein, ich habe eine dringende Botschaft.«

»Eine Botschaft für wen?« Die Stimme klang nun schärfer und misstrauischer und der Mann reckte seinen Hals, um einen besseren Blick auf Cass' Gesicht zu erhaschen. »Nehmt Euren Helm ab«, forderte er, bevor sie antworten konnte. Cass zögerte; sie wusste nicht, ob es helfen oder schaden würde, wenn sie sich offenbarte. Doch die Entscheidung wurde ihr abgenommen. Eine kleine Hintertür im Turm sprang auf und drei Wachen eilten heraus, die lange Speere hatten. Zwei von ihnen drängten Cass aus dem Sattel und schubsten sie gegen die Mauer, während der dritte den Arm ausstreckte und ihr grob den Helm vom Kopf riss.

Es trat ein Moment schockierter Stille ein, als ihre Locken herauspurzelten. Dann raues Gelächter.

»Du spielst wohl Verkleiden, Schätzchen?«, fragte einer der Männer, als spräche er mit einem kleinen Kind. In seinem breiten Lächeln waren einige Zahnlücken zu sehen.

Cass versuchte, sich zu ihrer vollen Größe aufzurichten. Das war nicht so einfach, denn ihre Füße baumelten knapp über den Pflastersteinen. Mit so viel Würde, wie sie nur aufbringen konnte, verlangte sie, losgelassen zu werden. »Ich komme im Auftrag derer, die für den Tod von Sir Mordaunt von Gefrin in Nordhumbrien verantwortlich sind, mit dringenden Nachrichten für den König, die Sachsen und Schotten betreffend.«

Sie lachten noch lauter.

»Hört nur, wie sie redet!« Einer von ihnen stupste den anderen mit dem Ellenbogen in die Rippen, während ihm Lachtränen herunterliefen. »*Dringende Nachrichten für den König, die Sachsen und Schotten betreffend*«, wiederholte er mit quietschend hoher Stimme und sie alle lachten erneut.

»Lasst mich los!«, schrie Cass und zu ihrer Überraschung wurde sie tatsächlich losgelassen und plumpste zu Boden. Sie blickte verwundert auf und sah Astra über sich stehen. Sie hatte die scharfe Klinge ihres Dolches an die Kehle einer der Wachen gepresst.

Ein anderer Wachmann kicherte unsicher und hob die Handflächen. »Nicht doch, nicht doch, das war nur ein harmloser Scherz!«

Er machte langsam einen Schritt zurück in Richtung des Tors, und dann spürte Cass plötzlich einen grellen Schmerz an einer Seite ihres Gesichts. Sie schnappte nach Luft und blickte auf den Pfeil, der ihre Wange gestreift hatte. Heißes Blut tropfte von ihrem Kinn herab.

»Astra!«, rief sie und sie sahen beide auf. Die Brustwehr wimmelte nur so von Bogenschützen, deren Waffen geradewegs nach unten zielten.

»Habt Ihr etwa geglaubt, Camelot würde nicht effektiv verteidigt?«, fauchte der Mann, als Astra ihn freigab. Bevor sie den Dolch in ihren Gürtel zurückstecken konnte, hatte er sie schon bei den Schultern gepackt und nach hinten gestoßen, sodass sie rücklings in einer großen Pfütze landete.

»Ihr bleibt draußen!«, schrie eine weitere Wache, als Cass zu Astra eilte, um ihr aufzuhelfen. Das Tor fiel mit einem laut widerhallenden Krachen zu und sie waren wieder allein.

»Was jetzt?«, murmelte Cass, die weniger entmutigt zu klingen versuchte, als sie war.

»Na, wir suchen uns eine Unterkunft und etwas zu essen«, antwortete Astra, die sich mit dem Ärmel Schlamm vom Kinn wischte. »Und dann finden wir einen anderen Weg hinein.«

20

»Ich hatte nicht damit gerechnet, dass wir für eine Herberge bezahlen müssen«, murmelte Cass. Sie öffnete ihren Lederbeutel und zählte die wenigen Münzen, die sich darin befanden. Ihre Wangen brannten und sie fühlte sich wie ein dummes Kind. Was hatte sie denn erwartet? Dass Artus seine Tür aufstoßen und sie als seine geliebte verlorene Schwester begrüßen würde? Er wusste nicht einmal, dass sie existierte, und so wie es aussah, würde sie ihm auch nicht nahe genug kommen, um ihm alles zu erklären.

»Das mache ich schon«, sagte Astra, die von Cass' fast leerer Börse und der Aussicht, in der Nacht keinen Schlafplatz zu finden, unbeeindruckt schien. »Wir müssen nur den nächsten Markt finden.«

»Astra, ich glaube nicht, dass Stehlen hier die beste …«

»Ich bin *zutiefst gekränkt*«, schnaubte Astra in gespielter Entrüstung und strebte dieselbe Straße hinunter, über die sie gekommen waren. »Schockiert, dass du meine Moral infrage stellst. Ich habe in meinem ganzen Leben noch nie etwas gestohlen, nicht ein einziges Mal. Jedenfalls wenn du Ausleihen, ohne um Erlaubnis zu bitten, nicht mit einrechnest. Und auch das habe ich nur in der festen Absicht getan, alles zurückzuerstatten. Eines Tages. Vielleicht nicht sofort, aber irgendwann.«

Sie liefen bis zur Hauptstraße zurück, an deren Seiten Holzhütten und Steinhäuser aneinanderlehnten. Im Durcheinander von Menschen, Gerüchen und Lärm bogen sie ein paarmal falsch ab und fanden sich auf einer Art offenem Platz wieder, auf dem es von Händlern, korbtragenden Frauen und Säcken voller Gemüse, Brot und allen möglichen anderen Waren wimmelte. Cass blieb misstrauisch am Rand des Platzes stehen und beobachtete verblüfft, was Astra tat.

Innerhalb weniger Minuten hatte das Mädchen von einem Lebensmittelhändler drei leere Kisten geborgt, die mittlere mit einem Tuch bedeckt, das sie von jemand anderem geschnorrt hatte, und stellte sich ein wenig abseits von den anderen Ständen auf. Sie saß so hinter ihrem Tisch, dass alle Welt glauben musste, dass sie hier an jedem Markttag Handel trieb.

Cass sah fasziniert, wie eine Frau mit einem schweren Korb stehen blieb und Astra etwas fragte, dann nickte und sich gegenüber von ihr hinsetzte. Sie beugte sich vor und lauschte, was Astra sagte. Astra streckte die Hand aus und nahm das Handgelenk der Frau, drehte ihre Handfläche nach oben und fuhr dann mit einem Finger sorgfältig Muster darin ab, während sie die ganze Zeit mit ihr zu flüstern schien. Nach ein paar Minuten stand die Frau mit zufriedener Miene und leicht geröteten Wangen auf und reichte Astra ein paar Münzen, bevor sie davoneilte.

Den ganzen restlichen Nachmittag saß Astra da, während Cass aus sicherer Entfernung zuschaute. Männer und Frauen, junge und alte, hielten an ihrem Stand an und setzten sich ausnahmslos hin. Sie lauschten gebannt, was Astra ihnen zu sagen hatte. Manchmal studierte sie ihre Handflächen, manchmal betastete sie ihre Köpfe oder schloss die Augen und presste einen Finger an ihre Schläfen. Alle schienen vollständig begeistert; manche rangen ehrfürchtig nach Luft oder schüttelten überrascht den Kopf.

Eine Frau brach in Tränen aus, umarmte Astra und presste einen Kuss auf ihr weißblondes Haar, bevor sie wegging. Alle schienen anschließend gern ihre Münzen loszuwerden, und als Astra am Ende des Nachmittags Cass zu sich winkte, war ihre Börse randvoll mit klingelnden Münzen.

Cass schüttelte den Kopf. Sie wusste nicht, ob sie Astra bewundern oder schelten sollte. »Was hast du gemacht?«

Astra lächelte sie mit glänzenden Augen geheimnisvoll an. »Gib mir deine Hand und ich zeige es dir.«

Also lehnte sich Cass vor und legte ihre Hand in Astras kühle Finger.

»Zuerst«, sagte sie, streichelte sanft über Cass' Hand und verfiel in ein leises Flüstern, »schaffen wir eine Atmosphäre von Anspannung und Geheimnis.« Sie hielt plötzlich inne. Ihre Hand erstarrte und ihre Augen weiteten sich, als sie auf irgendetwas in Cass' Handfläche starrte. Sie sah sich eine Linie genauer an, sodass Cass sich unwillkürlich ebenfalls weiter vorbeugte und den Hals reckte, um zu sehen, was Astras Aufmerksamkeit erregte.

»Als Nächstes …« Astra sah sie mit leicht geröteten Wangen und erregten Augen an. »… die große Enthüllung.« Sie nahm beide Hände von Cass in ihre, drückte sie fest und sagte dann mit ehrfürchtig belegter Stimme: »In deiner Zukunft sehe ich etwas sehr Besonderes, etwas ganz Außerordentliches.«

Cass merkte, wie ihr Herz schneller zu schlagen begann. Vor sich sah sie unfreiwillig Bilder von spiralförmigen Anhängern, Rubinschwertern und donnernden Hufen.

»Es ist etwas, das du gleichzeitig wünschst und fürchtest«, fuhr Astra fort und blickte Cass tief in die Augen, als könnte sie so direkt in ihre Seele schauen. »Etwas, wonach du dich schon lange sehnst und wovor du Angst hast, etwas, das dich in deinen wachen Stunden und deinen Träumen beschäftigt.«

Sie zuckte mit den Achseln und ließ Cass' Hand mit einem kleinen Auflachen los und es war, als wäre ein Licht erloschen. Cass fand sich auf dem geschäftigen, lauten Marktplatz wieder.

»Es gibt fast niemanden, der nicht irgendetwas da hineininterpretiert und schließlich glaubt, dass es sich um Vorboten einer großen Liebesbeziehung, eines guten Geschäfts oder eines Heiratsantrags handelt.« Sie lachte und wedelte mit der Hand durch die Luft. »Und dann musst du dich nur von ihren Fragen leiten lassen und ihnen genau das sagen, was sie hören wollen. Dann gehen sie glücklich ihrer Wege und zahlen jedes Mal, ohne sich zu beklagen.«

Cass lächelte sie unsicher an. Sie war sich immer noch nicht sicher, ob sie von dieser Schelmin mit ihren Listen und Tücken beeindruckt oder abgestoßen sein sollte. »Wo hast du das denn gelernt?«

»Von meiner Mutter«, antwortete sie kurz angebunden. Cass dachte schon, dass die Unterhaltung damit beendet wäre.

»Sie hielt sich an die alten Bräuche, die alte Religion. Das war in ihrem Blut, und in meinem sei es auch, hat sie immer gesagt. Viel genützt hat es ihr nicht.« Astra stand plötzlich auf und fing an aufzuräumen. Sie faltete das Tuch und stapelte die Kisten auf. »Wir wurden aus jeder Stadt vertrieben, in der wir uns niederlassen wollten, und am Ende hat die Angst der Leute sie das Leben gekostet«, fügte sie hinzu, ohne es näher auszuführen.

»Sie hat immer an etwas Größeres als sich selbst geglaubt. Etwas, wofür sie eine Art Vermittlerin darstellte oder einen spirituellen Dienst erbrachte. Und was hat es ihr gebracht? Nach ihrem Tod habe ich beschlossen, niemals im Bann der Geschichten und des Aberglaubens zu leben. Ich suche mein eigenes Glück und verfolge meine eigenen Ziele. Und wenn ich hier und da ein bisschen Geld von leichtgläubigen Leuten einstreichen kann, dann ist das umso besser.« Sie gab die Kisten mit einem freundlichen Nicken bei dem Lebensmittelhändler ab und kehrte zu Cass zurück. Jetzt hatte sie wieder ihren trotzigen Blick aufgesetzt. »Wenn man bedenkt, wie viel ich dank dieser sogenannten Magie verloren habe, dann steht es mir ja wohl zu, dass ich ein bisschen was zurückhole, oder nicht?«

Cass setzte an und wollte sagen, dass Alys wahrscheinlich eine andere Meinung von den alten Geschichten und deren Kraft hatte, bremste sich jedoch. Sie wollte sich nicht allzu genau vorstellen, was Astras Mutter zugestoßen war. Cass wusste mehr, als ihr lieb war, darüber, wie es sich anfühlte, wenn man Menschen verlor, die man liebte. Und sie konnte die empfindsame, gequälte Seele ein wenig besser verstehen, die Astra unter ihrer harten Schale verbarg.

Sie verbrachten die Nacht in einer Scheune, für deren Nutzung sie mit Astras fragwürdigen Einkünften bezahlten. Da sie kein Feuer und keine Kerzen hatten, gingen sie nach einem mageren Abendessen gleichzeitig mit der Sonne schlafen. Jede von ihnen hatte einen eigenen Strohhaufen als Matratze. Astras langsamer, tiefer Atem zeigte schon bald an, dass sie schlief, doch Cass' knurrender Magen, die schmerzende Schramme auf ihrer Wange und ihre rasenden Gedanken hielten sie noch lange wach, selbst nachdem es schon längst zu dunkel war, um die Spinnweben in den Ecken des Daches zu erkennen.

Ihr Bruder (es war so merkwürdig, dieses Wort zu benutzen) war ihr so nahe. Näher, als er es jemals seit ihrer Geburt gewesen war, wenn die Geschichte ihrer Mutter stimmte. Und doch hatte er sich in der kurzen Zeit, seit sie von seiner Existenz wusste, irgendwie noch nie so weit weg angefühlt. Sie wälzte sich herum und fand keine bequeme Position auf dem kratzigen Stroh. Ihre Finger betasteten das kühle, harte Metall des Schwertes, das sie aus dem Stein gezogen hatte. War sie hier, weil es sie nach Camelot gerufen hatte? Weil sie sich danach sehnte, den Zwilling zu treffen, von dem sie ihr ganzes Leben lang nichts gewusst hatte? Weil sie die Pflicht verspürte, Angharad und die anderen zu beschützen?

Am Ende kam es wahrscheinlich nicht darauf an. Wenn Artus nicht bald handelte, und zwar mit so vielen Kämpfern, wie er nur mobilisieren konnte, dann gab es ohnehin nichts mehr zu beschützen.

21

Cass fand sich schneller auf der anderen Seite des Schlosstors wieder, als sie erwartet hatte.

Als sie am nächsten Morgen erwachte, war sie allein in der Scheune. Astra war nirgends zu sehen. Doch noch bevor sie sich in einer Regentonne draußen das Gesicht gewaschen hatte, kehrte das Mädchen bereits zurück. Sie hatte einen Laib Brot in der Hand und ein breites Grinsen im Gesicht.

»Für heute Abend sucht das Schloss noch Paginnen«, verkündete sie mit einem schelmischen Lächeln und warf Cass das Brot zu.

»Und das hat etwas mit uns zu tun, weil …?«

Astras Miene nahm einen Ausdruck gespielter Trauer an. »Weil es Jane, der Kammerzofe, die ich heute Morgen auf dem Markt kennengelernt habe, so leidtut, wie mein Vater mich behandelt hat und wie sehr ich meine geliebte arme Schwester vermisse, dass sie zugestimmt hat, uns einzuschleusen.«

Cass schüttelte den Kopf und Astra grinste wieder. »Und wenn sie mit uns zufrieden sind, können wir auf Dauer bleiben. Oder so lange, wie du brauchst, um in Artus' Gemächer vorzustoßen.« Sie zuckte selbstzufrieden mit den Achseln.

»Als Paginnen?«

»Genau. Anscheinend findet in ein paar Tagen ein Turnier statt und alle Ritter der Tafelrunde versammeln sich, um daran teilzunehmen. Und für die Festgelage brauchen sie mehr Paginnen als üblich.« Sie warf Cass ein Kleiderbündel zu. »Die hier wirst du brauchen.«

»Wir können unsere Zeit nicht damit vergeuden, als angebliche Paginnen in der Küche herumzulaufen«, sagte Cass und hielt den beigefarbenen Rock mit Schürze und das graue Schultertuch hoch.

»Wir haben Zeit«, gab Astra nachdenklich zurück. »Nicht viel, aber ein bisschen. Die Sachsen werden nicht angreifen, ehe ihre gesamte Streitmacht versammelt ist. Und die Kundschafterinnen haben uns informiert, dass immer noch viele ankommen oder von der Küste auf dem Weg nach Deva sind. Auch die schottische Allianz ist noch im Aufbau. Besser, wir infiltrieren Camelot langsam und erfolgreich, als dass sie uns die Köpfe abschlagen, wenn wir das Tor erstürmen.«

Cass war hin- und hergerissen. Ein Teil von ihr wollte noch einmal versuchen, direkten Zugang zu Artus zu bekommen, doch so wie sie gestern empfangen worden waren, hatte sie wenig Vertrauen, dass das gelingen würde. Die Zeit wurde langsam knapp und sie war es Angharad und den anderen schuldig, alles zu versuchen, um ins Innere dieser Mauern zu gelangen. Immerhin stellte Astras Plan sicher, dass das gelang. Also zog sie widerstrebend die Sachen an, die Astra mitgebracht hatte.

Sie sorgten noch schnell dafür, dass ihre Pferde einen Stall hatten und versorgt wurden. Danach trafen sie Jane, die sie durch eine Seitentür und einen langen Gang hindurch in eine riesige Küche scheuchte, in der Mägde und Pagen herumliefen, Gemüse putzten und Zutaten hackten, kneteten und ausgossen – alles unter den wachsamen Augen einer großen, bleichen Frau mit stahlgrauem Haar.

»Wer sind die zwei?«, fragte sie sofort misstrauisch, nachdem sie den Raum betreten hatten. Jane machte schnell einen Knicks und erklärte, sie seien die beiden neuen, für das Turnier angeheuerten Paginnen. Die ältere Frau runzelte die Stirn. »Wir brauchen keine zwei Paginnen«, sagte sie ungehalten und Cass merkte, wie Astra erstarrte. »Eine von ihnen kann bleiben.«

Sie musterte sie kritisch und zeigte ruppig mit dem Daumen auf Astra. »Du. Du kannst den Spieß drehen.«

Astra näherte sich wortlos einem gewaltigen Kamin im hinteren Teil der Küche und machte sich daran, mit beiden Händen einen gewaltigen Metallspieß zu drehen, auf dem ein ganzes Schwein steckte. Fetttropfen fielen zischend in die Flammen.

Dann wandte sich die Frau mit säuerlicher Miene wieder Cass zu. »Du. Raus!«

Cass stockte der Atem. Sie hatte ihr Schwert sorgfältig an der Seite ihres Beins versteckt und sein Heft unter der geborgten Kleidung fest an ihre Hüfte geschnallt. Sie spürte, wie sich eine elektrische Spannung von ihrer Wirbelsäule aus über die Rückseiten ihrer Beine ausbreitete und sie sich auf die Zehenspitzen stellte – kampfbereit, wenn es sein musste. Es war, als würde das Schwert auf die Beleidigung reagieren. Doch bevor sie etwas sagen oder sich bewegen konnte, gab es einen Tumult an der Küchentür. Eine junge Frau platzte heulend herein. Ihr Gesicht war fleckig und angeschwollen vom vielen Weinen. Sie presste mit einer Hand ihren anderen Unterarm fest an ihre Brust.

»Mir ist egal, wie gut sie bezahlt! Ich arbeite keinen Moment länger für sie!«, schluchzte sie bitterlich, um dann auf dem Weg zu verschwinden, auf dem Cass und Astra gerade gekommen waren.

Die große grauhaarige Frau seufzte schwer und rieb kurz mit Daumen und Zeigefinger über ihre krumme Nase. »Heute ist dein Glückstag«, sagte sie dann mit einem schmalen Lächeln zu Cass. »Wir brauchen dich zwar nicht in der Küche, aber Jane zeigt dir deine neue Aufgabe. Glückwunsch – du bist soeben zur neuesten Kammerzofe der Königin ernannt worden.«

Cass konnte Astra gerade noch einen panischen Blick zuwerfen, da nahm Jane sie bereits bei der Hand und zog sie aus der Küche.

Jane lief derart schnell, dass Cass beinahe rennen musste, um mitzuhalten. Sie führte Cass durch ein Labyrinth aus Korridoren, deren steinerne Wände mit Wandteppichen und anderen Wandbehängen bedeckt waren. In regelmäßigen Abständen standen dort Ziervasen und Statuen. Dicke Knüpfteppiche lagen auf dem Boden und verschluckten das Geräusch ihrer Schritte. In vielen Halterungen brannten Fackeln, die die edelsteinartigen Farben der Wandteppiche zur Geltung brachten, die Szenen aus üppigen Wäldern, exotische Früchte und majestätische Jagden zeigten.

Irgendwann, als Cass längst den Überblick verloren hatte, um wie viele Ecken sie gebogen waren und wie viele Wendeltreppen sie erstiegen hatten, hielt die Frau an und klopfte an eine Tür. Sie wartete, bis ein leises »Herein!« zu hören war, dann trat sie ein.

Das Gemach war wunderschön eingerichtet. Es gab schmiedeeiserne Möbel mit aufwendig geschnitzten Holzfronten. Ein knisterndes Feuer brannte und in den hölzernen Kaminsims waren Hirsche und Hasen eingeschnitzt. Eine lange Bank am Kamin war mit Fellen bedeckt und auf einem niedrigen, polierten Holztisch stand eine zarte Schale, in der sich Äpfel, Pflaumen und Erdbeeren stapelten. Ein wunderschön geschnitzter Kamm und eine Auswahl glänzender Armreifen aus Metall lagen auf einem Tablett auf dem Fenstersims. In einer Ecke stand eine Holzbadewanne, über deren Rand weiche Handtücher hingen. Sie befand sich im Vorzimmer der Königin.

Jane musterte Cass von oben bis unten und kaute dabei auf ihrer Lippe herum, so als wollte sie ihr etwas sagen, wüsste aber nicht recht, wie. Dann seufzte sie leise, ging zu einer Tür am anderen Ende des Raums und klopfte vorsichtig an.

»Mylady?« Sie wartete, klopfte dann etwas fester noch einmal an. »Lady Guinevere?«

Die Tür ging auf und vor ihnen stand ein Mädchen, deren glänzendes schwarzes Haar auf ihrem Kopf aufwendig zu einer Art Krone geflochten war. An verschiedenen Stellen steckten Perlen und goldene Haarspangen darin, sodass ihr ganzer Kopf zu schimmern schien. Sie hatte große graue Augen und rote Wangen, trug roten Lippenstift und hatte ein rundes, glattes Gesicht. Tatsächlich wirkte sie so jung, dass sich Cass reflexartig über sie hinweg nach der Königin umsah, weil sie annahm, das Mädchen wäre eine weitere Hofdame. Doch dann begann sie zu sprechen und ihr gebieterischer Ton machte sofort klar, dass dies Guinevere war.

»Mach mir ein Bad«, sagte sie und ihr Ton war derart zickig, dass es so wirkte, als würde sie die Affektiertheit einer Königin nachahmen. Cass dachte an die Zeit zurück, als in ihrem Dorf alle über die Nachricht von der Hochzeit des Königs und der Krönung gesprochen hatten. Sie wusste, dass Guinevere ungefähr genauso alt war wie sie selbst, und doch fühlte sie sich eher an die kleine Grace zu Hause erinnert, die mit vorgeschobener Unterlippe schmollte.

Jane erstarrte, als Guinevere an ihnen vorbeiging und aus dem Feuer einen Stock nahm, dessen anderes Ende glimmte. Neben dem Kamin standen mehrere große Eimer Wasser bereit und über dem Feuer hing ein großer Metallkessel.

»Das andere Mädchen war schlampig«, sagte Guinevere in einem Singsang, der an ein Kinderlied erinnerte. »Zu lahm, zu lahm, zu lahm.«

Sie fuchtelte mit dem rot glühenden Ende des Stockes vor Cass' Gesicht in der Luft herum. »Ich musste ihr eine Lehre erteilen. Ich habe nicht gewusst, dass Haut so stinkt, wenn sie verbrennt.«

Ihre Stimme trällerte so unschuldsvoll, dass Cass einen Moment brauchte, um zu begreifen, wovon sie sprach. Dann blickte sie auf das brennende Holz und erinnerte sich an das Mädchen, dass sich den Arm gegen ihre Brust gedrückt hatte. Ihr wurde übel.

»Die hier ist schneller, Mylady«, flüsterte Jane mit bebender

Stimme. Sie zog sich bereits Richtung Tür zurück und nickte Cass mit Blick auf den Kessel krampfhaft zu.

Cass zuckte zusammen. Sie sah im Moment keinen anderen Ausweg und fing an, das Wasser aus dem ersten Eimer in den Kessel zu schütten.

22

Nachdem Cass Guinevere beim Baden und Anziehen geholfen hatte, war klar, dass das Mädchen keine Fragen über sie stellen würde, ja nicht einmal ihren Namen wissen wollte. Cass überlegte, ob sie ihn ihr sagen sollte, dachte dann aber an die tränenreiche Flucht der vorherigen Kammerzofe und entschied sich dagegen. Es war unvorhersehbar, wie Guinevere reagieren würde. Cass taumelte innerlich bei dem Versuch, dieses wankelmütige und gebieterische Mädchen mit der geliebten Königin zusammenzubringen, von der sie so viele Geschichten gehört hatte. Doch je länger der Tag andauerte, desto mehr schöpfte sie den Verdacht, dass Guinevere nicht von sich aus grausam war, sondern nur sehr einsam und sehr gelangweilt.

»Spiel mit mir«, jammerte sie, als Cass anfing, das Durcheinander luxuriöser Seiden- und Spitzenkleider aufzuräumen, die Guinevere bei ihrer Auswahl auf dem Boden verstreut hatte. Guinevere drückte Cass einen Satz Würfel in einer vergoldeten Dose in die freie Hand. Cass seufzte und legte die Kleider ab.

»Früher habe ich immer mit meiner Schwester gespielt«, sagte Guinevere leise und Cass fragte sich, ob sie sich ohne ihre Schwester genauso einsam und verloren vorkam wie sie, als sie Mary zurückgelassen hatte, um im Herrenhaus zu leben.

»Aber wenn sie mich jetzt besucht und gewinnt, dann lasse ich sie einen Hofknicks vor mir machen«, kicherte Guinevere. Sie nahm einen kleinen Honigkuchen von einem nahen Teller und steckte ihn sich in den Mund.

»Spielt Ihr auch mit Artus?«, fragte Cass, deren Neugier auf ihren Zwilling immer drängender wurde. »Mit dem König, meine ich«, stammelte sie, als Guinevere die Stirn runzelte.

»Der König ist immer beschäftigt«, sagte Guinevere in einem leicht wehmütigen Ton. Ein Schatten überzog ihre Miene. »Und Merlin mag es nicht, wenn ich ihn mit so trivialen Dingen wie Spielen ablenke.«

»Merlin?«, fragte Cass erwartungsvoll. »Wie ist der so?«

»Du stellst eine Menge Fragen«, sagte Guinevere in scharfem Tonfall und musterte Cass, als sähe sie sie zum ersten Mal wirklich.

»Es ist für mich alles so faszinierend«, fügte Cass schnell hinzu, senkte den Blick, sammelte die kleinen, gravierten Steinwürfel aus der Dose und reichte sie Guinevere.

Cass sah Astra erst wieder, als sie Guinevere am Abend pflichtbewusst in den großen Saal folgte.

Der Saal war so groß, dass Angharads ganzes Herrenhaus hineingepasst hätte. Seine hohe Gewölbedecke wurde von Holzbalken getragen. Das Licht unzähliger Kerzen beleuchtete silberne und zinnerne Trinkbecher und Teller, die sich auf den Tischen drängten.

An den Tischen, die der Tür am nächsten standen, hatten sich Stallburschen und Pagen, Dienstmädchen und Kammerzofen versammelt. Sie waren nahe genug, um die Anweisungen ihrer Herrinnen und Herren jederzeit hören zu können, aber weit genug entfernt, dass ihr Körpergeruch deren feine Nasen nicht beleidigte.

Guinevere nickte Cass kurz zu, zum Zeichen, dass sie sie hier verlassen durfte, und Cass setzte sich ans Ende einer Bank, wo sie sich mit einem Pagen mit schmutzigen Fingernägeln, dessen Tunika zu groß für ihn war, um einen Platz rangeln musste.

Cass nahm gierig den Rest des Saals in sich auf. Die nächsten paar Tischreihen wurden von Knappen und einer anderen Gruppe belegt, von der Cass aufgrund ihrer Reiseumhänge annahm, dass es Boten oder Kundschafter waren. Als Guinevere die Länge des Saals durchschritt, kam sie an Händlern sowie Lords und Ladys vorbei, deren Kleidung aufwendiger und etwas sauberer war. Sie hielten ihre Umhänge mit Metallbroschen zusammen und trugen Armreifen und Armbänder.

An einem Tisch saßen ausgelassene Ritter in voller Rüstung, hinter denen ihre Knappen standen. Cass bemerkte, dass ihre Kleidung von der Reise verschmutzt war, und schloss daraus, dass sie erst vor Kurzem eingetroffen waren, um am Turnier teilzunehmen.

Die Plätze am letzten langen Tisch nahmen Adelige und weniger bedeutende Könige ein, wie Cass vermutete. Vielleicht waren es auch Angehörige des Königs und seiner Ritter. Da saßen Ladys, die goldene Diademe und Juwelen trugen, sowie Männer mit reich bestickten Waffenröcken und ordentlich gewachsten Bärten, deren Trinkbecher mit Wein gefüllt wurden – im Gegensatz zu den Zinnbechern mit Bier, die Cass an den näher gelegenen Tischen gesehen hatte.

Doch es war das Ende des Saals, das Cass' Blicke anzog.

Dort stand ein runder Holztisch mit außerordentlich dicker Platte, der die gesamte Breite des Saals einnahm. Seine Kanten waren mit gehämmertem Metall eingefasst und er war so perfekt kreisförmig, als hätte ein Riese mit einer gigantischen Axt einen Baumstamm gefällt und eine Scheibe daraus abgeschnitten. Um den Tisch herum standen in gleichmäßigem Abstand mit aufwendigen Schnitzereien versehene Stühle mit Goldakzenten. In einige waren die Namen ihrer Besitzer eingeschnitzt.

Cass suchte sofort nach König Artus, doch sie wurde enttäuscht. Zwei der Stühle waren größer und noch reicher verziert als die anderen. Sie standen nebeneinander und man konnte von ihnen aus den gesamten Saal überblicken. Doch beide waren leer. Guinevere ließ sich mit einem Seufzer auf einen der beiden fallen, so als hätte sie der Weg durch den Saal erschöpft.

Ein Stück von der Königin entfernt saßen drei Männer, die ganz offensichtlich miteinander verwandt waren, denn sie hatten alle das gleiche breite, freundliche und mit reichlich Sommersprossen überzogene Gesicht und die gleichen wirren, schmutzigen blonden Locken. Ihr Körperbau unterschied sich jedoch. Der älteste war kräftig und hatte die Schultern eines Ochsen; der mittlere war dünn und hatte ein schmales Gesicht; und der jüngste, der von den dreien am hübschesten war, hatte Grübchen und ein gewinnendes Lächeln. Cass erkannte in dem ältesten Gawain wieder, der zur Begeisterung des Kindes auf der Straße angehalten hatte. Sie beobachtete ihn einen Moment lang. Er fühlte sich in dem prächtigen Saal erkennbar zu Hause und scherzte mit seinen jüngeren Brüdern. Einen Arm hatte er lässig über die Stuhllehne gelegt.

Auf Guineveres anderer Seite saß ein paar Plätze entfernt ein kleiner, fülliger junger Mann, der sich schlecht gelaunt immer wieder die langen Haare seines Topfschnitts aus den Augen wischte. Cass erkannte ihn als Sir Kay, ein Ritter mit schlechten Manieren, der sich letztes Jahr, als er mit ein paar Kameraden in den Norden geritten war, mit Lily gezankt hatte. Einige Plätze weiter rechts erblickte sie Sir Safir und Sir Elyan, die beiden anderen Ritter, die mit ihm gemeinsam unterwegs gewesen waren. Sie steckten die Köpfe zu einem angeregten Gespräch zusammen.

Sie hatte diese beiden Ritter zu schätzen gelernt, als sie sie zuletzt getroffen hatte. Sie wusste, dass sie im Gegensatz zu Sir Kay höflich und freundlich waren. Für einen Augenblick stellte sie sich vor, wie Sir Gamelin bei ihnen saß. Sie konnte sich vorstellen, dass er mit Sir Elyan am besten zurechtkam und sich vielleicht mit blitzenden Augen und einem Scherz an dem Gespräch mit Sir Safir beteiligte … Sie spürte, dass sie rot wurde, obwohl niemand sie beachtete oder auch nur ahnen konnte, was sie gerade dachte.

Neben den beiden saß ein Ritter, der so gut aussehend war, dass Cass sich veranlasst sah, ihn genauer zu mustern – so wie sie vielleicht ein perfekt geformtes Schneckenhaus oder einen besonders schönen Stein am Rand eines Waldbaches betrachten würde. Sein volles braunes Haar floss in Wellen von seiner hohen Stirn herab. Eine leichte Wölbung über seinen blassgrünen Augen hob gerade und klar geschnittene Augenbrauen hervor. Er hatte eine schmale Nase, hohe Wangenknochen und den Schatten eines Dreitagebartes am Kinn. Er trug keinen Waffenrock, sondern nur ein cremefarbenes Baumwollhemd, das am Hals offen und unverschnürt war. Seine Unterarme waren leicht gebräunt. Während Cass ihn etwas benommen anstarrte, lehnte er sich nach hinten, um vom Tablett eines vorbeilaufenden Küchenpagen eine Fleischkeule zu schnappen. Er nahm keine Notiz davon, dass er das Tablett ins Wanken brachte und den Pagen dadurch mit Bratensoße bekleckerte. Und als Sir Elyan missbilligend aufblickte, lachte der Ritter nur und wuschelte dem Pagen durch die Haare, sodass er noch mehr Soße verschüttete.

»Sei nicht so empfindlich, Elyan«, spottete der Ritter mit einer hohen Stimme, die man dennoch im ganzen Saal verstehen konnte und die so gar nicht zu seiner äußeren Erscheinung zu passen schien. »Der ist ja nicht zu dumm, seinen Kittel zu waschen, nicht wahr, Junge?«

Der Page lief rot an und hielt sein Tablett wieder gerade. »Nein, Sir Lancelot«, murmelte er und eilte davon.

Cass sah den lachenden Mann, der jetzt sein Stück Fleisch zu essen begann, mit finsterer Miene an. Sie wusste, dass er es war, der Elaine verstoßen und das Gerücht verbreitet hatte, dass sie an unerwiderter Liebe zu ihm gestorben wäre – nur um nicht zugeben zu müssen, dass er sie verlassen hatte, als sie schwanger war. Er hatte andere Ritter der Tafelrunde überredet, sie bis nach Nordhumbrien zu verfolgen, und manipulierte noch immer Frauen wie Edith, indem er sie so grausam behandelte, dass sie zu Lug und Trug bereit waren, nur um ihm zu gefallen. Cass umfasste ihr Schwert fester, doch er schaute nie in ihre Richtung.

In der Nähe der Brüder mit dem schmutzig blonden Haar saß ein groß gewachsener, ernst wirkender Jugendlicher, dessen glattes, hellbraunes Haar von einem Mittelscheitel geteilt wurde. Er hatte ein schmales, nachdenkliches Gesicht mit einer langen, dünnen Nase und zarte, spitze Finger, mit denen er ungeduldig neben seinem Trinkbecher auf die Tischplatte trommelte.

»Es ist Zeitverschwendung, Galahad anzustarren – der lebt wie ein Mönch«, sagte eine offene, heitere Stimme. Cass wandte sich um und sah ein groß gewachsenes Mädchen mit roten Wangen und einer schmutzigen Schürze vor sich. Sie war eine Küchenmagd und hatte sich Cass gegenüber hingesetzt. Unter dem Kopftuch, das sie sich umgebunden hatte, ragten ein paar hellbraune Haarsträhnen hervor.

Sie lächelte und schüttelte Cass über den Tisch hinweg fest die Hand. »Ich bin Ada.«

»Cass«, antwortete sie und war dankbar für ein freundliches Gesicht.

»Neu hier?«

Cass nickte.

»Küche?«

»Kammerzofe – von Lady Guinevere.«

Das Mädchen zog eine Grimasse und stieß einen leisen Pfiff aus. »Dann halte dich geduckt und rede nicht zu viel, das kann ich dir in dem Fall nur raten.«

Cass lachte.

»Die kommenden Tage werden das reinste Chaos. Alle kommen zum Turnier hierher«, erklärte ihr Ada in wissendem Tonfall. »Viele von den Knappen sind Grapscher« – sie schnaubte verachtungsvoll –, »aber da hilft meistens ein schneller Tritt zwischen die Beine.«

Cass lächelte. Sie wusste, dass sie im Fall der Fälle mehr als einen Fußtritt aufzubieten hatte.

»Aber mit den Rittern musst du wirklich vorsichtig sein«, fuhr Ada jetzt mit leiserer Stimme fort und schaute verstohlen zur Tafelrunde. »Galahad macht keinen Ärger und die Orkney-Brüder würden keiner Fliege was zuleide tun. Sir Kay kann einem auf die Nerven gehen, wenn er getrunken hat, aber man entkommt ihm leicht.«

Cass lauschte und sah den Tisch mit den glanzvollen Rittern plötzlich in ganz neuem Licht. Der Nebel aus Ruhm, an den sie sich gewöhnt hatte, hob sich.

»Aber mit Lancelot musst du wirklich aufpassen«, flüsterte Ada im Schutz eines lauten Gelächters, das am anderen Ende ihres Tisches ausgebrochen war. Jemand hatte sein Getränk über seinen Sitznachbarn verschüttet und als Antwort einen Ellenbogen ins Auge bekommen.

»Wenn er dich aus irgendeinem Grund in sein Gemach bestellt, ganz egal wie banal der Grund auch klingen mag …« Ada lehnte sich jetzt über den Tisch und sprach eindringlich auf Cass ein. »… geh *auf keinen Fall* alleine hin. Nimm eine andere Dienstmagd mit oder besser noch einen der Pagen.«

Cass schluckte und musste an Edith denken. »Und das Gleiche gilt für Merlin«, fuhr Ada schnell fort. Cass sah dem Mädchen sofort ins ernste Gesicht.

»Merlin?«

»Nicht aus denselben Gründen.« Ada schüttelte schnell den Kopf. »Aber Merlin experimentiert immer mit Kräutern und Aufgüssen herum, und die Mädchen, die seine Gemächer betreten, kommen nicht immer als dieselben wieder raus.«

Cass starrte sie an. In diesem Moment flogen die großen, mit Riegeln versehenen Türen wieder auf. Die Fackeln an den Wänden flackerten im Luftzug; Trompeten erklangen.

Laute Jubelrufe ertönten und die Füße der Bänke kratzten über den Boden, als der König eintrat und sich Cass gemeinsam mit allen anderen zum Aufstehen genötigt sah. Sie reckte den Hals, um einen Blick auf ihn zu erhaschen. Dabei fiel ihr auf, dass es in ihrer Kehle kratzte und ihre Augen sich ganz heiß anfühlten. Je näher er kam, desto stärker schien die Kraft in ihrem Körper auf ihn zu reagieren. Es war ein unerbittlicher Sog, als ob sich irgendeine wilde Energie unter ihrer Haut sehnlich nach ihm ausstreckte.

Sie erkannte den König an seiner zarten goldenen Krone und seinem Waffenrock, der die Farben seiner Männer umgekehrt trug: ein Drache aus reinstem Weiß in einem blutroten Feld. Und seine Augen hatten die gleiche, besondere Mischung aus Blau und Grün wie Cass' eigene.

Dann war er auch schon an ihr vorbei, ohne sie zu bemerken oder auch nur zu wissen, dass sie da war. Cass sank mit einem merkwürdig ernüchterten Gefühl wieder auf ihre Bank zurück. Nun schritt im Gefolge des Königs eine weitere Person vorbei.

Cass hätte ihn allein schon an den ehrfürchtigen Blicken und dem Geflüster erkannt, selbst wenn ihre Mutter nicht sein langes, mit silbernen Strähnen durchzogenes Haar und seinen stechenden Blick beschrieben hätte. So wie Artus' Gegenwart Jubel und Energie verbreitet hatte, schien die von Merlin alles zu dämpfen und verstummen zu lassen. Der allgemeine Lärm verebbte, als er vorbeiging.

Er war groß, mit leicht gekrümmten Schultern – eine eindrucksvolle Gestalt, die alle in seiner Umgebung schrumpfen zu lassen schien. Sein Schatten zeichnete sich groß auf der Wand hinter ihm ab.

Cass konnte die Augen nicht von Artus abwenden, als der sich auf den Stuhl neben Guinevere setzte und mit höflich geneigtem Kopf mit ihr sprach. Sie beobachtete, wie ungezwungen er mit seinen Rittern redete, und bemerkte die Grübchen unter seinen Wangen, wenn er lächelte. Sie starrte ihn immer noch an, da spürte sie einen kräftigen Stoß mit einem Ellenbogen in die Rippen. Sie wandte sich um und stellte fest, dass Astra den Platz des Jungen neben ihr eingenommen hatte. Ihre Augen glitzerten abenteuerlustig und ihr Haar war fettverschmiert.

»Du riechst wie eine Räucherstube«, sagte Cass. Sie hielt sich die Nase zu und wehrte Astras Versuch einer Umarmung ab.

»Tja, dreh du mal einen halben Tag ein Schwein über dem Feuer. Ich möchte wissen, wie du dann stinkst«, gab sie gut gelaunt zurück. Sie griff an Cass vorbei nach einem Hähnchenschenkel auf einem Teller. »Was hast du bis jetzt rausgefunden?«, fragte sie leise.

»Nicht viel«, gab Cass zu. »Außer dass die Königin nicht unbedingt so ist, wie ich es erwartet hatte.«

»Das ist hier kaum etwas«, stimmte Astra zu, die sich rasch im Raum umsah. »Ich habe gesehen, wie ein Page von seinem Ritter für eine Frechheit ausgepeitscht wurde, bis sein Hemd in Fetzen hing, und wie ein Bettler, der nach einer Kruste Brot fragte, von der Küchentür verjagt wurde, während wir dieses Gelage hier vorbereiteten.«

Erneut erklangen die Trompeten und alle Blicke wandten sich erwartungsvoll zur Tafelrunde, wo Artus sich erhoben hatte.

»Aber eine nützliche Sache habe ich erfahren«, zischte Astra hastig in Cass' Ohr. »Ich habe gehört, wie ein Page jemandem befohlen hat, den Wein im Pavillon im ummauerten Garten nachzufüllen, denn da geht der König an den meisten Abenden noch spazieren, bevor er sich zurückzieht.« Sie warf Cass einen bedeutungsvollen Blick zu. »Wenn du eine Gelegenheit suchst, mit ihm allein zu sprechen, dann passt du ihn am besten dort ab.«

»Ein herzliches Willkommen euch allen auf Camelot«, rief Artus in diesem Moment mit lauter Stimme. Erneut gab es Jubel und viele klopften mit ihren Trinkkrügen auf die Tische. »Meine schöne Frau, meine Ritter und ich freuen uns, euch unsere Gastfreundschaft erweisen zu können.« Noch mehr Jubel. Guinevere lächelte stolz und nahm das Kompliment mit einem Kopfnicken an.

»Wir danken allen, die sich hier versammelt und uns auf dem Schlachtfeld begleitet haben, die unseren Feinden, welche unsere Ländereien zu überrennen und unsere Siedlungen auszulöschen drohten, mit uns gemeinsam eine Niederlage beigebracht haben«, fuhr Artus jetzt mit leiserer und aggressiverer Stimme fort. »Gemeinsam stellen wir uns allen Eindringlingen entgegen, um unsere Leute und unser Land zu verteidigen.«

Cass wusste nicht recht, was ihre Aufmerksamkeit vom König ablenkte, während sich alle auf ihn konzentrierten, doch sie warf einen Blick auf Merlin, der schräg hinter dem König saß. Es überraschte sie, dass seine Lippen sich bewegten und er seine Augen fest auf Artus richtete. Sie war sich beinahe sicher, dass er genau dieselben Worte murmelte, die Artus aussprach, so als würde er sie auswendig kennen.

»Und wenn wir für eure Bequemlichkeit gesorgt und mit euch gespeist haben«, beendete Artus seine Ansprache mit weit ausgebreiteten Armen, »dann werden meine Ritter und ich euch auf dem Turnierplatz zerlegen!«

Das laute Gelächter schwappte wie eine Welle durch den Saal und Cass bemerkte, dass sich auf Merlins Miene ein zufriedenes Grinsen breitmachte. Die Anwesenden skandierten Artus' Namen.

Einen Moment lang schien es, als würde sich die Gelegenheit, mit Artus zu sprechen, schneller ergeben, als sie zu hoffen gewagt hatte. Denn als der König und die Königin am Ende des Mahls den großen Saal verließen, erspähte Guinevere Cass und wies sie mit einer unauffälligen Kopfbewegung an, ihr zu folgen.

»Hey, sie findet dich richtig gut«, flüsterte Ada mit erstaunter Miene. »Sie wählt immer nur eine ihrer Kammerzofen als Begleitung aus, nämlich ihre Favoritin. Pass auf dich auf!«, fügte sie hinzu. Cass stand schnell auf und beeilte sich, der Königin zu folgen.

Doch als Cass in den Gang zwischen den langen Tischen stolperte und sich anschickte, hinter Guinevere herzugehen, spürte sie ein merkwürdiges Kribbeln, so als würde kaltes Wasser ihren Rücken herablaufen. Ganz plötzlich, so als wäre er eine gigantische Fledermaus, die aus dem Nichts kam, trat ihr Merlin in den Weg.

»Was für ein schöner Anhänger«, sagte er so, dass nur Cass ihn verstehen konnte. Seine Stimme klang irgendwie nach Donner und brechenden Wellen. »Wo hast du ihn her?«

Cass konnte sich nicht bewegen, ja kaum atmen. Sie sah an sich hinab und bemerkte, dass der silberne Anhänger aus ihrem Hemd gerutscht war und über ihrem Tuch hing. Er glänzte im Licht der nächststehenden Kerze.

Sie sah in seine eisblauen Augen auf und begriff sofort, was ihre Mutter gemeint hatte: Es war, als könnte Merlin ihre Gedanken lesen, während er sie durchdringend ansah.

»Es ist nur ein Erinnerungsstück«, stammelte sie und bemühte sich, sorglos und unbeeindruckt zu klingen. »Das Geschenk einer Freundin. Ich glaube, sie hat ihn von einem Straßenhändler gekauft.«

Er starrte sie prüfend an. Sie wusste, dass er ihr nicht glaubte, doch ehe sie noch etwas sagen konnte, blieb Guinevere auf der Türschwelle stehen, stampfte mit einem Fuß auf und zischte: »Komm schon, Mädchen!«

Artus war bereits verschwunden, doch als sie erkannte, dass Merlin Cass aufgehalten hatte, zog sie einen Schmollmund und trat zu ihnen herüber. Ihr üppiges Kleid raschelte. »Die ganze Zeit beschäftigt Ihr meinen Mann mit Euren Besprechungen und Euren Lehrstunden«, zischte sie Merlin an, der mindestens zwei Köpfe größer war als sie. »Und jetzt haltet Ihr auch noch meine Dienstbotinnen auf?«

Merlin, der Cass immer noch fragend anstarrte, wirkte, als würde er sich seine Antwort ganz genau überlegen. Doch bevor er etwas sagen konnte, schnappte die Königin Cass beim Arm. Ihre langen Fingernägel bohrten sich schmerzvoll in Cass' Fleisch und sie zerrte sie mit Gewalt aus dem Saal.

Cass schaute sich noch einmal um und blickte in Merlins finsteres, misstrauisches Gesicht. Gerade wollte sie sich abwenden, da fiel ihr auf seiner dunklen Kleidung etwas Glitzerndes auf. Unwillkürlich schnappte sie nach Luft, als sie den Anhänger erkannte, den er an einer langen, schwarz angelaufenen Silberkette trug.

Eine Metallspirale ohne Anfang und Ende.

23

An diesem Abend war Cass so lange mit der Königin beschäftigt, dass es bereits stockdunkel war, bis sie endlich gehen konnte. Als sie den ummauerten Garten erreichte, war er menschenleer.

Das Frühstück am nächsten Morgen war weniger entspannt und gesellig als im Herrenhaus. Ritter und Knappen saßen nicht gemeinsam auf den Bänken und unterhielten sich über die bevorstehenden Aufgaben des Tages. Die Ritter wurden von Pagen und Paginnen bedient, die schweigend hinter ihren Stühlen standen oder zwischen Saal und Küche hin- und herrannten. Sie brachten Schüsseln mit fein gewürzten Täubchen und Gemüse, das weich und süß, aber durch die Zubereitung über offenem Feuer an den Kanten verkohlt und rauchig war. Dann gab es klebrigen Plumpudding, der mit reichlich Alkohol versetzt war und in einer dicken, süßen Soße schwamm. Anders als zu Hause, wo alle das gleiche Essen bekamen, stellte Cass fest, dass hier die reichhaltigen duftigen Speisen am Dienstbotentisch vorbeigetragen wurden. Das Gesinde erhielt nur trockenes Brot und Haferbrei.

Es war nicht leicht, Guinevere zu entkommen, die immer neue Gründe fand, warum Cass in ihren Gemächern bleiben sollte. Zuerst mussten die Juwelen poliert werden, dann die Kleidung gelüftet, danach ihr Haar stundenlang in feine Zöpfe geflochten werden, die dann doch wieder entflochten werden sollten.

Ihr Gemach war spektakulär. Das Bett der Königin war von Holzpfosten gerahmt, in die sich windende Weinreben und feine Blüten geschnitzt waren. Ein Baldachin aus mitternachtsblauer Seide krönte es. Darin prangten gestickte silberne und goldene Sterne, die verschiedene Konstellationen des Nachthimmels darstellten. Eine dicht an dicht bestickte Tagesdecke prunkte mit noch mehr Gold sowie dunkelrotem und grünem Garn. Der ganze Raum stand voll mit exquisitem, teurem Mobiliar, das schöner war als alles, was Cass bisher gesehen hatte. Die Stühle hatten goldene Intarsien in der Rückenlehne und waren mit dicken, glänzenden Fellen bedeckt.

Die ganze Zeit grübelte Cass darüber nach, wie sie an Artus herankommen sollte, und Guinevere redete ohne Unterlass. Sie erzählte von ihrer Kindheit auf dem Land, ihrer Schwester und einem Hund, den sie geliebt hatte und den sie zurücklassen musste. Sie berichtete Cass von dem Tag, als Artus in ihrem Herrenhaus erschienen war, und dass die berühmte Geschichte, dass der junge König sie beim Blumenpflücken im Garten gesehen hatte, sich in Wirklichkeit etwas anders zugetragen hatte, als Cass bisher gedacht hatte.

»Artus war natürlich da, aber er hatte seinen Kopf die ganze Zeit in ein Buch gesteckt. Er war gerade erst König geworden und machte sich so viele Sorgen – er wusste nicht, wie er sich verhalten und was er sagen sollte, wie er sich bewegen und sprechen musste. Er hat mit meinem Vater stundenlang am Kamin gesessen und ihm Fragen über militärische Feldzüge und Schlachtstrategien gestellt.«

Guinevere fuhr mit den Spitzen ihrer langen, schlanken Finger über die Wirbel der Goldstickereien ihrer Tagesdecke. »In Wirklichkeit war es Merlin, der mich im Garten gefunden hat. Er fragte, wie alt ich sei und ob ich gerne lernte. Das kam mir damals wie eine komische Frage vor, aber inzwischen verstehe ich sie besser. Ich muss viel lernen, damit ich mich exakt so verhalte, wie es von mir erwartet wird. Das richtige Winken. Die richtige Art, mich anzuziehen. Wann ich mich sehen lasse und wann nicht. Wie ich meinen Ehemann am besten unterstütze, indem ich mich nicht einmische und ihm aus dem Weg gehe.« Sie stockte und klatschte dann in ihre feinen Hände. »Ein Ausritt! Lass uns einen Ausritt machen!«

Guineveres Augen wirkten beinahe zu groß. Ihre Pupillen waren wie tiefe Quellen in den grauen Iriden und drohten mit ihrer Unendlichkeit alles in dem luxuriös überdekorierten Raum zu verschlucken. »Und ich zieh dich hübsch an«, fuhr sie mit erregter Stimme fort und betrachtete Cass wie eine aufregende neue Puppe.

Cass wollte widersprechen, doch in diesem Augenblick zog etwas Dunkles und Gefährliches über Guineveres hübsches, naives Gesicht – etwas, das Verbannung androhte, wenn sie nicht mitspielte.

»Wir müssen uns hübsch anziehen, wenn wir außerhalb der Schlosstore gesehen werden wollen.« Ihre Stimme klang scharf.

Cass klappte den Mund wieder zu.

Am Fuß des Bettes stand eine schöne Truhe aus dunklem, auf Hochglanz poliertem Holz. Guinevere öffnete sie und begann, eine verblüffende Vielfalt von Kleidern herauszuholen. Manche waren aus raschelnder Seide und luxuriösem Samt sowie mit Spitzen und Bändern in der Farbe von Edelsteinen besetzt. Guinevere durchwühlte sie, als wäre das Routine. Ab und zu hielt sie Cass eins der Kleider an und murmelte etwas von Farben und Passform. Schließlich wählte die Königin ein Kleid aus blaugrünem Samt, dessen Vorderseite mit zarten Blüten bestickt und mit dünnen goldenen Bändern ausgestattet war.

»Das müsste passen«, sagte sie und führte Cass in ein separates Ankleidezimmer, wo sie an ihr herumzupfte und zerrte, Knöpfe und Bänder schloss und Cass dann in ein Paar Samtschuhe steckte, die weicher und feiner waren als alle Schuhe, die sie jemals getragen hatte – allerdings mindestens eine Nummer zu klein. Und plötzlich wurde an ihrem Haar gezupft und gekämmt. Als Cass protestierte, dass sie sich die Haare selbst zurechtmachen könne, und erklärte, dass ihre wilden Locken keine Befehle annähmen und besser sich selbst überlassen blieben, hörte die Königin überhaupt nicht hin. Mit weichen Fingerspitzen wurde etwas auf ihre Wangen getupft. Dann brannten ihre Lippen und schließlich spürte sie ein Kratzen, das sie nach Luft schnappen ließ, als irgendetwas fest in ihr Haar gesteckt wurde. Dann hörten die Aktivitäten auf und Cass war anscheinend ausgehfertig.

»Schau dich an!« Guineveres Gesicht war gerötet, ihre Augen leuchteten begeistert und sie klatschte ein weiteres Mal in ihre zarten Hände, tanzte auf den Zehenspitzen herum und musterte Cass eingehend von Kopf bis Fuß in einem Spiegel, der an der Wand des Ankleidezimmers lehnte.

Cass erkannte die Frau nicht, die sie aus dem Spiegel anschaute. Das Kleid saß so an ihrem Körper, dass es ihre Taille und die Kurven ihrer Hüfte betonte, während ihr Schlüsselbein in dem eleganten, eckigen Halsausschnitt zur Geltung kam. Der Anhänger verschwand zum Glück unter dem Stoff. Ihr Haar fiel in glänzenden Wellen. Irgendein Öl verlieh ihm einen sanften Glanz und das Kastanienbraun erhielt durch die Gold- und Perlenakzente, die in den Locken verteilt waren, einen kupferartigen Schimmer. Über ihre Stirn fiel halbkreisförmig eine zarte Goldkette und ihre Augen schienen zu leuchten. Ihre Lippen glänzten in einem Scharlachrot, das perfekt zu der Schnittwunde auf ihrer Wange passte.

Da von ihr erwartet wurde, dass sie im Damensitz ritt, und ihre wallenden Röcke in alle Richtungen von ihr abstanden, quälte sich Cass mühevoll in den Sattel des Pferdes. Wider Willen empfand sie einen gewissen Respekt für Guinevere, die ihr Reitpferd trotz der ungeeigneten Kleidung ziemlich gut im Griff hatte.

Als sie durch die Tore Camelots ritten, verbeugten sich die Wachen ehrfürchtig vor der Königin und unten auf den vollen Straßen der Stadt breitete sich aufgeregtes Geflüster und Gemurmel aus. In der Nähe der unteren Stadttore waren die engen Straßen so dicht gefüllt mit Menschen, dass sie nur noch ganz langsam und vorsichtig weiterreiten konnten. Doch während Cass erwartet hatte, dass Guinevere von den Verzögerungen genervt sein würde, schien sie unter den bewundernden Blicken und Kommentaren der Leute geradezu aufzuleben. Sie warf Münzen und Seidentücher in alle Richtungen und nahm bereitwillig die Blumensträuße und -gebinde an, die ihr Kinder auf Zehenspitzen stehend überreichten.

Doch kaum dass sie die Zugbrücke überschritten hatten, gab sie ihrem Pferd mehrfach die Gerte und trieb es schneller und schneller an, bis sein Schweif waagerecht hinter ihm herwehte und Cass gezwungen war, ihr geliehenes Pferd zum Galopp anzutreiben, um mithalten zu können.

Schließlich stoppte Guinevere am Gipfel einer sanften Hügelkette. Die Äcker breiteten sich wie riesige Tücher vor ihnen aus. Guineveres sonst blasse Wangen waren gerötet, ihr Brustkorb hob und senkte sich heftig und Cass hatte den Eindruck, dass die Königin lebendig geworden war – ganz ähnlich wie sie selbst, wenn sie den Griff ihres Schwertes in die Hand nahm. Einen Moment lang wandte sich das Mädchen Cass mit einem Blick zu, der halb wild und halb beschwörend war.

»Lass uns wegreiten, genau jetzt«, keuchte sie, während sie noch immer schwer atmete.

Cass erschrak angesichts der Plötzlichkeit dieses Verlangens. »Wohin denn?«

»Irgendwohin, nirgends.« Sie hob die Hände in einer gleichgültigen Geste. »Nur du und ich. Wir könnten all dem hier entfliehen.«

»Ich …«

Guinevere schnitt Cass das Wort ab und kicherte eigenartig erstickt. »Ich mache natürlich nur Scherze.« Sie lachte reizend und schaute sich über die Schulter um; jetzt atmete sie wieder normal. »Sie würden mich nicht weit kommen lassen«, flüsterte sie heiser. Und als auch Cass sich umschaute, bemerkte sie ein halbes Dutzend berittene Wachen mit Speeren, Schwertern und Bögen, die der Königin in respektvollem Abstand folgten.

Den gesamten restlichen Tag über suchte Cass nach einer Gelegenheit, von Guinevere loszukommen und nach Artus zu suchen, doch die Königin nahm sie mit einer Intensität in Beschlag, die Cass schon fast Angst machte. Sie war voller Widersprüche und Cass wusste nicht recht, ob sie sie bemitleiden oder sich von ihr fernhalten sollte. Doch langsam wurde ihr klar, dass sich unter der Grausamkeit und dem zerbrechlichen Puppengesicht eine junge Frau verbarg, die sich in einer Lage wiedergefunden hatte, die der von Cass nicht unähnlich war: Sie war unvermittelt aus dem Heim ihrer Familie gerissen worden, beklagte den Verlust ihrer Schwester, die zugleich Spielkameradin und Vertraute gewesen war, und fand sich nur mit Mühe in einer verwirrenden Welt aus Waffen, Politik und Männern zurecht.

Vielleicht spürte Guinevere das oder vielleicht genoss sie auch einfach nur die Gelegenheit, mit einer Dienstmagd zu reden, die weniger Angst hatte als die vorherigen Kammerzofen. Cass jedenfalls spürte es, und in den wenigen Augenblicken, in denen Guinevere nicht auf sie einredete, öffnete sie sich ebenfalls. Sie erzählte von Mary und dem Bauernhof, auf dem sie aufgewachsen war, und zwar nicht um aus strategischen Gründen eine Beziehung zur Königin aufzubauen, die eine mächtige Verbündete sein konnte, sondern weil es sich einfach ganz natürlich anfühlte, den qualvollen Verlust ein wenig mit ihr zu teilen und dadurch ihrer beider Schmerz ein kleines bisschen zu lindern.

24

Am nächsten Morgen berief Artus ein Treffen seiner bewährtesten Ritter und Berater ein. Gemeinsam mit Astra, die das mitbekommen und Cass beim Frühstück informiert hatte, heckte Cass aus, dass sie sich zur angegebenen Zeit ans andere Ende des Saals schleichen wollten. Astra hatte zwei Zinnkannen mit Wasser als Vorwand für ihre Anwesenheit besorgt, doch niemand sprach sie an. Der Saal war voll mit Dienerinnen und Pagen, Knappen und Adeligen, die sich um die besten Plätze rangelten und die Hälse reckten, um einen Blick auf das zu erhaschen, was an der Tafelrunde vor sich ging. Ein Witan am Artushof hatte, wie Cass schnell begriff, mit den informellen Treffen im Herrenhaus, bei denen jede Knappin und Stallgehilfin zur Teilnahme eingeladen war, nichts gemein.

»Die Pläne werden gerade umgesetzt, Mylord«, erklärte gerade ein groß gewachsener Mann mit greller Stimme und beiger Kleidung, als Cass sich durch die Menge drängelte. Sie hielt die Wasserkanne wie einen Schild vor ihr Gesicht. Je näher sie Artus kam, desto mehr zitterten ihre Finger vor Aufregung – oder war es eine Art pulsierende Energie, die sie in seine Richtung zog?

»Die Statuen werden größer als alle anderen in Britannien sein und Eure Majestät und die Königin Seite an Seite auf Marmorthronen zeigen.«

»Gut.« Artus wirkte etwas gequält, fand Cass. Der allgegenwärtige Merlin lauerte hinter ihm wie eine Art bucklige Steinfigur und umklammerte mit den Händen fest die Rückenlehne von Artus' Stuhl. Cass bemerkte, wie oft der Blick des Königs zu seinem Berater schweifte. Er schien ihn um seine Zustimmung zu bitten, wenn er sprach.

Artus hob eine Hand an seine Wange und zupfte geistesabwesend an seinem Ohrläppchen. Cass lief ein Schauer über den Rücken. Auch ihre eigenen Finger spielten mit ihrem Ohrläppchen, wenn sie nervös war oder über etwas nachgrübelte.

»Berichtet mir von den Vorbereitungen für das Turnier«, verlangte Artus und mehrere seiner Berater traten vor und bestätigten, dass der Turnierplatz vorbereitet und die Zuschauertribüne errichtet worden sei. Ein anderer erklärte, etwa fünfzig Ritter hätten ihre Teilnahme angemeldet.

»Und wir sind bereit, uns mit ihnen zu messen«, brüllte Gawain und löste damit Jubelrufe aus, die den ganzen Raum erfüllten.

Doch Artus wirkte noch immer besorgt. Er runzelte angesichts des Lärms die Stirn.

»Dann hoffen wir mal, dass sich dein Getöse diesmal in einer besseren Leistung als beim letzten Turnier niederschlägt, Gawain«, stieß er scharf hervor. Cass, die das seltsame Gefühl hatte, Artus zu kennen, spürte, dass die Angst und Enttäuschung in seinem Ton nicht wirklich Gawain galten.

»Ich war verletzt, Mylord«, verteidigte sich Gawain beleidigt. Sein Hals rötete sich und die rechte Hand umschloss instinktiv sein linkes Handgelenk.

Da ergriff Sir Safir gelassen, aber bestimmt das Wort: »Mylord, wir müssen über die Bedrohung durch die Sachsen sprechen. Die Invasoren im Westen …«

»Ich habe die Invasoren zurückgeschlagen«, schnitt Artus ihm das Wort ab. »Die versprengten irischen Seewölfe sind mit eingekniffenen Schwänzen nach Hause zurückgekehrt ... jedenfalls die, die noch übrig geblieben sind.« Er hieb mit der Faust auf den Tisch und blickte die Umstehenden erwartungsvoll an, die pflichtbewusst applaudierten.

Cass fiel auf, dass Merlins Hände die Lehne von Artus' Thron so fest umklammerten, dass sie ganz weiß geworden waren.

»Absolut, Mylord«, bestätigte Sir Safir. »Aber die Sachsen sammeln sich immer noch. Wir müssen unseren Feldzug planen. Wir dürfen mit unserem Angriff nicht warten, bis ihre Streitmacht noch größer geworden ist.« Der neben ihm stehende Sir Elyan nickte zustimmend.

Cass schaute Artus genau an und merkte, wie ihr eigenes Herz schneller zu schlagen begann. Seine Blicke wanderten von links nach rechts und es war, als würde seine Furcht, vor aller Augen machtlos zu erscheinen, auch ihre eigene Brust durchfluten. Sie konnte kaum begreifen, warum sie diese Gefühle so klar benennen konnte, obwohl sie noch nie mit ihrem Bruder gesprochen hatte.

»Die sächsischen Räuberbanden konnten wir bisher recht einfach besiegen«, sagte Lancelot, der spielerisch das Heft eines Dolches drehte, dessen Spitze auf dem Tisch vor ihm balancierte.

Merlin lehnte sich vor und flüsterte Artus etwas ins Ohr. Mit einem Mal verstummte das Durcheinander der Sorgen, das in ihrem Körper tobte, wie ein Meer nach dem Sturm. Doch obwohl das eigentlich eine Erleichterung hätte sein müssen, spürte Cass nur kalte Furcht, als sich Merlin mit einem leichten Lächeln wieder aufrichtete. Und Artus sprach mit entschlossener Miene weiter – nicht zu Safir, sondern zum ganzen Saal.

»Selbstverständlich ist uns die Bedrohung durch die Sachsen bewusst«, erklärte er mit fester, entschlossener Stimme. »Unsere Kundschafter beobachten die Lage und erstatten mir persönlich alle zwei Tage Bericht.«

»Natürlich gehen diese Berichte direkt an den König und nicht an jeden untergeordneten Ritter«, warf Merlin mit missbilligendem Blick auf Sir Safir ein, der die Stirn tiefer in Falten legte.

»Und ich freue mich, euch mitteilen zu können«, fuhr Artus fort, dessen Stimme im ganzen Saal zu hören war, »dass unser Verbündeter, der Angst einflößende Kämpfer König Ceredig, bereits auf unsere Feinde vorrückt. Mit der Unterstützung mehrerer Armeen aus ganz Britannien und selbstverständlich mit meinen strategischen Anweisungen wird er die Sachsen dort angreifen, wo sie sich sammeln, in der Nähe von Deva, und das Land ein für alle Mal von ihnen befreien.«

Cass und Astra warfen einander schockierte Blicke zu. Also wusste Artus schon von Deva und den sich dort zusammenrottenden Sachsen. Warum um alles in der Welt gab er dann hier in Camelot ein Festmahl und organisierte ein Turnier, statt die Sachsen zu bekämpfen, ganz gleich ob mit oder ohne die Unterstützung König Ceredigs? Sollte Cass jetzt auch etwas rufen? Würde überhaupt jemand auf sie hören? Sie warf einen nervösen Blick auf die mit Speeren und Schwertern bewaffneten Wachen, die am Eingang zum Saal standen.

»Mylord«, begann Sir Safir erneut und Cass sah, dass Sir Elyan ihm dringlich etwas ins Ohr flüsterte. »Meine Kundschafter sind der Meinung, dass die Sachsen zu viele sind, als dass König Ceredig und seine Armee …«

»*Eure* Kundschafter?« Merlin sprach mit leiser Stimme, und doch durchschnitt sie die Luft wie ein Dolch. Cass merkte, wie sich ihr ganzer Körper anspannte. Es herrschte Stille; alle anwesenden Mitglieder des Hofstaats hielten den Atem an.

»Mylord«, fragte Merlin, auf Artus herabblickend, »ist es notwendig, dass Eure Ritter ihre eigenen Kundschafter haben, die ohne das Wissen des Königs direkt an sie berichten?«

Artus' Augen zogen sich zu Schlitzen zusammen und Cass spürte Panik in sich aufsteigen. Sie konnte nicht atmen, ihre Muskeln verkrampften sich und ihr traten Tränen in die Augen. Astra warf ihr einen besorgten Blick zu, als sie nach Luft schnappte. Das Murmeln der Tafelrunde verklang zu einem Hintergrundgeräusch, alles verschwamm vor Cass' Augen und ihre Freundin legte einen Arm um sie. Halb stützte sie sie und halb schleppte sie sie aus dem Saal.

Unten in der Küche saß Cass schließlich auf einem Hocker, nippte an einem Becher mit kühlem Bier und versuchte stirnrunzelnd, wieder klare Gedanken zu fassen. Astra kniete mit besorgter Miene vor ihr.

»Wenn es dir nicht gut geht, dann sollten wir besser …«

»Mir geht es gut«, unterbrach Cass, die ihren Becher mit beiden Händen festhielt, um nicht zu zittern. »Es ist … etwas anderes.« Sie verriet Astra nicht, dass sie glaubte, die Gefühle ihres Zwillings irgendwie spüren zu können, denn sie fürchtete, sich lächerlich zu machen, wenn nicht sogar verrückt zu erscheinen. Und doch war sie davon überzeugt. Jetzt, wo sie weiter von Artus entfernt war, war ihr Puls wieder langsamer geworden und sie konnte wieder klarsehen. Und die noch verbleibende Unruhe war ihre eigene. Wenn Artus so unsicher war und so stark von Merlin kontrolliert wurde, dann musste sie umso dringender mit ihm sprechen, und zwar so bald wie möglich. Wenn man ihn nicht dazu brachte, die Warnungen vor der Bedrohung durch die Sachsen ernst zu nehmen, dann konnte das zu einer Katastrophe führen. Nicht nur für alle in Camelot, sondern auch für den Rest Britanniens.

25

Der Garten duftete nach den Blüten der Nacht und des Spätsommers. Jasmin und Geißblatt hingen tief und füllten die Luft mit ihren Aromen. Eine warme Brise strich sanft über Cass' Gesicht, während sie wie ein Schatten am Fuß einer der hohen Mauern hockte.

Es war fast Vollmond und das Licht erleuchtete den Garten beinahe taghell. Die Sterne funkelten so sehr, dass Cass sich für einen Augenblick die Vorstellung gestattete, sie wollten von diesem Zusammentreffen zweier Führungsgestalten Britanniens möglichst viel mitbekommen – zweier Führungsgestalten, die sich laut Prophezeiung durch das Herausziehen eines Schwertes aus einem Stein zu erkennen gegeben hatten. Dann schüttelte sie sich und lachte über die Vorstellung, dass sich die Sterne jemals vor ihr verneigen könnten.

Es war ein paar Stunden her, dass sie das Schlafquartier der Dienstboten verlassen hatte. Ihre steifen Gelenke schmerzten, doch sie wartete weiter, die Augen auf den Holzpavillon am anderen Ende des ummauerten Gartens fixiert. An dessen Seiten kletterten weiße Rosen empor, die ihre Stacheln im Schatten verbargen und deren Knospen jederzeit erblühen konnten.

Im Gebüsch raschelte es und Cass spannte alle ihre Muskeln an, doch es war nur eine Maus, die unter den Blättern entlangtrippelte.

Während Cass ihr reglos zuschaute, witterte sie mit bebenden Schnurrhaaren, dann richtete sie ihre Ohren auf den Pavillon und verschwand genauso schnell, wie sie aufgetaucht war. Cass spürte, dass ihr Puls schneller ging. Sie spähte angestrengt auf die andere Seite des Gartens, wo jetzt eine große, in einen Umhang gehüllte Gestalt erschien, die über das Gras langsam auf sie zukam.

Das war ihre Chance. Die Gelegenheit, Artus gegenüberzutreten, ihre Identität preiszugeben und ihn zu beschwören, seine Armee zu mobilisieren und den Norden zu schützen. Und doch zögerte sie. Wenn sie jetzt aufstand, würde sich alles ändern. Es gab dann kein Zurück mehr.

Sie wartete erstarrt, während die Schritte näher und näher kamen.

Plötzlich fand Cass sich aufrecht stehend wieder. Ihre Beine hatten sich aus eigenem Antrieb bewegt; später würde Cass schwören, dass sie niemals beschlossen hatte, sich zu erheben. Im selben Augenblick zog der Mann die Kapuze seines Umhangs vom Kopf und enthüllte nicht Artus' glänzende Krone, sondern die ergraute und verfilzte Mähne seines Beraters Merlin.

»Hast du dich verlaufen, kleines Mädchen?«, fragte er in einem Tonfall, der keine Frage war, sondern eine Drohung. Jetzt wurde Cass klar, dass er nicht zufällig anstelle des Königs auftauchte. Er hatte sie beobachtet. Auf sie gewartet. Wie eine sprungbereite Katze im Schatten.

»Warum bist du hergekommen?«, fragte Merlin. »Was willst du?«

Cass erwog ganz kurz, ihm zu erzählen, sie wäre eine einfache Serviererin, doch als sie in seine eiskalten blauen Augen schaute, wusste sie, dass es keinen Sinn hatte, ihn zu belügen. Merlin wusste ganz genau, wer sie war, seit er sie erblickt hatte. Also entschied sie sich, alles zu riskieren und die Wahrheit zu sagen.

»Ich bin gekommen, um Artus vor einer großen Gefahr zu warnen. Die Sachsen rotten sich in größerer Zahl zusammen, als er ahnt und –«

Er schnitt ihr das Wort ab, bevor sie ihn vor den Schotten warnen konnte.

»Hier gibt es nichts für dich zu tun, Mädchen. Dies ist Artus' Königreich, und zwar ausschließlich seins.«

Cass blinzelte überrascht.

»Wenn du hinter Gold her bist, werden dich meine Männer mit ganzen Truhen voll davon nach Hause eskortieren, aber du musst schwören, dass du niemals zurückkehrst.«

»Gold? Nein, ich …«

»Artus wird niemals erfahren, dass du existierst«, zischte Merlin mit wütend blitzenden Augen. »Daran kannst du nichts ändern, egal was du tust. Er ist der höchste König, seine Krone ist die Krone ganz Britanniens.«

Cass spürte, wie tiefe Enttäuschung und Scham in ihr aufstiegen und in ihrem Magen brannten. Glaubte Merlin, dass sie Artus' Krone stehlen wollte?

»Mich interessiert der Thron nicht«, rief sie wütend. »Doch wenn Ihr meine Warnung nicht ernst nehmt, wird Artus alles verlieren …«

Merlin machte einen Schritt auf sie zu. Unvermittelt war ein langes, dünnes Messer mit grausam scharfer Klinge in seiner Hand aufgetaucht. »Du hast den König bedroht«, raunte er sehr leise und Cass spürte die noch sonnenwarmen Ziegelsteine im Rücken. Sie konnte sich nicht weiter zurückziehen.

Doch genau in dem Moment, als Merlin das Messer hob, bewegte sich etwas auf der Mauerkrone über ihrem Kopf. Ein Schatten landete wie eine Katze neben ihr, schleuderte eine Handvoll Erde und Kies in Merlins Augen und ergriff ihre Hand.

»LAUF!«

Das ließ Cass sich nicht zweimal sagen. Gemeinsam rannten

sie quer durch den Garten ins Schloss zurück, während Merlins schwere Schritte ihnen folgten.

»Wohin …?«, keuchte Cass, doch Astra zog sie einfach weiter. Cass fürchtete, sie könnte ihr in ihrer Eile die Schulter auskugeln. Sie rannten eine Wendeltreppe hinauf, einen von Fackeln erleuchteten Korridor entlang, stolperten über luxuriöse Teppiche und an Wandnischen vorbei, in denen Unheil verkündende Statuen ernster Männer standen. Hinter sich vernahm Cass ein Krachen und unterdrückte Flüche, als Merlin gegen irgendetwas stieß, doch sie hielt weder an noch schaute sie zurück, obwohl ihre angestrengte Lunge höllisch schmerzte.

»Bin vorhin … Dienstmagd gefolgt … die dem König Essen brachte … in seine Gemächer«, keuchte Astra, um zu erklären, woher sie den Weg kannte. Cass dankte insgeheim den Sternen dafür, dass sie an jenem Tag im Wald eingeschritten war und Astra in die Schwesternschaft mitgenommen hatte.

Doch sie ermüdete. Sie stolperten immer öfter, rannten langsamer, und Cass wusste nicht, wie lange sie noch durchhalten konnte. Sie quälten sich eine weitere Wendeltreppe hinauf, und dabei sah sie Merlins Schatten schreckenerregend an der Wand hinter ihnen aufsteigen.

Schließlich erreichten sie einen langen Korridor und Astra gestikulierte wild in Richtung einer Tür an dessen Ende. Als sie sich näherten, sprang eine Gruppe von sechs Wachen von ihren Stühlen auf und rannte ihnen mit gezückten Waffen entgegen. Cass und Astra zögerten, doch als sie sich umsahen, erschien Merlin grunzend am Kopf der Treppe. Er schwitzte und raste vor Wut. Sie wandten sich wieder den schreienden Wachen zu, die ihre Schwerter reckten und sie lautstark zur Kapitulation aufforderten.

Cass ging langsam in die Knie und schloss die Augen. Sie wusste nicht, ob der Todesstoß von vorne durch ein Schwert oder von hinten durch ein Messer ausgeführt werden würde.

Einen langen, quälenden Moment lang herrschte Stille. Dann hörte sie das Schlurfen von Füßen. Sie öffnete die Augen und schaute in diese blaugrünen Augen, die ihren eigenen so ähnlich waren.

26

Cass hatte die Räume der Königin als prächtig empfunden, doch im Vergleich mit den Gemächern von Artus wirkten sie armselig. Auf jedem freien Platz standen oder lagen prachtvolle Gegenstände: Dolche mit juwelenbesetzten Scheiden, in Leder gebundene Manuskripte, auf deren aufgeschlagenen Seiten außergewöhnlich detaillierte Landkarten zu sehen waren. Jeder Zentimeter des Steinbodens war mit dicken, luxuriösen Bärenfellen oder anderen glänzenden Fellen bedeckt. Die Möbel bestanden aus dunklem, schön gemasertem Holz – Stühle mit Scherenbeinen, in deren Rücken- und Armlehnen Früchte und Blattwerk geschnitzt waren, mit Seiden- und Samttüchern behängte Raumteiler sowie ein riesiger Tisch, dessen Kante mit poliertem Silber beschlagen war. In Leuchtern brannten Fackeln. Von dem Raum gingen mehrere Türen ab – vermutlich führten sie zu den Schlaf- und Ankleideräumen sowie zum Bad des Königs.

Sie stand mit Astra verlegen auf dem Teppich vor dem Kamin, während Artus und Merlin sie kaum eines Blickes würdigten.

»Ich war gerade dabei, diese Eindringlinge aus dem Schloss zu werfen, Mylord«, erklärte Merlin beiläufig. Cass fiel auf, wie schnell er sich wieder gefasst hatte. »Es gibt keinen Grund, warum Ihr Euch mit ihnen befassen solltet.«

»Sie wurden dabei erwischt, wie sie in meine Gemächer einzudringen versuchten«, antwortete Artus, der besorgt auf und ab ging. »Ich befasse mich bereits mit ihnen.«

»Das tut mir leid, Eure Majestät.« Merlin trat auf Astra und Cass zu, als wollte er sie am Arm packen und zur Tür zerren.

»Wagt es nicht«, fauchte Astra und bleckte ihre kleinen weißen Zähne. Artus blickte sie überrascht an.

»Wir haben wichtige Nachrichten für den König«, warf Cass so schnell ein, wie sie konnte. Sie wünschte, Artus würde sie anschauen, wirklich anschauen. Doch er schien so abgelenkt, dass er lediglich einen beiläufigen Blick auf sie warf, während sie sprach.

»Das sind Bettlerinnen«, meinte Merlin mit kühler Herablassung. »Sie erzählen Geschichten, um das Mitgefühl des Königs zu wecken. Es tut mir leid, dass Ihr gestört wurdet, Mylord, wo Ihr Euch doch gerade mit so wichtigen Angelegenheiten befassen müsst.« Er nickte in Richtung des mit Silber eingefassten Tisches, auf dem sich jede Menge Schriftrollen mit aufgebrochenen Wachssiegeln, Schreibfedern und Tintenfässer befanden. Cass spürte, wie es ihr ganz eng ums Herz wurde vor Angst und Beklemmung. Er wusste nicht, was er tun sollte, er konnte es nicht tun, er konnte nicht König sein …

Wieder hatte sie das Gefühl, von schrecklicher Angst übermannt zu werden, doch sie setzte sich dagegen zur Wehr, indem sie die Fingernägel in ihre eigene Handflächen presste und sich selbst daran erinnerte, dass sie Cass war: Sie stand mit beiden Beinen auf dem weichen Teppich; sie riskierte, von Merlin weggezerrt zu werden, bevor sie eine Gelegenheit hatte, Artus von den Sachsen zu berichten; und das hier war vielleicht ihre einzige Chance.

»Die Sachsen rotten sich bei Deva zusammen«, sagte sie laut und deutlich und Merlin erstarrte.

»Das wissen wir«, schnitt ihr Artus das Wort ab, jetzt in schärferem Tonfall. Er kniff seine Augen zusammen. »Ist das hier wieder ein Trick von Safir? Die Bedrohung ist unter Kontrolle. Und wenn du versuchst, meine Autorität als König zu untergraben …«

Cass spürte, wie sich ihr Magen panisch zusammenkrampfte. »Ich bin gekommen, um Euch zu warnen, dass sich die sächsischen Armeen nicht nur bei Deva sammeln«, sprach sie so schnell weiter, dass sie mit den Worten ins Stolpern kam. »Sie haben sich weiter im Norden mit den Schotten zusammengetan und planen, gemeinsam ihre Ländereien zu vergrößern.«

Artus' Miene versteinerte. Er trat mit ausgestreckter Hand auf sie zu, als wollte er sie würgen. Doch dann erstarrte er plötzlich und jede noch verbliebene Farbe wich vollständig aus seinem Gesicht. Er starrte auf den Anhänger, den Cass am Hals trug.

»Woher weißt du das?«, flüsterte er heiser. Cass wurde von der Unsicherheit und dem Schmerz überflutet, die sich in ihm regten – die sich beim Anblick des Anhängers in ihnen beiden regten –, und konnte nicht antworten.

»Wir sind Mitglieder einer Schwesternschaft«, mischte sich Astra mit klarer und fester Stimme ein. »Einer Gruppe von Ritterinnen.« Sie machte eine Pause, damit Merlin, wie nicht anders zu erwarten, verächtlich schnauben konnte. »Wir haben unsere Ländereien gegen sächsische Räuberbanden verteidigt und von unseren Kundschafterinnen haben wir erfahren, dass der Rest ihrer Streitmacht im Norden eine Allianz mit den Schotten geschmiedet hat.«

Cass musste sich zusammennehmen, um zu sprechen. »Eure Majestät, bitte gewährt mir eine Privataudienz, damit ich es Euch erklären kann. Es gibt noch mehr Nachrichten …«

Artus zögerte. Er wirkte wie benommen und blickte automatisch Rat suchend zu Merlin.

»Ritterinnen, sagst du?«, fragte Merlin mit einem Grinsen.

»Ja. Wir haben Trophäen, mit denen wir es beweisen können. Ihr werdet sehen, dass sie sächsischen Ursprungs sind.«

»Ein bisschen mehr als das braucht es schon, wenn ihr uns überzeugen wollt, dass wir deine Geschichte ernst nehmen sollen«, sagte Merlin herablassend. Cass verließ der Mut. »Morgen startet das

Turnier«, fuhr er fort und Cass bemerkte, dass seine Augen plötzlich inspiriert funkelten. »Wenn du das bist, was du behauptest …« Er musterte Cass ein weiteres Mal wie ein Raubtier seine nächste Beute. »… dann nimm teil. Beteilige dich am Wettkampf, und wenn du wirklich ritterlich ausgebildet bist und wenn du dann auch noch Erfolg hast, dann hört sich der König an, was ihr zu sagen habt.«

Cass spürte, wie Wut und Enttäuschung ein weiteres Mal in ihr hochkochten, und lehnte sich mit geballten Fäusten in seine Richtung. »Dafür haben wir keine Zeit. Wir haben keine Zeit, um Spielchen zu spielen und einander zu misstrauen. Wahrscheinlich marschieren die Sachsen und die Schotten schon jetzt in Richtung Süden. Jeden Tag könnten Menschen ihr Heim verlieren und ihre Dörfer geplündert werden. Das alles ist nur einige Tagesritte von hier entfernt, wir haben keine Zeit zu verschenken.«

Doch Merlin grinste lediglich mit seinen schlechten, verfärbten Zähnen. »Wenn du das Recht erwerben willst, vom König angehört zu werden, dann musst du kämpfen.«

27

Cass schwitzte unter ihrer Rüstung und umfasste ihre geliehene Lanze fester.

Seit Wochen hatte sie sich darauf konzentriert, einsatzbereit für die Schlacht zu werden, indem sie das Bogenschießen vom Pferderücken geübt und ihren Schwertarm trainiert hatte. Es war schon so lange her, dass sie in einem Turnier angetreten war, dass sie fürchtete, alles vergessen zu haben, was man ihr beigebracht hatte.

Der Turnierplatz war prächtiger als alle, die sie bisher gesehen hatte. Die Zelte der Ritter waren aus sauberem, farbigem Tuch, mit Goldquasten gesäumt, und darin wurden den Wettbewerbern Früchte und Wein angeboten. Cass hatte allerdings keinen Tropfen angerührt. Parallel zu den Planken war eine beeindruckende hölzerne Tribüne errichtet worden, über der Wimpel flatterten, und überall drängten sich die Flügel und Krallen von Artus' rotem Drachen förmlich auf.

Man hatte Cass gestattet, ihr Pferd und ihre Rüstung aus der Stadt zu holen. Astra lief schnellen Schrittes neben ihr her und kaute auf ihrer Unterlippe.

»Die Sache gefällt mir nicht«, hatte sie besorgt angemerkt. »Das riecht nach einer Falle.« Sie hatte darauf bestanden, sich auf dem Korridor vor Merlins Gemächern zu postieren, wobei sie stets einen Wischlappen und einen Krug Wasser dabeihatte, damit sie jederzeit vorgeben konnte, beschäftigt zu sein, falls man sie zur Rede stellte. In Wirklichkeit jedoch merkte sie sich ganz genau, wer zum obersten Berater des Königs kam und wieder ging.

Während Cass Pebble zum Turnierplatz führte, war Astra wie von Zauberhand an ihrer Seite aufgetaucht. Sie neigte den Kopf und flüsterte:

»Du musst aufpassen. Nachdem du die Erlaubnis bekommen hast, Pebble zu holen, hat einer von Artus' Kammerdienern Merlins Gemächer betreten und es kam zu einem lautstarken Streit. Es hörte sich so an, als ob Merlin ihn beschimpfte, und dann krachte und polterte es, als würde er vor lauter Wut Möbelstücke umwerfen. Ich bin näher an seine Tür herangerobbt und habe ihn brüllen gehört. Irgendwas darüber, dass du deine eigene Rüstung hast und deshalb wohl trainiert worden sein musst …« Sie verstummte plötzlich und machte diskret einen Schritt von Cass weg, als zwei Ritter an ihnen vorbeiritten, sodass es aussah, als ob sie beide zufällig in dieselbe Richtung unterwegs waren.

Als die Ritter sie überholt hatten, fuhr Astra schnell fort. »Danach hat er Lancelot zu sich bestellt, der ziemlich lange bei ihm geblieben ist, aber ich konnte leider nicht hören, worüber sie geredet haben.«

Sie mussten das Gespräch beenden, denn sie hatten die Ritterzelte erreicht. Astra wandte sich von Cass ab, um sich einen Tribünenplatz zu suchen.

Cass zog im grellen Sonnenlicht eine Grimasse. Sie überblickte das saftig grüne Gras und die in Rot und Gold gestrichenen Planken. Pebble schnaubte und stampfte ungeduldig mit den Hufen; sie war genauso begierig wie Cass, sich in den Kampf zu stürzen.

Cass zog ein paar neugierige Blicke auf sich, doch die meisten Mitglieder der Tafelrunde, die an ihr vorbeieilten, waren so sehr mit ihrer eigenen Rüstung und ihren eigenen Waffen beschäftigt, dass sie sie nicht einmal zu bemerken schienen – sie, die inmitten einer Schar niederrangiger Ritter am Turnier teilnahm, die allesamt ihr Glück versuchen wollten. Der Ruhm, den ein Turnier in Camelot versprach, war einzigartig.

Der König saß auf einem gepolsterten Stuhl in der Mitte der ersten Reihe der Tribüne, mit Guinevere an seiner Seite, die ein blassrosa Seidengewand trug. Cass fand, dass die beiden mit ihrer steifen Haltung, ihrer perfekten Kleidung und ihren zueinander passenden goldenen Kronen wie Puppen wirkten. Hinter ihnen, wie immer an Artus' Schulter, thronte Merlin, dessen Augen unaufhörlich über die Tribüne, die Ritterzelte und den Platz streiften. Er war in lange, schwarze Kleidung gehüllt und saß ein wenig buckelig da.

Während sie den Platz überquerte, um ans andere Ende der Planken zu gelangen, spürte Cass für einen Moment den Blick der Königin auf sich; dann richtete Guinevere den Kopf jedoch sogleich wieder gerade nach vorn, als wäre Cass jemand, den sie noch nie gesehen hatte. Und obwohl sie nichts anderes erwartet hatte, musste sich Cass eingestehen, dass sie der Ärger der Königin über ihre Täuschung ein wenig betrübte.

Cass wartete, während der Platzmeister die erste Runde ankündigte. »Sir Gawain reitet gegen Sir Bedivere«, rief er laut und die Menge jubelte zustimmend, als die beiden Ritter in die Arena sprengten und die Jubelrufe entgegennahmen. Gawain zwinkerte dem Publikum mit dem Helm unter einem Arm jovial zu und es belohnte ihn mit noch mehr Jubel und Applaus. Die Begegnung mit einem der bekanntesten Ritter der Tafelrunde riss alle mit. Bedivere war ein gut aussehender Ritter mit dunkelbrauner Haut und einem Kahlkopf, der in der Sonne glänzte. Beide trugen den gleichen Schild mit Drachen-Insignien und auf der Spitze ihrer Lanzen steckten Holzkugeln, die schweren Verletzungen vorbeugen sollten.

Die Ritter begaben sich zu den gegenüberliegenden Enden der Planken, setzten ihre Helme auf und klemmten sich ihre Lanzen unter den Arm. Die Menge wurde still und aufmerksam, alle warteten auf das Signal der Trompeten. Da kam es, stieg in den klaren, blauen Himmel auf und die Ritter gaben ihren Pferden die Sporen. Sie galoppierten mit furchterregender Geschwindigkeit aufeinander zu. Die Hufe ihrer gigantischen Schlachtrösser wirbelten ganze Grassoden auf und verstreuten sie hinter sich.

Sie trafen mit dem Donnerschlag zersplitternden Holzes aufeinander. Beide Lanzen zerbarsten, doch trotz der Stärke des Aufpralls wurde keiner der Ritter aus dem Sattel gehoben. Die Menge brach in Applaus aus, als sie sich umdrehten, um einander mit frischen Lanzen, die ihre Knappen ihnen eilig anreichten, erneut gegenüberzutreten.

Diesmal zielte Gawain etwas anders und traf Bedivere genau am Rand von dessen Schild, sodass er sich drehte und den Ritter aus dem Gleichgewicht brachte. Er fiel krachend zu Boden, während sein Pferd reiterlos weiterlief. Bedivere stand unverletzt wieder auf, nahm den Jubel der Menge entgegen und der triumphierende Gawain riss sich den Helm vom Kopf und grinste breit. Dann nahm er seinen Platz an den Planken wieder ein und wartete auf den nächsten Herausforderer.

Ein weiterer kam, dann noch einer, und Gawain entledigte sich ihrer aller mit der gleichen gewaltigen Kraft und Präzision. Er blieb die ganze Zeit trotz der enormen Wucht der gegnerischen Lanzen fest im Sattel. Cass ignorierte die anderen schmausenden und trinkenden Ritter, die vor den Ritterzelten im Gras lagen und auf ihren Einsatz warteten, und beobachtete ihn genau.

Sie studierte jedes Detail von Gawains Technik: wie er seinen Schildarm ganz unbeweglich hielt, wie er seine Lanze im Moment des Aufpralls kaum merklich nach oben bewegte und so seine Gegner aus dem Gleichgewicht brachte. Und ein- oder zweimal sah sie, wie er mit einer so kleinen Bewegung, dass sie beinahe glaubte, sie hätte sie sich nur eingebildet, seinen Schild auf dem Knie abstützte und sein linkes Handgelenk in dem Kampfhandschuh ein wenig drehte, als ob es ihm Schmerzen bereitete. Dann wirbelte er herum, um erneut anzutreten, unbesiegbar wie zuvor und mit stolz erhobenem Schild. Doch Cass fiel auf, dass er seinen Schild sehr still hielt und die Lanzenstöße eher abprallen ließ, als sie zu parieren. Da fiel ihr wieder ein, dass er beim Witan gesagt hatte, er sei beim letzten Turnier verletzt worden.

Die Runden gingen weiter und weiter, jede noch beeindruckender als die vorhergehende. Der schlanke Galahad wurde durch die Kraft von Gawains Lanze derart wuchtig aus dem Sattel gehoben, dass er regelrecht durch die Luft flog, ehe er mit lautem Metallscheppern und Krachen von Holz auf dem Boden kurz vor der Zuschauertribüne landete. Doch gestützt von einem Knappen stand er wieder auf und stolperte vom Feld. Er schien lediglich außer Atem zu sein und Gawain sah ihm erleichtert nach.

»Sir Gawain …«, begann der Platzmeister erneut. Als ein Bediensteter ihm etwas ins Ohr flüsterte, nahm seine Stimme einen leicht skeptischen Tonfall an. »… reitet gegen Cassandra von der geheimnisvollen Schwesternschaft der sogenannten Ritter*innen*.«

Einen Augenblick lang trat auf dem Turnierplatz absolute Stille ein, doch dann explodierten die Ritterzelte und die Tribüne mit lautstarkem Gebrüll. Cass saß wie betäubt im Sattel und sah sich alles wie aus großer Entfernung an, während wütende Ritter mit dem Platzmeister stritten und andere mit offenem Mund glotzten und mit dem Finger auf sie zeigten. Manche lachten, andere spotteten und stachelten sie an.

Sie sah, dass sich der Platzmeister mit fragendem Gesichtsausdruck an Artus wandte und der König nickte.

»Nehmt eure Positionen ein«, rief der Platzmeister und schüttelte die Ritter ab, die weiterhin protestierten und laut murrend zu ihren Zelten zurückstapften.

Cass spürte, wie die Energie sie durchflutete. Auch Pebble schien es gemerkt zu haben, denn sie rannte so überraschend los, dass Cass beinahe aus dem Sattel rutschte. Während sich Cass zu fangen versuchte, ließ sie ihre Lanze fallen. Das Publikum sprang auf und überschüttete sie mit Hohngelächter. Irgendetwas traf sie am Helm und spritzte feucht durch ihr offenes Visier. Cass verfiel kurz in Panik, bis sie feststellte, dass es sich lediglich um eine faule Tomate handelte. Deren Saft rann unangenehm und widerlich riechend an ihrem Hals herab.

Cass rückte sich im Sattel zurecht und straffte die Schultern. Sie versuchte das Gespött und die Beleidigungen des Publikums auszublenden, das jetzt rief, ihr Platz sei in der Küche und nicht auf dem Rücken eines Pferdes. Dankbar nahm sie die Lanze entgegen, die ihr ein Knappe wortlos anreichte, und manövrierte Pebble zur Startposition am Ende der Planken.

Gawain wirkte genauso schockiert wie die anderen, doch er hatte, wie Cass dankbar feststellte, weder gespottet noch protestiert, sondern nickte ihr höflich zu, als er seinen Helm aufsetzte. Die Zwischenrufe der Menge ignorierend, klemmte Cass sich die geliehene Lanze fest unter die Achsel, wie Sigrid es ihr beigebracht hatte. Auf diese Weise konnte ihr Ellenbogen das Gewicht tragen, nicht ihr Handgelenk. Sie machte den Rücken gerade, schloss ihr Visier und konnte jetzt nur noch einen schmalen Ausschnitt sehen. Sie konzentrierte sich auf Gawain und blendete alles andere aus, während sie auf das Trompetensignal wartete.

Endlich erklang es und trieb sie wie ein ungestümer Weckruf voran. Pebble genoss es, endlich losrennen zu können, und galoppierte mit wehender Mähne an den Planken entlang.

Cass hatte den Eindruck, sich in Zeitlupe zu bewegen. Jeder Muskel ihres Körpers war zum Zerreißen angespannt, jeder Nerv bebte in dem Bewusstsein, was alles auf dem Spiel stand. Sie musste unbedingt Erfolg haben, damit sie mit Artus sprechen und ihn davon überzeugen konnte, wie ernst die Lage in Nordhumbrien war. Sie musste ihn beschwören, seine Armee als Verstärkung zu entsenden. Und natürlich wollte sie den Bruder kennenlernen, von dem sie nichts gewusst hatte.

Sie sah Gawain so langsam heranreiten, als würde die Zeit nur noch kriechen. Seine Bewegungen waren elegant und perfekt auf sein galoppierendes Pferd abgestimmt.

Sie hörte weder die schreienden Zuschauenden noch spürte sie die Rüstung auf ihrer verschwitzten Haut oder die Anstrengung vom Gewicht der Lanze. Sie konzentrierte sich voll und ganz auf den sich nähernden Ritter und den Punkt am unteren Rand seines Schilds, den sie treffen musste, um die Schwäche in seinem Handgelenk ausnutzen zu können und überhaupt eine Chance zu haben, ihn zu besiegen. Nur zwei Zentimeter zu tief und sie würde seinen Schild komplett verpassen; zwei Zentimeter zu hoch und sie würde genau in die Mitte des Schildes treffen und ihm erlauben, den Stoß abprallen zu lassen und sie dank seiner viel größeren Körperkraft aus dem Sattel zu heben.

Sie atmete konzentriert und hielt ihren Arm unbewegt, wie Sigrid es ihr vor all diesen Monaten auf der Wiese beigebracht hatte. Damals hatten sie das Zielen perfektioniert, indem sie goldene Ringe mit der Lanze aufgespießt hatte. Doch hier gab es keine goldenen Ringe, keine strenge Lehrerin, die ihr Befehle und Ratschläge zurufen konnte. Hier war nur Cass mit ihrer Lanze, und der Schild des Gegners näherte sich jetzt so schnell, dass er beinahe über ihr zu schweben schien.

Cass hielt den Atem an, stabilisierte ihren Arm und schwang ihre Lanze herab, sodass deren Spitze genau den Teil des Schildes traf, der Gawains Handgelenk verbarg. Er drehte sich mit einem Schmerzensschrei zur Seite und seine Lanze schwang herum. Cass duckte sich schnell, sodass sie wirkungslos über ihren Kopf hinwegsegelte und ihr Gewicht den Reiter aus dem Gleichgewicht brachte. Er rutschte aus dem Sattel und stürzte ins Gras.

Dann ging alles plötzlich mit normaler Geschwindigkeit und

normaler Lautstärke weiter. Von der Tribüne erklangen Wellen von Buhrufen und Schreien, die in ihrem Helm widerhallten. Sie näherte sich den grell vor ihren Augen tanzenden bunten Ritterzelten und der Platzmeister gab bekannt, dass sie das Lanzenstechen gewonnen hatte. Sie warf einen Blick zur Tribüne und sah, dass Artus höflich klatschte, während Merlin hinter ihm die Zähne fletschte.

Gawain stand mühsam auf. Er wirkte ein wenig benommen und Cass sah, dass ihn seine Brüder von den Ritterzelten her auslachten. Aber er nickte Cass zu und verließ den Platz, während er sich sein Handgelenk rieb.

Doch es war noch nicht vorbei. Die anderen Ritter hatten abgesessen und ihre Schwerter gezückt. Ihr höhnisches Lachen hatte sich in leises Gemurmel verwandelt. Cass, die Merlins finstere Miene wahrnahm, wurde klar, dass sie auch im Nahkampf siegen musste, wenn sie seine Bedingungen erfüllen wollte, um den König zu treffen.

Cass musterte vorsichtig die anderen Ritter. Ihre Rüstungen waren neuer und teurer als ihre eigene und bestanden zu größeren Teilen aus Metall. Ihre Schwerter waren kunstfertig geschmiedet und Cass wusste wie jeder andere in Britannien von ihrer außergewöhnlichen Kampfkraft. Wirklich jeder einzelne der Ritter der Tafelrunde war weitaus größer und schwerer als sie selbst. Wenn überhaupt, hatte sie lediglich einen Vorteil: Dieses Turnier war anders als diejenigen, an denen sie bisher teilgenommen hatte. Sonst kämpfte immer nur ein Ritter mit einem anderen, doch hier musste sie nacheinander gegen viele Gegner antreten. Sie wusste, dass ihr Stehvermögen besser für heftige, schnelle Kampfrunden taugte als für eine lang gezogene Schlacht. Vor allem deshalb, weil der einzige strategische Vorteil, den sie hatte, im Überraschungsmoment bestand.

Sie hatten gesehen, wie unsicher sie im Sattel gewesen war. Sie hatten gesehen, wie sie ihre Lanze fallen ließ. Sie hatten das Gelächter und den Spott der Menge gehört. Und die meisten von ihnen dachten vermutlich, dass sie nur aus Zufall den Sieg über Gawain errungen hatte.

Sollen sie doch, dachte sie finster. Als sie auf ihren ersten Gegner zuschritt, zog sie absichtlich ein Bein etwas nach, damit es so aussah, als wäre sie verwundet. Sie ließ in gespielter Erschöpfung die Schultern und den Kopf hängen. Und obgleich ihr Rubinschwert vor Einsatzbereitschaft geradezu zu vibrieren schien, zwang sie es, lahm über den Boden zu schleifen.

Wenig überraschend stieß Sir Lancelot ein verächtliches Lachen aus, als der Platzmeister erklärte, dass er als Erster mit Cass in den Kampfring steigen sollte.

»Ich kämpfe doch nicht ernsthaft gegen dieses kleine Mädchen!«, protestierte er viel lauter als nötig, damit die ganze Zuschauermenge es mitbekam. »Das strengt mich doch weniger an, als wenn ich eine streunende Katze aus meinen Gemächern schmeiße.«

Die Menge genoss die Posse. Sie lachten und skandierten spöttische Verse, während Cass einfach dastand. Sie spürte, dass ihre Wangen brannten, setzte jedoch entschlossen eine ausdruckslose Miene auf.

»Dann wird es ja ein kurzer Kampf, Sir«, antwortete sie, setzte den Helm auf und hob endlich ihr Schwert.

Lancelot, der die Arme ausgebreitet hatte, um die Absurdität der Lage zu unterstreichen, wandte sich jetzt direkt an Artus. »Mylord, wie meine ritterlichen Mitstreiter der Tafelrunde bezeugen können, bin ich ein großer Freund der Damenwelt. Ich kann nicht gegen eine Frau kämpfen.«

Das Publikum murmelte zustimmend, doch durch ihren Visierschlitz bemerkte Cass, dass die anderen Ritter einander Blicke zuwarfen. Zum ersten Mal fragte sie sich, wie viele andere Frauen es außer Elaine noch gab und wie viele von ihnen nicht das Glück hatten, einen Zufluchtsort wie die Schwesternschaft zu finden.

Glühende Wut stieg in ihr auf. Sie trat einen Schritt vor und hieb fest gegen Lancelots Schild. »Es reicht! Lasst uns anfangen!«

Artus nickte und Lancelot drehte sich schnell zu ihr um. Seine breite und massige Erscheinung war so imponierend wie eine Mauer aus Stein.

»Tretet in den Kreis«, verlangte der Platzmeister und zeigte auf eine grob in die Wiese gezogene runde Furche. Der Durchmesser des Kreises entsprach etwa einer Pferdelänge. »Wer als Erster vollständig aus dem Ring tritt, ergibt sich.«

Cass spürte ein Kribbeln in der Magengrube. Sie hatte diesen Kampfstil nie trainiert, obwohl Rowan ihr davon erzählt hatte. Es handelte sich um eine populäre Art des Turnierkampfes, bei der Ritter ihre Geschicklichkeit und ihr Können miteinander maßen, ohne einander schwere Wunden zuzufügen. Denn natürlich wollte Artus keinen seiner Männer verlieren. Sie merkte, dass Lancelot einen schnellen Seitenblick zur Tribüne warf, als er mit dem Daumen die Schärfe seiner Schwertklinge prüfte. Doch er sah nicht den höchsten König an, sondern Merlin, der ihm kaum merklich zunickte.

28

Cass trat in den Kreis und stellte beide Beine fest ins Gras. Doch noch bevor sie sich sammeln konnte, bevor sie auch nur ihren Schild heben konnte, griff Lancelot sie bereits an. Er war ein Wirbelsturm aus Stahl und Muskeln.

Cass hatte Mühe, aufrecht stehen zu bleiben. Um ihres schieren Überlebens willen hatte sie keine Chance, über einen Gegenangriff oder einen Konter nachzudenken. Sie presste den Knauf ihres Schwertes von innen gegen ihren Schild und benutzte beide Hände, um ihn den auf sie niederregnenden Hieben entgegenzustrecken. Lancelots Druck war so groß, dass sie nicht anders konnte, als einen Schritt rückwärts zu machen. Ihre Füße kamen dem Rand des Kreises immer näher, doch sie konnte nichts dagegen tun. Er drängte sie immer weiter zurück.

Lancelots Plan war klar. Er wollte sie mit seiner ganzen Kraft aus dem Kreis heraustreiben, noch bevor der Kampf richtig begonnen hatte.

Cass merkte, dass ihr rechter Stiefelabsatz nachgab. Sie war an der Furche im Gras angekommen. Lancelots Augen blitzten triumphierend hinter seinem Visier; er war siegesgewiss. Die Menge tobte, skandierte seinen Namen und war begierig, ihrem Helden dabei zuzusehen, wie er die Hochstaplerin mit einem schnellen und vernichtenden Sieg demütigte.

Er hielt einen kurzen Moment inne, um an seinem Schwert umzugreifen, und das war der Sekundenbruchteil, den Cass zum Nachdenken brauchte.

Ehe er das nächste Mal zuschlagen konnte, duckte sie sich und sprang mit einer schnellen Rolle an ihm vorbei, sodass sie wieder in der Mitte des Kreises landete. Er wirbelte zu ihr herum. Cass fragte so leise, dass es niemand anders hören konnte: »Ein großer Freund der Damenwelt?«

Er holte erneut mit seinem Schwert aus und sie fing den Stoß mit der Mitte ihres Schildes ab, nicht ohne einen Schritt nach hinten zu stolpern. Dann richtete sie sich schnell wieder auf.

»Ich habe eine Freundin, die das ein wenig anders sieht.«

Das funktionierte. Er holte wieder mit dem Schwert aus, doch diesmal traf er nicht genau dahin, wo er wollte. Die Klinge prallte an der Schildkante ab und gab ihr so die erste Chance, ihr eigenes Schwert zu erheben.

»Sie hat gerade ein Baby bekommen, einen hübschen kleinen Jungen.«

Lancelot schnappte unter seinem Helm hörbar nach Luft.

Cass legte ihre gesamte Energie in ihren ersten Schwerthieb, und während sie das Schwert schwang, rief sie: »SIE HEISST ELAINE!«

Die Klinge krachte auf Lancelots Schild und er stolperte ein paar Schritte nach hinten. Cass hörte, wie die Zuschauer japsten und dass auf der Tribüne getuschelt wurde. Sie nutzte ihren Vorteil aus, indem sie ihr Schwert bereits wieder erhob, bevor er sich gefangen hatte, und versetzte ihm einen Stoß in die Hüfte unterhalb des Schildes. Er stöhnte auf, obwohl sein Kettenpanzer verhinderte, dass Cass' Stich seine Haut aufritzte.

Lancelot erholte sich schnell von dem Schreck und war jetzt nur noch wütender, weil sie ihn vor sich hergetrieben hatte. Er griff sie mit aller Gewalt an und einen Augenblick lang musste Cass an Gamelin und seine Geschichte von dem Bullen denken, der ihn und seine Schwester in ihrer Kindheit gejagt hatte. Sie sah Gamelins Lachfältchen und bernsteingesprenkelte Augen vor sich. Dann schmetterte Lancelots Schwert ihres mit einem Klirren beiseite, das über den ganzen Platz hallte und in ihrem Handgelenk einen grellen Schmerz auslöste.

Doch der Treffer hatte ihr Schwert erweckt – Cass spürte, wie seine Kraft in ihrer Hand zu glühen begann und ihr schmerzendes Handgelenk von einer sanften Wärme umhüllt wurde, die es zu schützen schien. Ihr Schwert zischte schneller als ein Blitz und leichter als eine Feder durch die Luft und schlug Lancelots Waffe beiseite, als handelte es sich um kaum mehr als einen Strohhalm.

Diesmal hörte Cass die Ausrufe des Publikums nicht und sie bekam genauso wenig mit, dass Lancelot unter seinem Helm ungläubig fluchte, dass Merlins Augen aufblitzten und dass Artus sich von seinem Stuhl erhob. Sie ging völlig in der Kraft auf, die sie überschwemmte, und tanzte zu einer Musik, die nur sie selbst wahrnahm. Sie parierte mit Leichtigkeit jeden Angriff, den Lancelot startete, wischte sein Schwert beiseite und erwiderte jeden seiner Stöße mit zweien ihrer eigenen – härter, schneller und gezielter als seine.

Nach und nach zwang sie ihn zum Rückzug. Zentimeter um Zentimeter kam sie voran. Dann stieß sie brutal von unten in seine ungeschützte Achselhöhle. Lancelot stieß einen Schmerzensschrei aus und machte einen Schritt nach hinten, sodass er sich mit einem Fuß außerhalb des Kreises befand.

Nun steigerte sich das Kreischen und Jubeln der Menge zu solcher Lautstärke, dass Cass aufsah und feststellte, dass Artus von der Tribüne aus in ihre Richtung gerannt kam. Dabei zog er sein eigenes Schwert, das berühmte Excalibur, doch er trug keine Rüstung und hatte auch keinen Schild.

»Ich übe mein Recht als König aus!«, brüllte er und Lancelot verließ ohne Widerworte den Kreis, in dem Artus nun seinen Platz gegenüber von Cass einnahm.

Ihr ganzer Körper bebte und vibrierte durch die goldene Kraft, die zwischen ihr und dem Schwert hin- und herfloss, doch als sie Artus anschaute, schien der ebenso zu glühen. Sein Schwert strahlte in einem überirdischen Licht. Immer wenn die beiden Waffen sich einander näherten, schienen knisternd Funken zwischen ihnen zu fliegen.

Es war wie ein Traum. Ein endloser Wirbel von Stößen und Paraden, Schwertstreichen und Finten, die derart schnell aufeinanderfolgten, dass Cass Mühe hatte, ganz bei sich selbst zu bleiben, während die Kraft durch ihre Adern pulsierte. Und dann war da die seltsam traumähnliche Erfahrung, ihm in die Augen zu sehen, die ihren eigenen so sehr ähnelten und in denen sich Grün und Blau mischten. Das blasse Gesicht mit den Sommersprossen war, als würde sie gegen ein Gespenst im Spiegel kämpfen.

Es schien Sekunden, Stunden, Tage so weiterzugehen. Sie jagten einander wie fließendes Wasser in dem Kreis herum, ohne dass einer von ihnen jemals auch nur mit einem Zeh über die Furche trat. Und die ganze Zeit dröhnten trotz der Unheimlichkeit und Erschöpfung vier Worte wie ein Trommelschlag in ihren Ohren: *Er ist mein Zwilling. Er ist mein Zwilling. Er ist mein Zwilling.* Sie wusste jetzt ohne jeden Zweifel, dass es stimmte, spürte es in ihren Knochen und kribbelnden Fingern und ihrer von der Kraft bebenden Haut.

Dann erklang der Ruf des Platzmeisters, dass ihre Zeit abgelaufen sei und der Kampf offiziell für unentschieden erklärt werde. Sie hielt benommen inne. Artus starrte sie nach Luft ringend an und wirkte genauso schockiert wie sie selbst, so als erwachte er gerade aus einem verwirrenden Tagtraum. Und ohne auf Merlin zu warten, ohne ein Wort mit seinen Rittern zu wechseln oder Cass' Hand zu schütteln, wie es gleichberechtigte Sieger normalerweise taten, sagte er einfach: »Komm mit.« Er ging in Richtung des Schlosses und erwartete, dass sie ihm folgte.

29

Als sie Artus' Gemächer erreichten, wies er die Wachen vor seiner Tür an, niemanden hereinzulassen, und strebte mit Cass auf seinen Fersen hinein.

Er ging quer durch den Raum auf zwei reich verzierte und mit Schaffellen belegte Sessel zu, die zu beiden Seiten eines riesigen offenen Kamins standen. Er zog den Stopfen aus einer Weinflasche, die auf einem kleinen Tisch zwischen ihnen stand, und ließ sich schwer in seinen Sessel sinken. Er goss sich einen großen Becher Wein ein und bot Cass mit einer wortlosen Geste den anderen Sessel an, während er trank.

Sie ging langsam durch den Raum, setzte ihren Helm ab, zog die Handschuhe aus und setzte sich dann steif hin. Sie spürte, wie der scharfe Schmerz in ihren Muskeln nachließ, und schüttelte den Kopf, als Artus mit der Hand auf den Wein zeigte.

»Erzähl mir alles«, sagte er leise und Cass durchdrang ein Gefühl der Erleichterung.

Sie wusste zuerst nicht, wo sie anfangen sollte. Sie versuchte, mit der Schwesternschaft zu beginnen, doch er hatte so viele Fragen, dass sie weiter in ihre Kindheit zurückspringen musste und dann wieder nach vorne zu allem, was ihre Mutter ihr berichtet hatte.

»Nicht meine Mutter«, korrigierte sie sich langsam. »Die Frau, die mich adoptiert hat. Als Merlin mich auf Befehl meines echten Vaters – *unseres* echten Vaters – zu ihr gebracht hat.« Er wollte etwas sagen, doch sie griff unter ihre Kleidung, holte den Anhänger mit der Drachengravur hervor und hielt ihn ihm wortlos hin.

Es wirkte, als könnte Artus nichts sagen. Doch das brauchte er auch nicht. Sie fühlte es alles. Den Schock. Die Panik, die die unerwartete Neuigkeit in ihm ausgelöst hatte. Die einander verwirrend widersprechenden Impulse, sie aus seinen Gemächern herauszuwerfen und sie in seine Arme zu schließen.

Er stand halb auf, setzte sich abrupt wieder, erhob sich noch mal, ging ein paar Schritte Richtung Tür, streckte eine Hand aus und ließ sie dann wieder an seine Seite fallen. Er starrte sie eine Weile an, trat dann an eine aufwendig geschnitzte Holztruhe heran und nahm einen Samtbeutel heraus. Auf dem Weg zurück zu Cass knotete er ihn auf und ließ daraus einen silbernen Anhänger in seine Handfläche gleiten, der dem von Cass so ähnlich sah, dass sie ihren unwillkürlich wieder unter ihrem Brustpanzer hervorzog, als wollte sie sich überzeugen, dass er noch da war.

»Ich habe gedacht, dass ich mich irre, als ich dich damit gesehen habe«, murmelte er.

Sie hielten die Anhänger nebeneinander. Dann öffnete Cass ihren, um Artus die Gravur zu zeigen. Er klappte seinen eigenen auf und zeigte ihr das gleiche Drachenbild.

»Mein Vater …« Er hielt inne und sah sie an. »*Unser* Vater …« Er stockte wieder und blickte Cass prüfend ins Gesicht, als suchte er dort nach Anzeichen ihrer Verwandtschaft. »Er hat mir gesagt, dass er Merlin befohlen hat, den Anhänger in meinem Besitz zu lassen, damit ich immer als Sohn von Uther Pendragon und als der zukünftige König erkennbar bin«, fuhr er leise fort. »Ich habe ihn nie wirklich gekannt. Merlin hat mir später erzählt, dass meine Geburt aufgrund der Umstände verheimlicht werden musste …« Er stockte erneut, diesmal bedrückt. »Ich musste versteckt werden. Man hat mich erst kurz vor Uthers Tod zum Hof gebracht. Und ich habe die meiste Zeit mit Merlin verbracht, nicht mit dem König.«

Cass merkte, dass sie ruhiger atmete, und wusste, dass auch er sich beruhigte – nicht vollständig, doch es reichte, damit sie sich unterhalten konnten. »Und unsere Mutter?«

»Wurde hinters Licht geführt. Von Merlin auf Geheiß unseres Vaters. Er war von ihrer Schönheit fasziniert, und der Wunsch, sie zu besitzen, hat ihn übermannt.«

Cass zuckte innerlich zusammen. Sie kannte die Geschichte, doch sie hatte sie zu verdrängen versucht, seit sie von ihren wahren Eltern erfahren hatte. Merlin hatte den Erzählungen zufolge dunkle Magie eingesetzt, um ihre Mutter Igraine zu verwirren. Sie hatte geglaubt, Uther wäre in Wirklichkeit ihr Ehemann Gorlois von Cornwall. Uther hatte ihr Schlafgemach betreten und in dieser Nacht war Artus gezeugt worden. *Und ich,* wurde ihr schlagartig klar.

Sie hatte immer gehasst, wie diese Geschichte erzählt wurde – stets mit den falschen Worten. Begehren, Verwirrung, Empfängnis, wenn von Macht, Lügen und Vergewaltigung die Rede sein musste.

»Sie starb, kurz nachdem ich am Hof eintraf.« Artus verstummte und blickte in seinen Weinbecher. »Sie wollte mich nicht kennenlernen, und das kann ich ihr nicht verübeln.«

Er goss sich noch einen Becher Wein ein. »Erst nach Uthers Tod hat Merlin wirklich bekannt gemacht, wer ich bin. Nicht alle wollten glauben, dass Uther einen außerehelichen Sohn hatte und dass er der rechtmäßige Thronfolger war. Doch dann waren da das Schwert und der Stein; das hat sie überzeugt.«

Cass war schwindelig. Es wirkte irreal, hier in den Gemächern des Königs zu sitzen und sich von ihm erzählen zu lassen, wie er auf den Thron gelangt war.

»Ich entschuldige mich dafür«, sagte er ein wenig steif, »dass ich von dir verlangt habe, dich zu beweisen. Doch es ist schwierig zu wissen, wem ich vertrauen kann. Und Ungewissheit erzeugt Furcht.« Er nahm einen großen Schluck von seinem Wein. »Gib ihnen Gewissheit, sagt Merlin immer. Gib ihnen Gewissheit, dann hast du die Zügel in der Hand.«

»Seine Zügel oder deine?«, fragte Cass zurück und stellte sogleich fest, dass sie zu weit gegangen war. Sie fühlte es: ein heißes Aufwallen von Wut, das sie überraschte und in ihrer Magengrube brannte.

»Er war immer gut zu mir«, gab Artus scharf zurück. »Er war viel mehr wie ein Vater für mich als Uther. Dank seiner Führung ist es mir gelungen, die irischen Seewölfe und die Pikten abzuwehren; seine Unterstützung hat mich dazu gebracht, eine Allianz mit den Militärführern zu schließen, welche die Erfahrung hatten, die mir fehlte.«

Dank seiner Anleitung häufen sich die glanzvollen Siege vor den Füßen des frisch gekrönten Königs?, fragte sich Cass. Sie dachte daran zurück, wie sich begeisterte Feierstimmung in ihrem Dorf verbreitet hatte, als die Nachrichten von den überwältigenden Siegen und Heldentaten des neuen, jungen Königs eingetroffen waren. Die Loyalität, die Artus inspirierte, gab ihm auch die Zügel in die Hand. Und das alles durch Merlins Zutun.

»Ich traue ihm nicht«, fing sie erregt an und fragte sich, wie sie in Worte kleiden sollte, was sie auf dem Turnierplatz gesehen hatte – ihren Verdacht, dass Lancelot auf Merlins Anweisung hin so erbittert gegen sie gekämpft hatte. Aber wie sollte sie das beweisen?

»Du kennst ihn nicht«, gab Artus verärgert zurück. Er sprach jetzt als der König, nicht als ihr Bruder.

Cass blickte ihn an. Ihr fiel auf, wie er sich die goldbraunen Locken genau wie sie selbst ungeduldig aus den Augen strich, wie er die rechte Augenbraue genau wie sie hochzog, wenn er wütend war. Sie wollte nicht mit ihm streiten. Sie wollte ihn in sich aufnehmen; ihm noch mehr Fragen stellen; herausfinden, was sie sonst noch miteinander verband; stundenlang mit ihm über ihre Kindheiten sprechen, über ihre wahren Eltern. Sie wollte ihn fragen, ob er sie auf die gleiche Art spürte, sich genauso mit ihr verbunden fühlte wie umgekehrt. Doch ihre Mission war dringender. Für all das würde noch Zeit sein. Es war vielleicht sogar schon zu spät.

Doch als sie gerade beginnen wollte, ihm von der Bedrohung und dem Bündnis zwischen den Sachsen und den Schotten zu berichten, flog die Tür auf und Merlin stand in der Tür. Seine Miene war wutverzerrt. Obwohl er seine Gesichtszüge schnell wieder unter Kontrolle brachte und ehrerbietig zu wirken versuchte, als er an Artus herantrat, konnte Cass das blaue Feuer, das in seinen Augen brannte, deutlich erkennen.

»Mylord«, setzte er an und Cass merkte, dass er auf Zeit spielte, um nachdenken zu können. Er nahm die Weinflasche und trat dann mit dem Rücken zu ihnen an einen Tisch. Man hörte, wie er Wein in einen Becher goss.

»Sag mir nicht, dass ich es nicht glauben soll, Merlin«, warnte Artus. Er nahm die beiden Anhänger in die Hand und hielt sie Merlin hin, als der sich umdrehte. »Sie hat den Anhänger. Genau den gleichen Anhänger, von dem du mir gesagt hast, dass er mein Geburtsrecht beweist.«

»Und so ist es auch«, gab Merlin zurück. »Der Beweis, dass Ihr allein der einzige und wahre König seid. Und ist es nicht auch so gekommen? Habt Ihr nicht Eure Feinde zurückgeschlagen und bereits damit begonnen, Britanniens Einheit stärker aufzubauen als je zuvor? Wollt Ihr das wirklich alles für das eifersüchtige Streben eines jungen Mädchens vom Land aufs Spiel setzen, das seinen Bauernhof niemals hätte verlassen sollen?«

»Eifersucht? Streben?«, warf Cass erbost ein und sprang auf. »Ich habe Euch bereits erklärt, dass ich keinerlei Wunsch zu herrschen habe, Sir, wenn es Euch darum geht. Ich bin nur gekommen, um vor den sich sammelnden Streitkräften zu warnen, die genau den Frieden und die Einheit bedrohen, auf die Ihr so stolz seid.« Sie konnte nicht anders, als leise hinzuzufügen: »Abgesehen davon, dass weder Ihr noch Artus allein dafür verantwortlich wart.«

Damit schien sie Merlins Wut nur noch weiter anzufachen.

»Dumme Göre«, zischte er und schien sich dabei auszudehnen, bis er Cass' gesamtes Gesichtsfeld einnahm. »Du verstehst nichts vom Königtum, nichts von Frieden und Schlachten und Ruhm. Ich habe *Euch* erwählt, Artus«, posaunte er und wandte sich dem König zu. »Sie war der Ersatz, eine unerwartete Komplikation. Ich habe sie bei einer anständigen Familie untergebracht, wo sie glücklich und unwissend aufwachsen sollte. Doch jetzt kommt sie und bedroht alles, was wir gemeinsam aufgebaut haben.«

»Ich habe mit Euch nichts auszutragen«, insistierte Cass, die sich nicht einschüchtern lassen wollte. »Wir stehen auf derselben Seite. Doch wir müssen nach Norden reiten, und zwar schnell, wenn Artus' Streitmacht der sächsischen Bedrohung noch rechtzeitig entgegentreten will.«

»Das ist unmöglich«, schnappte Merlin, noch ehe Artus antworten konnte. »Artus reitet nach Westen, um gemeinsam mit König Ceredig die Invasoren zurückzuschlagen, wie er es bereits einmal erfolgreich getan hat. Und die Legenden werden deutlich machen, dass es sein Eingreifen war, das die Schlacht zugunsten Britanniens gedreht hat.«

Cass lachte ungläubig auf. »Also wollt Ihr seine Soldaten bis zum letzten Moment zurückhalten, um dann einzugreifen und den ganzen Ruhm einzustreichen?«, sagte sie mit beißendem Spott. »Und Ihr wollt diesen Ruhm auf Kosten einer Katastrophe im Norden ernten?«

Sie spürte undeutlich, wie Artus sich neben ihr wand, sich mit den Händen an die Schläfen fasste und die Stirn runzelte.

»Katastrophe?«, wiederholte Merlin wütend. »Wir haben nur

dein Wort, dass diese Bedrohung überhaupt existiert. Ich bin sicher, es würde dir gut passen, Artus auf ein sinnloses Abenteuer zu schicken und unsere schottischen Verbündeten zu vergrätzen, während du hier in seiner Abwesenheit deine Lügen erzählen kannst.«

Cass lachte auf, weil sie es nicht fassen konnte. »Das sind keine Lügen!« Sie war noch nie so wütend gewesen. Das Blut pochte heiß in ihren Ohren, und als sie einen Seitenblick auf Artus warf, stellte sie fest, dass er die Fäuste genauso geballt hatte wie sie selbst. Sie wusste, dass er es spürte – dass er ihre Wut genauso spürte wie sie eben noch seine Furcht.

»Seid Ihr so von der Macht besessen, dass Ihr keine anderen Beweggründe verstehen könnt? Wenn wir nicht handeln, müssen meine Schwestern sterben. Und dann zerbricht Euer geliebtes vereintes Britannien in Stücke. Die Geier werden es unter sich aufteilen, obwohl Ihr vor ihrer Ankunft gewarnt worden seid.«

»Schluss damit!«, schrie Artus und hielt beide Hände hoch, um sie zum Schweigen zu bringen. »Lasst mich nachdenken. Ich muss nachdenken.«

Merlin, der immer noch ein wenig atemlos war, sah auf den jungen König herab. »Selbstverständlich, Mylord.« Er neigte den Kopf. »Und in der Zwischenzeit trinken wir auf Britannien, wenn wir alle wirklich auf derselben Seite stehen.« Damit drückte er der widerstrebenden Cass einen mit rubinrotem Wein gefüllten Becher in die Hände.

»Was ist?«, höhnte er mit misstrauischer Miene, als sie ihm den Becher zurückzugeben versuchte. »Warum willst du nicht auf Britannien trinken, wenn du wirklich keine Hintergedanken hegst?«

Cass bemerkte, dass Artus ihr bei diesen Worten besorgte Blicke zuwarf. Also führte sie den Becher an ihre Lippen, nahm einen großen Schluck und stellte ihn dann auf den Tisch. »Ich will Euch keine Schwierigkeiten bereiten, Artus«, versuchte sie es noch einmal und beschwor ihn innerlich, ihr zuzuhören. »Ich bin nur gekommen, um Euch vor einer schrecklichen Gefahr zu warnen, ehe es zu spät ist.«

»Wir könnten uns zuerst mit Ceredig treffen«, sagte Artus langsam und sah weiterhin Cass an. »Und von dort aus nach Norden …«

»NEIN!«, rief Cass. Sie war so entnervt, dass sie vollständig vergaß, dass sie einen König vor sich hatte. »Wir haben keine Zeit! Lasst Ceredig und die anderen den Westen verteidigen. Er hat bereits die nordhumbrische Armee zu seiner Verfügung und weitere sind als Verstärkung unterwegs. Ihr müsst sofort nach Norden aufbrechen.«

Merlin machte einen drohenden Schritt auf Cass zu. Sein Körper war ihrem zu nahe und sie roch die Pomade und die Essensreste in seinem Bart. »Ich werde es dir zeigen«, zischte er. »Ich werde dir zeigen, was mit denen passiert, die den König der Könige herausfordern.« Seine Augen schienen zu schimmern und die Farbe zu wechseln. Ein tiefes Grün breitete sich von ihrer Mitte aus wie ein Strudel, der sich so schnell drehte, dass Cass fürchtete, sie würde hineingezogen werden, wenn sie nicht schnell den Blick abwandte.

Mit einer enormen Willensanstrengung schaute sie weg. Sie rang nach Luft und ihre Hände waren feucht.

Es begann ganz, ganz langsam. Der Raum kippte ein wenig nach links. Das war merkwürdig, denn Cass dachte, sie stünde völlig still, doch dann begann alles, von den mit dicken Kissen gepolsterten Sesseln zu den goldenen Trinkbechern, beinahe unmerklich zur Seite zu rutschen. Am Rand ihres Gesichtsfeldes krachten die Dinge aufeinander. Sie waren nicht dort, wo sie sein sollten. Ihr wurde flau im Magen.

Furcht wickelte ihre Ranken um sie und zog sie langsam immer fester zu. Sie bekam keine Luft mehr. Das musste die Magie sein, von der die Leute im Zusammenhang mit Merlin immer sprachen. Er lächelte sie aus großer Entfernung an, während sie keuchte und rückwärts in den Sessel sank. Von irgendwo schien sie Gelächter zu hören oder waren es Rufe? Die Stimme einer Frau und laute, wütende Stimmen der Wachen. Doch sie alle schienen weit weg. Ihre Kehle schnürte sich zu und alles verschwamm vor ihren Augen. Schließlich wurde sie von Dunkelheit verschluckt.

30

Als Cass wieder zu sich kam, war ihr Mund so trocken, als hätte sie Staub eingeatmet. Sie würgte und jemand drückte ihr sanft einen Becher in die Hand. Dankbar trank sie die warme Flüssigkeit, obwohl sie bitter schmeckte. Alles schien sich zu drehen und sie konnte nicht klar denken. Sie lag in einem Bett, Sonnenlicht strömte durch das Fenster, doch der Raum war überhitzt und feucht und irgendwie vernebelt.

Sie drehte den Kopf zur Seite und zuckte zusammen, weil Schmerz durch ihren Schädel zuckte und ihr Hals wehtat. Im Kamin brannte ein Feuer, über dem ein kleiner Topf mit Wasser und Kräutern köchelte. Dann erhob sich neben dem Kamin eine Gestalt und beugte sich über sie. Ein Schock durchfuhr sie wie ein Pfeil, als die eindringlichen goldenen Augen, die sie so oft in ihren Träumen gesehen hatte, langsam deutlich erkennbar wurden.

Sie zuckte zusammen und versuchte, sich aus dem Bett hochzudrücken, doch ihre Gliedmaßen fühlten sich an, als wären sie mit Steinen beschwert. Ihr war schwindlig und sie hatte pochende Kopfschmerzen. Wieder drehte sich der ganze Raum und sie würgte dünne Galle hoch, die sie auf die Seite ihres Bettes und den Boden spuckte.

Die Frau machte beruhigende Geräusche. »Ganz ruhig«, sagte sie. Cass konnte sich so deutlich an ihre Stimme erinnern, als hätte sie erst gestern im Wald gestanden und Mary um Geld dafür gebeten, dass sie ihr die Zukunft voraussagte.

»Du musst ruhig liegen bleiben«, sagte die Frau und ihre Stimme war wie der Wind und die Bäche und das Knarzen der Bäume.

Cass tat, was die Frau ihr sagte – nicht weil sie es wollte, sondern weil der Raum nur im Liegen aufhörte, sich um sie zu drehen und Übelkeit zu erregen. Als sie sich plötzlich an den vorherigen Abend erinnerte, schlug ihr das Herz bis zum Hals. Sie schaute die Frau angsterfüllt an und erblickte den Anhänger mit der endlosen Spirale an ihrem Hals.

»Verfügt Ihr über dieselbe Magie?«, fragte sie mit kratziger und heiserer Stimme. »Ihr und Merlin?«

Die Frau lachte und dabei verzogen sich die unendlich vielen Fältchen in ihrem Gesicht. Doch ihre Augen leuchteten so hell wie eh und je. »Keine Magie, so wie du sie vielleicht erwartest«, antwortete sie freundlich und tätschelte mit ihren kühlen, glatten Fingern Cass' Hand.

»Du bist gestern nicht von Magie umgeworfen worden – es sei denn, du betrachtest zu Puder gemahlene Pilze als eine Art Feenzaubertrank«, fuhr sie finster fort. Cass blickte in Panik auf den Becher mit der bitteren Flüssigkeit.

»Ein Gegengift«, sagte die Frau beruhigend und führte den Becher erneut an Cass' Lippen. »Ich bin gerade noch rechtzeitig gekommen«, fügte sie hinzu, als Cass die Lippen fest zusammenpresste und sich weigerte zu trinken. »Wenn ich nicht da gewesen wäre oder wenn du mehr von dem Wein getrunken hättest, hätte ich die Wirkung vielleicht nicht mehr rückgängig machen können.«

Sie seufzte, als sie Cass' störrische Miene sah, und stellte den Becher vorsichtig wieder ab. »Du bist nicht die Erste, die diese Wirkungen fälschlich für Magie hält, meine Liebe, obwohl andere normalerweise keine so hohe Dosis bekommen. Merlin verlässt sich sehr stark auf die Verwendung solcher Mittel, um sein geheimnisvolles und mächtiges Ansehen zu bewahren.« Ihre Stimme klang so bitter wie das Getränk.

»A-aber Ihr seid doch genauso«, stotterte Cass, deren Blick wieder auf den Anhänger fiel.

»Nicht genauso«, korrigierte die Frau und fuhr mit dem Daumen über die Spiralwindungen des Anhängers. »Aber wir sind verbunden. Unsere Wege kreuzen sich, seiner und meiner.« Sie schwieg einen Moment und starrte ins Feuer, so als hinge sie Erinnerungen nach. »Mein Name ist Nimue«, fuhr sie schließlich fort. »Sowohl Merlin als auch ich ziehen unsere Stärke aus der alten Magie von Moos und Steinen, Wasser und Luft. Wir waren bei deiner Geburt dabei und haben getan, was wir damals für das Richtige hielten.« Mit sorgenvoller Miene streichelte sie Cass' Hand.

»Aber ich bin dir gefolgt, Cassandra Pendragon. Ich habe dich über die Jahre hinweg in verschiedenen Verkleidungen besucht, doch du hast mich nie erkannt oder dich an mich erinnert – und warum solltest du auch? Eine heruntergekommene Hausiererin, eine reisende Pantomimin im Dorf zur Weihnachtszeit …«

»Ihr seid mir zum Herrenhaus gefolgt«, platzte Cass heraus und die Frau nickte. »An jenem Tag im Wald habe ich die Spirale in die Rinde eines Baums eingeritzt gesehen …«

»Ja. Doch ich hatte bereits lange vorher angefangen, an Merlins Entscheidung zu zweifeln. Er hat angenommen, dass Artus den Thron erbt, und dich deshalb bei einer Familie untergebracht, bei der du ein normales Leben führen konntest.«

»Denn ich war ja nur ein Mädchen«, stellte Cass leise fest und die Frau nickte.

»Doch als ich dich aufwachsen gesehen habe, wurde mir klar, dass Merlin die falsche Entscheidung getroffen hatte. Ich gewann die Überzeugung, dass er den falschen Zwilling gesalbt hat.«

Jetzt drehte sich alles im Innern von Cass' Kopf, nicht mehr nur der Raum. Sie fürchtete, sich wieder übergeben zu müssen. War das der Grund, warum Merlin ihr gegenüber so misstrauisch und wütend war? Wie lange hatten sie sich schon über sie gestritten – darüber, welcher Zwilling rechtmäßig den Thron erben sollte?

»Ihr wünscht, dass *ich* Königin werde?«, brachte Cass schwach hervor. Sie hatte Mühe, die Augen offen zu halten, während ihre Gedanken flackerten und abschweiften.

»Ich glaube, dass du die Führungsgestalt bist, die Britannien zum Licht führen wird«, antwortete Nimue ohne Umschweife. »Aber ich kann nicht behaupten, dass ich weiß, welche Form deine Führung annehmen wird.«

Sie bot Cass erneut den Becher an, und dieses Mal nahm sie ihn an und trank ihn aus. Sofort schien sich der Nebel in ihrem Kopf ein wenig zu lichten.

»Ich glaube, Ihr irrt Euch«, fing Cass an und die Frau lächelte.

»Das ist genau der Grund, warum du wahrscheinlich eine bessere Führungsgestalt bist als der Junge, der sein Recht auf den Thron niemals infrage gestellt hat.«

Cass wollte fortfahren, doch die Frau schnitt ihr das Wort ab. »Aber jetzt müssen wir uns mit dringenderen Angelegenheiten befassen. Artus sammelt gerade seine Ritter und schickt Boten zu den Königen von Ostengland und Merzien. Sie sollen sich ihm mit ihren Streitkräften auf dem Weg nach Norden anschließen.«

»Aber Merlin …«

»Merlin ist fürs Erste fort«, sagte sie vorsichtig und blickte in ihren Tee. »Artus hat ihn unter Androhung der Todesstrafe verbannt. Doch ich habe keinen Zweifel daran, dass er eines Tages zurückkommen wird.«

Cass überkam eine Welle der Erleichterung, der Überraschung und Dankbarkeit für den Bruder, den sie gerade erst kennenlernte. »Und Ceredig?«

»Er hat die Armeen von Wessex und Nordhumbrien und seine

eigenen Männer. Du hattest recht – die Bedrohung durch die schottische Allianz ist dringender. Du musst nach Norden reiten.«

Cass nickte. »Aber zuerst muss ich Artus davon überzeugen.«

Cass traf Artus in dem ummauerten Garten an, wo er auf und ab lief.

»Du darfst nicht erwarten, dass du einfach herkommen und Befehle erteilen kannst«, blaffte er sie an, kaum dass sie auf ihn zukam. »Ich bin der König. Ich treffe hier die Entscheidungen.«

»Ich versuche nicht, an Eurer Stelle Entscheidungen zu treffen. Ich versuche lediglich, Euch zu warnen.« Sie ballte die Fäuste, doch dann spürte sie es: seine Angst. Seine Furcht, ohne Merlins Ratschläge als König auf sich allein gestellt zu sein. Den Druck, die Zügel in der Hand behalten zu müssen.

»Der Anhänger beweist eigentlich gar nichts. Jedenfalls niemandem außer mir und Merlin. Ich bin es, der das Schwert aus dem Stein gezogen hat«, fauchte er.

Cass schüttelte den Kopf. »Danke«, sagte sie ganz ruhig, »dass Ihr im Hinblick auf Merlin auf mich gehört habt.«

»Das habe ich nicht deinetwegen getan«, gab er zurück. »Es geht einfach nicht, dass einer meiner engsten Berater Geheimnisse von solcher Tragweite vor mir hat. Und als ich begriff, was er mit deinem Wein gemacht hatte …« Er stockte und sah Cass zum ersten Mal, seit sie den Garten betreten hatte, direkt an. »Ich habe es gespürt«, gab er beinahe ängstlich zu. »Das komische Gefühl, das Benebeltsein, bevor du umgefallen bist.«

Sie hielt seinem Blick mit blitzenden Augen stand. »Ich spüre unsere Verbindung ebenfalls.«

»Na ja, aber das ändert ja nichts«, platzte er heraus. Cass hätte sich verletzt gefühlt, wenn sie nicht seine Furcht gespürt hätte. »Ich bin der König. Ich entscheide, was wir tun. Ich bin sehr wohl in der Lage, ohne seine Hilfe zu regieren!«

»Daran zweifle ich nicht«, antwortete sie und versuchte dabei, nicht so ungeduldig zu klingen, wie sie war. In diesem Moment wurde ihr klar, dass sie Artus' Unsicherheit und seinen von Merlin eingeimpften Willen, die Krone zu behalten, für sich nutzen konnte.

»Artus«, setzte sie wieder an, diesmal mit leiserer Stimme. »Ich bin nicht hergekommen, um Euch vorzuschreiben, was Ihr tun sollt. Wie könnte ich? Ich bin nur ein Mädchen, das auf einem Bauernhof aufgewachsen ist. Ich verstehe kaum etwas von der komplizierten Politik oder davon, was nötig ist, um ein bedeutendes Land zu einen und zu regieren.«

Sie warf einen Blick in sein Gesicht. Das konnte doch wohl kaum funktionieren? Und doch spürte sie es bereits in ihrer eigenen Brust – dass sich die in ihm angestaute Wut und Angst, die so eng miteinander zusammenhingen, langsam zu lösen begannen. »Ich bin gekommen, um Euch um Hilfe zu bitten, nein, anzuflehen. Ohne Euch wird Nordhumbrien nicht überleben. Seine Bevölkerung ruft Euren Namen. Sie hoffen, dass Ihr ihnen zur Seite steht, dass ihr König sie errettet.«

Cass hielt inne, denn sie fürchtete, dass sie es übertrieb, doch Artus stellte sich bereits die ihn bewundernden Massen vor. Sie spürte, wie sich seine Brust erleichtert weitete und er gedanklich schon im Ruhm badete.

»Ich werde darüber nachdenken.« Mehr sagte er nicht. Doch Cass verließ ihn mit einem kleinen Lächeln auf den Lippen. Sie war nicht überrascht, dass sie bereits am nächsten Morgen in seine Gemächer bestellt wurde.

»Ich habe entschieden, dass wir nach Nordhumbrien reiten. Wir überlassen es Ceredig, die Sachsen zu vertreiben und Deva zu verteidigen. Die Bedrohung im Norden ist ernster, denn sie gefährdet mein Bündnis mit den Königen Schottlands. Sie werden sich noch wünschen, sie hätten mich niemals verraten!«

Cass nickte. Je weniger sie sagte, desto besser. Wenn Artus sich einbilden musste, das alles wäre seine eigene Idee gewesen, dann war es halt so. Hauptsache, er kam. Doch ihre Dankbarkeit dafür, dass er seine beträchtliche Streitmacht zur Verteidigung der Nordgrenze einsetzte, änderte nichts daran, dass sie auf ein zweites, nicht minder schwieriges Thema zu sprechen kommen musste.

Es war keine große Sache, Artus vom wahren Charakter Lancelots zu überzeugen, davon, wie unehrenhaft er Elaine behandelt und verstoßen hatte, nur um dann auch noch zu versuchen, ihren kleinen Sohn zu entführen. Die größere Herausforderung bestand zu Cass' Entsetzen darin, ihn davon zu überzeugen, dass das alles ein Problem war.

»Das Kind ist von ihm, nicht wahr?«, fragte er abgelenkt und widmete sich bereits wieder den Papieren auf seinem Tisch. Er schaute sich Landkarten an und schmiedete Pläne.

»Das ist eine taktische Entscheidung, keine moralische«, gab Cass kühl zurück und hasste sich selbst dafür, dass sie diese Masche wählen musste. »Angharad und die anderen werden Euch niemals die Informationen geben, die Ihr braucht, um die sächsisch-schottische Allianz zu finden und zu bekämpfen, solange Elaine und ihr Kind nicht in Sicherheit sind. Und Lancelot ist ein loyaler Stellvertreter, dem Ihr unbesorgt Euren Platz überlassen könnt.«

Artus' Blicke irrten umher. Cass wusste, dass er an Sir Safir dachte, den sie seit dem Witan nirgends mehr im Schloss gesehen hatte.

»Dann befehle ich ihm, in Camelot zu bleiben und Guinevere zu beschützen«, gab Artus schlecht gelaunt klein bei. »Sie ist nur ein Kind, das Königin spielt. Merlin hat sie ausgewählt, weil sie den Massen gefällt. Sie kann ohnehin nicht allein hierbleiben. Ich denke mir irgendeinen Pomp aus und ernenne ihn zum loyalsten Schutzritter der Königin.«

Er fuhr sich abgelenkt mit einer Hand durch seine Locken, was sie nur noch mehr durcheinanderbrachte. Cass unterdrückte ein Lächeln. Selbst wenn er sie wütend und ratlos machte, gab es Augenblicke, in denen es war, als würde sie in einen Teich blicken und ihr eigenes Spiegelbild sehen.

Sie runzelte die Stirn. »Ist das weise, Mylord, angesichts seines Verhaltens gegenüber Damen?«

»Quatsch.« Artus winkte ab. »Sie ist unberührbar. Und man kann über Lancelot eine Menge sagen, aber er ist loyal.«

Cass ging schon auf die Tür zu. Sie fühlte, dass Artus langsam ermüdete. Er brauchte Ruhe von all diesem Durcheinander.

Als sie ging, sah sie ihn auf eine steinerne Bank sinken und die Augen schließen.

31

Ihr Ritt nach Norden verlief völlig anders als Cass' und Astras Reise nach Camelot. Die Masse der Ritter, die mit ihren glänzenden Helmen und auffälligen rot-weißen Schilden durch die Straßen und zum Stadttor hinaus strebten, waren ein majestätischer Anblick. Ihre Streitrösser glänzten und warfen stolz ihre Köpfe in die Höhe. Die Flaggenträger reckten die Fahnen besonders hoch. Hinter ihnen rollten säuberlich gepackte Ochsenkarren, die mit Zelten und Vorräten beladen waren, und sogar eine mobile Feldschmiede.

Wo auch immer sie entlangritten, kamen Menschen heraus und jubelten und winkten und wünschten ihnen Erfolg. Frauen warfen Blumen unter die Hufe der Pferde, Kinder rannten, solange sie konnten, neben ihnen her, lachten atemlos und winkten mit aller Kraft, bis sie in der Entfernung verschwanden. Sie sah, wie alle Artus zu bewundern schienen. Wenn er mit abgezogenem Helm an ihnen vorbeiritt, damit seine Krone in der Sonne funkeln konnte, steigerten sich ihre Rufe noch. Der Jubel führte dazu, dass er den Rücken gerade hielt und sich seine Wangen röteten.

Das alles kam Cass merkwürdig vor. Sie wusste, wie es in einer Schlacht zuging und auf welch düstere Wirklichkeit sie zusteuerten. Diese Leute hier hatten keine Vorstellung vom Geruch von Blut und verbranntem Fleisch oder davon, welchen Tribut es einem abverlangte, jemand anderem das Leben genommen zu haben. Vermutlich war es für sie einfach nur der Kampf gegen einen gesichtslosen Feind, um ihre Sicherheit zu garantieren und dafür zu sorgen, dass ihr Leben ohne Störung weitergehen konnte. Zum ersten Mal dachte Cass über die normalen Leute nach, die die Sachsen daheim zurückgelassen hatten. Hatten sie auch gejubelt und mit ihren Taschentüchern gewunken, als diese breitschultrigen Männer ihre Städte und Dörfer mit schweren Rüstungen und Waffen verlassen hatten? Hatten sie sich die bevorstehenden Angriffe, die diese Männer mit ihren Waffen ausüben würden, als ferne, irreale Notwendigkeit vorgestellt?

Die Tage waren sehr anstrengend, denn sie legten zwischen Sonnenaufgang und Sonnenuntergang große Entfernungen zurück. Sie hatten keine Zeit zu verlieren, deshalb war Cass froh über diese Eile und trieb Pebble an, mit den größeren Pferden mitzuhalten. Je weiter sie nach Norden kamen, desto größer wurde ihre Furcht und desto schwerer fiel es ihr, das Bild des brennenden Herrenhauses aus ihren Träumen zu verdrängen.

Doch die Abende waren mit freundschaftlichem Gelächter und gutem Essen am Lagerfeuer ausgefüllt. Cass kannte die verschiedenen Ritter der Tafelrunde schon bald genauer.

Galahad war still und sprach leise. Er hielt sich abseits von den anderen Rittern. Er ging früher schlafen und Cass erfuhr, dass er den Ruf hatte, besonders enthaltsam zu sein. Er trank nur das schwächste Bier und nahm nur einfaches Essen zu sich.

Bedivere war freundlich und beschützend. Er ritt immer in Artus' Nähe, so als betrachte er es als seine persönliche Pflicht, den König vor Gefahren zu bewahren.

Die drei Brüder Gawain, Agravain und Gareth waren die ersten drei eines Fünfer-Clans, den ihr Vater, König Lot von Orkney, an den Artushof entsandte. Als enger Familienverband scherzten und lachten sie viel – und zwar meistens übereinander. Gewöhnlich saßen sie beim Abendessen zusammen und erzählten, genau wie die anderen Ritter, von zurückliegenden Kämpfen und Triumphen. Manchmal, wenn ein Fass besonders starkes Bier angeschlagen worden war, stimmten sie laute, derbe Kampflieder an.

Als sie am ersten Abend im Schutz eines dicht bewaldeten Abhangs ihr Lager aufschlugen, wirkten die jüngeren Brüder nervös. Während sie die hölzernen Heringe ihrer Zelte in den Boden hämmerten, schauten sie immer wieder über die Schulter. Als Sir Kay sie fragte, ob etwas nicht stimme, erklärten sie ihm mit lauter Stimme, sie hielten die Augen offen für den Fall, dass der riesige Grüne Ritter auftauchte, der angeblich in der Nähe leben sollte. Cass schaute sich unsicher um, bis sie merkte, dass alle anderen Ritter in Hörweite kicherten und amüsierte Seitenblicke auf Gawain warfen, der sich mit sichtlich roten Ohren über einen widerspenstigen Hering gebeugt hatte.

»Cassandra, falls du einen sehr großen Typen ganz in Grün sehen solltest«, erläuterte Agravain, der schmalste der Brüder, mit gespieltem Ernst, »also wirklich riesig, mit Waden so dick wie Baumstämme und Händen so groß wie Schilde …«

»Dann renn weg, so schnell du kannst«, warf Gareth, der gut aussehende jüngste Bruder, mit einem breiten Grinsen ein. »Aber richte ihm vorher schöne Grüße von Gawain aus. Und was auch immer du tust, bleib *niemals* allein mit seiner Frau in einem Zimmer.«

»Immer noch derselbe Witz, meine Brüder, nach all den Monaten?«, rief Gawain über seine Schulter, während die anderen schallend lachten. Er richtete sich auf und drehte sich endlich um. Sein Gesicht war von der Anstrengung verschwitzt. »Ich sage euch, es ist exakt so passiert, wie ich es euch beschrieben habe. Ich habe auch keine gute Erklärung dafür, aber es war so.«

»Entschuldige, Bruderherz.« Agravain hob mit ernster Miene die Hände. »Es klingt plausibel. Das tut es wirklich.« Dann zuckten seine Mundwinkel, und Galahad, der ein paar Schritte entfernt sein Schwert schärfte, schnaufte erstickt.

»Ich schwöre, dass ich ihm begegnet bin«, platzte Gawain genervt heraus.

»Und an jenem Morgen hatte er nur vier Flaschen intus, Agravain«, fügte Gareth vorwurfsvoll hinzu. »Du solltest dich schämen, Zweifel am Wahrheitsgehalt seines Berichtes zu säen.«

Damit brachen wieder alle in Gelächter aus. Gawain schüttelte nur den Kopf und verzog sich murrend in sein Zelt.

Sir Kay war so unhöflich und widerlich, wie Cass ihn in Erinnerung hatte, doch die anderen Ritter wiesen ihn schnell in seine Schranken. Er machte meist einen weiten Bogen um Cass und Astra, vermutlich weil er Ritterinnen seiner Aufmerksamkeit und Beachtung unwürdig fand. Cass war mit diesem Arrangement ganz zufrieden. Doch Astra konnte es anscheinend nicht lassen, Kay zu triezen. Sie schloss plötzlich zu ihm auf und erschreckte sein Pferd oder stellte ihm ausführliche und komplizierte Fragen über Waffen. Er kam immer mehr in Verlegenheit und war genervt. Cass verdrehte nur die Augen, doch in Wahrheit war Astras Anwesenheit für sie ein willkommener Anker inmitten dieses neuen Bündnisses.

»Ohne dich«, gestand ihr Cass eines Abends, als sie noch spät am Lagerfeuer saßen, »hätte ich wahrscheinlich nie Zutritt zum Schloss erlangt und schon gar nicht zu Artus. Danke.«

Astra drückte nur kurz ihre Hand und erhob sich dann, um ein paar der weniger abgebrühten Ritter zum Würfelspiel zu verführen. Im Weggehen schenkte sie Cass ein breites Grinsen.

Am Morgen des zweiten Tages stand Cass früh auf. Die meisten Männer schliefen noch. Sie ging von den Zelten, die am Fuß des Hügels standen, den steilen Abhang hinauf. Sie setzte ihre Schritte vorsichtig auf den unebenen Boden und suchte Reisig, um das Lagerfeuer wieder anzufachen, bis sie einen Bach erreichte, der sich zwischen den Bäumen hindurchschlängelte und inmitten eleganter weißer Birkenstämme auf einer Lichtung einen kleinen Teich bildete.

Cass stutzte. Auf dem laubbedeckten Boden lag ein ordentlich gefalteter, weißer Waffenrock, der mit einem roten Drachen bestickt war. Und aus dem Teich erhob sich Sir Galahad. Das Wasser rann aus dem kurzen Haar über ihre nackten Brüste.

Einen Augenblick lang starrten sie einander wie versteinert an.

»Großartig«, sagte Sir Galahad und seufzte. Dann zuckte sie resigniert mit den Achseln, watete aus dem Teich und trocknete sich mit ihrem Waffenrock ab.

»Was ist?« Sie wandte sich Cass zu und ihre Mundwinkel hoben sich beim Anblick deren verdatterter Miene.

Galahad hob eine Stoffbahn auf, die unter ihrem Waffenrock gelegen hatte, und wickelte sie fest um ihren Brustkorb. »Hast du gedacht, ihr wärt die ersten Frauen, die gemerkt haben, dass es vorteilhaft ist, sich wie ein Ritter zu kleiden?«

Cass klappte den Mund auf und gleich wieder zu. »Äh, stimmt«, gab sie unverblümt zu.

»Tja, wart ihr nicht«, bemerkte Galahad überflüssigerweise und zog ein weißes Hemd über, um sich dann in ihren feuchten Waffenrock zu hüllen. Sie setzte sich auf das bemooste Ufer und zog ihre Stiefel an.

»Ich heiße Gaia«, sagte sie und blickte zu Cass auf, die sie noch immer ungläubig anstarrte. »Ich bin seit zwei Jahren Mitglied der Tafelrunde. Und ich sage dir, es ist ein erheblich befriedigenderes und erfolgreicheres Leben als alles, was ich als Frau hätte erreichen können. Das kannst du mir glauben.«

»Aber … du bist nie …« Cass wusste nicht, wo sie beginnen sollte.

»Nie aufgeflogen? Nein.« Gaia schüttelte den Kopf und ein Hauch von Stolz schlich sich in ihre Stimme. »Na ja, ich musste diese Sache mit der ›Abstinenz‹ ganz schön weit treiben.« Sie grinste. »Das hilft, wenn man seine Privatsphäre wahren will, weißt du. Aber ab und an ist es auch mal angenehm, einen entlegenen Ort zu finden, an dem ich für ein Weilchen ganz ich selbst sein kann.«

Cass lachte begeistert auf. »Kein Wunder, dass Sir Galahad zu so vielen Einzeleinsätzen ausreitet. Und Artus weiß von nichts?«

Gaia schüttelte den Kopf. »Und dabei muss es auch unbedingt bleiben.«

»Ich verrate es niemandem, versprochen!« Damit ging Cass zum Lager zurück, damit Gaia noch ein wenig in Ruhe ihren Frieden genießen konnte.

Sie erreichten das Herrenhaus am Vorabend des dritten Tages. Es konnte nicht einmal entfernt mit Camelot mithalten, was Größe und Glanz anging, doch nach dem ersten Gefühl der Erleichterung, dass es noch stand, verspürte Cass glühenden Stolz über die Eleganz des Gebäudes mit seiner Fassade aus Stein und Holz, die im goldenen Abendlicht strahlte. Die Wachen warfen das Tor auf und fielen erschrocken auf die Knie, als sie feststellten, dass der König der Könige mit seinen Rittern hereinritt.

Blyth rief schnell ein paar Paginnen herbei, die mit den Pferden halfen, und sprach dann leise mit Cass. »Du gehst am besten gleich zur Wiese. Da ist etwas, das du sehen solltet. Und der König auch.«

Also führte Cass sie zur Hintertür auf die Wiese hinaus, auf der sich die langen Schatten des frühen Abends abzeichneten. Die Kornblumen und der Mohn verschwanden langsam, da der Herbst nahte, und wurden von gelbem Leinkraut und blassrosa Flohkraut ersetzt.

Doch es waren nicht die Wildblumen, die das Auge anzogen, sondern die gleichmäßigen Reihen der Ritterinnen. Ihre Waffen waren neu und glänzten, ihre Rüstungen waren poliert und sie hatten ihre Pferde völlig unter Kontrolle, während sie in disziplinierten Linien über den Platz ritten und perfekt aufeinander abgestimmte Pfeilschauer abschossen, die mit lautem Krachen genau mitten in die Zielscheiben einschlugen.

Einige Frauen befanden sich im Zweikampf. Ihre Schwerter spiegelten den rosafarbenen Himmel, während sie sprangen und herumwirbelten, und Cass wurde machtvoll daran erinnert, wie sie zum allerersten Mal die Weide betreten und schiere Bewunderung für Rowan und die anderen Ritterinnen in Ausbildung verspürt hatte. Plötzlich wirkte es, als wäre der ganze Platz voller Rowans. Nichts erinnerte mehr an den armseligen Haufen, den sie vor nicht einmal zwei Wochen hier zurückgelassen hatte. Die Hiebe waren kraftvoll und präzise, sie ritten geschickt und zielten ausgezeichnet.

Cass spürte heißen Stolz in ihrer Brust aufsteigen. Das war kein zusammengewürfelter Haufen zurückgelassener Frauen, die sich mit den nötigsten Mitteln zu verteidigen suchten. Das hier war eine Armee, und zwar eine, die jede Streitmacht fürchten musste. Sie hatten Rauch eingesetzt, um eine Legende aufzubauen, um die Illusion einer Legion furchterregender Kriegerinnen zu erzeugen, die schreckliche und außerordentliche Fähigkeiten mitbrachten. Auf diese Weise hatten sie Angst und Verwirrung säen wollen, um gegenüber ihren Feinden zumindest psychologisch im Vorteil zu sein. Doch inzwischen brauchten sie sich in keinster Weise mehr hinter Rauch und Legenden zu verstecken, wie Cass nun deutlich wurde. Die Illusion war Wirklichkeit geworden.

Als Cass Artus und sein Gefolge am Rand der Wiese entlangführte, wurde es auf dem Platz nach und nach still. Eine Frau nach der anderen merkte, dass sie sich in der Gegenwart des Königs befanden. Sie senkten die Waffen; einige starrten ihn unverblümt an und die verschwitzte Rowan rannte auf Cass zu und umarmte sie fest.

Angharad näherte sich. Ihr kastanienbrauner Brustpanzer glänzte in der Sonne und sie hatte ihr Schwert noch in der Hand. Verschwitzte Haarsträhnen klebten an ihrer Stirn und ihrem Hals.

»Eure Majestät.« Sie verbeugte sich vor Artus. »Ihr seid herzlich willkommen.«

Artus und seine Ritter starrten die Frauen auf dem Platz an und waren offenbar sprachlos.

Cass' Brust schwoll erneut vor Stolz an. Als Artus sich ihr zuwandte, hob sie ihr Kinn und sagte einfach nur: »Hab ich's nicht gesagt?«

32

Die Ritter der Tafelrunde schlugen ihr Lager in dieser Nacht auf der Wiese auf, obwohl Angharad darauf bestand, dem König ihre eigenen Gemächer zur Verfügung zu stellen. Die weniger bedeutenden Ritter aßen rund um ihre Lagerfeuer, doch Artus und seine höherrangigen Vertrauten wurden als Ehrengäste in den großen Saal eingeladen.

»Erkennt er dich als seine Schwester an?«, fragte Rowan Cass mit leiser Stimme beim Abendessen. An dem langen Tisch am Kopf des Saals saß Angharad in einem prachtvollen, efeugrünen Gewand und mit goldenem Diadem und unterhielt ihre Gäste so liebenswürdig, als empfinge sie jede Woche königlichen Besuch.

»Ich glaube schon, aber es war nicht ganz einfach.« Cass fasste für Rowan zusammen, was sich in Camelot zugetragen hatte. Sie hatte an diesem Nachmittag kurz mit Angharad und Alys sprechen können und erzählte Rowan jetzt dieselbe Geschichte: wie sie und Astra sich ins Schloss gemogelt hatten, welche Hindernisse sie hatten überwinden müssen, um zu Artus zu gelangen, und wie Merlin sich ihnen in den Weg gestellt hatte, bevor sie endlich erfolgreich Artus' Ohr und Vertrauen erlangt hatten.

»Merlin hat trotzdem immer noch sehr viel Einfluss«, murmelte Cass und warf einen stirnrunzelnden Blick auf Artus, der still und blass dasaß. Ohne die große Gestalt, die normalerweise hinter ihm stand, wirkte er kleiner. Sie konnte seine Nervosität mehr sehen als spüren: seine verkrampfte Miene und die Art, wie er seinen Weinbecher umklammerte. Hier, umrundet und willkommen geheißen von der Schwesternschaft, war es, als sei die Unmittelbarkeit von Cass' emotionaler Verbindung zu ihm ein wenig verblasst. Sie war immer noch da und machte sich leise bemerkbar, befand sich aber tiefer unter der Oberfläche.

Cass ließ ihren Blick über die Reihen der Ritter schweifen und musste ein Kichern unterdrücken. Die jüngeren Orkney-Brüder starrten völlig fasziniert die Frauen an, die den Saal füllten und von denen viele vor dem Abendessen ihre Lederpanzer gegen seidene Kleider getauscht hatten.

Bedivere und Gawain lehnten sich gemeinsam mit einigen anderen älteren Rittern aus Artus' Gefolge zu Angharad und dem König hinüber, der neben ihr saß, und führten eine leise, aber intensive Debatte.

Cass stellte fest, dass Astra an einem Tisch am anderen Ende des Saals die Knappinnen mit einer zweifellos übertriebenen Version ihrer Abenteuer in Camelot unterhielt. Die jüngeren Mädchen starrten sie bewundernd an. Cass lächelte. Sie fand, dass Astra all den Ruhm, den sie jetzt erntete, verdient hatte – nach allem, was sie dazu beigetragen hatte, dass sie gemeinsam mit Artus und seinen Rittern hierher zurückkehren konnte.

Die ältesten und vertrautesten Mitglieder von Artus' und Angharads innersten Kreisen blieben nach dem Essen im Saal, beugten sich über Landkarten und besprachen die beste Strategie, bis das Kaminfeuer heruntergebrannt war und Angharad alle dazu anhielt, die wenigen verbleibenden Ruhestunden zu nutzen, bis sie abreisten.

Als sich alle erhoben und ihre vom langen Sitzen schmerzenden Gelenke rieben, hielt Angharad inne und klatschte lächelnd in die Hände. Sie kündigte eine frohe Nachricht inmitten all der schlechten an: Sir Gamelin und Lady Ann würden in weniger als sechzig Tagen heiraten, und zwar an Allerheiligen.

Es erklangen Jubelrufe und das Klirren von Zinnkannen. In dem ganzen lauten Durcheinander trafen sich Cass' und Gamelins Blicke für einen kurzen Moment. Dann wandten sie sich beide ab.

Nach einer kurzen, unruhigen Nacht brachen sie auf. Gemeinsam ergaben die beiden Streitmächte eine noch größere und prächtigere Kolonne als jede, an der Cass bisher teilgenommen hatte. Sie hätte nicht zu träumen gewagt, dass sich diese zerstreute Frauenschar, die nach und nach widerstrebend im Herrenhaus zusammengekommen war, in eine mächtige Armee verwandelt hatte. Stolz ritt sie an ihrer Spitze mit, flankiert von Rowan und gefolgt von Elaine, die sich stur geweigert hatte, auf Angharads oder Alys' Argumente, Bitten und Flehen zu hören, und jetzt mit dem Schwert an ihrer Seite und dem Baby auf dem Rücken auf ihrem Pferd saß. Sobald Elaine gewusst hatte, dass Hugh vor Lancelot sicher war und dass die anderen Ritter nicht ahnten, dass sie *die* Elaine war, hatte sie nichts mehr im Herrenhaus halten können.

»Hierbleiben? Während ihr für unsere Sicherheit und unser Heim kämpft?«, hatte sie mit einem ungläubigen Lachen vorgebracht. »Da würde ich mich ja noch eher den Sachsen direkt ergeben und ihnen gleich mein Kind überlassen.«

Alys ritt in ihrer Nähe und grummelte düster etwas von Unfällen und ungeeigneter Umgebung und Leichtsinn vor sich hin. Ihre Satteltaschen platzten vor lauter Milch und Windeln und geschnitzten Holzpuppen fast aus den Nähten.

Cass richtete den Blick nach vorne. Dort ritt Gamelin, neben den anderen Rittern, die ehemals Sir Mordaunt gedient hatten, und sie beobachtete seinen gepanzerten Rücken und die Art, wie er sich mit der Hand ab und zu durch sein hellbraunes Haar fuhr. Er wandte sich nie um, und sie war dankbar dafür.

Lady Anne war mit den anderen Frauen, die nicht kämpfen konnten oder sich dagegen entschieden hatten, zurückgeblieben. Eine kleine Gruppe von Knappinnen und ein paar Nachwuchsritterinnen würden das Herrenhaus in ihrer Abwesenheit verteidigen.

Cass hasste sich selbst, weil sie so genau beobachtet hatte, wie sich Gamelin von seiner Braut verabschiedet hatte, und für das Gefühl der Erleichterung, das sie überkommen hatte, als er Lady Annes ausgestreckte Hand nur kurz berührt und sich dann umgedreht hatte und davongeritten war, ohne sich einmal nach ihrem Winken umzusehen. Cass schüttelte sich und riss den Blick von ihm los.

Artus und seine Ritter hatten Angharad große Höflichkeit und großen Respekt erwiesen. Cass war nicht die Einzige, die überrascht war, dass sie so umstandslos die Existenz der Schwesternschaft zu akzeptieren schienen.

»Vielleicht glauben sie, dass sie uns als menschliche Schutzschilde benutzen können, wenn schon nicht als Kämpferinnen«, murmelte Rowan argwöhnisch. Sie traute dem neuen Bündnis wohl nicht, ehe sie es im Kampf erprobt gesehen hatte. »Oder vielleicht«, fügte sie an Cass gewandt hinzu, »haben sie dich in Aktion gesehen und halten uns jetzt *alle* für übernatürlich begabte Schwertkämpferinnen?« Auch Cass hatte sich schon gefragt, ob das sein konnte oder ob Artus' Harmonie mit der Schwesternschaft vor allem ein Mittel zum Zweck war. Er brauchte wertvolle Informationen von ihren Kundschafterinnen über die sächsischen und schottischen Streitkräfte und deren Sammelplatz im Norden.

Cass hatte sich auf der Reise nach Nordhumbrien außerdem kurz besorgt gefragt, ob es vielleicht ein schrecklicher Fehler war, Artus zum Herrenhaus zu führen. Womöglich hatte Merlin ihm aufgetragen, die Schwesternschaft aufzusuchen, damit er Cass und diejenigen, die sie ausgebildet hatten, zur Sicherheit vernichten konnte? Doch Merlin war in Verbannung, und da das Herrenhaus ohne Verstärkung wahrscheinlich ohnehin den Sachsen zum Opfer gefallen wäre, hatte sie im Grunde keine andere Wahl gehabt.

»Sie wollen als Erstes die Städte und Dörfer an der Grenze einnehmen«, hatte die Anführerin der Kundschafterinnen am Vorabend atemlos berichtet. Sie hatte am knisternden Kaminfeuer gestanden und war offensichtlich erschrocken gewesen, direkt zum König der Könige sprechen zu müssen. Doch dann riss sie sich zusammen und fuhr fort: »Sie sammeln sich an der Mündung des Glen, aber es sind noch nicht alle Kämpfer eingetroffen. Die Schotten sind bereits dort, jedenfalls einige ihrer Könige, doch nicht so viele, wie wir befürchtet haben. Außerdem haben sich ihnen einige Söldner angeschlossen. Aber in ihrem Lager sind noch freie Plätze, als erwarteten sie noch mehr. Es ist unwahrscheinlich, dass sie die Invasion beginnen, ehe alle angekündigten Bündnispartner zusammengekommen sind.«

»Dann sind sie jetzt so schwach, wie sie es nur sein können«, sagte Artus finster. »Sie rechnen nicht mit einem Präventivangriff?« Er schaute die Kundschafterin fragend an, die bestätigend nickte.

»Wir haben aufgepasst, dass uns niemand sieht. Sie glauben, dass sie Nordhumbrien überrumpeln können.«

Artus wirkte zufrieden. »Mit ein wenig Glück schreckt unser baldiger Sieg alle anderen davon ab, sich dieser törichten Rebellion anzuschließen. Morgen marschieren wir nach Norden und greifen sie unerwartet an.«

»Wir?«

Alle drehten die Köpfe und sahen Sir Kay an, der in dem Teil des Saals lauerte, der nicht vom Feuer erhellt wurde.

»Wir haben diese Scharade lange genug mitgespielt, um die benötigten Informationen zu bekommen, Mylord – Ihr erwartet doch wohl nicht, dass wir zusammen mit einem Haufen Hosen tragender Frauen in die Schlacht ziehen?«

Cass bemerkte, wie Angharad sich anspannte, doch sie schwieg und wartete auf Artus' Antwort.

Der schwieg ebenfalls einen langen Moment. Cass vermutete, dass er es nicht gewohnt war, auf Herausforderungen wie diese direkt zu reagieren. Sonst hatte bestimmt Merlin an seiner Stelle geantwortet. Und nicht zum ersten Mal tat ihr der junge König ein wenig leid, der ohne seinen allgegenwärtigen Berater hinter sich sehr allein wirkte.

»Seht Ihr hier irgendwelche anderen Armeen, die mit uns nach Norden ziehen und es mit den Sachsen und Schotten aufnehmen können, Kay?«, fragte Artus schließlich scharf.

Da meldete sich Gawain zu Wort. »Sir Kay, Ihr habt gesehen, wie ich erst vor wenigen Tagen gegen diese ›Hosen tragende Frau‹ angetreten bin. Sie war mir mehr als überlegen.«

Er sagte das ganz unaufgeregt und wahrheitsgemäß. Cass schwoll die Brust, als Angharad und Rowan ihr bewundernde Blicke zuwarfen.

»Und ich bin nur eine Knappin, Sir Kay«, warf Cass mit einem Lachen in der Stimme ein. »Es sind die Ritterinnen der Schwesternschaft, vor denen Ihr Euch in Acht nehmen müsst.«

»Nein«, begann Angharad und stand auf, während sie Cass ansah. »Mylord«, wandte sie sich an Artus, »diese junge Frau hat außerordentliche Kampfkraft bewiesen und das Leben vieler unter diesem Dach gleich mehrfach gerettet. Wäre sie nicht nach Camelot gereist, hättet Ihr von der Größe dieser Bedrohung erst zu spät erfahren. Sie verdient es, zur Ritterin geschlagen zu werden. Würdet Ihr ihr die Ehre erweisen?«

Artus zögerte, doch bevor er etwas sagen konnte, streckte Cass die Hand aus, um ihn zu stoppen.

»Ich fühle mich geehrt, Mylord«, brachte sie hervor. »Doch ich möchte meinen Ritterschlag von der Ritterin erhalten, die mir die Mittel und die Gelegenheit für meine Ausbildung verschafft hat.

Sie hat mir geholfen zu begreifen, was eine Ritterin alles sein kann. Ihr folge ich ohne Zweifel als meiner Anführerin in die Schlacht.« Damit drehte sie sich zu Angharad um, deren grüne Augen jetzt besonders hell leuchteten.

Cass spürte, wie ihr ganzer Körper angesichts der Größe und Bedeutung dieses Moments kribbelte. Sie verspürte ein überwältigendes Gefühl von Entschiedenheit, so als hätte jede Sekunde ihres bisherigen Lebens sie genau zu diesem Moment geführt. Es war, als hätte sie die ganze Zeit lediglich gewartet, bis sie endlich die Person werden konnte, zu der sie bestimmt war. Die *Ritterin*, zu der sie bestimmt war.

Angharad befahl Cass, sich hinzuknien, gleich dort am Kamin, vor all den versammelten Ritterinnen und Rittern. Dann berührte sie mit ihrem Schwert leicht Cass' Schultern – erst die eine, dann die andere, wobei sich die Zwischenzeit unendlich lang anfühlte – und reichte ihr dann die Hand, damit sie aufstehen konnte.

Die anderen Frauen jubelten. Viele von Artus' Rittern schlossen sich ihnen an und für einen Augenblick sah Cass, dass ihr Bruder sein Gesicht zu ihr gewandt hatte. Zum ersten Mal waren da kein Misstrauen und keine Abwehrhaltung, sondern etwas, das sehr stark nach offener Bewunderung aussah.

Doch es waren die Stimmen der Frauen gewesen, die am lautesten erklangen, und für eine Sekunde hatte Cass sich vorgestellt, dass Lily mitten unter ihnen stand und von allen am lautesten jubelte; dass Sigrid ihr stolz zunickte; und dass Vivian und Leah ihr auf den Rücken klopften. Als sie sich in die Arme der Schwesternschaft geworfen hatte, hatte Cass sich das erste Mal nicht bemüht, die Tränen zurückzuhalten, sondern sie frei strömen lassen.

33

Die Truppen rasteten nur kurz, als es bereits weit nach Mitternacht war, und schon im Morgengrauen ritten sie weiter nach Norden. Alle waren angespannt und schweigsam.

Cass wusste, dass die Frauen mit der enormen Aufgabe klarzukommen versuchten, die vor ihnen lag. Doch niemand sprach über die Befürchtungen oder stellte Fragen. Alle zeigten entschlossene Gesichter und umklammerten ihre Waffen fest. Alle außer Astra, die so selbstsicher und sorglos erschien wie eh und je. Sie pfiff beim Reiten vor sich hin und spielte mit den Fingern am Heft eines der verschiedenen Dolche herum, die sie an ihrem Gürtel trug.

Am Spätnachmittag machten sie in einer dicht bewaldeten Gegend halt, banden die Pferde an und schickten Kundschafterinnen los, die ungesehen dahin vordringen sollten, wo sich der Wald ausdünnte. Dahinter, berichteten sie, führte ein grasbewachsener, sanfter Abhang zur Mündung des Flusses, an dessen Ufer die Sachsen und die Schotten ihr Lager aufgeschlagen hatten.

»Wir warten, bis es dunkel ist«, sagte Artus und Angharad pflichtete ihm bei.

Es war der längste Nachmittag in Cass' ganzem Leben.

Sie durften keine Geräusche machen, kein Feuer entzünden und keinem Pferd erlauben, den Schutz der Bäume zu verlassen. Die

Wachen, die sie am Waldrand postiert hatten, erledigten schnell und leise einen einzelnen sächsischen Soldaten, der ihnen gefährlich nahe gekommen war, zerrten seine Leiche aus dem Sichtfeld und versteckten sie im Unterholz. Cass wartete gemeinsam mit den anderen, bis sie die Spannung und den Anblick des ernsten, glänzenden Gesichts der jungen Susan nicht mehr aushielt.

Sie zog sich zwischen eng stehende Bäume zurück, deren überlappende Kronen die Sonne abschirmten, sodass es kühl und leise war. Die Brise in den Blättern und hin und wieder der beruhigende Ruf einer Ringeltaube waren die einzigen Geräusche.

Trotz des sanften, moosigen Schattens fühlte sich ihre Haut unter der Rüstung erhitzt und unangenehm an. Sie prickelte mit einer Kraft, die unbedingt herauswollte. Ihre Finger prüften methodisch jede Schnalle und Befestigung, prüften sie immer wieder, obwohl sie wusste, dass sie fest und sicher saßen.

Sie hatte schon gekämpft, hatte schon getötet, doch noch nie wie hier. Nicht einmal als sie Sir Mordaunts Festung gestürmt hatten, hatten sie vorher so quälend lange warten müssen. Sie hatte zu viel Zeit, sich vorzustellen, was vor ihnen lag.

Cass drehte den Griff ihres Schwertes in der Hand, spürte das kühle Metall der Klinge, von der sie jetzt wusste, dass sie Energie verströmte, wenn Cass sie brauchte. Doch tief in ihrem Herzen regten sich auch Zweifel, ob sie das wirklich wollte.

Sie lief auf und ab. Ihre Stiefel machten auf dem weichen Boden kein Geräusch. Nach und nach wurde der Wald um sie herum immer dunkler und die Baumstämme verschwammen zu unscharfen, Unheil verkündenden Pfeilern.

Sie dachte an die Rolle, die sie bei der Anwerbung und Ausbildung der Frauen aus den Dörfern und der jungen Knappinnen im Herrenhaus gespielt hatte, und ließ deren Gesichter an sich vorüberziehen: Martha, Tess, Elisabeth, Susan, Nell und so viele andere. Sie hielten sich ganz in der Nähe auf und bereiteten sich darauf vor, ihre Heimat und die Schwesternschaft mit jeder Faser ihres Körpers zu verteidigen. Cass wurde ganz flau bei dem Gedanken, denn sie wusste, dass es keine Schlacht dieser Größenordnung gab, bei der es nicht zu Verlusten kam. Nicht alle von ihnen würden gemeinsam wieder nach Hause reisen. Das Gewicht dieser Verantwortung drückte Cass beinahe zu Boden und sie ließ sich mit dem Rücken schwer gegen einen Baumstamm sinken.

Sie dachte an Gamelin und den Augenblick, als sich ihre Blicke bei der Ankündigung seiner Hochzeit im Licht des Lagerfeuers getroffen hatten. Und obwohl sie keine Hoffnung hatte, daran irgendetwas zu ändern, erfüllte der Gedanke, ihn zu verlieren, ihre Brust mit Schmerz.

Außerdem würde sie vielleicht Artus verlieren, der auf dieser Reise so oft in sich gekehrt und distanziert gewesen war. Dadurch hatte sie keine Chance gehabt, ihn wirklich kennenzulernen. Dann waren da noch die Ritter der Tafelrunde, die in nur wenigen Tagen Freunde geworden waren.

Angharad. Rowan. Alys.

Es war beinahe dunkel.

Sie merkte, dass sie büschelweise Moos ausgerissen hatte, und ließ es einfach auf den Boden fallen. In diesem Moment trat Gamelin zwischen zwei Bäumen hervor.

»Es ist so weit.«

Und mit einem Mal, ohne dass Cass sagen konnte, wer von ihnen beiden den ersten Schritt gemacht hatte, waren ihre Körper miteinander verschlungen. Seine Lippen fanden die ihren und sie küssten sich, als würden sie einander nie wieder loslassen. All die Anspannung und die Angst und die Vorahnungen, die sich in Cass aufgestaut hatten, flossen in diesen Kuss hinein. Seine Hand wühlte in ihrem Haar und zog sie fester an sich heran. Sein Schwert klirrte an ihrer Rüstung. Sein anderer Arm umschlang fest ihre Hüfte. Ihr Kuss wurde immer intensiver und entzündete ein Verlangen, das Cass' ganzen Körper in Brand setzte. Es war, als ob sie in seinen Armen dahinschmolz.

Dann erhob ein Rotkehlchen seinen Warnruf, als sich eins der in der Nähe angeleinten Pferde bewegte, und so schnell, wie es begonnen hatte, lösten sie sich wieder voneinander. Schwer atmend wandten sie sich um und kehrten schweigend zu den anderen zurück. Doch sein kleiner Finger streifte den ihren und Cass' Lippen kribbelten.

Sie konnte ihn immer noch schmecken, als sie aufsaßen und an den Waldrand ritten.

Die Nachtluft traf frisch und belebend auf Cass' erhitztes Gesicht. Weit unten konnte sie gerade so die Umrisse des sächsischen Lagers ausmachen. Abgesehen von ein paar flackernden Lagerfeuern war alles dunkel.

»Da sind Wachen«, flüsterte Gawain. »Wir kümmern uns um sie.« Er bedeutete seinen beiden Brüdern, ihm zu folgen, und Artus nickte zustimmend.

Sie ließen ihre Pferde zurück und zogen los. Mit leichten Schritten huschten sie durchs Gras, bis die Finsternis ihre Umrisse verschluckte.

Die anderen warteten, behelmt und mit bereiten Waffen. Im allerletzten Moment küsste Elaine das schlafende Baby fest auf die Stirn und reichte es Alys. Dann richtete sie ihre tränennassen Augen entschlossen auf die dunklen Konturen des Feindeslagers, um nicht mit ansehen zu müssen, wie Alys mit dem Kind in den Armen im Wald verschwand.

Eins nach dem anderen wurden die flackernden Lichter wie Kerzen ausgeblasen und Cass wusste, dass Gawain, Agravain und Gareth ihre Ziele unschädlich gemacht hatten. Artus gab das Zeichen und sie verließen den Schutz der Bäume und arbeiteten sich langsam den Hügel hinab zum Fluss. Sie hielten ihre Pferde in leichtem Gang, damit sie sich ungehört anschleichen konnten.

Sie kamen den Zelten näher und näher, unerträglich nahe, und bewegten sich trotzdem leise weiter voran, während sie auf das Zeichen von Artus warteten. Endlich, als Cass vor lauter Angst, dass sie entdeckt werden und das Überraschungsmoment verlieren könnten, beinahe platzte, stieß er einen lauten Kriegsruf aus. Der Schrei vervielfachte sich entlang der Reihen, die sich immer weiter auffächerten, zwischen die Zelte galoppierten und Speere, Pfeile und Schwerthiebe auf jeden verdutzten, schlaftrunkenen Sachsen oder Schotten herabprasseln ließen, der ins Freie taumelte.

In den ersten Minuten war es einfach. Es gab Durcheinander und Verwirrung, Schreckens- und Angstschreie. Die meisten der Gefallenen waren unbewaffnet und trugen keine Helme. Schon bald begann Pebble zu stolpern und wurde langsamer. Cass wusste, dass ihr Weg mit Leichen gepflastert war. Doch weitere Männer erschienen aus den Zelten, und je länger das Klirren der Waffen ertönte, desto besser waren die Kämpfer vorbereitet. Einige hatten es geschafft, sich ihre Rüstungen überzuwerfen, und die meisten hatten Waffen in der Hand.

Fackeln wurden entzündet und jemand fachte ein paar der Lagerfeuer wieder an. Sie erleuchteten die Szenerie mit einem unheimlichen roten Glühen. Die verbliebenen Sachsen sammelten sich und begannen zurückzuschlagen.

Cass sah, wie Astra mit beiden Händen Dolche schleuderte und dann von ihrem Pferd sprang, um sie aus den gefallenen Körpern wieder herauszuziehen. Sie hörte Angharads durchdringenden Schlachtruf, während sie wieder und wieder mit der Spitze ihres Speers zustach, und erblickte Elaine an ihrer Seite, die eine Salve von Pfeilen verschoss, die Zeltplanen durchdrangen und innen Schmerzensschreie auslösten.

Sie spürte mehr, als dass sie sehen konnte, wie ein Speer so dicht an ihrem Gesicht vorbeiflog, dass sich ihre Haare bewegten, und dann hörte sie ein scheußliches Geräusch hinter sich. Sie drehte sich im Sattel und stellte fest, dass eine der Frauen aus den Dörfern wie ein Stein von ihrem Pferd stürzte und Marthas Gesicht an ihrer Seite von Entsetzen und Trauer überflutet wurde.

»Martha!«, schrie Cass, während die wie angewurzelt sitzen blieb und die Leiche auf dem Boden entsetzt anstarrte. »Martha!«

Und Martha zuckte zusammen. Mit wildem Blick nickte sie und ritt wieder los, obwohl Tränen über ihre Wangen strömten.

Während sie ihr nachschaute, verspürte Cass tiefes Mitleid mit dieser Frau, die in ihrem Leben schon so viel durchgemacht hatte. Es erfüllte sie mit Wut, dass sie in diesen blutigen Krieg von Männern hineingezogen worden war, die um Land und Souveränität kämpften. Dann fühlte sie das unverwechselbare Aufsteigen der Kraft ihres Schwertes und stellte sich ihr. Sie hob das Schwert und leitete die Hitze und den Zorn in es hinein.

Ein Mann nach dem anderen fiel durch ihre Schwertklinge. Sie pflügte breite Furchen durch die Zeltreihen und ließ keuchende und blutende Männer zurück.

Plötzlich bemerkte sie, dass die verängstigte Susan vor einem der Feuer aufzustehen versuchte, während ein Sachse seinen schweren Schild erhob, um sie zu Boden zu schmettern. Cass war zu weit weg, doch als sie Pebble die Sporen gab, erblickte sie Sir Bale. Die Klinge seines Schwerts drang in den Nacken des Sachsen ein. Susan blieb unverletzt. Ihr von den Flammen erhelltes Gesicht war kreidebleich.

Gerade erschien es so, als ob sie unter ihren Gegnern ein Blutbad anrichteten und sie in dem Durcheinander besiegen würden, da vernahm Cass den Warnruf eines der Männer von Artus. Gleichzeitig mit allen anderen drehte sie sich um und erblickte eine Flammenwand, die vom Waldrand her wie eine gewaltige Feuerwoge auf sie zubrandete. Als sie näher kam, stellte Cass fest, dass es sich nicht um eine Feuerwand handelte, sondern um eine Masse von Männern, teils zu Fuß, teils zu Pferd, die lodernde Fackeln trugen.

Offensichtlich hatte das angegriffene Lager Boten ausgesendet, um Verstärkung anzufordern. Cass sank der Mut, als sie die Anzahl der schnell vorstoßenden schottischen Kämpfer erkannte.

Angharad und ihre Kämpferinnen stellten sich ihnen als Erste entgegen. Fackeln flackerten und erloschen unter den donnernden Pferdehufen. Die Frauen kämpften erbittert und die Reihen der vorrückenden Schotten kamen ins Straucheln. Dann warfen sich Artus und seine Ritter mit Leib und Seele ins Gefecht. Sie schwangen ihre Schwerter, schleuderten Speere und verschossen Pfeil um Pfeil.

Cass wartete nicht; sie konnte nicht warten, denn eine unsichtbare Kraft zog sie dorthin, eine Kraft, die unersättlich schien und genauso heiß und hell in ihr brannte wie die Flammen, die um sie herum loderten und die Silhouetten der fallenden Männer hervorhoben. Das war der Moment, als der führende schottische König die Standarte von Artus und dem blutroten Drachen erblickte. Er stockte und schien vor Verwirrung ins Stolpern zu geraten.

34

Bei Tagesanbruch hatten sie den Sieg errungen.

Mit dem Morgengrauen zog ein trostloser Nieselregen auf, der sich als feines Netz glitzernder Tropfen auf ihren Haaren absetzte. Viele der Frauen kauerten sich zitternd vor Kälte zusammen. Sie waren erleichtert über ihren Sieg, mochten ihn aber nicht feiern, denn es gab Tote zu begraben: die Leichen einiger von Angharads Knappinnen und etwa ein Dutzend Knappen von Artus sowie zwei Ritter von niederem Rang.

Bis heute hatte es stets einen Unterschied zwischen den Mitgliedern der beiden Gemeinschaften gegeben. Artus' Ritter hatten Abstand gehalten, auch wenn die meisten von ihnen die Kämpferinnen zu akzeptieren schienen. Doch das Blut und die Hitze der Schlacht hatten eine neue Verbindung zwischen ihnen geschaffen. Beim Ausheben der Gräber arbeiteten sie alle zusammen.

Cass suchte in der grauen Morgendämmerung Artus' Nähe, doch er war mit seinen Gedanken woanders – vermutlich dachte er bereits über Maßnahmen nach, die dauerhaften Frieden bringen könnten.

Er wollte mit seinen Rittern vor Ort bleiben, um sich mit den überlebenden schottischen Königen zu treffen. Die sächsische Armee war fast vollständig vernichtet, allerdings waren einige von ihnen nach Süden geflohen, wo sie sich wahrscheinlich den anderen in der Festung Deva anschließen würden. Viele Schotten waren am Ufer des Flusses gestorben; doch einigen wenigen, die übrig geblieben waren, erlaubte Artus, nach Hause zurückzukehren. Sie sollten die Nachricht von der Überlegenheit des Königs der Könige und eine Warnung an die anderen überbringen: Weitere Versuche, sich mit den Sachsen zu verbünden, würden im Verderben enden.

Cass verstand das nicht ganz. Sie wusste, dass Artus eine Geste der Großzügigkeit und Gnade aussenden wollte. Dies zeigte seine Mildtätigkeit als König und erlaubte ihnen, trotz des Verrats ihre Eigenständigkeit nördlich der Grenze zu behalten – wenn sie sich in Zukunft loyal der mächtigen Allianz anschlossen. Und doch kam es ihr merkwürdig und unangemessen vor, dass normale Männer am Glen ihr Blut für nichts anderes vergossen hatten als für einen Traum, aus dem sich Könige und Adelige schnell herausverhandeln und dann in ihre Schlösser und ihr Leben zurückkehren würden.

»Du hattest recht«, sagte Artus leise zu ihr. Sie war überrascht, wie viel ihr diese Worte bedeuteten und dass ihr Tränen in die Augen stiegen, als er sie aussprach. »Danke.«

Sie lächelte ihn an und dann umarmten sie einander. Und es war nicht die Umarmung eines Befehlshabers mit einem Mitglied seiner Truppe, sondern eine zwischen Bruder und Schwester. Sie hielten sich nach einer großen Anstrengung und aus Erleichterung über die abgewehrte Bedrohung für einen langen Moment fest. Doch sobald sie einander losließen, spürte sie, wie seine Sorgen zurückkehrten: Man erwartete von ihm, dass er jetzt das richtige Gleichgewicht zwischen Autorität und großmütiger Vergebung fand; er musste die anderen Verbündeten besänftigen und ihre Sicherheit bekräftigen; die Ritter verlangten eine Belohnung für ihre Dienste in der Schlacht. Sie konnte nachvollziehen, wie sehr diese Gedanken ihn beschäftigten und überforderten, und zog sich deshalb zurück.

Rowan hatte darauf bestanden, dass Angharad bei den Verhandlungen anwesend sein sollte. Immerhin hatten ihre Streitkräfte den gleichen Anteil am Sieg gehabt und auch sie selbst verdiente eine entsprechende Belohnung. Doch Angharad machte deutlich, dass sie sich nicht für die Absprachen der Könige und für das Ringen um Lehen, Land und Loyalität interessierte. Solange die Menschen in ihrer Region sicher waren, meinte sie, brauchte sie nichts anderes. Cass wusste, dass sie dankbar für die nur geringen Verluste war, die sie aufgrund der Entscheidung für den nächtlichen Überraschungsangriff erlitten hatten. Also überließen sie das Geschacher um Grenzen und Ländereien Artus und machten sich auf den Heimweg.

Cass hielt sich auf der Reise von Gamelin fern. Sie traute sich selbst nicht über den Weg, denn sie fürchtete, ihre Gefühle zu verraten, wenn sich ihre Blicke trafen, oder mit etwas Unangebrachtem herauszuplatzen, wenn sie in seine Hörweite kam. Ein paarmal schien er sein Pferd in ihre Nähe zu treiben, so als wollte er mit ihr sprechen, doch Cass presste dann immer die Sporen in Pebbles Seite und schloss schnell zu Rowan oder Astra auf, ohne sich umzusehen. Was gab es schon zu sagen? Allerheiligen und die Hochzeit nahten und es hatte sich nichts geändert.

Als sie das Herrenhaus erreichten, kam Lady Anne mit ein paar anderen nach draußen gerannt. Cass spürte ein Brennen in ihrer Kehle, als sie Annes erleichterte Miene bemerkte. Sie bot Gamelin einen Becher warmen Wein an und Cass wandte sich ab, damit sie nicht mit ansehen musste, wie er ihn annahm, und führte Pebble in den Stall.

Doch ihnen blieb keine Zeit, sich wieder in das normale Leben im Herrenhaus einzufinden oder sich darüber Sorgen zu machen, dass Susan seit der Schlacht blass und still war. Gleich am nächsten Tag hämmerte jemand mit dem Griff seines Speers an das Haupttor und Sir Kay wurde in den großen Saal geführt. Er erklärte, dass der König der Könige Cass ganz in der Nähe erwartete.

Das Reisezelt von Artus war prächtiger und größer als alle Räume des Herrenhauses zusammengenommen. Die Wände waren mit Seide verhängt und den Boden bedeckten gemütliche Schaffelle und warme Decken. Es gab Holzstühle und Tische und Flaschen voll gewürztem Wein. Allerdings bot er ihr, vermutlich in Erinnerung an den letzten gemeinsamen Wein, keinen an; auch er selbst trank nichts.

»Du bist eine beeindruckende Kämpferin«, sagte er beinahe ein wenig widerwillig. »Ich verstehe, warum Lady Nimue so von dir eingenommen ist.«

Dann schwieg er und Cass ging auf, dass sie kein größeres Zeichen des Danks oder der Anerkennung dafür erwarten konnte, dass sie die Notwendigkeit, nach Norden zu ziehen, richtig eingeschätzt hatte. Genauso wenig wie dafür, dass sie und die anderen Frauen eine wichtige Rolle beim siegreichen Ausgang der Schlacht gespielt hatten. Sie verlangte auch gar keinen Ruhm oder Anerkennung für etwas, das sie innerlich so sehr spaltete. Doch es gab noch einen anderen Teil von ihr – vielleicht war es der Teil, der sich als Zwilling zu fühlen begann. Und dieser Teil war stinksauer, dass Artus sich nicht ordentlich entschuldigen oder zumindest akzeptieren konnte, dass er unrecht gehabt hatte.

»Manchmal fühlt es sich immer noch wie ein Traum an. Ich kann mich nicht als Tochter eines Königs sehen.« Sie schüttelte den Kopf. »Es ist schon schwer genug, mich als Ritterin zu begreifen. Alles, was darüber hinausgeht, ist einfach zu unwirklich, um es zu verstehen.«

»Und doch bist du eine Ritterin, und zwar eine der besten, die ich je gesehen habe.« Er schaute sie an und sie wusste, dass auch er dieses überirdische Gefühl hatte, das sie manchmal verspürte, wenn sie ihn ansah: den Eindruck, fast, aber eben nur *fast* in einen Spiegel zu blicken.

»Ich habe eine Nachricht von König Ceredig erhalten«, fuhr er leise fort und hielt ein Pergament mit aufgebrochenem Wachssiegel hoch. »Unsere Truppen belagern Deva, aber das wird nicht reichen. Er bittet um weitere Verstärkung.«

»Also ziehst du nach Süden weiter?«

»Ja. Wir verfolgen unterwegs alle, die vom Glen geflohen sind, und dann schließen wir uns König Ceredig an, um die Belagerung von Deva so lange fortzusetzen, bis wir unser Ziel erreicht haben. Doch ich bin gekommen, um dich zu bitten, uns zu begleiten. Dich und alle von deiner Schwesternschaft, die sich uns anschließen wollen.«

Cass antwortete nicht sofort.

Sie hatte einmal die Geschichte von zwei Drachen gehört, die tief in einem Berg wohnten. Einer war weiß, der andere rot. Jede Nacht bebte der Berg, wenn die Drachen sich aus dem See erhoben, in dem sie schliefen, und sich erbittert in den dunklen Stunden bekämpften. Bei Tagesanbruch schliefen sie wieder ein und setzten ihren Kampf in der folgenden Nacht fort.

Ihr fiel diese Geschichte jetzt wieder ein, weil sie den Eindruck hatte, dass sich in ihrer Brust gerade etwas Ähnliches abspielte, ein nie endendes und verwirrendes Gerangel. Ein Teil von ihr wollte Kriegerin sein, die wogende Kraft in sich bis an ihre Grenzen ausreizen und dem faszinierenden goldenen Faden ihrer Bestimmung folgen. Der andere Teil von ihr gehörte noch immer auf den sonnenbeschienenen Bauernhof, kraulte den Hund hinter den Ohren und schlief nachts an ihre Schwester gekuschelt. Und dann gab es noch einen weiteren Teil, der für immer hierbleiben wollte, in der Nähe der weißen Felsbrocken, unter denen Lily begraben war. Außerdem war da ein Teil, der über die Anzahl der Leben, die sie genommen hatte, zutiefst schockiert war, ganz gleich wie gut sie ihre Taten rechtfertigen konnte.

»Es wird reichen Lohn geben«, sagte Artus und holte sie damit in das Zelt und zu seinem Angebot zurück. Sie betrachtete seine wirren Locken und seine blaugrünen Augen und fand es merkwürdig, dass zwei Menschen so gleich und doch so verschieden sein konnten. Oder vielleicht, wie unterschiedlich sie von der Lage geprägt werden konnten, in der sie sich wiederfanden.

»Gold interessiert mich nicht«, gab Cass kühl zurück. Doch dann dachte sie, dass Angharad, die so viele neue Mäuler zu stopfen hatte, vielleicht nicht allzu begeistert sein würde, dass sie sein Angebot vorschnell abgelehnt hatte.

»Doch wichtiger noch«, korrigierte Artus schnell, »ist, dass es Frieden geben wird. Dauerhaften Frieden. Wenn wir Britannien jetzt von den Sachsen befreien, in dem Moment, wo sie sich alle in Deva zusammengerottet haben, dann können wir die ständigen Raubzüge und Übergriffe auf Jahre hinaus abstellen.«

Cass seufzte. »Ich rede mit Angharad.«

Sie wollte das Zelt schon verlassen, da sprach Artus weiter.

»Vermisst du sie?«

Sie drehte sich wieder zu ihm um.

»Die Leute, die dich großgezogen haben?«

»Mir fehlt meine Schwester jeden Tag. Und ich habe meine Eltern besucht.« Sie stockte, wollte sich korrigieren, entschied sich jedoch dagegen. Sie blieben in fast jeder Hinsicht ihre Eltern. »Ich habe es ihnen erklärt, so gut ich konnte. Es war … bittersüß.«

»Ich bin nie wieder dort gewesen.« Seine Augen trübten sich und er spielte an dem Pergament herum. »Es war keine liebevolle Kindheit.« Sie wartete, dass er weitersprach, doch er schien nicht zu wollen. Schließlich fuhr er fort: »Das Augenmerk lag auf meiner Ausbildung und Ritterschaft. Ich wurde mit zwei anderen Jungen ähnlichen Alters aufgezogen und uns wurde immer nahegelegt, einander als Konkurrenten zu betrachten, niemals als Brüder. Wir wurden wie Knappen in der Ausbildung behandelt, nicht wie Söhne.«

»Machst du ihnen Vorwürfe? Dafür, dass sie uns weggegeben haben?«

»Ich glaube nicht, dass unsere Mutter etwas anderes gewollt hätte. Nicht nachdem …«

»Und was ist mit Uther?«

»Wahrscheinlich war er mehr an einem Erben als an einem Kind interessiert.«

Cass erkannte den Schmerz in seiner Miene, und ohne darüber nachzudenken, nahm sie seine Hand. Sie drückte sie und spürte, dass er den Druck erwiderte.

35

Am folgenden Tag brachen sie nach Deva auf.

»Das ist unsere beste Chance, Frieden zu erreichen«, sagte Cass. Sie wollte unbedingt glauben, dass das stimmte und nicht nur etwas war, das Artus gesagt hatte, um sie zu überreden.

Angharad hatte mit einem Seufzer in die Bestandsliste der Vorräte und Ressourcen des Herrenhauses geschaut. »Es ist notwendig.«

»Es ist ein Abenteuer«, hatte Rowan mit glänzenden Augen geantwortet.

»Es ist eine Gelegenheit«, meinte Astra und Cass wusste, dass sie sich vorstellte, wie sie ihre speziellen Fähigkeiten in einem großen Armeelager zum Einsatz bringen konnte.

»Es ist zu weit weg«, wandte Alys streng ein und warf Elaine einen Blick zu. Einen Augenblick lang schien es, als wollte Elaine sich mit ihr streiten, doch dann blickte sie auf das auf ihrem Schoß schlafende Baby hinab und stimmte widerstrebend zu.

»Wir brauchen dich ohnehin hier, Elaine«, beschwichtigte Angharad. »Wir können das Herrenhaus nicht die ganze Zeit unverteidigt zurücklassen. Du musst in meiner Abwesenheit die Verantwortung übernehmen. Und mit ein wenig Glück kehren wir mit so reichlich gefüllten Schatullen zurück, dass wir viele Monate lang damit auskommen.«

Sie blickte stirnrunzelnd ins Feuer. »Wenn wir die Sachsen jetzt nicht vollständig besiegen, dann bedrängen sie unsere Grenzen schon bald wieder, das nächste Mal vielleicht von Süden. Und dann werden wir sie nie los, sondern müssen sie wie lästige Fliegen immer und immer wieder abwehren. Besser, wir tun es jetzt und gründlich, als später zu bedauern, dass wir bei der sich bietenden Gelegenheit nicht gehandelt haben.«

Sir Bale und ein paar von Mordaunts Männern blieben ebenfalls zurück, ebenso wie die meisten Knappinnen und einige der erst jüngst ausgebildeten Frauen, die sich noch nicht stark genug fühlten, um sich gleich schon wieder in den nächsten Kampf zu stürzen. Doch Martha erklärte stolz, dass sie gemeinsam mit Agnes und ein paar anderen Ritterinnen mitkommen wollte. Gamelin und eine Gruppe der Ritter schlossen sich ebenfalls an.

Ihre Ankunft in Deva verlief ganz anders als die heimliche Annäherung an die vorhergehende Schlacht.

Das war auch gut so, fand Cass, da die Anzahl ihrer Kämpfer auf der Reise stark zugenommen hatte. Viele Lords und Könige hatten jetzt ihre Truppen mobilisiert, um sich Artus anzuschließen, wodurch es praktisch unmöglich war, sich dem Feind unbemerkt zu nähern.

Artus, dessen Händedruck vom Abend vor ihrer Abreise noch immer nachklang, schien Cass gegenüber wieder umso distanzierter zu werden, je mehr seine Streitmacht anschwoll.

Während sie die Dörfer Nordhumbriens passierten, hatten die Menschen, die die Straßen säumten, nicht nur Artus' Namen gerufen. Sie jubelten auch den Frauen zu – vor allem Angharad und manchmal auch Cass. Artus war erstarrt, als er ihren Namen gehört hatte, und später am selben Tag hatte sich ein Vorwand gefunden, warum sie weiter hinten reiten sollte, mitten unter den Karren, die ihre Vorräte transportierten.

Dabei hatte er sie zum Mitkommen aufgefordert! Sie war verletzt und enttäuscht, denn sie hatte schon geglaubt, dass er sie wirklich kennenlernen wollte.

Der Ort der Belagerung war bereits aus großer Entfernung einsehbar. Rauch stieg in den Himmel auf und beim Anmarsch durchquerten sie eine flache, weite Ebene, in deren Mitte sich ein fantastischer Anblick bot: Deva.

Die Festung war quadratisch angelegt und lag in der Biegung eines breiten, langsam fließenden Flusses. Alle vier Seiten bestanden aus dick aufgemauerten Sandsteinwällen mit Brustwehren. In die Mauern waren runde Türme eingebaut, die einer großen Anzahl Wachen Schutz boten. Die Festung umgab ein Graben, der so breit war wie eine Pferdelänge und sicher doppelt so tief.

Nicht weit davon entfernt befand sich ein prächtiges römisches Amphitheater, dessen weiße Mauern von großen Arkaden durchbrochen waren. Die gesamte Ebene sprenkelten reetgedeckte Lehmfachwerkhütten. In viele von ihnen waren die Kämpfer eingezogen, nachdem sich die Einwohner längst in sicherere Gegenden geflüchtet hatten. Dazwischen standen Zelte, darunter einige größere Ritterzelte, während andere kleiner und klappriger wirkten. Kochfeuer waren von Töpfen umringt und streunende Hunde balgten sich um die verkohlten Reste von Tierknochen. Cass sah eine Feldschmiede, aus der dicker, schwarzer Rauch hervorquoll und der Lärm von Metall auf Metall herüberschallte. Außerdem waren da improvisierte Weidezäune, hinter denen von dem Gestank und Durcheinander unbeeindruckte Schlachtrösser grasten.

König Ceredig hatte sein Hauptquartier innerhalb der beeindruckenden kreisförmigen Mauern des Amphitheaters aufgeschlagen. Beim Einreiten schnappten Cass und einige der anderen hörbar nach Luft.

Es war das größte Gebäude, das sie je gesehen hatten. Sie ritten durch einen Durchgang mit Sandboden und hohen Wänden an beiden Seiten und erreichten dann eine riesige, kreisrunde Arena, die so groß war, dass vielleicht sechs oder sieben Turnierplätze hineinpassten. Ringsum stiegen eindrucksvolle steinerne Ränge an, die steil und breit genug waren, um Tausenden Zuschauern Platz zu bieten. Im Augenblick waren sie allerdings mit Kämpfern voll besetzt. Einige von ihnen pflegten ihre Wunden oder prüften ihre Waffen. Manche aßen und tranken, andere unterhielten sich und lachten. Noch andere schienen, die Schwerter noch in der Hand, trotz des ganzen Lärms tief zu schlafen und benutzten ihre Schilde als Kopfkissen.

Als Artus einritt, verstummten alle und die meisten der Männer sanken auf die Knie, während Ceredig ihm zum Gruß entgegentrat.

Er war ein großer, eindrucksvoller Mann, dessen Bauch weit über seinen Ledergürtel ragte, der mit einer silbernen Schnalle in der Form eines Greifs verschlossen war. Er trug eine Krone aus dunkelgrauem Metall und einen roten Samtumhang und sein buschiger schwarzer Bart hing über seine halbe Brust. Sein glattes Haar hatte er nach hinten geölt.

»Eure Majestät«, sagte er mit lauter, seidenweicher Stimme und verbeugte sich vor Artus. Doch selbst in dieser Haltung überragte er den jungen König noch. »Wir sind von Eurer Anwesenheit geehrt und danken für Eure Unterstützung.«

Sein Blick fiel auf Angharad und die anderen Rüstung tragenden Frauen hinter ihr und er runzelte die Stirn. »Wir hatten Gerüchte gehört, Mylord, doch …«

»Eure treuen Dienste sind nicht unbemerkt geblieben«, erwiderte Artus. Falls Ceredig von dem arroganten Tonfall oder dem Umstand, dass Artus alle Fragen, die er zu den Ritterinnen haben mochte, kurzerhand ignorierte, beleidigt war, zeigte er es nicht; er neigte einfach erneut den Kopf vor dem viel jüngeren Mann.

»Wir sind dankbar, dass Eure Majestät dem Feind im Norden so schnell eine Niederlage beibringen und die Bedrohung aus dieser

Richtung enthüllen konnte, ehe es zu spät war. Wir befinden uns dadurch alle in größerer Sicherheit.«

Cass sah Artus an. Sie erwartete, dass er eingestand, dass es Angharad und ihre Frauen gewesen waren, die von dem Bündnis der Schotten mit den Sachsen berichtet hatten. Sie hatten hart daran gearbeitet, ihm die Nachricht rechtzeitig zu überbringen, und tapfer an seiner Seite gekämpft, um die Feinde zu besiegen. Doch Artus richtete seinen Blick weiterhin fest auf Ceredig, wedelte unbestimmt mit der Hand und murmelte: »Es ist die Aufgabe des höchsten Königs, Bescheid zu wissen, wenn sein Reich bedroht wird.«

Ceredig zog Artus in eins der verschiedenen Ritterzelte, die auf dem Kiesboden des Amphitheaters standen. Cass fiel auf, dass Artus, der im Herrenhaus strategische Fragen nur zu gerne mit Angharad und ihren erfahrensten Ritterinnen diskutiert hatte, ihnen hier unter all den mächtigen Männern kaum einen Blick schenkte. Angharad müsste in diesem Ritterzelt sein und an der Planung teilnehmen – so wie jeder andere Anführer, der seine Kämpfer dazu motiviert hat, mit ihren Leben einzustehen, dachte Cass verärgert. Doch es gab keine Einladung und die Zeltklappe wurde schnell herabgelassen und gesichert. Sie blieben unbeachtet draußen stehen.

»Das nächste Mal, wenn die unsere Hilfe brauchen, können die gegen den Wind pissen«, sagte Rowan und spuckte auf den Boden.

Angharad reagierte mit eisiger Stimme. »Dass sie uns ausschließen, sagt mehr über ihre Führungsqualitäten als über unsere Kampfqualitäten aus.« Dann schien sie plötzlich eine Entscheidung zu treffen. Mit einem durchdringenden Pfiff versammelte sie die Schwesternschaft und führte sie aus der Arena. Die Hufe ihrer Pferde wirbelten eine Staubwolke auf.

Sie waren noch nicht weiter als eine Achtelmeile gekommen, da schloss ein junger Kundschafter zu ihnen auf, der seinem Pferd atemlos die Sporen gab.

»Mylady«, keuchte er, als er Angharad erreichte, die stehen blieb, um ihn anzuhören. »Seine Majestät schickt mich. Er entschuldigt sich für sein Versehen und lädt Euch und Eure Beraterinnen ein, mit ihm und König Ceredig an der Strategiebesprechung teilzunehmen.«

Angharad schien zu überlegen und ließ sich Zeit mit ihrer Antwort.

»Meine Frauen und ich sind von dem langen Ritt ermüdet. Wir schlagen unser Lager auf und besprechen die Strategie gerne morgen früh.«

Der Bote starrte sie mit offenem Mund an. Cass fragte sich, ob er schon jemals zuvor eine solche Botschaft des Königs an seine engsten Verbündeten überbracht hatte. Dann nickte er unsicher und verschwand zurück in Richtung des Amphitheaters.

Ein leises Lächeln umspielte Angharads Lippen. Sie forderte die Frauen auf, das Lager aufzuschlagen.

In Deva mussten sie schnell viel lernen. Cass und die anderen begriffen bald, dass die Herausforderungen einer Belagerung ganz andere waren als die einer offenen Feldschlacht. Die Sachsen hatten alle Zugänge der römischen Festung verschlossen und in jedem Eckturm sowie jeder Schießscharte dazwischen Wachen postiert. Dadurch war es so gut wie unmöglich, die Mauern zu durchbrechen. Und da im Inneren genug Platz für eine ganze Siedlung war, einschließlich Vieh und fließenden Wassers, das aus dem Fluss dorthin geleitet wurde, bestand auch keine Hoffnung, dass die Sachsen sich von außen Nachschub beschaffen mussten. Vielleicht würde ihnen bei Wintereinbruch die Nahrung ausgehen, wie Ceredigs Berater schätzten, doch Winterwetter stellte für die Truppen außerhalb der Festungsmauern eine noch größere Herausforderung dar. Es war nicht leicht, in bitterer Kälte eine Belagerung aufrechtzuerhalten.

An einem heißen, ruhigen Nachmittag holte Cass Wasser aus

dem Fluss. Da fiel ein Schatten über ihre Schulter und verband sich mit ihrem eigenen. Artus! Er ging neben ihr her, ohne die Begleitung von Wachen oder Rittern. Seit ihrer Ankunft sah sie ihn zum ersten Mal, doch weder grüßte er noch verschwendete er Zeit mit anderen Höflichkeiten.

»Sie werden mit jedem Tag stärker. Sie verstecken sich bequem hinter dicken Mauern, während wir hier draußen den Elementen ausgesetzt und auf Lieferungen aus den umliegenden Dörfern und Städten angewiesen sind«, platzte es bitter aus ihm heraus, so als erwartete er, dass Cass ihm Mut machte oder irgendeine magische Lösung des Problems vorschlug.

Es war offenkundig, dass die Sachsen sich sicher waren, den längeren Atem zu haben, und Cass musste zugeben, dass sie allen Grund dazu hatten. Mit jedem Tag nahm der Wind zu und der Regen prasselte auf die Zelte. An den wenigen Bäumen am Flussufer begannen die Blätter zu welken. Schon bald würde es kalt werden und der Nachschub knapp, sodass sie den Versuch mindestens bis zum nächsten Frühling abbrechen müssten.

»Hast du erwogen, die Belagerung wieder aufzunehmen, wenn der Winter vorbei ist?«, fragte Cass unverblümt.

Artus warf den Krug, den er in der Hand hielt, zu Boden und verspritzte Wasser über die Felsbrocken. Er schrie sie an: »Habe ich es erwogen?! Natürlich habe ich es erwogen! Hältst du mich für einen Einfaltspinsel?! Ich bin mir sicher, du hast natürlich eine listige, brillante Lösung, die meine erfahrensten Berater und ich einfach übersehen haben? Denn du bist ja bei deinem kurzen Aufenthalt unter Frauen, die im Wald mit Schwertern spielen, so unendlich weltläufig und schlachterfahren geworden!«

Cass wandte sich um und ließ ihn stehen. Ihr ganzer Körper bebte vor Wut und Kränkung und in ihren Augen brannten frische Tränen. Und unter alldem loderte auch noch Artus' eigene Weißglut, in die sich Angst und Unsicherheit mischten.

Im kühlen, grau-rosa Licht des frühen Abends kam er in ihr Zelt und entschuldigte sich. Er warf einen Blick auf ihr Schwert, das in seiner Scheide steckte und halb unter ihrem Gepäck vergraben war, weil sie es noch immer nicht offen anschauen wollte, und zog daraus wohl den falschen Schluss, dass sie abreisen wollte. Er nahm ihre Hände in seine und küsste sie, gestand seine Furcht ein und bat sie eindringlich, die Schwesternschaft nicht wegzuführen, sondern zu bleiben und an seiner Seite als seine Schwester zu kämpfen. Sein Blick war so flehend und seine Sorgen waren so echt, dass sie weich wurde und ihm versicherte, dass er keinesfalls ohne sie an seiner Seite kämpfen musste.

36

Die Stimmung im Lager war angespannter denn je. Die Truppen, die sich im und um das Amphitheater gesammelt hatten, wurden immer verzagter. Cass hatte den Eindruck, dass sie nicht mehr lange unter Kontrolle gehalten werden konnten, wenn ihre Anwesenheit so nutzlos erschien. Immer wieder brachen kleine Streitigkeiten und Rangeleien aus und eines Morgens sah Cass nach dem Aufwachen, wie eine Leiche auf einer improvisierten Trage aus zwei Ästen und einem Tuch dazwischen weggetragen wurde. Die Laune wurde genauso düster wie der Himmel.

Nachdem sie anfangs Spott und dumme Bemerkungen über sich hatten ergehen lassen müssen, wurden die Frauen der Schwesternschaft von den Kämpfern, die sich auf der Ebene drängten, inzwischen weitgehend ignoriert. Sie blieben in ihren Zelten und kamen nicht einmal mit den Männern aus ihren eigenen Dörfern in Kontakt, die auf der anderen Seite der Festung Quartier bezogen hatten. Die Männer orientieren sich an Artus, der die Kämpferinnen öffentlich akzeptierte, obwohl er kaum mit ihnen redete. Er war darauf bedacht, Distanz zu wahren und seinen königlichen Rang klar zu definieren. Doch als die Männer immer unruhiger wurden, berichteten die Frauen auch immer häufiger von entwürdigenden Erfahrungen, die von gemurmelten Kommentaren bis zu Grapschereien reichten. Immerhin waren sie so geschickt mit ihren Schwertern, dass keiner der Übergriffe zum Ziel führte.

Cass wusste, dass Angharad sich Sorgen machte, denn sie verdoppelte die Nachtwachen, die vor der Zeltgruppe der Frauen standen. Oft kauerte sie auch selbst mit dem Schwert an ihrer Seite am Lagerfeuer, lange nachdem die meisten Männer bereits schlafen gegangen waren, und starrte in die Flammen – egal ob sie selbst als Wache eingeteilt war oder nicht.

Eines Abends, als ein weiterer langer Tag, an dem sie ihre nassen Füße nirgends hatten trocknen können, endlich zu Ende ging, war Cass so entnervt, dass sie in Angharads Ritterinnenzelt vorsprach. Sie wollte ihr vorschlagen, den Schaden zu begrenzen und nach Nordhumbrien zurückzukehren.

Irgendwann, wenn der Winter mit voller Kraft einbrach, würden sie sowieso abreisen müssen. Es ergab wenig Sinn, die Frauen, die sich ihnen angeschlossen hatten, zum Bleiben zu zwingen und sie noch erschöpfter werden zu lassen. Besser kehrten sie im Frühling erholt und kampfbereit zurück. Es war höchst unwahrscheinlich, dass die Sachsen während der kalten Wintermonate zum Angriff aufbrechen würden.

Sie probte innerlich diese Argumente, als sie an einer Würfel spielenden Gruppe vorbeikam, in deren Mitte, wie üblich, Astra saß. Als Cass sich näherte, machte Astra eine Finte; sie tat so, als ob sie ihre Münzen in den Topf für die Spieleinsätze werfen würde, verbarg sie aber in letzter Minute in ihrer Handfläche. Mit einem schnellen, scharfen Blick auf die Reaktionen ihrer Mitspieler schätzte sie ab, ob die auf eine so kühne Wette eingegangen wären. Cass schüttelte den Kopf und grinste, als einige der Männer verärgert fluchten, weil ihre Mienen verraten hatten, welche Trümpfe sie in der Hand hielten.

Dann erstarrte sie plötzlich. Und nur wenige Augenblicke später platzte sie in Artus' Ritterzelt, nachdem sie ungeduldig gewartet hatte, bis er seinen Wachen die Erlaubnis erteilte, sie eintreten zu lassen.

»Ein Schwindel!«, keuchte sie atemlos.

»Dir ist schwindelig?« Der Gedanke machte ihm offenbar Angst und er führte sie zu einem Sessel. »Ist das so eine Frauensache? Soll ich …«

»Nicht schwindelig, sondern ein Schwindel«, brachte sie ungehalten hervor. »Wir sollten uns zurückziehen«, begann sie, doch er widersprach sofort und listete all die strategischen Gründe auf, warum das ein Fehler wäre, doch sie brachte ihn mit erhobener Hand zum Schweigen. Ausnahmsweise verstummte er und hörte ihr zu.

»Wir ziehen uns zurück«, wiederholte sie. »Brechen unsere Zelte ab, packen unseren Proviant ein und reisen ab. Die meisten unserer Truppen gehen nach Hause. Die Sachsen werden annehmen, dass wir die Belagerung über den Winter unterbrechen und erst im Frühling zurückkommen. Sie warten. Wir kommen nicht zurück. Dann trauen sie sich heraus. Vielleicht lassen sie ihr Vieh auf der Ebene weiden oder beschaffen Nachschub. Egal wie lange ihre Vorräte reichen, irgendetwas ist inzwischen bestimmt knapp geworden.«

Er zog skeptisch eine Augenbraue hoch. »Und dann?«

»Und dann greifen diejenigen von uns an, die geblieben sind und sich versteckt haben! Wir warten, bis sie unvorsichtig werden, und nutzen dann irgendeine Sicherheitslücke aus, um in die Festung einzudringen und sie herauszutreiben. Und dann kommen unsere restlichen Truppen zurück und nehmen endlich den Kampf mit ihnen auf.«

»Und was, wenn die Verstärkung nicht rechtzeitig eintrifft? Oder wenn wir in der Festung hoffnungslos in der Unterzahl sind?«

»Ich habe nicht behauptet, dass der Plan perfekt ist«, gestand Cass lächelnd. »Doch ich halte ihn für den besten, den wir haben.«

Artus kniff die Augen zusammen. »Also«, begann er langsam,

»bleibst du hier und reklamierst den Sieg für dich? Und stellst mich als den Wendehals dar, der geflüchtet ist und dir den Kampf überlassen hat, der neuen großen Hoffnung Britanniens? Genau davor hat Merlin mich gewarnt, als du in Camelot eingetroffen bist.«

Sie starrte ihn verblüfft an. »Ich habe nicht darüber nachgedacht, wie der Sieg wahrgenommen wird. Nur darüber, wie wir ihn erringen können.«

Er schaute sie skeptisch an. »Was die Leute über einen Sieg denken, ist zehnmal wichtiger als der Sieg an sich. Jedenfalls wenn du willst, dass deine Regentschaft ein wenig länger dauert.«

»Dann ist es doch gut, dass ich gar keine Regentschaft habe, an die ich denken muss«, antwortete sie leichthin und spürte in ihrer Brust, dass seine Furcht ein wenig nachließ.

37

Zu Cass' Überraschung stimmte Artus schließlich zu. Ceredig war äußerst zögerlich, doch er konnte gegenüber dem König der Könige nicht ungehorsam sein. Nach einem Tag, an dem drei weitere seiner Männer betrunken in Rangeleien verletzt worden waren, musste er zugeben, dass es nicht viel brachte, weiterhin erfolglos draußen vor der Festung herumzusitzen.

»Doch Mylord«, appellierte er an Artus, »seid Ihr sicher, dass es nicht besser ist, wenn wir uns vollständig zurückziehen und dann im Frühling in voller Zahl zurückkehren?«

»Damit sie in der Zwischenzeit stärker werden und ihre Invasion planen können?«, fragte Artus scharf zurück. »Das Risiko können wir nicht eingehen.«

Also wurden die Zelte abgebrochen und die Feuerstellen aufgelöst, das Amphitheater geräumt und die Pferde für die lange Reise gesattelt und bepackt. Die Absprache war, dass die Anführer der verschiedenen Armeen in unterschiedliche Richtungen davonreiten sollten, so als würden sie in ihre jeweiligen Dörfer und Städte zurückkehren. Sie würden weit genug reisen, um etwaige Kundschafter der Sachsen davon zu überzeugen, dass sie wirklich nach Hause unterwegs waren. Dann aber würden sie kehrtmachen und schnell nur wenige Reitstunden von der Festung entfernt erneut lagern. Dort sollten sie auf das Signal warten.

Es war ein ehrgeiziger Plan. Wenn die Armeen zu früh umkehrten, riskierten sie, dass die Sachsen es mitbekamen und sich wieder hinter die undurchdringlichen, dicken Mauern zurückzogen. Wenn sie zu spät umkehrten, wäre die kleine Gruppe der zurückgelassenen Kämpfenden massiv in der Unterzahl und würde ohne zügige Verstärkung wohl kaum überleben.

»*Wir* müssen es sein«, verkündete Angharad finster am Vorabend des Tages, an dem der Plan umgesetzt werden sollte. Sie hatten stundenlang immer wieder über dieselben Dinge diskutiert und alle waren müde und genervt. Artus blieb dabei, dass er und seine Ritter sich irgendwie am Ufer des Flusses verstecken würden – ein Plan, der wohl kaum aufgehen würde, wie Angharad immer wieder betonte. Ceredig prahlte die ganze Zeit, dass seine Ritter die tapfersten Kämpfer ganz Britanniens seien und deshalb in die Festung eindringen sollten.

»Bei allem Respekt«, antwortete Angharad mit erschöpfter Stimme, »doch Eure großartigen Kämpfer hatten wochenlang Zeit, in die Festung einzudringen, nur leider keinen Erfolg. Wir sind die Einzigen, die uns nähern können, ohne Verdacht zu erregen.« Sie seufzte, ignorierte Ceredig und wandte sich direkt an Artus. »Wir warten ein oder zwei Tage, nachdem Ihr abgereist seid, und dann nähern wir uns in Frauenkleidung den Hütten und Scheunen rund um die Festung. Die Sachsen werden glauben, dass ein paar Dörflerinnen zurückgekommen sind, um zu retten, was von ihren Häusern und Besitztümern übrig geblieben ist.«

»Sie werden keinen Verdacht schöpfen, dass wir irgendetwas mit Euren Truppen zu tun haben«, warf Rowan trocken ein. »Vertraut uns.«

Am Ende konnten die Männer nicht anders, als zuzugeben, dass es keine sinnvolle andere Möglichkeit gab.

Also verstreuten sie sich in alle Himmelsrichtungen. Wo ihre

Zelte gestanden hatten, war das Gras platt und trocken und die Schmiede hatte den Boden versengt. Angharad, Cass und die anderen Frauen lösten sich von der Gruppe, nachdem sie ein paar Stunden lang geritten waren, und zogen sich in ein nahe gelegenes Dorf zurück, um sich Frauenkleidung zu beschaffen und zu warten.

»Das wird gefährlich«, erklärte Angharad, bevor sie die Reihen der anderen Ritter verließen. »Riskanter als alles, was wir bisher versucht haben. Doch wir kämpfen für das Leben, das wir uns aufgebaut haben. Wir kämpfen dafür, dass wir ins Herrenhaus zurückkehren und eine neue, starke und freie Generation Mädchen dort aufziehen können. Wir kämpfen dafür, in Frieden und ohne die Bedrohung durch marodierende Banden mordlustiger Männer leben zu können.«

Rowan zog eine Augenbraue hoch. »Und wenn das bedeutet, dass wir uns vorübergehend mit einer Bande mordlustiger Männer verbünden müssen, dann ist das eben so«, meinte sie süffisant.

Angharad unterdrückte ein Lächeln. »Genau. Unsere Wahl ist niemals leicht. Doch ich habe die Hoffnung, dass Nordhumbrien und der Rest Britanniens von der permanenten Bedrohung durch Invasion und Krieg verschont bleiben, wenn wir die Sachsen vertreiben. Wie soll sich irgendeine von uns niederlassen, ein Heim und eine Gemeinschaft und eine eigene Lebensweise aufbauen, solange diese Bedrohung nicht ausgelöscht ist?«

Niemand antwortete. Cass blickte in die entschlossenen Mienen der Frauen und wusste, dass sie alle, genau wie Cass selbst, an ihre Familien dachten, manche vielleicht an die ersten Schritte kleiner Babys, andere an die sonnendurchflutete Wiese voller Wildblumen und freier Frauen, zu der sie unbedingt zurückkehren wollten.

»Keine von euch braucht sich zu schämen, wenn sie sich entscheidet, lieber nach Hause zu gehen, anstatt uns heute zu begleiten«, fuhr Angharad fort. »Ich zwinge keine von euch, sich uns anzuschließen, die es nicht wirklich will.«

Keine der Frauen regte sich. Also ritten sie gemeinsam weiter.

Fünf Tage vergingen, dann zehn. Am elften Tag kehrten sie vorsichtig in die Siedlungen um die Festung herum zurück. Sie verhielten sich scheu und nervös, als fürchteten sie, die Besatzungstruppen hätten einige Männer zurückgelassen. Ehrlicherweise mussten sie nicht groß etwas vorspielen. Der Gedanke, dass sie sich im Innern der Festung wiederfinden würden, allein unter einer großen Übermacht sächsischer Truppen, reichte, um für große Anspannung zu sorgen.

Nachdem sie sich niedergelassen hatten, warteten sie und beobachteten abwechselnd die Festung und ihre Eingänge. Jede von ihnen war angriffsbereit. Unter ihren einfachen Kleidern hatten sie ihre Waffen versteckt.

Die Zeit schleppte sich dahin. Die Nächte wurden länger und die dunklen Wolken hingen immer niedriger. Vielleicht waren die Sachsen so vorsichtig, dass sie sich bis zum Frühling komplett verschanzten?

Doch am Ende waren es weder Wasser noch Nahrung oder anderer Nachschub, was sie nach draußen lockte. Es waren die Frauen.

Es geschah so plötzlich, dass sie völlig überrascht wurden. Eines Morgens kurz nach dem Wachwechsel zischte Astra, die hinter dem kleinen Fenster einer Hütte kauerte: »Männer! Ungefähr ein Dutzend. Sie kommen direkt auf uns zu!« Mit klopfenden Herzen und schweißnassen Händen gaben sie die Nachricht von Hütte zu Hütte weiter. Sofort schickte Angharad zwei Botinnen los, um die Armeen herbeizurufen. Die Pferde brachten die beiden schnell außer Reichweite der anrückenden Männer. Dann wandte sie sich rasch und entschlossen an die verbliebenen Frauen. Ihre Aussage war einfach: »Wartet nicht zu lange damit, euch zu wehren. Ich will nicht, dass auch nur eine Einzige von uns geopfert wird, bloß weil wir das Überraschungsmoment länger hinauszögern wollten.«

Die Männer sagten nichts, als sie die Hütten betraten und die

Frauen ergriffen. Sie durchsuchten sie nicht einmal, sondern lachten und riefen einander laut etwas zu, so als würden sie die Ernte einbringen. Einige der jüngeren Frauen kreischten, doch keine leistete Widerstand. Cass konnte sehen, dass sich Martha mit aller Kraft zusammenreißen musste, um schlaff und mit geweiteten Augen in den Armen ihres Entführers zu liegen, statt ihm eine zu verpassen. Cass sah auch das Blitzen in Angharads Augen, als sie gepackt wurde, und dann zerrte jemand auch sie selbst am Oberarm auf die Festung zu.

Während die Frauen durch die Tore ins Innere geschleppt wurden, starrten die Männer sie gierig an und riefen Beleidigungen.

Der erste Eindruck, den sie wahrnahmen, war Gestank. In diesen Mauern waren Hunderte von Männern monatelang zusammengepfercht gewesen und der Geruch warf Cass beinahe aus den Stiefeln. Als das Geschrei lauter wurde, musste sie würgen.

Cass verstand ihre Sprache nicht, doch das war auch nicht erforderlich. Der Tonfall sagte alles. Sie wurde auf dem Weg zu einer Reihe von niedrigen Gebäuden halb gezerrt und halb getragen und schlug vorwärtsstolpernd wild um sich. Gleichzeitig versuchte sie einzuschätzen, wie viele Männer da waren und wie die Festung aufgebaut war. Aus dem Augenwinkel nahm sie wahr, dass Angharad neben ihr das Gleiche tat. Doch bevor sie sich mehr als einen ersten Eindruck von Dutzenden geifernder Gesichter und schwer bewaffneter Körper verschaffen konnte, erreichten sie das steinerne Gebäude, das ein wenig wie ein langer Stall aussah. Jede der Frauen wurde kurzerhand in eine abgeschlossene Zelle geworfen, auf deren Boden sich frisches Stroh häufte.

Es war zugleich weit schlimmer und besser, als sie es sich vorgestellt hatten. Die Sachsen hatten sie auf direktem Weg hinter die Mauern verfrachtet, die sie über Monate hinweg zu durchbrechen gehofft hatten. Cass saß im Stroh und nestelte verzweifelt an dem dünnen Seil herum, mit dem ihre Hände hinter ihrem Rücken gefesselt waren. Es war nicht schwierig zu erraten, was die hier einquartierten Männer mit ihnen vorhatten.

Durch Löcher in der Mauer vernahm sie dumpf Angharads heisere Stimme. »Es kann nicht mehr lange dauern, bis unsere Truppen eintreffen. Wir werden uns nicht opfern, um auf sie zu warten. Jedenfalls nicht so. Sobald sie hereinkommen, kämpfen wir. Und zwar mit aller Macht. Lasst nicht zu, dass sie euch lebendig kriegen.«

Cass nahm die Angst und die Wut in der Stimme der älteren Frau wahr. Sie wusste, dass Angharad sich schon einmal in einer ganz ähnlichen Lage befunden hatte. Sie würde niemals zulassen, dass eine der anderen Frauen dasselbe Schicksal erlitt.

Während sie weiter an dem Seil nestelte, ging Cass zur gegenüberliegenden Wand und gab die Nachricht zwischen den Steinen hindurch an Rowan weiter, die in der Nachbarzelle saß.

»Ernsthaft?«, wehte Rowans Stimme so trocken und sarkastisch zurück wie eh und je. »Ich wollte mich nämlich eigentlich für das Land opfern, sie ablenken und den Männern draußen etwas mehr Zeit verschaffen, sich unbemerkt zu nähern. Du kennst mich ja, Cass. Ich hatte vor, einfach aufzugeben und gar nicht zu kämpfen.«

Cass stellte sich Rowans Grinsen vor und lachte trotz ihrer Angst leise auf. Dann zischte sie: »Halt die Klappe und gib die Nachricht weiter, du Dummkopf, bevor sie zurückkommen.« Dann rieb sie das Seil an einer scharfen Steinkante, die aus einer der Wände ragte.

Als sie merkte, dass es ausfranste, verdoppelte sie ihre Anstrengungen. Plötzlich nahm sie eine Veränderung wahr. Ganz subtil, doch unüberhörbar veränderte sich die Geräuschkulisse in der Festung. Draußen vor der Tür wurden die Rufe der Männer etwas leiser, und im Tonfall der leisen Gespräche, die sie hören konnte, nahm sie eine neue Erregung und einen Hunger wahr. Während das Seil endlich nachgab und sie erleichtert ihre Handgelenke rieb, dachte sie, dass es beinahe so klang, als hätten Dutzende über den

Sommer ausgehungerte Männer gerade gesehen, wie eine reichhaltige Mahlzeit in die Festung gebracht wurde. Und entschieden, wer als Erster zugreifen durfte.

Stiefelschritte auf Steinboden näherten sich. Cass löste ihr Schwert aus den Bandagen, mit denen sie es an ihrer Hüfte und ihrem Bein befestigt hatte, und dankte ihren Glückssternen dafür, dass die Männer keinen Gedanken darauf verschwendet hatten, die Bäuerinnen auf Waffen zu durchsuchen, ehe sie sie entführten. Sie gestattete sich ein finsteres Grinsen. Das würden sie bald bereuen.

Sie versteckte sich direkt hinter der Tür und hielt ihr Schwert ganz fest, mit den Händen in Hüfthöhe, die Klinge an ihre Wange gepresst. Sie klammerte sich an die unwirkliche Hoffnung, dass die anderen sich ebenfalls rechtzeitig befreit und bewaffnet hatten.

Dann quietschten Riegel, Holz schrappte über Steine und die Zellentüren wurden geöffnet. Die Hölle brach los.

38

Der erste Mann, der zur Tür hereinkam, hatte bereits seinen obersten Hosenknopf geöffnet. Der Anblick erfüllte Cass mit derartiger Wut, dass sie das Heft ihres Schwertes rabiat nach oben schwang. Mit einem Krachen platzte sein Kinn auf und Blut spritzte in die Augen der schockierten Sachsen, die ihm auf dem Fuße folgten.

»*Ihr … wolltet … wohl … zugucken?*«, keuchte Cass und unterstrich jedes Wort mit einem Faustschlag und einem Hieb mit dem Schwertgriff, bis alle drei benommen und blutig im Stroh lagen.

Dann stürmte sie mit hoch erhobenem Schwert aus der Zellentür und nahm auf, was sich dort abspielte.

Zu ihrer Rechten und Linken schwangen Angharad und Rowan schwer atmend die Waffen, die sie aus ihren Verstecken unter der Kleidung befreit hatten. Über die Schulter konnte Cass mehrere Männer sehen, die in der Zelle, die Rowan gerade verlassen hatte, ramponiert auf einem Haufen lagen. In dem Raum hinter Angharad war es erschreckend still und aus einer frischen Wunde auf ihrer Wange tropfte Blut.

Die Türen sämtlicher anderer Zellen standen offen. Cass hörte Kampfgeräusche, Flüche und das Klirren von Waffen auf Stein. Daraus schloss sie, dass sich die anderen Frauen in verschiedenen Phasen des Kampfes gegen ihre Angreifer befanden. Ein riesiger Sachse taumelte gerade atemlos und mit blutbespritztem Gesicht aus der nächsten Tür hinter Rowan. Martha klebte wie eine Klette auf seinem Rücken, rammte ihre Knie in seine Rippen und hatte die Hände fest um seinen Hals geschlossen. Seine Augen traten hervor.

»Brauchst du Hilfe?«, fragte Rowan entspannt. Sie stach mit einem Dolch seitwärts und der Mann ging zu Boden.

Martha sprang auf und zog ein Schwert unter ihrem Gewand hervor. »Da kam ich gerade nicht schnell genug ran«, murmelte sie und rannte gleich in die nächste Zelle weiter, nur um mit bluttriefender Klinge und Astra im Gefolge sofort wieder zu erscheinen.

Ein paar Schritte entfernt stand eine verblüffte Gruppe Sachsen im Halbkreis und starrte mit offenen Mündern. Anscheinend hatten sie darauf gewartet, dass sie an die Reihe kamen, und waren entsetzt ob der überraschenden Wendung der Dinge.

Rowan, Angharad und Cass handelten schnell. Sie nutzten aus, dass die Männer unbewaffnet und offensichtlich so geschockt waren, dass sie noch einen Moment wie vor den Kopf geschlagen dastanden. Die Frauen rannten von Zelle zu Zelle und halfen den anderen, ihre Hände zu befreien und ihre Angreifer zu neutralisieren. Cass sprang in die letzte Zelle, wo sie einen korpulenten Sachsen vorfand, der Susan gegen die Wand presste. Ohne zu zögern, erdolchte sie ihn von hinten und er sackte auf dem Stroh zusammen. Susan atmete erleichtert aus und versetzte ihm einen festen Tritt.

Doch inzwischen hatten sich die Männer draußen von ihrem ersten Schrecken erholt und Alarm geschlagen. Durch die ganze Festung hallten laute Wutschreie. Die Frauen stellten sich mit erhobenen Schwertern in einem engen Kreis auf. Sächsische Kämpfer, die sich schnell ihre Schwerter, Äxte und Schilde gegriffen hatten, rückten von allen Seiten mit zusammengebissenen Zähnen und drohend erhobenen Waffen gegen sie vor.

Es trat ein langer, unerträglicher Moment der Anspannung ein. Schweiß rann Cass' Nacken herab. Beide Seiten schienen darauf zu warten, dass die andere den ersten Schritt machte. Doch dann schwang ein riesiger, blonder Sachse mit rot angelaufenem Gesicht laut schreiend seine Axt über dem Kopf und hieb mit einem zischenden Geräusch nach Rowan. Die hielt ihr Schwert an beiden Enden fest und hob es an, um sich zu schützen. Als der kraftvolle Hieb traf, ging sie mit einem Aufschrei in die Knie.

Dann schleuderte Astra ein tödliches Messer durch die Luft, das seitlich im Hals des Mannes stecken blieb. Mit einem Mal war die ganze Luft von Klingen und Schreien, Schweiß und Blut erfüllt.

Cass warf sich ohne Zögern in das Meer aus sächsischen Männern. Die schiere Masse ihrer Körper war so eng, dass sie keinen Platz hatte, um mit dem Schwert auszuholen. Deshalb stach sie zu, wieder und wieder, in weiche Bäuche und ungeschützte Oberschenkel. Nur wenige Sachsen trugen Rüstung, und Cass nutzte diesen Umstand voll aus. Sie ließ sich von ihrer Wut darüber, was diese Männer mit ihr vorgehabt hatten, blind vorantreiben.

Rowan kämpfte direkt hinter ihr. Sie ließ das Schwert Schwert sein und griff in der Enge stattdessen auf kräftige Faust- und Ellenbogenschläge in Gesichter und Magengruben zurück. Sie hinterließ eine Spur von zusammengeklappt nach Luft ringenden Männern. Angharad war ein wenig links von Cass in einen intensiven Schwertkampf verwickelt und die anderen Frauen hatten sich zu kleinen Gruppen zusammengeschlossen, die einen Sachsen nach dem anderen angriffen und effizient erledigten.

Cass atmete schwer und ihr wurde kurz etwas schwindelig. Als sie mit der Hand über ihre Augen wischte, stellte sie fest, dass sie eine warme Blutspur hinterließ. Sie wich einer nahenden Speerspitze aus, streckte ihr Bein aus und brachte den Mann, der den Speer trug, zu Fall. Dann duckte sie sich vor einer Doppelaxt weg und ließ sie über ihren Kopf hinwegsausen, sodass sie mit einem dumpfen Geräusch in den Schädel eines anderen Sachsen einschlug.

Doch es waren einfach zu viele. Die Sachsen waren groß und stark, ausgeruht und froh, nach Monaten des Eingesperrtseins in diesen Mauern wieder kämpfen zu können. Und es war offensichtlich, dass sie vor Wut, von einer Frauenbande angegriffen zu werden, ganz außer sich waren.

Cass bewegte sich blitzschnell. Das Schwert vibrierte in ihrer Hand, doch sie merkte, dass sie ermüdete. Ihre Lungen schrien förmlich nach Sauerstoff und ihre Oberarmmuskeln protestierten, während sie ihr Schwert wieder und wieder vorwärtsstieß. Als sie sich nach ihren Gefährtinnen umsah, stellte sie fest, dass auch deren Kräfte schwanden. Martha sah aus, als könnte sie kaum noch stehen, und die Handgelenke einiger der anderen Frauen zitterten, wenn ihre Schwerter auftrafen.

Sie mussten nur so lange durchhalten, bis die Verstärkung eintraf, ermahnte Cass sich selbst. Sie mussten nur noch ein klein wenig länger weitermachen.

Die Menge vor ihr bewegte sich für einen Augenblick so, dass Cass durch das Gewühl der wütend um sich schlagenden Körper hindurch bis zur äußeren Festungswand blicken konnte, und der Schrecken fuhr ihr bis ins Mark. Die gewaltigen, verstärkten Holztore, durch die man sie hereingeschleppt hatte, waren wieder geschlossen worden. Artus' Männer hatten keine Chance hereinzukommen, selbst wenn sie rechtzeitig eintrafen.

Cass war klar, dass ihr nur eine Möglichkeit blieb. Wenn sie nicht auf irgendeine Art das Tor erreichte und es öffnete, waren sie alle so gut wie tot. Sie ergriff ihre Chance und rannte los, noch ehe ihr selbst richtig bewusst wurde, dass sie die Entscheidung getroffen hatte – mitten durch die Gasse, die sich gerade vor ihr in der aufgewühlten Masse der Körper aufgetan hatte. Männer starrten sie an, als sie an ihnen vorüberschoss; manche von ihnen hackten wild mit ihren Schwertern nach ihr, doch sie wich aus und duckte sich. Die Angst beflügelte sie und plötzlich hatte sie das Gemenge hinter sich gelassen und vor sich nur freie Pflastersteine auf dem Weg zum Tor. Sie würde es schaffen. Und mehr noch, sie hatte den

Eindruck, dass sie über den Lärm des Gefechts hinter sich noch ein anderes Geräusch von draußen hörte: das gleichmäßige Trappeln von Hufen.

Cass schaute hoch. Auf der Brustwehr befanden sich kaum Wachen. Die Männer, die Wache hatten schieben sollen, waren alle heruntergesprungen und hatten sich in den Kampf geworfen. Sie sah einen einzelnen Wächter, der verzweifelt schrie und mit den Armen wedelte, um die Aufmerksamkeit seiner Kumpane im Handgemenge zu wecken, doch niemand konnte ihn hören. Dann erschien zwischen seinen Augen plötzlich ein Pfeil und er taumelte zurück und landete mit einem platschenden Geräusch auf dem Steinboden vor Cass. Seine Augen starrten ins Leere.

Sie waren da draußen. Die Verstärkung war angekommen. Sie musste nur das Tor öffnen und sie hereinlassen. Cass fingerte wie wild an dem dicken Holzriegel, der von Metallwinkeln gehalten wurde und das Tor gegen Druck von außen absicherte. Er war riesig und sie würde ihn niemals allein anheben können, doch dann fiel ihr Blick auf einen Metallgriff, der mit Zahnrädern und Flaschenzügen verbunden war. Sie brauchte nur den Griff zu ziehen, um das Tor zu öffnen. Sie griff danach, berührte das kühle Metall mit ihren Fingerspitzen und erstarrte.

Eine plötzliche Stille hatte sich über die Festung gelegt. Alle schauten Cass an. Doch keiner der Sachsen war nahe genug, um sie davon abzuhalten, den Griff zu ziehen. Dann schrie ein Mann, der einer ihrer Anführer zu sein schien, mit lauter Stimme irgendeinen Befehl. Er trug einen konischen Helm aus gehämmertem Blech mit flachem Nasensteg und er hielt die Spitze seines riesigen Schwertes direkt an Marthas Hals.

Cass verstand die Worte nicht, die er herüberschrie, doch es war kristallklar, was er meinte. Eine Bewegung und sie stirbt. Zieh den Hebel und sie stirbt. Tu irgendetwas und sie stirbt.

Cass blieb wie angewurzelt stehen. Marthas Brust bebte, eins ihrer Augen war blutig und geschwollen, sodass ihr vertrautes, faltiges Gesicht merkwürdig unausgewogen wirkte. Sie schaute Cass direkt an. Ihr lodernder Blick sagte: »Zieh ihn.«

Doch Cass konnte es nicht. Während der Anführer der Sachsen sein Schwert fest in die Drosselgrube an Marthas Hals presste, nickte er einem seiner Männer zu, der schnellen Schrittes auf Cass zukam. Er war vielleicht fünfzig Schritte weit entfernt. Wenn er sie erreichte, war es vorbei. Eine zweite Chance, die Tore zu öffnen, gab es nicht.

Opfere eine, um den Rest zu retten. Cass wusste, dass das Sinn ergab, und doch stand sie bewegungslos da, während der untersetzte Sachse den Abstand zwischen ihnen schnell verringerte und dabei einen hässlichen, mit Metallspitzen besetzten Knüppel schwang.

Dreißig Schritte, zwanzig Schritte. Zehn. Er hatte sie beinahe erreicht.

Sie vernahm Marthas Schrei und schrie hilflos zurück, um sie zu stoppen. Doch sie wusste, dass sie das, was jetzt passierte, nicht mehr verhindern konnte.

»Tu es!«, kreischte Martha mit ihrer hohen, brüchigen Stimme und warf sich nach vorn, sodass das Schwert tief in ihre Kehle eindrang.

39

Cass ließ ihr Schwert fallen, packte den glatten Metallgriff mit beiden Händen und zog mit aller Kraft daran. Als sie das Ächzen und Quietschen des Metalls hörte und sah, wie sich das riesige Falltor zu heben begann, knallte ein sächsischer Schild seitlich an ihren Kopf und sie sah Sterne.

Alles war nur noch ein von hohem Klingeln in ihren Ohren begleiteter Schmerz. Cass fand sich auf dem Boden wieder, ohne recht zu wissen, wie sie dort hingekommen war. Sie spähte verwirrt hoch und erkannte durch wirbelnde Farbstrudel und Lichtblitze einen unscharfen Gegenstand, von dem sie irgendwie wusste, dass es ein Morgenstern war. Er hob sich hoch in die Luft und hielt einen Moment inne, um dann in seinen tödlichen Abschwung überzugehen.

Cass schloss die Augen. Sie hatte die Verstärkung hereingelassen. Sie hatte ihre Rolle erfüllt. Die Schwesternschaft würde überleben.

Es gab einen heftigen Schlag und sie spürte, wie Holzsplitter auf ihr Gesicht herabregneten, doch sie fühlte seltsamerweise keinen Schmerz.

Sie öffnete die Augen. Sir Gamelin stand mit wildem Blick über ihr. Sein Schwert war verbogen und die Überreste des Sachsen und seiner zerschmetterten Keule lagen reglos neben ihr auf dem Boden.

Danach ging alles sehr schnell.

Cass saß an eine der Wände der Festung gelehnt da und hatte Mühe, die Augen offen zu halten, während sich die Schlacht vor ihr entfaltete.

Sie sah, wie Artus und seine Ritter durch das offene Tor hereinströmten. Sie waren wie ein rot-weißer Brecher, der die Horden, die ihm im Weg standen, einfach beiseitespülte. Artus' Excalibur blitzte, als sei es von innen erleuchtet. Es schwang rasend schnell und streckte Mann um Mann nieder. Keiner von ihnen hatte eine Chance gegen den Zorn des Königs der Könige.

Und sie erblickte Rowan, die mit einem Schrei auf Marthas Leiche herabschaute. Dann warf sie sich mit aller Macht ins Gewühl, sodass Cass sie aus den Augen verlor. Allerdings sah sie etliche Männer stürzen und auf dem Boden zurückbleiben.

Sie warf einen Blick auf Susan, die gemeinsam mit den anderen Knappinnen kämpfte. Ihre Miene war bleich vor Angst, doch fest entschlossen. Im Einklang erledigten die drei einen Sachsen, der doppelt so groß war wie sie, und wandten sich dann dem nächsten zu.

Die Ritterinnen und Ritter von Angharad und Artus kämpften Seite an Seite als geeinte Front. Galahad eilte Angharad zu Hilfe, indem er einen Sachsen stoppte, der sie von der Seite mit einem Speer überraschen wollte, während sie in einem heftigen Schwertkampf mit einem anderen steckte. Dann erschien Rowan aus dem Nichts und fällte einen riesigen Rohling, der gerade Sir Bedivere entwaffnet hatte und ihm den Gnadenstoß versetzen wollte. Direkt vor ihr kämpfte Sir Gamelin standhaft weiter und hielt den Feind davon ab, zu Cass vorzudringen. Er hatte sein nutzlos gewordenes Schwert weggeworfen und sich stattdessen die Waffe eines toten Sachsen geschnappt.

Plötzlich stolperte ein Körper auf Cass zu, der in einen scharlachroten Umhang gehüllt war. Er taumelte vom heftigen Schlag eines Axtstiels zurück. Artus, dessen Schwert sich in seinem Umhang verfangen hatte, verlor das Gleichgewicht und fiel neben sie auf die Pflastersteine. Während er sich noch bemühte, es zu befreien, rannte ein langhaariger Sachse auf ihn zu, dessen zu Zöpfen geflochtener Bart von Blut triefte. Er riss sein Schwert hoch.

Einen kurzen, entsetzlichen Moment lang trafen sich Cass' und Artus' Blicke. Ihrer beider Furcht verband sich zu einem einzigen, hohen Klang. Dann wälzte sich Cass zur Seite und ignorierte dabei den qualvollen Schmerz, der ihren Körper durchzuckte. Mit den Fingerspitzen erreichte sie ihr Schwert und schwang es in einer einzigen flüssigen Bewegung aufwärts, sodass sich der Mann, der ihren Bruder töten wollte, stattdessen auf ihrer Klinge aufspießte und erschlaffte.

Artus' Hand fand ihre gerade noch, bevor die Schmerzen sie übermannten und sie in eine weiche Schwärze entglitt.

Später konnte sie sich kaum noch daran erinnern, wie sie beim Aufwachen von ihrem Sieg erfahren hatte und wie sie nach Hause geritten waren. Ab und zu tauchten Erinnerungsfetzen auf und verschwanden dann wieder: wie sie Martha vor den Mauern der Festung gemeinsam mit den gefallenen Briten begruben. Wie König Ceredig widerwillig die Tapferkeit der Frauen anerkannte, bevor er mit seiner Truppe die Verfolgung der verbliebenen Sachsen aufnahm, die in Richtung Küste geflohen waren. Wie Artus sie fest umarmte und versprach, dass sie einander wiedersehen würden. Wie Angharad darauf bestand, dass Cass auf einem der Karren zurückreiste, und wie sie widerwillig zustimmte, als sie feststellte, dass sie nicht aufstehen konnte – ganz zu schweigen davon, sich im Sattel zu halten.

Sie sehnte sich nach der Ruhe und Stille des Herrenhauses, nach den langen, entspannten Tagen der Nahrungssuche im Wald gemeinsam mit Elaine und den Übungskämpfen mit Rowan. Nach der sanften, schwachen Herbstsonne, die ihr Gesicht wärmte, während ihr Körper heilte und sie zu schlafen versuchte, ohne dabei ständig die Schwertklinge zu sehen, die in Marthas Kehle eindrang.

Doch ihre Ankunft war nicht die heilende Salbe, die Cass sich erhofft hatte.

Elaine begrüßte sie mit bleicher Miene am Eingang. Sie hatte dunkle Ringe um die Augen, als hätte sie seit Tagen nicht geschlafen.

»Was ist mit Hugh?«, rief Rowan, die von ihrem Pferd sprang und auf sie zulief.

»Er ist in Sicherheit«, versicherte Elaine und Cass spürte, wie eine Last von ihr genommen wurde.

»Aber …« Elaine biss sich auf die Unterlippe, so als wüsste sie nicht, wo sie anfangen sollte. Schließlich wandte sie sich mit einem Blick voller Trauer und Mitgefühl als Erstes an Sir Gamelin.

»Was ist passiert?«, fragte er scharf und saß ebenfalls ab. Cass musste sich mühevoll auf ihrem Karren hochstemmen, damit sie etwas sehen konnte.

»Wir wurden angegriffen«, erklärte Elaine. Während sie sprach, trat Alys aus dem Herrenhaus in den Innenhof und stellte sich neben sie. Sie hinkte stark und konnte nur mithilfe eines dicken Stockes gehen. »Von einer kleinen Bande Sachsen. Sie kamen bei Nacht. Wir hatten zwar Wachen am Tor aufgestellt, doch sie waren zu schnell und zu stark.«

»Wie viele?«, fragte Angharad leise und Cass war klar, dass sie nicht fragte, wie viele Sachsen es gewesen waren.

»Wir haben zwölf Gefallene«, antwortete Elaine schweren Herzens und Cass sah, wie sich Angharads Miene verdüsterte.

»Drei von unseren Knappinnen, darunter Elisabeth …« Cass hörte, wie Susan einen schrecklichen, leisen Schluchzer ausstieß. »… einer von Mordaunts Männern, ein paar der Frauen aus den Dörfern und …« Elaine stockte wieder und schien sich innerlich zusammenzunehmen. »Lady Anne.«

Sir Gamelin schnappte nach Luft. »Aber sie hat doch gar nicht gekämpft«, sagte er schwach. »Sie war sanft, sie hatte nicht mal ein Schwert.«

»Sie brachte den am Tor postierten Frauen gerade etwas Warmes zu trinken«, erklärte Elaine. »Sie war einfach im falschen Moment am falschen Ort.«

»Wie habt ihr sie am Ende abgewehrt?«, fragte Angharad und legte eine Hand auf Sir Gamelins Schulter, der benommen dastand.

Alys nahm den Faden auf. »Als sie kamen, waren Iona und Blyth noch wach und arbeiteten gerade an einer neuen Waffenlieferung …« Ihr brach die Stimme. »Wenn sie keinen Alarm geschlagen hätten, wären unsere Verluste in dieser Nacht noch viel schwerer gewesen. Sie haben sie aufgehalten, bis Elaine und die anderen Frauen da waren. Wir waren mehr als sie, aber sie waren brutal. Einige von ihnen waren schon verwundet und haben gekämpft wie wilde Katzen. Wir haben gehört, dass sie darüber sprachen, nach Deva zu reiten, wenn sie das Herrenhaus eingenommen hätten, doch dazu ist es dann nicht mehr gekommen.« Auf ihrer Miene zeichnete sich ein finster zufriedenes Lächeln ab.

»Es tut mir leid, Alys«, sagte Angharad mit trauriger und schuldbewusster Stimme. »Ich hätte mehr Ritterinnen hierlassen müssen.«

Alys schüttelte den Kopf. Ihre Augen standen voller Tränen. »Das konntet Ihr doch nicht ahnen, Mylady. Und ich bin für jede Kämpferin dankbar, die Ihr mitgenommen habt, denn sie haben dafür gesorgt, dass Ihr sicher zurück seid.«

Sie ließen alle Förmlichkeiten fallen. Angharad nahm die kleine, ältere Frau fest in die Arme, mitsamt ihrem Gehstock, und vergrub einen Moment lang ihr Gesicht in deren lockigem, mit grauen Strähnen durchzogenem Haar.

Cass fühlte sich benommen. Das Atmen war wegen ihrer verletzten Rippen ohnehin schon schwierig genug, doch jetzt schien es plötzlich unmöglich, Luft in ihre Lunge zu ziehen. Sie sah Sir Gamelin nach, der ins Haus ging, und ihr Herz war von Trauer und Schuldgefühlen erfüllt. Um Elisabeth und die anderen, die sie nicht hatte schützen können. Um die Version ihrer selbst, die sie zurückgelassen hatte, denn die Rückkehr ins Herrenhaus fühlte sich jetzt fremd und anders an, so als hätte sie die Geister der Männer, die sie getötet hatte, mit hierhergebracht. Und um Lady Anne, die still und freundlich gewesen war und weder dieses gewaltsame Schicksal noch den Verrat verdiente, dem Cass sie ausgesetzt hatte.

40

Für mehrere Monate trat nun Frieden ein. Cass wickelte das Schwert mit dem Rubinheft in Tücher und legte es zum Verstauben unter ihr Bett. Die Schwesternschaft gedieh; viele der Frauen, die zu ihr gestoßen waren, blieben auf Dauer im Herrenhaus, selbst nachdem die Männer der nordhumbrischen Armee in ihre Dörfer zurückkehrten. Und obwohl ein paar von ihnen zu ihren Ehemännern und Familien zurückkehrten, drangen ab und zu Anekdoten zu Cass, Angharad und den anderen durch, die sich am Abend ums Kaminfeuer versammelten: Eine Dörflerin hatte unerwartet einen Dolch gezückt, als ein Händler sie über den Tisch zu ziehen versuchte, eine andere sich tatkräftig gegen einen aufdringlichen Verehrer gewehrt. Das erfüllte sie mit Stolz.

Der Winter ging vorüber und es wurde Frühling. Mit ihm kam ein Tauwetter, das nach und nach nicht nur die Eisschicht auf den Pfützen der Übungswiese, sondern sogar die frostige Benommenheit auflöste, die Cass seit ihrer Rückkehr aus Deva gespürt hatte. Sie erlebte entzückt mit, wie der kleine Hugh seine ersten, unsicheren Schritte in dem hohen Gras machte und begeistert in seine speckigen Händchen klatschte, während seine Mutter zusah und ihn in die Arme nahm.

Cass und Sir Gamelin waren nach dem Tod von Lady Anne zu einer steifen, höflichen Distanz übergegangen. Zwischen ihnen schien sich ein Graben aufgetan zu haben, den sie einfach nicht überwinden konnten. Beide schienen sie nicht mit ihren Schuldgefühlen zurechtzukommen, und jedes Mal wenn Gamelin in Cass' Nähe kam, hatte sie das Gefühl, sie würde diese arme Frau aufs Neue verraten, sodass sie sich unter einem Vorwand schnell entfernte.

Schließlich verließ Gamelin gemeinsam mit den meisten von Mordaunts Männern das Herrenhaus. Cass brachte es nicht über sich, ihn zu fragen, ob er sich dem Hof eines anderen Lords anschließen oder nach Hause zum Bauernhof seiner Familie zurückkehren wollte. Nachts lag sie aus Angst vor den Gespenstern, die sie im Schlaf heimsuchten, oft lange wach und dachte manchmal an ihn. Sie stellte sich vor, wie er auf einem windigen Abhang inmitten einer riesigen Schafherde saß und dem Himmel dabei zusah, wie er langsam seine Farbe änderte. Sie zog es vor, ihn sich zufrieden vorzustellen.

Das Herrenhaus war jetzt wieder ausschließlich von Frauen bevölkert und Cass war nicht als Einzige froh darüber. Da sich ihre Heldentaten in Deva nach und nach herumsprachen, schlossen sich ihnen immer mehr Mädchen an, die etwas lernen oder einfach nur entkommen wollten, die das Abenteuer suchten oder vor ihm davonliefen. Angharad hieß sie alle willkommen.

Cass widmete sich ganz der Ausbildung der jungen Frauen – im Reiten, Lanzenstechen oder dem Schwertkampf –, und das machte sie zufrieden und gab ihrem Leben einen Sinn. Es war harte, aber befriedigende Arbeit, bei der sich jede Menge Gelegenheiten boten, mit Rowan und Elaine zu scherzen und sich im Kampf zu messen. Manchmal war auch Astra dabei, die den Neuankömmlingen beibrachte, wie man Dolche schleuderte – wenn sie nicht gerade unterwegs war, um mit zweifelhaften Mitteln Geld für die Kasse des Herrenhauses zu verdienen. Je mehr sich Cass den Tag über auf der Wiese verausgabte, desto weniger Albträume weckten sie, schreiend und verschwitzt, mitten in der Nacht wieder auf. Das war das Beste daran.

Sie wusste, dass Alys sich Sorgen um sie machte, doch sie vermied es, mit ihr allein zu sein. Wenn ein Wickel oder eine Medizin abgeholt werden musste, schickte sie immer eine der jüngeren Knappinnen. Abends zog sie sich schnell zurück, wenn es so aussah, als könnten sie und Alys als Letzte am verlöschenden Kaminfeuer zurückbleiben. Obwohl ihre körperlichen Verletzungen geheilt waren, hatte sie noch andere davongetragen, die nicht so schnell in den Hintergrund traten. Außerdem wollte sie nichts mehr von ihrer »Bestimmung« hören.

Ab und zu schaute Sir Galahad herein und überbrachte ihnen Nachrichten von Artus' Hof und seinen Feldzügen gegen die Seewölfe und kleine sächsische Banden, die weiterhin an den Küsten Britanniens landeten.

Cass hatte den Eindruck, dass die Zeit stillstand. Sie verließ nie das Herrenhaus, so als ob die Tode von Lily, Lady Anne und Martha, die Abreise Gamelins und das Blut, das in ihren Träumen von ihrem Schwert triefte, sie wie ein Insekt in einem Bernstein festhielten. Und doch veränderte sich etwas.

Blyth war ganz stolz auf ihre Herde neuer Fohlen, die mit wackeligen Beinen über den Innenhof staksten und an ihre Mütter geschmiegt schliefen.

Die kleine Nell wurde groß genug für ihr erstes eigenes Schwert und begann endlich mit ihrer Ausbildung.

Susan, die nach Elisabeths Tod jeden Tag bleicher und dünner zu werden schien, verließ das Herrenhaus und heiratete einen Bauern in Merzien. Sie kam nie zu Besuch und schrieb auch keine Briefe.

Während Herbst und Winter verstrichen und es wieder Frühling wurde, stieg die Zahl der Sachsen langsam wieder an. Reisende Musikanten und Kundschafterinnen berichteten von Zusammenstößen an der Küste, von verwüsteten Dörfern und dass sich die

Truppen des Königs der Könige wieder in Marsch gesetzt hatten. Dann kamen die Boten und sie brachten immer das Gleiche: lange Schreiben, in denen Artus' Probleme genau beschrieben wurden. Er hatte Schwierigkeiten, die Könige davon zu überzeugen, ihre Heimat zu verlassen und ihre Armeen zu mobilisieren, um ihn zu unterstützen. Er fürchtete um Britannien und stand unter starkem Druck, die richtigen Entscheidungen zu treffen. Und jeder Brief schloss mit einer Bitte: Cass solle zu ihm stoßen, nur mit ihrem Schwert und ein paar Ritterinnen. Das würde den Unterschied zwischen Sieg und Niederlage bedeuten.

Den ersten Brief beantwortete sie sofort und gab ihn dem überbringenden Boten gleich wieder mit. Sie erklärte, dass sie ihr Schwert nicht wieder ergreifen könne und im Herrenhaus gebraucht werde. Sie konnte nicht kommen. Den zweiten und dritten Brief ignorierte sie. Doch dann kam Artus selbst.

Der König traf im Schutz der abendlichen Dunkelheit ein und wurde nur von wenigen Rittern begleitet, darunter Sir Galahad. Angharad begrüßte Artus freundlich, doch Cass schaute ihn beim Abendessen am nächsten Tag misstrauisch an. Ihr Argwohn erwies sich als berechtigt, denn am späteren Abend kam er zu ihr und flehte sie an, in Lindsey mit ihm gemeinsam die Sachsen endgültig zu besiegen.

Doch es sollte noch nicht das Ende sein … Am nächsten Morgen ritten sie nach Lindsey und das Rubinschwert sprang bereitwillig in Cass' Hand. Diesmal ritten sie und Artus Seite an Seite. Auf der Reise sprachen sie über seine Hoffnung auf ein geeintes Britannien, über seine gemischten Gefühle für Uther und darüber, ihm als König nachzufolgen. Sie diskutierten, wie ihr Vater gewesen war und wie es wohl gewesen wäre, wenn sie ihre Mutter gekannt hätten. Er erzählte von seiner Einsamkeit und seinem Wunsch, ein großer König zu sein. Cass, die die Wahrheit seiner Aussagen in ihrem Herzen spürte, wusste, dass er meinte, was er sagte.

»Ich will nur meinem Geburtsrecht gerecht werden«, sagte er leise. Die Pferde wurden langsamer und der Himmel leuchtete blutrot, kurz bevor die Sonne unter den Horizont sank.

Cass fragte sich, wie es wohl war, ein Mann zu sein und ein Geburtsrecht zu haben, das niemand anfocht, infrage stellte oder verbarg, sondern das einfach festgestellt und gefeiert wurde. Wie anders ihr Leben sein könnte. Und sie wusste, dass solche Gedanken Artus völlig fremd waren.

Diesmal standen sie auch in der Schlacht Seite an Seite. Sie beide führten die Schwerter, die sie aus den Steinen gezogen hatten, mit solcher Kraft und Stärke, dass sie bei allen, die Zeugen dessen wurden, tiefen Eindruck hinterließen. Wenn sie in Artus' Nähe war, fühlte sie sich irgendwie mit ihm verbunden, als wären sie Teil desselben Wesens und als trüge sie seine Gefühle in sich. Und wenn sie Schulter an Schulter den Sachsen entgegentraten, war es, als spürten ihre Waffen dieselbe Verbundenheit. Ihr Schwert spiegelte die blitzartigen Bewegungen des seinen, stieß zu, wenn seines zustieß, und holte zu einem Streich aus, wenn seines zu einem Streich ausholte. Oder vielleicht war es auch sein Schwert, das dem ihren folgte, so wie eine Spiegelung oder ein treuer Schatten. Sie wusste nur, dass sie gemeinsam nicht aufzuhalten waren. An seiner Seite zu kämpfen, war wie ein Traum. Sie erwachte erst anschließend – schmerzvoll erschöpft, leicht benommen und oft überrascht von den Taten, die sie gemeinsam vollbracht hatten.

Anschließend saßen sie lange in Artus' Zelt zusammen, ohne viel zu reden. Beginnend in ihren Fingern und Muskeln, baute sich die Magie in Cass' Körper langsam wieder ab, und sie sah und spürte, wie auch Artus wieder zu sich kam. Und er schaute sie an und erklärte, dass sie dafür bestimmt seien, genau das hier gemeinsam zu tun und ein Licht in der Dunkelheit zu sein.

An jenem Tag besiegten sie die Sachsen so gründlich und schrecklich, dass Cass sich sicher war, dass der Frieden diesmal wenigstens mehrere Jahreszeiten lang halten würde, bis sie eine neue Invasion wagen würden.

Doch dazu kam es nicht. Von nun an lief es immer gleich ab und Cass gab am Ende immer klein bei. Artus umarmte sie und dankte ihr, küsste ihre Hände und am folgenden Tag ritt sie meist mit Angharad, Rowan, Elaine und ein paar der anderen los, um sich Artus' Männern auf einem Hang oder an einem Küstenstrich anzuschließen, wo auch immer die neuesten Fronten lagen.

Lindsey, Bassus, Guinnion: Der König der Könige rief und Cass und die anderen Ritterinnen folgten, indem sie ihm ihre Schwerter, ihre Strategie und ihre Kampfkraft zur Verfügung stellten. Unterdessen strahlte Artus' Stern für die Bewohner Britanniens immer heller. Und jede Schlacht, in der sie gemeinsam kämpften und über die sie bis spät in die Nacht sprachen, schweißte sie und Artus enger zusammen. Sie gewannen Schlachten gemeinsam, verloren Freunde gemeinsam und triumphierten gemeinsam über die Sachsen.

Cass lernte Artus immer besser kennen und zu lieben, trotz seiner Defizite. Manchmal fragte sie sich, wie ihre Leben wohl verlaufen wären, wenn sie als Kinder gemeinsam hätten aufwachsen dürfen, als Zwillinge, weit weg von Uthers Hof, Merlins kontrollsüchtigem Einfluss und fern jedes Gedankens an Bestimmung, Königtum oder Ruhm. Wenn keiner von ihnen je ein Schwert berührt hätte.

Die beiden Drachen in Cass' Brust kämpften Tag und Nacht. Ein Teil von ihr genoss das Gefühl, gebraucht zu werden, und die Gewissheit, dass sie ihre Fähigkeiten für einen guten Zweck einsetzte und die Prophezeiung erfüllte, die über sie gemacht worden war. Und wenn sie sich an Feldzügen und Schlachten beteiligte, körperlich und geistig völlig erschöpft, blieb weniger Zeit zum Herumsitzen, Ins-Feuer-Starren und Nachdenken über die Verstorbenen.

Für Cass war es offensichtlich – für Artus ebenso und wahrscheinlich auch für mehr ihrer Ritterinnen und Ritter, als es zuzugeben wagten –, dass es nicht Artus' Schwert war, das in ihren Schlachten die Wendung herbeiführte, sondern ihres. Artus war ein eindrucksvoller Kämpfer. Wenn er mit seinen Rittern in den Kampf zog, gab es im ganzen Land nichts Prächtigeres zu sehen. Doch es war die schmale Gestalt neben ihm, deren unordentliche Locken manchmal unter dem Helm hervortraten, und ihr Schwert mit dem schimmernden roten Auge, das alles zu sehen schien, von dem die eigentliche Kraft ausging und das in den meisten Auseinandersetzungen den Ausschlag gab.

Artus hatte mit dieser Einsicht zu kämpfen. Er schien gefangen zwischen seiner Liebe und Bewunderung für Cass und seinem Neid und seiner Bitterkeit, wenn ihr Schwert heller leuchtete als seines. Und es war *Neid*, wurde Cass schweren Herzens klar, als die Klappe seines Zeltes am Abend nach der Schlacht von Bassus fest verschlossen blieb. Sie hatte an diesem Tag wie eine Dämonin gekämpft und jeden Mann gefällt, der sich ihr näherte. Sie sah die Dankbarkeit und Bewunderung in dem dreckverschmierten Gesicht ihres Bruders, als er sie mitten in der Hitze des intensivsten Kampfes betrachtet hatte. Doch an jenem Abend saß sie da, wickelte Verbände um einen langen, tiefen Schnitt in ihrem Unterarm und wartete darauf, dass ihr Bruder wie stets zu ihr kam und mit ihr redete. Der Abend zog herauf, die Kälte wurde beißender und ihr wurde bewusst, dass er nicht kommen würde. Sie saß die ganze Nacht hindurch allein da.

Je länger es dauerte, desto kräftiger begann der andere Drache in ihrer Brust, mit den Flügeln zu schlagen und die Glut in ihrer Brust anzufachen. Er brüllte, sie sei ein Ungeheuer, gar nicht mehr wiederzuerkennen, und dass das hier nicht der Grund sei, aus dem sie das Kämpfen erlernt habe. Und sie fragte sich, ob ihre Zuneigung und Loyalität zu ihrem Bruder sie für die Wirklichkeit blind machten, in die sie hineingezogen worden war.

Und da war auch Merlin, der sich beinahe unmerklich wieder in

Artus' Leben und Hof hineindrängte. Cass erfuhr das erste Mal von seiner Rückkehr, als Artus beiläufig von seinen Ratschlägen und Plänen sprach und Cass dabei verstohlen anschaute, als wollte er ihre Reaktion darauf testen. Später erschien er wieder an Artus' Seite, ragte auf seinem riesigen grauen Streitross hoch über den Schlachtfeldern auf und beschäftigte Artus in seinem Ritterzelt bis spät in die Nacht mit Landkarten und merkwürdigen Schriften. Und je öfter Merlin anwesend war, desto mehr entglitt ihr Artus.

Sie verstand seinen Zwiespalt. Merlin war freundlich zu ihm gewesen, als er ein kleiner Junge gewesen war, und Artus, auf dessen Schultern die Last eines Königtums lag, war für jede Unterstützung von ihm dankbar. Doch *sie* war es, die Artus auf dem Schlachtfeld gerettet hatte, die sich wieder und wieder mit ihm mitten in die Gefahr gestürzt hatte. Und dennoch wuchs Merlins Einfluss auf Artus mit jedem Tag. Plötzlich sprach er kaum noch über die Sicherheit der Grenzen und die Einigkeit der verschiedenen Regionen, sondern über sein Königtum und darüber, wie er mit seinem Ruhm sein Volk vereinen wolle. Sie sah, wie seine Augen leuchteten, wenn reisende Barden Lieder über seine Siege vortrugen, und wie sie sich verdunkelten, wenn ein Sänger Cass oder die anderen Frauen, deren Namen immer bekannter wurden, auch nur flüchtig erwähnte.

Die Eroberungszüge wurden immer blutiger und verzweifelter. Artus schrieb an Cass und bat sie, an seiner Seite Dörfer gegen marodierende Sachsen zu verteidigen, doch wenn sie eintraf, stellte sich heraus, dass die angeblichen Plünderer in Wirklichkeit umherstreifende Gruppen verwundeter Männer waren, die auf der Flucht verfolgt und gnadenlos niedergemetzelt wurden. Und Cass, die sich ohnehin mit dem unter ihrem Bett ruhenden Rubinschwert nicht recht anfreunden konnte, fürchtete, dass ihre Seele besudelt werden könnte.

Artus wurde von düsteren Stimmungen verfolgt, die ihn oft für mehrere Tage am Stück nicht verließen und gegen die niemand etwas tun konnte. Wenn Cass zu ihm kam, begrüßte er sie mit beinahe hysterischer Dankbarkeit, schien ihr jedoch zu grollen, sobald sie die Schlacht gewonnen hatten – ganz besonders wenn ihr Schwert die entscheidende Rolle beim Sieg gespielt hatte. Und die ganze Zeit war Merlin an seiner Seite und flüsterte ihm unaufhörlich etwas ein. Cass fürchtete, dass er eine Art dunkler Magie ins Ohr ihres Bruders träufelte.

Eines Abends verschafften sie und Artus sich bei Sonnenuntergang gemeinsam einen Überblick über das Gemetzel auf einem weiteren Schlachtfeld. Da war es so weit: Die Ängste und Zweifel und das unerträgliche Grauen über die nicht enden wollende Gewalt, die in ihrer Brust brodelten, verschafften sich endlich Erleichterung. Dieser Ausbruch war überfällig.

»Es ist notwendig«, antwortete er langsam, nachdem sie ihren Ängsten und ihrem Selbstekel freien Lauf gelassen hatte. Er sah sie dabei nicht an, sondern blickte gen Horizont. »Es ist notwendig für unsere Einheit, für die Zukunft Britanniens.«

Cass seufzte schwer und hatte den Eindruck, jeder einzelne Knochen in ihrem Körper sei alt und müde und sehne sich nach Ruhe. »Es gibt eine andere Möglichkeit. Einen Weg zum Frieden, der nicht auf Gemetzel beruht. Eine Gelegenheit, mit Neuankömmlingen zusammenzuleben, statt unser ganzes Leben damit zu verbringen, sie zurückzudrängen.«

»Das ist schwaches und absurdes Gerede«, meinte er wegwerfend. »Frauengeschwätz.«

»*Wage* es bloß nicht.« Cass schaute ihn zähneknirschend aus blitzenden Augen an. »Wage es bloß nicht zu behaupten, mein Geschlecht hätte irgendetwas mit dem Wert meiner Meinung zu tun, sonst ziehe ich auf der Stelle mein Schwert. Dann sehen wir ja den Unterschied zwischen der Klinge einer Frau und der eines Mannes, und du weißt genauso gut wie ich, wie das ausgehen wird. Ich war es, die in Deva dein Leben gerettet hat. Ich bin es, die dich ein ums andere Mal rettet.«

»Ich bin der König der Könige«, brüllte er wütend und sie wurde plötzlich von dem überwältigenden Mitleid für ihn erfasst, das immer wieder in ihr aufstieg, wenn er sich an einer Vorstellung von sich selbst, seiner Königswürde oder seiner Ehe festklammerte, statt der Wahrheit mutig ins Auge zu blicken.

»Mit wem rede ich denn gerade?«, fragte sie entnervt. »Meinem König Artus, meinem Bruder Artus oder mit Merlin, der durch seine Marionette Artus spricht?«

Er lief vor Wut dunkelrot an. »Ich bin es, Artus, der ganz Britannien einen wird, der die Finsternis verdrängen und das Land ins Licht führen wird.«

»Ich habe diesen Satz so oft gehört, Artus. Ich habe nie gefragt, was er wirklich bedeutet. Doch woher wissen wir denn, dass nicht *wir selbst* die Finsternis sind?«

41

In so schlechter Stimmung hatten sie sich noch nie voneinander getrennt. Als Cass am nächsten Morgen nach Hause aufbrach, kam Artus nicht aus seinem Ritterzelt und sie schaute nicht zurück.

Doch nur ein paar kurze Monate später traf der nächste Brief ein, und der war anders. Sein Tonfall war versöhnlich und er erkannte ihre Zweifel ausdrücklich an. Er gestand, dass ihn oftmals die gleichen Ängste plagten wie sie, auch wenn er es nicht habe aussprechen können. Er kenne die Antworten nicht. Und er würde jetzt nicht nach ihr schicken, wenn er eine andere Wahl hätte. Das sei aber das letzte Mal, versprochen.

Die Lage klang sehr ernst. Die verbleibenden sächsischen Truppen sammelten sich in Badon, schrieb Artus, und bereiteten sich auf eine letzte große Schlacht vor. Sie hätten im flachen Marschland jeden einzelnen ihrer Männer in ganz Britannien zusammengezogen und planten ein letztes Gefecht. Sie wollten alles aufs Spiel setzen, um Artus' Streitmacht zu zerstören. Es sei ein Moment größter Gefahr, fuhr Artus fort, doch auch einer großen Chance. Wenn sie jetzt die Sachsen besiegten, herrsche Frieden. Echter, dauerhafter Frieden, der Jahre statt nur Wochen andauerte. Und war es nicht das, was Cass mehr als alles andere wollte?

Er war schon immer sehr überzeugend gewesen.

Und er schrieb, dass es eine Möglichkeit gebe, Blutvergießen zu vermeiden. Es gebe einen Weg, die Sachsen zu überrumpeln, ohne Hunderte der eigenen Kämpfer zu opfern. Doch diese Strategie werde nur mit Cass' Hilfe funktionieren.

Sie runzelte die Stirn und las den Teil des Briefes mit Artus' Plan dreimal. Dann eilte sie in Angharads Gemächer.

In Angharads Haar hatten sich neue silberne Strähnen gebildet, wie Cass erschrocken bemerkte, als sie am nächsten Morgen in freundschaftlichem Schweigen ihre Pferde sattelten. Es war, als hätte sich ein kleiner Teil von Vivian, deren langes, silbriges Haar hell geleuchtet hatte, wenn sie an den Planken entlangritt, an der Frau verankert, die sie geliebt hatte. Diesen Gedanken fand Cass tröstlich.

Cass wusste, dass Angharad mit jedem Jahr mehr und mehr Verantwortung für das Herrenhaus an Rowan abgab und sie darauf vorbereitete, es eines Tages zu übernehmen, obwohl keine von beiden jemals ausdrücklich darüber sprach. Wann immer die Sprache auch nur in die Nähe dieses Themas kam, redete Rowan mit für sie ungewohnter Zurückhaltung, so als fürchtete sie, dass Cass sich zurückgesetzt oder übersehen fühlen könnte. Doch Cass verstand. Es war besser so. Rowan, die ihr ganzes Leben lang nach einer Heimat gesucht hatte, war ein Teil des Herrenhauses und das Herrenhaus ein Teil von ihr. Und Cass fragte sich auch, ob Angharad, wie sie selbst, manchmal daran zweifelte, dass Cass je die Freiheit haben würde, an einem Ort zu bleiben oder ihre eigenen Entscheidungen zu treffen. Jedenfalls solange das Rubinschwert seine magische Anziehungskraft auf sie ausübte.

»Also will Artus uns als Köder einsetzen?«, vergewisserte sich Rowan, als sie südwärts ritten. Sie klang nicht gerade beeindruckt. Die erfahrensten Ritterinnen reisten, angeführt von Angharad, in enger Formation, und etwa drei Dutzend andere Frauen, überwiegend Ritterinnen und ein paar Knappinnen, folgten.

»Nicht unbedingt als Köder«, antwortete Cass, die sich selbst darüber ärgerte, wie bereitwillig sie Artus verteidigte. »Sondern als Ablenkung.«

»Wir locken sie in den Sumpf, sie bleiben stecken, Artus und seine Männer überrumpeln sie von hinten und töten sie, bevor sie herauskommen können«, fasste Elaine präzise zusammen. Sie legte den Kopf in den Nacken und ließ mit geschlossenen Augen die Morgensonne in ihr Gesicht scheinen.

»Genau. Und wenn wir Erfolg haben, sollte der Ärger mit den Sachsen ein für alle Mal vorbei sein«, fügte Cass hinzu. Sie ließ sich vom hellen, blauen Himmel und dem fröhlichen Zwitschern der Vögel in den Hecken mit zarter Hoffnung erfüllen.

»Das sagen sie immer«, grummelte Astra, doch Cass beschloss, ihren Einwand zu überhören. Auf dem Rest der Reise erwähnten sie Artus nicht mehr.

Das Schlachtfeld war gespenstisch. Während der Reise war das Wetter immer wechselhafter geworden. Jetzt hingen graue Wolken über der flachen, morastigen Landschaft. Fahler Dunst wehte von Westen auf die Küste zu und verlieh dem Sumpf eine geisterhafte Atmosphäre. Schatten und Gestalten schienen immer außer Reichweite zu huschen, während Bäume und Felsen plötzlich und unerwartet aus dem Nebel auftauchten und die Pferde scheu machten.

»Da vorne.« Cass zeigte auf den Orientierungspunkt, den Artus beschrieben hatte: eine Gruppe aus drei abgestorbenen Bäumen, deren Skelette neben der Ruine eines kleinen Gebäudes in den Himmel ragten. Dahinter stieg das Gelände leicht an und formte einen langen, von Erlen gesäumten Höhenrücken. »Das Lager der Sachsen liegt direkt hinter dem Hügel. Wir greifen sie mittags an, locken sie über den Hügel in den Sumpf, und Artus trifft kurz danach ein.«

»Was soll schon schiefgehen?«, fragte Rowan grinsend und knackte mit ihren Knöcheln.

»Wir sind in der Unterzahl«, gab Cass zu. »Artus hat geschrieben, dass es mindestens zweihundert Sachsen sind. Doch seine Kräfte sind weitaus größer. Wir müssen sie nur so lange ablenken, bis sie auf sumpfigem Land stehen. Er übernimmt dann den Rest.«

Sie las Artus' Brief noch ein weiteres Mal ganz genau und sorgte dafür, dass alle Frauen die Gegebenheiten des Geländes kannten. Er hatte geschrieben, dass es einen schmalen Streifen festen Bodens gab, den man an einer Reihe von Weidenbäumen erkannte. Wenn sie in deren Nähe blieben, würden ihre Pferde weiterhin auftreten können, während die Sachsen ins Straucheln gerieten.

Als sie später an diesen Tag zurückdachte, wurde Cass klar, dass sie schon wusste, dass etwas nicht stimmte, noch bevor sie auch nur den Hügel erklommen hatten. Etwas lief schrecklich falsch. Tief in ihrer Magengrube spürte sie eine schmerzvolle, böse Vorahnung. Erst viel später fragte sie sich, ob sie dieses Gefühl regelrecht verdrängt hatte – denn sonst hätte sie sich mit der furchtbaren Wirklichkeit auseinandersetzen müssen, dass ihr Bruder sie verraten hatte.

Die etwa vierzig Frauen stürmten mit Schwertern, Speeren und Bögen im Anschlag über die Kuppe des Hügels, um das Überraschungsmoment auszunutzen. Wenn sie ein paar Dutzend Sachsen töteten, bevor diese den Kampf aufnahmen, dann würde das helfen, das zahlenmäßige Ungleichgewicht auszugleichen.

Im ersten Moment begriff Cass nicht, was sie vor ihren Augen sah. Sie hatte ein Lager mit etwa zweihundert Zelten erwartet. Wie immer würden ein paar Männer Wache schieben, doch die meisten anderen würden mit etwas Glück freihaben und deshalb leichtere Ziele für die Pfeile der Frauen abgeben.

Sie stoppte, und die anderen, die hinter ihr her über die Kuppe galoppierten, zügelten ebenfalls erschrocken ihre Pferde.

Vor ihnen hatte sich auf der sumpfigen Ebene eine Armee sächsischer Krieger versammelt. Es waren mindestens achthundert. Da standen keine Zelte, keine dienstfreien Männer schlummerten vor sich hin und boten sich als Ziele an. Sie standen in Formation, vollständig bewaffnet, und hatten ihre Schilde zu undurchdringlichen Wällen angehoben. Sie hatten sich der Hügelkuppe zugewandt und warteten angriffsbereit. Und als die letzte der Frauen in Sicht kam, ließen sie ihre Pfeile und Speere fliegen.

42

»*Rückzug!*«, schrie Angharad und die Pferde wieherten in Panik, als die Luft plötzlich von Pfeilen nur so wimmelte.

Mindestens ein halbes Dutzend Frauen fielen sofort. Einige rutschten aus den Sätteln und ihre erschrockenen Pferde galoppierten führungslos den Hang hinab; andere hingen leblos und blutig an den Steigbügeln zwischen den prasselnden Hufen.

Cass riss Pebbles Zügel herum und flüchtete zurück durch die Erlen und die andere Seite des Hügels hinunter, zurück in den Sumpf. Der Boden bebte vom Gleichschritt der achthundert marschierenden Männer.

»Sie wussten, dass wir kommen!«, rief Rowan wutentbrannt und beugte sich dicht über den Hals ihres Pferdes, um es noch schneller voranzutreiben.

»Kundschafter?«, keuchte Cass und tat es ihr nach.

»Kann sein«, gab Rowan zurück, aber Cass wusste, was sie dachte.

Doch Artus konnte sie nicht derart verraten haben. Nicht so. Er war auf dem Weg, das musste er einfach sein. Und während sie in die Sicherheit der Weidenbäume zurückhetzten, versuchte sie, die Stimme in ihrem Kopf zu ignorieren, die fragte: Wenn das stimmt, warum hat er dir dann eine so viel zu geringe Schätzung der Anzahl der Feinde gegeben?

Es kam noch schlimmer.

Als die ersten Frauen die Weiden erreichten, begannen ihre Pferde zu straucheln. Sie wurden langsamer, stolperten und hoben ihre Hufe merkwürdig in die Höhe, so als würden sie vom Boden angezogen. Zu spät ging Cass auf, dass sie auf *keine* Aussage in Artus' Brief hätte vertrauen dürfen. Zu spät riss sie an Pebbles Zügeln.

Der Sumpf war so trügerisch und bösartig wie Treibsand. Innerhalb von Augenblicken strampelten die Pferde wie wild und schleuderten bei dem Versuch, wieder festen Boden unter die Hufe zu bekommen, Spritzer dunklen, faul riechenden Schlamms hoch. Nur Elaine und Angharad, die die Nachhut bildeten, hatten die Gefahr rechtzeitig genug erkannt, um ihre Pferde noch vor dem Sumpf anzuhalten. Doch sie saßen jetzt in der Falle zwischen unsicherem Grund und den sich zügig nähernden sächsischen Linien.

Cass merkte, wie Adrenalin in ihren Adern explodierte, während sie Pebble zu beruhigen versuchte. Sie zog einen Pfeil aus ihrem Köcher und legte ihn an, um auf die herannahende Armee zu schießen. Der Pfeil schlug in einen Holzschild ein, ohne Schaden anzurichten. Sie spannte ihren Bogen wieder und wieder und verschoss eine Salve von Pfeilen und die anderen Frauen taten es ihr nach. Dadurch zwangen sie die Sachsen, ihren Vormarsch zu verlangsamen, denn sie mussten ihre Schilde zu einer geschlossenen Formation erheben, unter der sie sich wie unter eine Muschelschale duckten. Doch die Pfeile selbst prallten an der Wand aus Schilden ab und die Männer drangen weiter vor.

Cass tastete erneut hektisch nach ihrem Köcher, nur um ihn leer vorzufinden. Sie trieb Pebble zurück in Richtung Angharad, doch das kleine Pferd sank in den schwammigen Untergrund und fand keinen Halt.

Das Herz schlug Cass bis zum Hals, während sie Angharad und Elaine anschaute, die aufrecht auf ihren Pferden saßen. Sie hatten ihre Schwerter und Schilde in Todesverachtung gefechtsbereit erhoben. Bittere, wütende Tränen stiegen Cass in die Augen. Sie wollte angesichts dieser Ungerechtigkeit nur noch schreien. Dass es auf diese Art enden würde. Nach allem, was sie durchgemacht hatten. Wie konnte er es wagen, sie so auszurangieren, nachdem sie sein Königtum zu all dem gemacht hatte, was er sich wünschte?

Die Sachsen stoppten ihren Vormarsch. Zwei von ihnen traten aus der Frontlinie heraus vor und gingen auf Elaine und Angharad zu. Sie wussten, dass sie gewonnen hatten. Sie würden sich Zeit lassen und es auskosten. Cass wurde übel. Sie wollte nicht zusehen, konnte den Blick aber nicht abwenden.

Angharad und Elaine saßen unverzagt ab und traten auf die beiden Sachsen zu, die sie weit überragten. Cass wurde schwer ums Herz. Sie würden ehrenvoll sterben, indem sie ihren Feinden im Nahkampf entgegentraten.

Sie hoben ihre Schwerter.

Cass wappnete sich innerlich für das Klirren von Metall, doch stattdessen erklang ein anderes Geräusch: das Zischen von Speeren und Pfeilen, dicht gefolgt von Schmerzensschreien. Am hinteren Ende der sächsischen Formation passierte etwas. Die beiden riesigen Sachsen, die sich Angharad und Elaine schnell genähert hatten, blieben stehen und schauten sich um.

Auch Cass schaute hin und einen Moment lang dachte sie, der Himmel habe sich verdunkelt und ein Unwetter ziehe über die Hügelkuppe. Dann erkannte sie, dass es sich nicht um dunkle Wolken handelte, sondern um eine große Menge von Reitern, die sich an den Erlen vorbei den Hang hinunter ergoss, um wie eine Explosion auf die Nachhut der feindlichen Formation zu treffen.

Darauf waren die Sachsen nicht vorbereitet. Sie hatten sich voll und ganz darauf konzentriert, die Vorderfront ihrer Armee mit ihrer Wand aus Schilden zu schützen, und den hinteren Bereich gefährlich ungeschützt gelassen. Der Ansturm der neuen Kämpfer warf die letzten paar Reihen der Formation wie Dominosteine um, sodass der Rest in Panik vorwärtsstolperte. Die eben noch geordneten Reihen bogen sich und knickten ein. Männer taumelten und prallten aufeinander.

Cass sah, wie Angharad und Elaine das Durcheinander ausnutzten und wieder auf ihre Pferde aufsaßen. Die beiden Sachsen, die gegen sie hatten kämpfen wollen, machten kehrt und rannten stattdessen auf die neue Bedrohung zu.

In Cass' Brust machten sich Erleichterung und Dankbarkeit breit. Artus war doch noch eingetroffen. Doch im selben Moment begriff sie, dass in dem Blutrausch der Schlacht keine roten Waffenröcke oder weiße Schilde zu sehen waren.

Cass glitt aus dem Sattel und landete mit einem Platschen knietief im Sumpfwasser. Sie versuchte, Pebble an den Zügeln aufs Trockene zurückzuführen. Um sie herum versuchten die anderen das Gleiche.

Doch Pebble war verwirrt und verängstigt; sie verdrehte wild die Augen. Cass gab auf und tätschelte ihr sanft den Hals, ließ die Zügel los und watete stattdessen zu Fuß auf Angharad und Elaine zu.

Als sie die beiden erreichte, hatte sich das Gefecht zum Höhepunkt gesteigert. Der Lärm war beinahe unerträglich: Stöhnen, Kriegs- und Schmerzensschreie und das endlose, grelle Klirren und Kreischen von Metall auf Metall. Die meisten Sachsen hatten sich dem Feind hinter ihren Reihen zugewandt, sodass Cass, Angharad und Elaine vorstießen und sie angriffen, während ihre Rücken ungeschützt waren.

Der Kampf war wutentbrannt und rasend, mit nichts vergleichbar, was Cass je erlebt hatte. Während sie von einer Seite angriffen, führten die Ritter, die ihnen zu Hilfe gekommen waren, unerbittlich den Kampf von der anderen Seite aus weiter, sodass die Sachsen zwischen ihnen eingekesselt waren. Es war ein blutiger, lärmender Tumult. Einige der Ritter auf der anderen Seite lösten sich aus ihrer Formation und griffen die Sachsen von der Seite an. Sie wurden von einem Reiter angeführt, der das Kommando zu haben schien, und ließen Speerstöße und Schwertstreiche auf die Sachsen herabprasseln wie eine Art rachsüchtiger Dämon.

Sie kamen näher und näher und hinterließen eine Spur Gefallener hinter sich. Erst als der Anführer Cass schon beinahe erreicht hatte, erkannte sie plötzlich das vertraute Fell des Pferdes und konnte die Details des ledernen Brustpanzers sehen, den sie so oft poliert hatte, dass sie ihn besser kannte als ihren eigenen.

»Ich dachte, ihr könntet ein wenig Beistand gebrauchen«, rief Sigrid ihr über den Kampfeslärm hinweg zu.

43

Cass hatte in ihren Träumen so oft an Sigrids Seite gekämpft, dass sie sich zuerst fragte, ob sie wirklich wach war. Doch selbst in ihren Träumen hatte Sigrid nicht derart mutig gekämpft und ihre Mitstreiter mit so unerbittlicher und brillanter Taktik angeführt.

Sie und Cass standen Rücken an Rücken. Ihre Schwerter blitzten und schwangen herum, während sie einen Angreifer nach dem anderen niederstreckten. Manchmal drehten sie sich um, denn sie kannten ihre jeweilige Kampftechnik wie einen lange eingeübten Tanz. Das Schlachtfeld um sie herum trat in den Hintergrund und Cass war wieder im Übungsraum im Herrenhaus, in dem Sigrid sie in den eisigen Nächten ihres ersten Winters unablässig gedrillt hatte. Sigrid hatte Cass geschmeichelt, sie gelobt und angespornt, bis der goldene Faden der magischen Kraft, die tief in Cass aufgekeimt war, in ihr Schwert überging und tat, was sie von ihm verlangte.

Auch jetzt machte sich die Kraft wieder bemerkbar, schoss wie ein Blitz aus ihr heraus und traf die Männer um sie herum wie ein schreckliches Unwetter. Es war, als ließe sie flüssiges Feuer durch ihre Finger herausschießen: ihren Zorn und ihre Trauer über Artus' Verrat; ihre innere Abscheu vor den Massakern, bei denen sie eine Rolle gespielt hatte; ihre Furcht, dass ihr Vermächtnis nicht Licht, sondern Tod und Zerstörung bedeuten könnte. Das Licht wurde immer heller, bis es sie fast blendete und das ganze Schlachtfeld geisterhaft erleuchtete und die Köpfe der Frauen mit einem goldenen Glanz krönte.

Später hatte Cass den Eindruck, an jenem Tag wären auf dem Schlachtfeld goldene Augen gewesen, die sie nicht nur anstarrten, sondern auf ihrer Seite kämpften und ihre Kräfte verstärkten. Doch sie war sich nicht sicher. Und auch sonst hatte niemand etwas bemerkt.

Die Hitze und das Licht schienen sich auszubreiten wie nie zuvor, als könnten sie nicht mehr nur in Cass' Körper und Schwert eingesperrt bleiben. Sie bemerkte das Staunen und die Furcht in den Gesichtern der anderen Frauen, als die magische Kraft sich auch deren Waffen bemächtigte. Sie bewegten sich schneller, übernatürlich schnell; ihre Speere trafen stets ihr Ziel und ihre Schwerthiebe glitten tief in die Gegner hinein, obwohl diese dicke Lederpanzer trugen. Cass sah, wie sich Elaines Augen weiteten, bemerkte, dass Angharad und Rowan Blicke in ihre Richtung warfen, und sie konnte nicht sagen, ob ihre Mienen Bewunderung oder Angst ausdrückten. Doch sie konnte nicht sprechen oder es erklären oder auch nur hinterfragen, was gerade geschah, denn diese besondere Kraft hatte so umfassend von ihr Besitz ergriffen, dass jede einzelne Zelle ihres Körpers wütend zu vibrieren schien. Sie musste sich mit aller Macht auf den Beinen halten und der Kraft erlauben, sie zu durchströmen, ohne sie bei lebendigem Leibe zu verbrennen.

Nach und nach, anfangs noch kaum wahrnehmbar, wendete sich das Blatt zugunsten der Briten. Es war eigentlich unmöglich; sie waren in der Unterzahl, selbst nachdem Sigrid mit ihrer Truppe zu ihnen gestoßen war – und doch starben die Sachsen wie die Fliegen. Ihre Leichen häuften sich in dem trüben Wasser am Rand des Sumpfes und ihr Blut vermischte sich in kleinen Rinnsalen mit dem dunklen Moor.

Selbst als der Tumult um sie herum ein wenig nachließ und die anderen Frauen langsamer und wieder Herrinnen über ihre eigenen Schwerter wurden, gelang es Cass nicht, die glühende Energie zu zähmen, die ihren Körper in Besitz genommen hatte. Ihre Haut war schon beinahe versengt und fühlte sich in der dunstigen Luft an, als würde sie knistern und dampfen.

Auch die Blicke, die von Bewunderung und Staunen erfüllt waren, veränderten sich. Die Schlacht wendete sich zugunsten der Frauen. Die überlebenden Sachsen stöhnten vor Schmerz oder gerieten in Panik und manche von ihnen versuchten zu fliehen. Die Briten gewannen die Schlacht und wurden jetzt langsamer. Manche der Frauen ruhten sich sogar schon kurz aus, indem sie die Hände auf ihre Knie stützten oder ihre Helme absetzten und sich die verschwitzten Stirnen abwischten. Doch Cass kannte keine Pause, konnte nicht nachlassen, nicht aufhören. Ihr Schwert bewegte sich aus eigenem Antrieb so schnell, dass man es kaum erkennen konnte, und führte unablässig weitere Hiebe und Stöße aus, bis keiner der Männer mehr stand.

Sie spürte, dass sie zu zittern begann. Zuerst die Hände, die wie zusammengeschweißt das Schwert umklammerten, dann ihre Unterarme und bald schon ihr ganzer Körper. Es war, als würde sie von diesem Beben überwältigt. Sie hörte einen Schrei von Angharad und nahm wahr, dass sie von den Frauen umringt wurde. Dann spürte sie eine Hand auf ihrer eigenen, die sich um den Griff ihres Schwertes legte. Es war eine kühle, starke Hand, zugleich sanft und gebieterisch, und sie blickte in die Augen der Frau, die ihr Leben verändert hatte. Dann schien das Schwert in ihren Händen zu zucken, ohne dass sie etwas dagegen tun konnte, so als wollte es Sigrid abschütteln, als wollte es in Cass' Körper eindringen, um die Kontrolle über sie zurückzugewinnen. Doch Sigrid war da, hatte beide Arme fest um sie geschlungen. Sie standen Stirn an Stirn. Sigrid schaute ihr fest in die Augen und Cass' Verbindung mit ihrer Mentorin war noch stärker als ihre Verbindung mit der Macht ihres Schwertes. Mit einer herkulischen Kraftanstrengung, die sie kaum aushalten konnte, löste sich Cass von der Waffe und ließ sie platschend auf den nassen Boden fallen.

Sofort wurde ihr Körper schwach, so als wäre eine Flamme ausgeblasen worden. Sie strauchelte und schwankte und bekam gerade noch mit, dass Sigrid sie auffing. Dann wurde alles schwarz.

44

Als Cass in Camelot eintraf, war der Himmel schwarz. Es war ein brütend heißer Tag. Kein Windhauch brachte Erleichterung von der muffigen Feuchtigkeit und die Luft knisterte vor aufgestauter Elektrizität, die sich aus den bedrohlichen Wolken entladen wollte.

Als sie die steilen Serpentinen zum Schloss erklommen hatte, rann ihr Schweiß in die Augen. Doch sie hielt das Visier ihres Helms geschlossen und ging mit gleicher Geschwindigkeit weiter.

Diesmal war sie auf die Fragen der Torwachen vorbereitet. Sie hielt ihnen wortlos die Papiere hin, die Angharad für sie beschafft hatte. Das Tor öffnete sich und sie strebte vorwärts. Mit ihrem Kampfhandschuh ergriff sie finster das Heft ihres Schwertes. Seit der Schlacht hatte sie es nicht mehr mit bloßen Händen berührt.

Ihre Füße trugen sie geradewegs in Artus' Gemächer. Sie konnte sich an jede Treppe und jeden Korridor erinnern, doch die herrlichen Wandteppiche und anderen Schätze verschwammen im Vorbeigehen vor ihrem Blick.

Als die zwei Wachen vor seiner Tür aufsprangen, um sie zu stoppen, duckte sie sich, sodass der Hieb, den einer von ihnen ausführte, stattdessen die andere Wache bewusstlos schlug. Dann knallte sie das Heft ihres Schwertes kräftig gegen die Seite des Helms des Ersten, sodass auch er bewusstlos an der Wand herabsank und neben seinem Partner zu liegen kam.

Artus und Merlin saßen vor dem Kamin in denselben Sesseln, in denen Cass und ihr Bruder Seite an Seite in der Nacht gesessen hatten, als sie sich das erste Mal trafen. Bevor sie sich ihm zu erkennen gegeben hatte. Bevor sie seine Feldzüge und sein Königtum unterstützt hatte. Bevor er versucht hatte, sie umzubringen.

Er wurde bleich, noch ehe sie ihren Helm abgenommen hatte. Sie stand atemlos und errötet vor ihm und in ihrem Blick lagen Wut und Enttäuschung.

»Mylord«, setzte sie in ehrerbietigem, doch eiskaltem Ton an und verbeugte sich vor ihm.

»Du bist nicht –« Artus sprang halb aus seinem Sessel auf, während Merlin sich nicht regte.

»Tot? Nein. Tut mir leid, wenn dich das enttäuscht.«

Artus stolperte ein paar Schritte auf sie zu, so als wollte er sie umarmen. Doch als er Cass' Miene sah, erstarrte er. Er wandte sich halb zu Merlin um und Cass sah echtes Bedauern und Schuldgefühle in seinem Blick. Schuld, aber auch Furcht. Und immer noch suchte er Merlins Rat.

Merlin erhob sich und zeigte Cass jenes schaurige Lächeln, das ihr stets Gänsehaut machte. »Also habt Ihr gesiegt, Cassandra Pendragon.«

»Aber nicht mit Eurer Hilfe«, sagte sie mit vor Wut gepresster Stimme. Sie wandte sich von ihm ab und blickte direkt in die Augen ihres Bruders – in ihre eigenen Augen. »Du wolltest, dass ich gemeinsam mit all den Frauen sterbe, die so tapfer für dich gefochten haben. Wie konntest du nur? Wie konntest du dieses Ungeheuer in deinen Verstand und dein Herz einlassen?«

Artus wirkte leicht benommen. Er schaute zwischen Cass und Merlin hin und her, trat einen Schritt zurück und ließ sich resigniert in seinen Sessel fallen. »Ich wollte niemals … Er hat es mir erst anschließend gesagt«, stammelte er. »Als ich dir den Brief geschrieben habe, dachte ich, es wäre alles wahr. Ich dachte, wir würden dir zu Hilfe kommen. Aber Merlin hat mir erklärt, dass unsere anfänglichen Berichte nicht richtig waren. Die Zahl der Feinde war gestiegen. Wir hatten absolut keine Chance zu gewinnen – es wäre ein Massaker geworden, bei dem noch mehr Männer hätten sterben müssen. Ich habe versucht, das Richtige zu tun, Cass. Ich dachte, wir könnten dich nicht retten.«

»Und das hast du ihm geglaubt?« Sie schnaubte verächtlich. »Du hast es nicht einmal versucht? Ich hätte dich niemals einfach so sterben lassen. Niemals. Wir waren hoffnungslos in der Unterzahl, den Sachsen völlig unterlegen, und haben trotzdem gekämpft. Wir haben nicht aufgegeben und sind nicht wie Feiglinge weggerannt.«

»Und doch war es nicht Euer Sieg, Cassandra«, schnurrte Merlin. Sein selbstzufriedener Ton trieb Cass zur Weißglut. Plötzlich merkte sie, dass der Handschuh, mit dem sie ihr Schwert hielt, warm wurde. Bildete sie es sich nur ein oder wurde das Metall wirklich heiß?

»Die Schlacht von Badon wird als der Tag in die Geschichte eingehen, an dem Artus die Sachsen besiegt hat. Zum ewigen Ruhm des Königs auf Camelot.«

»Er war nicht einmal dort.«

»Das spielt keine Rolle. Die Bauern, die Euren Namen rufen, Cassandra, können nicht einmal schreiben. Die Geschichte wird sich nicht an Euch erinnern, sondern *ihm* die Ruhmeskrone aufsetzen. Ihr werdet vergessen sein, genauso wie die anderen Frauen. Niemand wird Euren Namen kennen. Niemand wird auch nur wissen, dass Ihr gelebt habt.«

Cass lächelte ihn an. Das Schwert brannte jetzt so heiß, dass sie es kaum noch festhalten konnte. Sie hatte den Eindruck, dass die ganze Klinge leuchtete, dass das Licht aus ihr herausströmte und den Raum mit einer fast unerträglichen Helligkeit erfüllte. Doch weder Artus noch Merlin schienen das bemerkt zu haben.

»Es spielt keine Rolle«, sagte sie leise und trat einen Schritt auf

Merlin zu. »Es spielt keine Rolle, wenn sich niemand an meinen Namen erinnert. Ich werde dennoch meine Bestimmung erfüllt haben. Ich werde das Licht die Finsternis verdrängen lassen.«

Und noch bevor irgendjemand zucken konnte, bevor Merlin reagieren oder Artus sie aufhalten konnte, erlaubte sie dem brennenden Schwert, sich tief in Merlins Herz zu versenken.

Praktisch im selben Augenblick erkaltete das Metall. Sie blickte auf das Schwert, das in seiner Brust steckte, und der Rubin, der stets geflackert hatte, war endlich leblos und kalt.

Artus schnappte hilflos nach Luft und starrte sie voller Schrecken an. Das Blut seines Beraters ergoss sich über den Boden und um die Sohlen seiner Stiefel herum.

»Cass.«

»Du wirst das hier überleben, Bruder«, sagte sie, »und sowohl du als auch Britannien wird dadurch stärker sein. Ich war niemals dazu bestimmt, den Thron zu besteigen. Ich war dafür bestimmt, ihn vor dem Bösen zu bewahren.«

Damit wandte sie sich um und verließ den Raum. Sie hatte den Eindruck, ein leises Zischen zu hören, als Merlins Blut zu den heißen Steinen am Rand des Kaminfeuers gelangte.

45

Sie erreichte den Bauernhof, als der Tag zu Ende ging. Die Luft war warm, doch sie roch nach Regen.

Er trieb gerade die Kühe vom Feld herein und sprach sanft mit ihnen, bis die Nachzügler durchs Tor liefen und er das Gatter hinter ihnen schloss.

Das leise Muhen war wie Musik. Er schaute über die leuchtend grüne Wiese und sah sie dort warten.

»Hallo, Cassandra Pendragon.«

Sir Gamelin lehnte sich auf das splitternde Holzgatter und schaute sie an, während sie sich näherte.

»Bist du frei?«, fragte er schließlich.

Sein haselnussbrauner Blick traf ihren blaugrünen und sie nickte.

»Was ist mit Artus? Und Merlin?«

Sie erzählte es ihm.

Also führte er sie in den Obstgarten, wo die letzten, überreifen Äpfel dicht an dicht auf dem Boden lagen und ihre matschige Süße auf die von der Sonne getrocknete Erde ergossen. Das erinnerte sie an einen anderen Obstgarten, vor langer Zeit. Und sie hob unter dem größten Baum eine breite, tiefe Grube aus, schlug das Rubinschwert in ein Tuch ein und begrub es. Dann füllte sie seinen Platz an ihrem Schwertgurt mit einer leichten, scharfen Waffe, die Iona geschmiedet hatte.

»Du bist gekommen«, sagte er und ergriff ihre Hand. »Aber bist du nicht eigentlich vor alldem hier davongelaufen?« Er wies auf das Bauernhaus, die Felder und sich selbst. »Ehe, Häuslichkeit …«

Sie küsste ihn leidenschaftlich und schwang sich wieder auf ihr wartendes Pferd.

»Ich hatte auch nicht unbedingt an Ehe oder Häuslichkeit gedacht.«

Er holte sein eigenes Pferd aus dem Stall, saß auf und folgte ihr.

Angharad begnadigte Sigrid nie ausdrücklich, doch als sie ins Herrenhaus zurückkehrte, veranstaltete sie ein großes Fest. Dazu lud sie auch den Knappen von Sigrids verstorbenem Bruder Jonathan ein, der zu einem Ehrfurcht gebietenden Ritter geworden war, und die Kampftruppe, die sie gemeinsam seit ihrem Weggang aufgebaut hatten.

Es war Zufall gewesen, dass die Truppe an jenem Tag in der Nähe von Badon gewesen war und ihre Kundschafter sie über eine sächsische Armee informiert hatten. Als sie eintrafen, fanden sie Cass und die anderen Frauen in der Unterzahl und fast besiegt vor. Doch Alys spottete über diese Erklärung und erklärte Cass, dass es sich genauso wenig um einen Zufall gehandelt habe wie ihr erstes Zusammentreffen mit Sigrid im heimischen Obstgarten.

Das Herrenhaus quoll vor Gästen nur so über. Da waren erfahrene Ritter, die sich Angharad nur zu gern anschlossen und ihr Treue schworen, nachdem sich die Nachricht von ihrem sensationellen Sieg bei Badon wie ein Lauffeuer verbreitet hatte. Und eifrige neue Rekrutinnen, die etwas lernen und sich der neuen Armee Nordhumbriens anschließen wollten.

»Du brauchst den Platz«, lachte Cass, doch ihre Stimme brach, als sie mit Angharad und Rowan, Elaine und Alys am Feuer saß, am Vorabend des Tages, an dem sie mit Gamelin zu ihrer ersten Mission aufbrechen wollte. »Du brauchst meine Gemächer für all die jungen Frauen, die unbedingt Rowans nächste Knappin werden wollen.«

Rowan grinste, wischte mit einem Lappen an ihrer Schwertklinge herum und beäugte sie kritisch. »Mein Ruf eilt mir voraus. Und es ist höchste Zeit, dass jemand anders meine Waffen putzt. Ich bin darin einfach zu schlampig.«

»Du wirst uns fehlen«, sagte Alys leise und Cass ergriff ihre runzeligen Hände.

»Ich komme wieder. Ab und zu. Ich kann Astra schließlich nicht zu lange unbeaufsichtigt lassen.«

Astra warf einen Schuh nach ihr und schnitzte weiter an einem Stück Holz herum, aus dem sie einen neuen Würfel machte. »An dieser Seite ein kleines bisschen weniger«, murmelte sie, »und schon erscheint die Zwei ein wenig häufiger.«

Alle brachen in Gelächter aus.

»Wohin gehst du als Erstes?«, fragte Elaine.

»Nach Westen«, antwortete Cass. »Lady Nimue braucht uns dort. Eine Stadt, in der die Frauen von den Männern und einem tyrannischen Lord schlecht behandelt werden, muss etwas über Gerechtigkeit lernen.« Sie prüfte mit dem Daumen die Schärfe ihrer Schwertklinge. Für einen Augenblick war es wieder eine kalte Winternacht, Jahre zuvor, und sie und Lily tauschten am verlöschenden Kaminfeuer Klatschgeschichten aus, während sie die Waffen ihrer Herrinnen schärften.

Sie erinnerte sich an die Lust, die sie damals verspürt hatte – Lust auf eine unbekannte Bestimmung, auf die Gelegenheit, sich zu beweisen, und vor allem auf Abenteuer. Und an die stets gegenwärtigen, angstvollen Zweifel darüber, wer sie wirklich war und ob sie all den an sie gerichteten Erwartungen gerecht werden konnte.

Cass seufzte zufrieden. Sie war jetzt von ruhiger Selbstsicherheit erfüllt. Und die würde sie gegen nichts eintauschen.

»Und was, wenn Artus wieder nach dir fragt?«

Sie kam mit einem Ruck in die Gegenwart zurück. »Ich glaube nicht, dass er das tun wird. Ich habe für ihn alles getan, was ich konnte. Um den Rest muss er sich selbst kümmern. Ich kann mich an anderer Stelle nützlicher machen.«

»Und wenn wir dich brauchen?« Angharads Stimme war leise und sie schluckte schwer, als sie Cass über das flackernde Kaminfeuer hinweg ansah.

»Wenn du Sigrid und Rowan an deiner Seite hast und die entschlossenste Truppe, die ganz Britannien zu bieten hat?« Sie schüttelte den Kopf. »Astra und Elaine können die neuen Rekrutinnen ausbilden und Alys kann sie heilen. Nordhumbrien befindet sich in sicheren Händen.«

»Es ging mir nicht um Nordhumbrien. Sondern darum, dass *wir* dich brauchen.«

Jetzt hatte Cass einen Kloß im Hals und musste sich zusammenreißen. »Dann komme ich zurück. Dann komme ich *nach Hause*.«

»Dann zieh los«, sagte Alys leise und Cass stand auf, um sich zu verabschieden. »Britannien kann froh sein, dass es dich hat, Cassandra Pendragon, Tochter des Uther.« Und Cass wusste, dass das leichte Beben in ihrer Stimme nicht von Traurigkeit zeugte, sondern von Stolz.

»Und denk daran: Es gab schon immer mehr als eine Art, Königin zu sein.«

Dank

Mit der Arbeit an diesem Buch ist ein Traum wahr geworden. Ich bin all den wunderbaren und leidenschaftlichen Lesenden, die ich kennenlernen durfte, so dankbar, dass sie sich die Geschichte von Cass und ihrer Schwesternschaft zu Gemüte geführt haben.

Ich habe das Glück, mit einem großartigen Team von Menschen zusammenzuarbeiten, die zu jedem meiner Bücher eine Menge beitragen – keines davon wäre ohne sie möglich gewesen.

Von ganzem Herzen danke ich meiner wunderbaren Lektorin Lucy Pearse, die mich immer unterstützt und motiviert, und Arub Ahmed für ihre brillante Redaktion. Ich fühle mich privilegiert, mit dem unvergleichlichen Team bei Simon & Schuster arbeiten zu können, darunter Jess Dean, Laura Hough, Sarah Macmillan, Olivia Horrox, Ellen Abernethy, Lizzie Irwin, Olive Childs, Lilli Bagnall und deren andere Kolleg*innen, sowie Laura Smythe und Nic Wilkinson, die so viel dafür getan haben, dass meine Bücher ihr Publikum finden. Danke an Jennie Roman und Kathy Webb für ihre Adleraugen bei Lektorat und Korrektorat. Ein großes Dankeschön auch an die brillante Micaela Alcaino (Bogenschützin und Künstlerin der Extraklasse) sowie an Sean Williams für die Gestaltung eines Covers, das all meine Hoffnungen und Träume übertrifft.

Ich könnte Abigail Bergstrom, meiner wundervollen Agentin, und allen bei Bergstrom Studio nicht dankbarer sein. Das Gleiche gilt für Alexandra Cliff und alle bei Rachel Mills Literary, die fantastische Arbeit leisten, damit meine Bücher auch im Ausland eine Heimat finden. Ich schulde allen meinen großartigen Lektor*innen und Übersetzer*innen in anderen Sprachen und Ländern größten Dank. Ihr bringt Cass und ihre Abenteuer zu neuen Lesenden.

Mein Training mit den *Knights of Middle England* an der *Warwick International School of Riding* war ein Höhepunkt meiner Recherchen für dieses Buch. Ich möchte Tanya, deren Expertise im Bogenschießen vom Pferderücken aus zu vielen der Ausbildungs- und Kampfpassagen in diesem Buch geführt hat, ein großes Dankeschön aussprechen. Ebenso Joe, Jon und Chelsea, den furchtlosen Lanzen-Trainer*innen, die mich stets unterstützt und ermutigt haben.

Zu guter Letzt möchte ich mich bei meinen Lesenden bedanken. Ich weiß, dass mir viele von euch von meinen Sachbüchern zu den Romanen gefolgt sind, zur Fantasyliteratur und darüber hinaus. Ich darf mich so glücklich schätzen, ein so engagiertes und unterstützendes Publikum zu haben. Euch auf Buchmessen und Lesungen kennenzulernen, ist der Höhepunkt meiner Laufbahn. Ich hoffe, dass ihr über diesem Buch den Alltag vergessen und die gleiche feministische Freude empfunden habt wie ich!

© Siggi Holm

Laura Bates ist eine feministische Autorin und Journalistin und schreibt für *New York Times, Guardian, Telegraph* und viele andere. Sie gründete das *Everyday Sexism Project,* das Erfahrungen mit Geschlechterungerechtigkeit und Sexismus von Frauen aus der ganzen Welt sammelt. Regelmäßig ist sie in *Today Programme, Woman's Hour, Channel 4 News, Newsnight* und anderen zu sehen. Sie wurde von der *Huffington Post* als *Most Inspirational Woman of 2012* nominiert und erhielt im Jahr 2015 für ihren Einsatz die *British Empire Medal.*

© Ellen Coenders

Birgit Schmitz hat Theater-, Film- und Fernsehwissenschaft studiert und arbeitete einige Jahre als Dramaturgin. Heute lebt sie als Literaturübersetzerin und Lektorin in Frankfurt am Main.

Von Laura Bates bei Carlsen:

Sisters of Sword and Shadow (Band 1)
Sisters of Fire and Fury (Band 2)

PRODUZIERT MIT VERANTWORTUNG

FSC www.fsc.org MIX Papier | Fördert gute Waldnutzung FSC® C083411

Carlsen-Newsletter: Tolle Lesetipps kostenlos per E-Mail!
Unsere Bücher gibt es überall im Buchhandel und auf carlsen.de.

Mit Fragen zur Produktsicherheit wenden Sie sich bitte an: carlsen.de/kontakt.

Published by arrangement with Simon & Schuster UK Ltd;
1st Floor, 222 Gray's Inn Road, London, WC1X 8HB; A Paramount Company
Originaltitel: »Sisters of Fire and Fury«
Umschlaggestaltung © Micaela Alcaino
Umschlagadaption: formlabor
Aus dem Englischen von Birgit Schmitz
Lektorat: Julia Hanauer
Produktionsmanagement: Derya Yildirim
Satz: Dörlemann Satz, Lemförde
ISBN 978-3-551-58567-7